国家出版基金项目
NATIONAL PUBLICATION FOUNDATION

西班牙与西班牙语美洲文学通史 4

主编 陈众议

西班牙语美洲文学：古典时期

陈众议 著

译林出版社

图书在版编目（CIP）数据

西班牙语美洲文学：古典时期 / 陈众议著．—南京：译林出版社，2021.12
（西班牙与西班牙语美洲文学通史）
ISBN 978-7-5447-8878-6

Ⅰ.①西… Ⅱ.①陈… Ⅲ.①拉丁美洲文学 - 文学研究 Ⅳ.①I730.65

中国版本图书馆 CIP 数据核字（2021）第 212180 号

西班牙语美洲文学：古典时期　陈众议 / 著

丛 书 名　西班牙与西班牙语美洲文学通史
主　　编　陈众议
责任编辑　金　薇
装帧设计　韦　枫
责任校对　王　敏　孙玉兰
特约校对　龚若晴
责任印制　颜　亮

出版发行　译林出版社
地　　址　南京市湖南路 1 号 A 楼
邮　　箱　yilin@yilin.com
网　　址　www.yilin.com
市场热线　025-86633278
排　　版　南京展望文化发展有限公司
印　　刷　江苏凤凰扬州鑫华印刷有限公司
开　　本　718 毫米 ×1000 毫米　1/16
印　　张　26.25
插　　页　2
版　　次　2021 年 12 月第 1 版
印　　次　2021 年 12 月第 1 次印刷
书　　号　ISBN 978-7-5447-8878-6
定　　价　118.00 元

总　序

陈众议

清代史家章学诚撷“六便”“二长”以界定通史。“六便”即“免重复”“均类例”“便铨配”“平是非”“去牴牾”“详邻事”，“二长”是“具翦裁”“立家法”。但同时他认为通史或有“三弊”，谓“事实之失据，去取之未当，议论之未醇”或“无短长”“仍原题”“忘标目”。[①]这当然是一概而论。与之不同的是唐朝史家刘知幾，他反对通史，理由是历史如烟、史料浩繁，修者难免厚此薄彼、挂一漏万。事实上，无论会通还是求专，均可能取法乎上，仅得其中；取短舍长、燕瘦环肥也总会有所偏侧，至于是非评骘则更是见仁见智。然而，正所谓尺有所短，寸有所长，学人大可以纵横捭阖，择其善而行之。

然而，随着西学的进入，通史渐为我国学界所接受，钱穆的《国史大纲》、黄仁宇的《中国大历史》、白寿彝的《中国通史》等皆是显例。而文学通史作为其“副产品”或“先声”也一发而

① “通史之修，其便有六：一曰免重复，二曰均类例，三曰便铨配，四曰平是非，五曰去牴牾，六曰详邻事。其长有二：一曰具翦裁，二曰立家法。其弊有三：一曰无短长，二曰仍原题，三曰忘标目。”《通志》精要，在乎义例。盖一家之言，诸子之学识，而寓于诸史之规矩，原不以考据见长也。”章学诚著，叶瑛校注：《文史通义校注·卷四·释通》，北京：中华书局，1985年，第373—375页。

不可收。自1904年林传甲和黄摩西各自编撰《中国文学史》至今，我们有了数千部规模不同的通史，其中极大多数为近二十年所产。

《西班牙与西班牙语美洲文学通史》(以下简称《通史》)是第一套真正意义上的西语国家文学通史，且不尽限于西语国家，盖因它起自相对独立的拉丁西哥特王国（包括今西班牙、葡萄牙和法国南部)，后经阿拉伯安达卢斯（极盛时期有原西哥特王国大部并西西里岛、撒丁岛和意大利南部)，及至15世纪西班牙凭借航海大发现成为横跨欧美大陆的庞大帝国，更是涉国二十余、延绵千余年；外加纵贯美洲的古代玛雅、印卡和阿兹台卡文明之遗产，其史久矣。由是，与目前我国已有的几种十几万至几十万字的单卷本西班牙文学史或拉丁美洲文学史不同，它不仅贯通古今，而且呼应两洲，无论广度还是深度均大大超出以往（包括现有西班牙和西班牙语美洲国家同行所著，盖因后者即或卷帙浩繁，亦必有所排斥，其中的意识形态惯性不言自明)。

《通史》凡五卷：

第一卷《西班牙文学：中古时期》；

第二卷《西班牙文学：黄金世纪》；

第三卷《西班牙文学：近现代》；

第四卷《西班牙语美洲文学：古典时期》；

第五卷《西班牙语美洲文学：近现代》。

《通史》当力取会通之义，并不拘一格，既撷取法国式（朗松、泰纳）的写作路径，同时适当借鉴剑桥方法，以期有点有面、有史有论。此外，随着批评方法的日益多元（20世纪或因之被称为“批评的世纪”)，从结构主义到后结构主义到后之后，形式主义、新历史主义、后殖民主义、后人道主义以及新批评、叙事学、符号学、心理学、比较学、认知学、传播学、伦理学、接受美学、文化批评、生态批评等此起彼伏，流散、空间、身体、记忆、性别、身份、族裔、互文等甲未唱罢乙登场，真可谓斗艳争奇、各领风骚。它们在拓宽视野、深化认知、激发思辨等方面或有可取之处，但本著不拘牵于以上任何一种，而将立足于历史唯物主义和辩证唯物主义，力求点面结合，庶乎既见树木也见森林，既有一般文学史、断代史的规约，又不完全拘泥于时序。瞻前顾后、上溯下延、繁简博约、纵横捭阖，全凭需要。鲁迅说过，“倘要论文，最好是顾及全篇，并且顾及作者的全人，以及他所处的社会状态……”[①] 诚哉斯言！因为，人是无论如何都不能拽着自己的小辫离开地面的。

第一卷《西班牙文学：中古时期》由三部分组成：

第一部分为西哥特拉丁文学。西哥特王国是由西哥特人与其他日耳曼部族战胜西罗马帝国之后在伊比利亚半岛及今法国南部建立的封建王朝，此乃西班牙王国的雏形。这一时期的文学却是极端宗教化的，它几乎完全游离于西哥特人或苏维汇人的宫廷争斗和普通民众的日常生活之外。这种情况一直要到穆斯林占领时期，乃至“光复战争”后期才有所改变。然而，卡斯蒂利亚语（即西班牙语或西班牙语的主体）、加泰罗尼亚语、加利西亚－葡萄牙语等“俗语”主要由拉丁文演变而来；因此，拉丁文及其文学，及至广义的书写对于西班牙语及其文学便不啻是影响：说源头固可，谓血脉也罢，无论如何，其亲缘关系毋庸置疑。然而，除了语言的延承关系，后来的西班牙文学与拉丁文学相去甚远，这里既有时代社会变迁的原因，更有伊斯兰文化加入之故。需要说明的是，迄今为止，还鲜有西班牙文史学家将西哥特拉丁文学和阿拉伯安达卢斯文学纳入视野。究其原因，语言障碍是其一；西方中心主义是其二；而因西方中心主义一不做，二不休，将阿拉伯安达卢斯之前及同时并存的拉丁文学弃之不顾是其三。

①《鲁迅全集》第6卷，北京：人民文学出版社，1981年，第430页。

由是，横贯近千年的西哥特-西班牙拉丁文学被浓缩在一两万字的小册子里，是谓不厢杂厕，而它与其说是简史，毋宁说是人名作品目录。至于阿拉伯安达卢斯文学则同样乏人问津，罔论一视同仁。

第二部分为阿拉伯安达卢斯文学。公元711年，阿拉伯人从北非马格里布地区长驱直入，迅速占领了伊比利亚半岛的大部分地区，并在塞维利亚建立总督府。稍后，伍麦叶王朝倾覆，其唯一后人阿布杜勒·拉赫曼以科尔多瓦为中心建立了独立于阿拔斯王朝的阿拉伯-伊斯兰安达卢斯。伊斯兰学者在几代爱弥尔或哈里法的率领下，翻译传播古典学术、打造伊斯兰西方王国。与此同时，阿拉伯安达卢斯文学全面开花，并在诗歌、小说、散文方面创造了大量杰作。它们迥异于西哥特拉丁文学，而且以彩诗等原创体裁反过来影响了阿拉伯本土文学。而最早的西班牙语文学，乃至普罗旺斯民歌便是由彩诗等阿拉伯安达卢斯文学催生的。诚然，阿拉伯安达卢斯文学的丰富性和重要性至今没有获得西方学界的充分关注和认可。而阿拉伯安达卢斯文学的世俗化倾向恰好与西哥特拉丁文学形成了极大的反差，而其伊斯兰神秘主义又为后来的西班牙神秘主义文学打开了一扇别样的天窗。

第三部分为西班牙语早期文学。西班牙语文学的历史并不悠久，但它具有古希腊罗马基因，中世纪又融汇了日耳曼和阿拉伯血脉。15世纪和16世纪，随着美洲的发现，西班牙语文学再经与古代印第安文学碰撞、化合，催生出更加绚烂的景观。但是，西班牙文学对西方乃至世界文学的影响远未得到应有的阐发。这与西班牙帝国的急速衰落有关。作为特殊的意识形态，文学生产固然不直接受制于社会生产力和经济基础，但必然反映经济基础和生产力的发展方向，其传播方式和影响力更与后者密切相关。19世纪的法国文学、英国文学，以及目下美国文学的流行当可更好地说明这一点。作为反证，西班牙语美洲的“文学爆炸”固然取决于这一文学本身所呈现的繁复、迤逦和奇妙，但其在全世界引发这般关注，却明显得益于“冷战”，即拉丁美洲作为东西方两大阵营的缓冲地带而使其文学同时受到美苏的推重。从这个意义上说，文学其实也很势利，盖因文学所来所去皆非真空。

第二卷《西班牙文学：黄金世纪》书写15世纪末至17世纪末西班牙文学的繁荣时期。“黄金世纪”这个概念是从古希腊搬来的，借以指称这一时期西班牙文学的辉煌灿烂。虽然西班牙和国际文史学家对西班牙（甚或葡萄牙）“黄金世纪”的起讫时间和内涵外延的界定很不一致，但一般趋向于认为它从1492年摩尔人被赶出其在欧洲的最后一个堡垒格拉纳达、西班牙完成大一统和哥伦布发现“新大陆”开始，至1681年伟大的戏剧家卡尔德隆去世而终结，历时近两个世纪。在这两个世纪中，西班牙文坛天才辈出，群星璀璨。本《通史》倾向于把“黄金世纪”视为一个渐进的发展过程，不主张给它以过分确切的时间界定，因此对有关作家作品的排列与一般文学史的断代方式有所不同。以体裁为例，这一时期西班牙产生了神秘主义诗潮、巴洛克诗潮、新谣曲、田园牧歌等等；形式上则受到了阿拉伯诗歌和更为复杂的十四行诗、亚历山大体等外来诗体的冲击和影响。小说方面，这一时期涌现了更多类型或子体裁，如骑士小说、流浪汉小说、“现代小说”、牧歌体小说、拜占庭式小说等等。其中，流浪汉小说是西班牙对世界文学的一大贡献，产生于16世纪中叶。《小癞子》（佚名）是它的开山之作，初版于1554年，其笔触自下而上，用极具震撼力和穿透力的现实主义风格展示了西班牙社会的全面衰落。“现代小说”是除流浪汉小说之外“黄金世纪”西班牙文坛涌现的人文主义小说，而塞万提斯被认为是“现代小说之父”，其代表作《堂吉诃德》和一系列中短篇小说奠定了西班牙文学在西方乃至世界文坛的崇高地位。我国自林纾、周氏兄弟以来，围绕堂吉诃德与哈姆雷特的争论与思考今犹未竟。在戏剧方面，真正划时代的作品一直要到15世纪末才得以出现。它便是悲喜剧《塞莱斯蒂娜》。作为首创，这部悲喜剧在以鲜明人文主义精神和“爱情至上”观反击封建禁欲主义的同时，利用“拉纤女人”这个来自下层社会的角色大胆革新了脱离实际的“文学语言”。这部作品对西班牙和欧洲文学的影响仅次于《堂吉诃德》，且不逊于《小癞子》。它之后是一大批喜剧、悲剧和闹剧。其中《败坏名誉者》塑造了后来闻名世界的“唐璜”。然而，西班牙戏剧真正的骄傲是天才的洛佩·德·维加。他创作了上千个剧本（虽然流传的只有三四百种），并将文学题材拓宽到了几乎所有领域。他在当时的影响远远超出塞万提斯，因而颇受同代作家的推崇，被称为“自然界的精灵”“天才中的凤凰”。从某种意义上说，维加和贡戈拉是当时西班牙文坛的两座并峙的高峰，前者的“门徒”（主要有“瓦伦西亚派”、“马德里派”和“安达卢西亚派”），产生了胡安·鲁伊斯·德·阿拉尔孔、纪廉·德·卡斯特罗（二者对高乃依的影响可能超过任何一个法国作家）等一大批剧作家；后者则改变了西班牙诗歌的走向乃至整个西班牙语文学的话语方式。之后出现的蒂尔索·德·莫利纳和卡尔德隆·德·拉·巴尔卡等无不受惠于维加和贡戈拉。蒂尔索·德·莫利纳的作品散佚殆尽，但流传的《塞维利亚的嘲弄者》（1630）等少数剧作至今仍在上演，表现出恒久的艺术魅力。而塞万提斯一直要到19世纪浪漫主义时期才真正被定为一尊。

第三卷《西班牙文学：近现代》自18世纪至今，将见证西班牙国运衰落之后的文坛凋敝。说文学作为特殊的意识形态不受制于生产力，这显然不是普遍现象。文学体裁更迭与生产力的关系证明了这一点，发达国家的文学影响力同样证明了这一点。当然，这并不否定一个事实，即文学并不完全受制于生产力的发展程度，它与姐妹艺术一样，可以自立逻辑。我们的任务是既要揭示文学发展的一般规律，也不能遗漏某些表征文学特殊性的重要作家作品所呈现的偶然性。概而言之，18世纪以降，西班牙丧失了引领风气的先机，开始亦步亦趋地追随法、英、德等发达国家，文坛困顿，作家乏力。本卷仍将以时间为线，串联起18世纪至20世纪西班牙文学。其中，18、19世纪对于西班牙来说，是两个充满了失败和屈辱的世纪。西班牙极盛时期，领土多达一千多万平方千米，超过古罗马帝国两倍，横跨欧、亚、非、美四大洲，是人类历史上第一个真正的"日不落帝国"。然而，长期的穷兵黩武和偏商经济使西班牙迅速没落。刚刚跨入18世纪，西班牙就经历了十三年的王位继承战。此外，对美洲殖民地治理不善也是导致西班牙帝国坍塌的一个重要因素。首先，西班牙殖民者不同于英国殖民者；前者的主体是冒险家和掠夺者，而后者却基本上是移民和清教徒。其次，西班牙在美洲殖民地实行监护制，这是殖民者强加于印第安人的一种剥削制度。殖民者（征服者）实际上享有土地权，其中仅五分之一的收入归西班牙王室。而且，这种监护制（或委托监护制）逐渐演变成了世袭制。虽然它曾一度被西班牙王室废黜，但事实上一直延续到了18世纪。监护制不可避免地导致了大地产制，从而造成了社会分配的严重倾斜，损害了一般土生白人和混血儿的利益。总督大佬各自为政，这无疑为西班牙美洲独立运动的爆发埋下了最初的导火线。与此同时，资本主义在欧洲全面崛起，邻国法兰西的启蒙运动更是轰轰烈烈。面对崛起的资本主义欧洲，西班牙开始闭关锁国；面对纷纷独立的美洲殖民地，西班牙徒叹奈何。在文学方面，西班牙全面陷入低谷，直至浪漫主义的兴起。然而，无论是浪漫主义还是稍后的现实主义，既非西班牙原创，也没有完全改变西班牙文坛的萧瑟凋敝和二流地位。西班牙真正走出困境是在19世纪和20世纪之交，因为失去了包括古巴和菲律宾在内的最后几块殖民地，老牌帝国终于放下架子，开始面对现实。随着“98年一代”以及“27年一代”的先后出现，西班牙文坛逐渐找回了自信。尽管佛朗哥时期的西班牙再一次闭关锁国，但文学的火焰并未熄灭，及至开放后重归欧洲大家庭并迅速呈现出眩目的光彩。

第四卷《西班牙语美洲文学：古典时期》包括古代印第安时期和西班牙殖民地时期。前者主要由玛雅、印卡和阿兹台卡文学组成。众所周知，美洲曾经是印第安人的家园，它自亿万年前地壳变动而成为一洲以来，一直在那里，就在那里，既不旧也不新。玛雅、印卡、阿兹台卡等印第安人在那里创造了辉煌的文化和丰富的文学。其中，玛雅文化的发祥地在今墨西哥南部至洪都拉斯北部。羽蛇（称之为龙亦未尝不可）的子民在那里创造了令人叹为观止的天文、历法、数学、农业和语言文学等，遗憾的是早在西班牙殖民者入侵之前，其文化已然盛极而衰。个中因由至今还是不解之谜。玛雅人的文学表征被岁月和殖民者毁灭殆尽，残存的只有神话《波波尔·乌》和几种兼具纪年和历史叙事的文本如《索洛拉纪事》《契伦·巴伦之书》《拉比纳尔武士》等。阿兹台卡文化的发祥地位于今墨西哥中部。西班牙入侵时达到鼎盛。除丰富的神话传说外，阿兹台卡人创造了优美的诗篇和散文，但流传至今的唯有奈萨瓦科约特尔等少数诗人的残篇断章。印卡文化位于今秘鲁、厄瓜多尔、玻利维亚和阿根廷北部，中心在秘鲁境内海拔三千米的库斯科，其主要文学表征为神话传说、诗歌和戏剧。残留至今的有一些神话、历史传说、少量诗歌和一部剧作《奥扬泰》。西班牙殖民地文学起始于1492年，时年哥伦布发现美洲。他的航海日志被认为是“新大陆”文学的开端。从此，随着殖民者的纷至沓来，一个新的种族在美洲大陆诞生了：印欧混血儿。这个以印第安人的鲜血和屈辱为代价产生的新的种族几乎完全放弃了古老的美洲文明，以至于后人不得不在梦游般的追寻中将其复活，是谓魔幻现实主义。

于是，在三百多年的殖民统治中，西班牙文化在西属美洲一统天下。巴洛克主义在缤纷繁复、血统混杂的美洲世界找到了新的契机，催生了以“第十缪斯”胡安娜·伊内斯修女为代表的“新西班牙文学星团”。19世纪初，美国独立运动、法国大革命波及西属美洲，殖民地作家以敏锐的触角掀开了启蒙主义的帷幕，独立革命的号角南北交响。奥尔梅多、贝略、费尔南德斯·德·利萨尔迪等纷纷为西班牙殖民统治敲响丧钟。

需要特别说明的是，鉴于过去美洲古代文明（文化或王国）译名大多遵从的英语表音与原住民发音的差距较大，本著一律将其还原为与原住民发音更为接近的拉丁表音。

第五卷《西班牙语美洲文学：近现代》展示近二十个西语美洲独立国家的文学从步履蹒跚到繁荣昌盛，及至轰然“爆炸”的艰难历程。独立革命后，西班牙语美洲狼藉一片、哀鸿遍野。然而，百废待兴的新生国家并未顺利进入发展轨道，文明与野蛮、民主与寡头的斗争从未停息，以至于整个19世纪的西班牙语美洲几乎是在“反独裁文学”的旗帜下踽踽行进的。

文学的繁盛固然取决于诸多因素。但是，人不能拽着自己的辫子离开地面，更不能无视“一切社会关系的总和”这个事实，除或有“内部规律”及偶然性外，政治经济、社会文化等“外部环境”均不可避免地对文学产生这样那样的影响，而“寻根运动”无疑是在时代社会的复杂关系中衍生的，它进而成了西班牙语美洲文学崛起的重要原动力。20世纪20、30年代，针对汹涌而至的世界主义或宇宙主义等先锋思潮，墨西哥左翼作家在抵抗中首次将立足点置于印第安文化上，认为它才是美洲文化的根脉，也是拉丁美洲作家摆脱西方中心主义的不二法门。由是，大批左翼知识分子开始致力于发掘古老文明的丰饶遗产，大量印第安文学重见天日。“寻根运动”因此得名。这场文学文化运动旷日持久，而印第安文学，尤其是印第安神话传说的再发现催化了西班牙语美洲文学的崭新的肌理，激活了西班牙语美洲作家的古老基因。魔幻现实主义等标志性流派随之形成，衍生出了以加西亚·马尔克斯为代表的一代天骄。我国的“寻根文学”直接借鉴了西班牙语美洲文学，并正在或已然产生了具有深远影响的耦合或神交。与此同时，基于语言及政治经济和历史文化的千丝万缕的关系，西方文学思潮依然对前殖民地国家产生了巨大的“后殖民”作用，或用卡彭铁尔的话说是“反作用”，它们迫使美洲作家在借鉴和扬弃中确立了自己。于是，在魔幻现实主义和形形色色先锋思潮的裹挟下，结构现实主义、心理现实主义、社会现实主义等带有鲜明现实主义色彩的流派思潮应运而生，同时它们又明显有别于19世纪批判现实主义，这些流派的作品在西班牙语美洲文坛如雨后春笋般大量涌现，一时间令世人眼花缭乱。人们遂冠之以“文学爆炸”这般响亮的称谓。然而，这些五花八门的现实主义并未淹没以博尔赫斯为代表的保守主义和幻想文学。面壁虚设、天马行空，或可给人以某种“邪恶的快感”（略萨语）。总之，在一个欠发达地区产生如此辉煌的文学成就，这不能不说是个奇迹，它固然部分且偶然地印证了文学的特殊性，但个中因由之复杂值得深入探讨。

如今，“文学爆炸”尘埃落定，但西班牙语美洲文坛依然活跃，其国际影响力依然不可小觑，尽管同时也面临着资本的压迫和市场的冲击。至于网络文学，则尚需假以时日才能评判，而其与古来畅销文学乃至口传文学的近似性可谓有目共睹。

值得一提的是，作为发展中国家，尤因中华民族崛起是盼、崛起有望，我们更需要了解世界。但是，人不能事事躬亲、处处躬亲，而文学正是我们洞察世界、感知世道人心的最佳窗口。正所谓“以铜为镜，可以正衣冠；以史为镜，可以知兴替；以人为镜，可以明得失”；文学史则是我们探询文学规律乃至文明进程的重要渠道。此外，中国学者不仅需要中国立场，还应努力使文学史在具备知识性的同时，富有文学性。

作为这个简短序言的结语，我想重复《外国文学学术史研究·总序》中说过的一席话：“在众多现代学科中有一门过程学。在各种过程研究中，有一种新兴技术叫生物过程技术，它的任务是用自然科学的最新成就，对生物有机体进行不同层次的定向研究，以求人工控制和操作生命过程，兼而塑造新的物种、新的生命。文学研究很大程度上也是一种过程研究。从作家的创作过程到读者的接受过程，而作品则是其最为重要的介质或对象。问题是生物有机体虽活犹死，盖因细胞的每一次裂变即意味着一次死亡；而文学作品却往往虽死犹活，因为莎士比亚是‘说不尽’的，‘一百个读者就有一百个哈姆雷特’。”

换言之，文学经典的产生往往建立在对以往经典的传承、翻新，乃至反动（或几者兼有之）的基础之上。传承和翻新不必说；但奇怪的是，即使反动，也每每无损以往作品的生命力，反而能使它们获得某种新生。这就使得文学不仅迥异于科学，而且迥异于它的近亲——历史。套用阿瑞提的话说，如果没有哥伦布，迟早会有人发现美洲；如果伽利略没有发现太阳黑子，也总会有人发现。同样，历史可以重写，也不断地在重写，用克罗齐的话说，“一切历史都是当代史”。但是，如果没有莎士比亚，又会有谁来创作《哈姆雷特》呢？有了《哈姆雷特》，又会有谁来重写它呢？即使有人重写，他们缘何不仅无损于莎士比亚的光辉，反而能使他获得重生，甚至更加辉煌灿烂呢？

这自然是由文学的特殊性所决定的，盖因文学是加法，是并存，是无数“这一个”之和。鲁迅现身说法，意在用文学破除文学的势利；马克思关于古希腊神话的“童年说”和“武库说”则几可谓众所周知。同时，文学是各民族的认知、价值、情感、审美和语言等诸多因素的综合体现。因此，文学既是民族文化及民族向心力、认同感的重要基础，也是使之立于世界之林而不轻易被同化的鲜活基因。也就是说，大到世界观，小到生活习俗，文学在各民族文化中起到了染色体的功用。独特的染色体保证了各民族在共通或相似的物质文明进程中保持着不断变化却又不可湮没的个性。唯其如此，世界文学和文化生态才丰富多彩，也才需要东西南北的相互交流和借鉴。同时，古今中外，文学终究是一时一地人心民意的艺术呈现，建立在无数个人基础之上，并潜移默化、润物无声地表达与传递、塑造与擢升着各民族活的灵魂。这正是文学不可或缺、无可取代的永久价值和恒久魅力之所在。

于是，文学犹如生活本身，是一篇亘古而来、今犹未竟的大文章。

第四卷

西班牙语美洲文学：古典时期

陈众议　著

目录

第一编

第四章　殖民地文学之初

第五章　殖民地时期文学

第二编

第二章　殖民地文学的两个向度

附　录

第一编

绪言

西班牙语美洲北起墨西哥，[①]南迄阿根廷，东濒大西洋，西临太平洋，纵横几万里。在哥伦布和西班牙殖民者入侵之前，美洲生活着数千万原住民。他们的身影遍布美洲大陆及其大西洋、太平洋沿岸的众多岛屿。

从时间维度看，美洲文明几乎和亚欧文明一样古老悠久。其中，玛雅（Maya）文明被誉为人类古老文明之一，[②]而且未曾受到其他大陆文明的浸染。尽管有学者认为美洲人属于蒙古人种，是数万年前通过白令海峡迁徙到美洲大陆的黄种人；我国也曾盛传"殷人东渡""扶桑国"等说法；但这些并非考古学界之共识。尤其是近年来随着基因工程的发展，中南美洲一些年代久远的骸骨被发现（这些骸骨比北美洲所发现的"最古骸骨"的时间更加久远，而且体格和DNA与东南亚的爪哇人更为接近），有学者认为最早的美洲原住民可能是通过海路自东南亚漂流至中南美洲的。综合以上两种说法，越来

① 包括墨西哥19世纪被美国割掠的两百多万平方千米土地。

② 一般认为古巴比伦、古埃及、古印度和中国为四大文明古国，加上古希腊和玛雅文明，则人类标志性古老文明有六个。参见莱斯利·贝瑟尔（Bethell, Leslie）主编：《剑桥拉丁美洲史》第一卷（*The Cambridge History of Latin America* Ⅰ），中国社会科学院拉丁美洲研究所译，北京：经济管理出版社，1995年。威廉·麦克高希（McGaughey, William）：《世界文明史》（*Five Epochs of Civilization: World History as Emerging in Five Civilizations*），董建中、王大庆译，北京：新华出版社，2003年。梁启超在其《二十世纪太平洋歌》（1900年）中，认为"地球上古文明国有四：中国、印度、埃及、小亚细亚是也"。

越多的人倾向于认为，北美洲以及部分中美洲的原住民是因狩猎通过白令海峡冰陆桥而迁徙至美洲的西伯利亚居民后裔，而其他中南美洲的原住民则有可能是自太平洋诸岛迁居而来的马来人后裔。当然，也有人类学家和考古学家坚持多人种共生观，认为美洲人种有可能是与亚欧人种同时或几乎同时产生的。诸如此类，可谓众说纷纭、莫衷一是。[1]然而，本著不拘牵于任何人种起源问题的观点和讨论，而将着眼于美洲文明本身，尤其是美洲古代文学、文化。

前面说过，玛雅文明是人类古老文明之一，其历史可以追溯到公元前一千多年，甚至更早的前古典时期。同时，早期文明或文化还有奥尔梅卡（Olmeca）、托尔台卡（Tolteca）、奇奇梅卡（Chichimeca）、特奥蒂华坎（Teotihuacán）、萨波台卡（Zapoteca）、托托纳卡（Totonaca）、米斯台卡（Mixteca）、阿兹台卡（Azteca）、查文（Chavin）、蒂瓦纳库（Tiwanaku）、印卡（Inca）等等。然而，并非所有美洲文明或文化都留下了文学遗产。有些文明或文化如玛雅、奥尔梅卡、托尔台卡、米斯台卡、特奥蒂华坎、查文、蒂瓦纳库等，早在西方殖民者入侵之前就已盛极而衰，故而留下了比文学传说更多的谜团；处于鼎盛时期的阿兹台卡文化和印卡文化则被扼杀在西方殖民者的腥风血雨和天花瘟疫之中，其文学遗产也曾毁灭殆尽或所剩无几。即便如此，得益于近百年的考古发现和无数有心者孜孜不倦的发掘整理，从神话到传说，从诗歌到戏剧，古代美洲文学如今已然蔚为大观，不能不引起世人的关注。

需要特别说明的是，本著将按与原住民语音更为近似的拉丁表音指代其文化或王国名称，如“阿兹台卡”“印卡”“奥尔梅卡”等，而非“阿兹台克”“印加”“奥尔梅克”等，盖因后者是根据英语表音流传的，并不准确。

① Robert, Frank: *Los americanos*, Madrid: La Fábrica, 2008.

第一编

第一章 玛雅文学

引言

奥尔梅卡巨石头像

不消说，美洲曾经是印第安人的家园，它自亿万年前地壳变动而成为一洲以来一直在那里，就在那里，既不旧也不新。据考古发现，仅今墨西哥一带，就曾产生过多种古老的文明或文化。其中重要的有玛雅、奥尔梅卡、托尔台卡、奇奇梅卡、特奥蒂华坎、萨波台卡、托托纳卡、米斯台卡、阿兹台卡等等。这些文化或民族之间的关系比较复杂。相互影响自不待言，相互倾轧的情况也时有发生。恩格斯在《家庭、私有制和国家的起源》中以美洲部落为参照，对希腊、罗马等欧洲早期城邦与帝国的由来及社会形态进行了梳理，认为“大多数的美洲印第安人，都没有超过联合为部落的阶段”。[1] 自然环境的变化，如地震、洪涝、干旱、瘟疫、战争等[2] 导致的迁徙又加剧了有关部落、民族间的冲突或

①《马克思恩格斯文集》，北京：人民出版社，2009年，第32—164页。

② 对于该地区文明或文化的衰微，学界目前提出了六种可能性：一、墨西哥处地震带，有些早期建筑物的倾斜和损毁明显非人力所为。二、洪涝和干旱，尤其是后者在尤卡坦半岛留下了明确的印记，即沙漠化景象。即使尤卡坦半岛有天坑（“天眼地洞”及其连绵的巨大溶洞如今水源丰沛，而且直通金字塔底部），却难以遏制整个半岛的沙化。而科潘（Copán）古迹那样规模不小的人工（转下页）

特奥蒂华坎

融合。除阿兹台卡外，今墨西哥和中美洲的其余文化或王国在西班牙人入侵时均已盛极而衰，而殖民统治视美洲文化为异端，致使其遭受灭顶之灾，已然是众所周知的事。

需要说明的是，囿于大量玛雅文献被殖民者焚毁，加之玛雅文字尚未被完全破译，本著只能略过目前坊间流传的玛雅诗抄（所谓诗抄，是指它们并非直接来自玛雅象形文字或16世纪纪事，而是以当代民间翻译或口传形式辑录，甚至再创作或新创作的，其历史由来难以考证。即使我们不相信“翻译即背叛”或“诗不可以译”这样的箴言，至少对20世纪用西班牙语表音的玛雅诗抄的“抄”字应当心知肚明。故此，本著只能忽略不计）。

此外，本著有关章节得到了美国学者加德纳尔（Gardner, Glenn）博士①的帮助。他为我释疑解惑，并提供了不少权威资料。在此谨致谢忱！

第一节 《波波尔·乌》

玛雅、印卡、阿兹台卡等印第安人在美洲创造了辉煌的文化

（接上页）水渠却位于今洪都拉斯境内。三、玛雅人的《契伦·巴伦之书》记录了黄热病之类的传染性疾病。四、战争更是部族之间经常发生的，譬如16世纪初基切人与卡克奇盖尔人的大规模流血冲突。五、内部因政治、经济等原因发生的动荡。六、农业的衰微，玛雅的农具和耕作方式已无法满足人口的增长。美国考古学家普遍倾向于第六个原因，理由是迄今发现的玛雅农具远不及后来的阿兹台卡人的生产工具，因此无法进行大规模的耕作。Morley, Sylvanus G.: *La civilización maya*, México: Talleres de Litorarte, 1961, pp.84-89.

① 格林·加德纳尔（1947—　），语言学家，毕业于芝加哥大学化学系和墨西哥学院语言文学中心，现为墨西哥高等法院特聘翻译，曾参与墨西哥考古和人类学研究，通晓十余种印第安语言。

和丰富的文学。但是，迄今残存的玛雅文学只有玛雅基切部族[①]的神话《波波尔·乌》(*Popol Vuh*)、纪年和历史叙事《索洛拉纪事》(*Memorial de Sololá*)、“众书之书”《契伦·巴伦之书》(*El Libro de los Libros de Chilam Balam*) 和戏剧舞蹈脚本《拉比纳尔武士》(*El Rabinal Achí*) 等极少数作品。哥伦布之前的完整抄本只有《德累斯顿纪事》(*Códice de Dresde*)、《科尔特斯纪事》(又称《马德里纪事》，*Codex tro-Cortesianus* o *Códices Matritenses*) 和《巴黎纪事》(*Códice de París*)，[②]但它们大抵图像居多，文字较少。

自从18世纪30年代美国人约翰·斯蒂芬斯（Stephens, John）在洪都拉斯的热带丛林中首次发现了玛雅古文明遗迹，世界各国的考古学家又陆续在中美洲和墨西哥荒原、丛林发现了许多处被弃的玛雅古代城池。玛雅人早就遗弃了他们的城池，他们用软木制造的纸张和中国折扇似的折叠书简本来就不易保存，在相对干旱的尤卡坦半岛被废弃并逐渐荒芜后，这些书简很难在潮湿的今墨西哥南部恰帕斯，以及今危地马拉、洪都拉斯、尼加拉瓜和萨尔瓦多一带保存下来，西班牙人入侵后更使其遭受了灭顶之灾。16世纪初，西班牙殖民者和天主教会焚烧了大量玛雅文献。20世纪考古学家发现的玛雅象形文字大都镌刻在金字塔、神庙等建筑的墙体和石碑上，而且至今没有能够被全部破译。目前我们所能读到的玛雅文学作品，大都是16、17世纪由西班牙人转译的。其中，最早的译本为玛雅基切神话《波波尔·乌》。

一、《波波尔·乌》的版本由来

《波波尔·乌》[③]是聚居于今危地马拉的玛雅基切人的族人之书，堪称玛雅人的《圣经》。自从位于尤卡坦半岛的玛雅帝国坍塌

---

① 生活于今危地马拉境内。

② 均为图文集。另有一些残本，如分别藏于柏林、纽约等地的古抄本。

③ 又称《族人之书》(*Libro Nacional de los Quichés*)，过去也曾译作《公社之书》。

后，其文明的中心便不复存在。作为玛雅人的分支，基切人继承了部分玛雅文化遗产，其中就包括神话传说。比基切人更早到达危地马拉的，还有玛雅分支卡克奇盖尔人（Cakchiquel）。西班牙人入侵中美洲时，基切人和卡克奇盖尔人正爆发激烈的战争。西班牙人乘虚而入，但还是遭到了两个部族的强烈抵抗，尽管这些抵抗最后以失败告终。

最早发现《波波尔·乌》的西班牙人是一位叫作弗朗西斯科·希梅内斯（Ximénez, Francisco）的多明我会修士。此人生于西班牙安达卢西亚，1688年奉命到中美洲传教。到达今危地马拉后，教团给他指派的任务是撰写殖民地方志。希梅内斯在撰写危地马拉省[1]方志时，凭借过人的语言天赋，无心插柳地学会了基切语。未几，他在一个叫作奇奇卡斯台南戈（Chichicastenango）的地方发现了基切人珍藏的《波波尔·乌》的西班牙语拼音本。这个拼音本是由基切人于1558年根据西班牙语发音书写的玛雅基切手稿（就像同一时期滞留在西班牙的穆斯林用阿拉伯语拼音书写的西班牙语文本——阿尔哈米亚语手稿）[2]。希梅内斯潜心研读了手稿，并在印第安人的帮助下于1701年将其翻译成了西班牙语。

从1701年到19世纪50年代初，希梅内斯修士的这份西班牙语翻译手稿一直默默无闻，直至1854年被美国牧师阿尔伯特·布拉瑟尔（Brasher, Albert）发现后才得以重见天日。后者将手稿从危地马拉圣卡洛斯大学图书馆“借出”后偷偷带到欧洲，并译成法文。法译本出版后，他又将希梅内斯手稿卖给了古籍收藏家，最后这份手稿辗转回到美洲，现藏于芝加哥纽贝里图书馆（Newberry Library）。

囿于手稿本身是由两种语言合成的，加之法译本率先出版，引发后来版本之多、之乱，可谓无以复加。据危地马拉学者阿贝尔蒂娜·萨拉维亚（Saravia, Albertina）不完全统计，迄今至少有五十余

① 隶属于新西班牙副王总督区。

② 详见《西班牙与西班牙语美洲文学通史》第二卷《西班牙文学：黄金世纪》，译林出版社，2018年，第329—341页。

种不同或不尽相同的《波波尔·乌》行世。

二、《波波尔·乌》的基本内容

鉴于《波波尔·乌》版本众多，本著采用的是波鲁阿出版社1981年版。该版本由危地马拉学者阿贝尔蒂娜·萨拉维亚根据希梅内斯抄本，参照《玛雅纪事》①修订。②

> 太初混沌，一切静止，没有人类，没有动物，没有鸟，没有鱼，没有蟹，没有树，没有山石，没有沟壑，没有藤蔓。大地尚未显形，大海沉默安宁，天空苍莽寂寥，一切无声无息。③

以上是《波波尔·乌》开篇第一节。

> 只有造物主，古库玛兹④，又名天空之心。他在空中，居天而寓，是水和一切存在的母亲和父亲。话语来临，伴随着造物主特佩乌和古库玛兹。他们在一片漆黑中商议，并且决定创造万物。
>
> 树木和生命就这样因创造而显形。天空之心，或称胡拉坎，创造了一切。
>
> 胡拉坎第一次显形，叫卡库尔哈，那是独脚闪电；第二次显形，叫奇皮卡库尔哈，是闪电中的小弟；第三次显形，叫拉沙卡库尔哈，是最炫的闪电。

---

① 即《德累斯顿纪事》、《科尔特斯纪事》和《巴黎纪事》。

② 国内已有两个译本可资读者参阅：一个是1996年漓江出版社出版的梅哲译本，另一个是2016年中国少年儿童出版社出版的艾飞译本。

③ *Popol Vuh*, Albertina Saravia ed., México: Editorial Porrúa, 1981, p.3.

④ 表音“Gucumatz”，流传于奇琴伊察北部韦拉克鲁斯一带的神话中。主神或上帝表音为“Hunab Ku”。

这就是三位一体[①]的天空之心[②]。

首先创造的是大地、山峦和原野。河流分道，山谷中出现了无数泉流，它们行当所行，在该止处汇聚。随之，高山出现了。

其次是创造动物，作为山峦的守护。鹿，鸟，狮子，老虎，毒蛇和巨蟒被创造出来。

它们分到了各自的领地和住所。

"尔等，鹿，"他们这样说，"居住在峡谷及河边，在那里栖息，在草丛中行走，在山峦上繁衍。你们是四足动物。"

他们对鸟说：

"尔等，鸟类，生活、居住在树梢和藤蔓上，在那里筑巢做窝，在那里繁衍；在树枝上振翅，在那里除虱去蚤。"

根据造物主的安排，它们有了各自的窝巢，并在大地上生活。

创造了鸟类和动物后，造物主对它们说：

"鸣叫吧，吼啸吧，遵从你们的族性和差异；但你们也要言说和歌颂我们的名字。你们要说我们是你们的母亲和父亲，因为事实如此。你们要开口说话，要膜拜我们，向我们祈禳！"

然而，尽管造物主已经下令，但它们不会说话，只会嘶鸣和吼啸。它们不能像人类那样能说会道。

它们尝试编织语言，致意造物主，但是终究无能为力。于是，它们被损毁，被消灭。大地上的所有动物都没有逃脱被吞噬和消灭的厄运。

于是，造物神[③]决定重新创造物种。两个造物神用泥巴创造物种的躯体，但他们过于沉重，不能行动，而且疲软松散，很快就坍塌了。他们能说会道，但是没有知性，遇水即化。

造物主见状复将其捣毁，进而向古老的先知伊斯皮雅各

---

① 原文为三神合一。
② 以下简称天心。
③ 原文用同义词"Formador"以区别于"Creador"。

司和伊斯穆卡内讨教造人之法。

先知们用玉米粒、珊瑚粒和鸭嘴红豆做色子，口中念念有词：

“哎呀，太阳！哎呀，月亮！你们快快聚首，告诉造物主，用木头造人是否合适；告诉他们，木头能否使人成型、站立。哎呀，玉米粒，请告诉我！哎呀，珊瑚粒，你说！太阳，你说！玉米粒，你说！珊瑚粒，你说！”

玉米粒和珊瑚粒回答：

“用木头吧，用木头造人。”

于是，造物主用木头创造了人形。木头人开始繁衍，有了儿子和女儿，但是他们是傻子，没有心脏，也没有灵性。他们行走在大地上，忘却了天心。

木头人腿脚不够灵活，木头人双手没有血液，干燥粗糙，木头人的面颊苍白无色。他们的四肢粗粝发黄，瘦削无力。

木头人在大地上繁衍，人口越来越多。

因此，木头人遭到了天心的惩罚。

于是，树脂般黏稠的洪水自天而降，木头人化为乌有。

这时，叫谢科特科瓦奇的鸟啄食了他们的眼睛。叫卡玛洛兹的猛兽咬掉了他们的脑袋。叫科兹巴拉姆的动物吞噬了他们的皮肉。叫图鲲巴拉姆的动物蹂躏了他们的骨骼、经脉，使他们变成了粉末。

所有这些都是对他们忘却母亲和父亲的惩罚。

所有动物、木棒、石块向他们发起进攻。磨盘、石铛、盆子、陶锅、大瓮和狗控诉他们，辱骂他们。

狗和母鸡对他们说：

“你们太坏了！你们欺凌我们、以我们为食，现在我们也要欺凌你们、以你们为食。”

磨盘对他们说：

“你们折磨我们太甚，从早到晚，你们不停地使唤我们，不让我们歇息，害得我们不停地哀号：呵哩，呵哩，呼哭咦，呼哭咦。你们在我们脸上磨玉米，现在要让你们尝尝我们的厉害。我们要将你们碾成肉泥，磨成肉粉。”

狗对他们说：

“你们为什么剥夺我们的食物？为什么让我们眼巴巴地看着你们享用食物？你们驱赶我们，而且总是预先准备好了棍棒。你们之所以如此虐待我们，只因为我们不会说话。为什么对我们如此狠心？现在我们要用锋利的牙齿吃掉你们。”

石铛和陶锅说：

“你们给予我们的只有痛苦和折磨。你们焚烧我们的嘴唇和脸庞，我们总是被烟熏火燎，你们总是焚烧我们。现在，我们也要将你们焚烧。”

炉灶和支撑陶锅的石块说：

“你们总是用火焚烧我们、伤害我们，现在我们要焚烧你们的脑袋。”

与此同时，洪水泛滥。木头人竭尽全力，四处逃窜。

木头人仓皇逃遁，毫无方向，他们惊恐地四散奔跑。他们爬到房顶，房顶塌了，他们掉到地上。他们爬到树上，树梢将他们摔在地上。他们想躲进洞穴，洞穴关闭了入口。

他们就这样被消灭殆尽。残存的遁入深山，便是如今的猴子。

正因如此，科伊（猴子）像人。

有了天，有了地，但太阳和月亮光芒黯淡。

于是，有人因为财力而变得傲慢。他叫乌库伯卡基斯。

乌库伯卡基斯有两个儿子：紫帕克纳和卡布拉坎。他们的母亲叫齐玛尔玛特。

老大一夜之间霸占了山峦。老二卡布拉坎力大无穷，可致山摇地动。乌库伯卡基斯的两个儿子因此变得十分傲慢。

他们的傲慢引发众怒。两个青年——胡纳普和伊斯巴兰盖不以为然，决定将他们铲除。

两个青年得知乌库伯卡基斯仅以比尔松尼果为食。他每天到一棵比尔松尼树下采撷果实，并以此为生。他们带着弹弓，躲在树旁的野草丛中。

乌库伯卡基斯照例爬到树上。胡纳普将一粒泥丸射向他的颌骨。乌库伯卡基斯应声大叫着从树上栽到地上。

胡纳普见状冲将上去，却被乌库伯卡基斯拽住胳膊，并生生地将它撕了下来。乌库伯卡基斯带着那只胳膊回到家里，对妻子说：

“两个野鬼乘我不备用弹弓射中我的颌骨，害我满嘴的牙齿松动疼痛。而我扯下了他们的一只胳膊，你把它架在火上烧烤，但等那两个野鬼找上门来。”

乌库伯卡基斯的妻子奇玛尔玛特于是将胡纳普的胳膊架在火上烧烤。

胡纳普和伊斯巴兰盖商议片刻，决定去找两位年迈的老人，向他们讨教求助。老人佝偻着身子，两个青年对他们说：

“恳请二老随我们到乌库伯卡基斯家走一趟，以便要回胡纳普的一只胳膊。用两位的智慧战胜他。”

“好吧！”老人们答应道。

两个青年嬉闹着跟随老人们来到乌库伯卡基斯家门口，乌库伯卡基斯斜倚在他的宝座上哼叫着喊牙疼。乌库伯卡基斯招呼老人进门，以便替他医治臼齿和其他牙齿的疼痛。老人们替他拔掉牙齿，并用白色玉米粒替代之。他们还挖掉了乌库伯卡基斯的瞳孔，摘掉了他身上的银饰，使他从此失去了造物主的恩赐。如是，乌库伯卡基斯死了。

老人们把胡纳普的胳膊复安在他身上，然后告别。两个青年按照天心的旨意完成了上述任务。

一天，紫帕克纳在河边洗澡，四百个青年吃力地抬着一根巨大的松木准备立柱建房。紫帕克纳独自扛起了柱子。青年们见状十分惊诧，认为这等力气非常可怕，决定消灭紫帕克纳。

他们请紫帕克纳去挖一个很深很深的大坑，殊不知后者已经听到了他们的议论和计划。因此，他在挖坑的同时悄悄地顺势挖了一个地道，以便伺机逃命。当他挖好了深坑，青年们将巨大的木柱推进坑里。紫帕克纳大叫一声，并随即闪入预先挖好的地道。青年们兴高采烈，以为紫帕克纳死了。[①]

且说紫帕克纳骗过了四百个青年，并于第三天将他们全部杀害。胡纳普和伊斯巴兰盖从此走上了复仇的道路。他们先后杀死了紫帕克纳和卡布拉坎兄弟，并且深入西巴尔巴地狱，经历了生死考验。他们几经磨难，一度粉身碎骨，却又神奇地复活，而且变得更加英俊了。

西巴尔巴的鬼怪无不被眼前这等奇迹所震慑，急忙将消息传到魂卡魅和乌窟卡魅那里。魂卡魅和乌窟卡魅立即派使者捉拿胡纳普和伊斯巴兰盖，以便亲眼看见传说中的奇迹。

胡纳普和伊斯巴兰盖断然拒绝，却遭到了使者的绑架。

西巴尔巴的魔王命令道：

“尔等，跳舞！尔等，大变活人！”

于是，胡纳普和伊斯巴兰盖开始跳舞唱歌，引来了地狱的所有妖魔鬼怪。

有个魔王命令道：

“你们把这条狗撕成碎片，然后将它复活！”

胡纳普和伊斯巴兰盖抓住那条狗，将它撕个粉碎，然后又神奇地将它复活。那狗朝他们摇头摆尾，欢庆新生。

另一个魔王命令道：

“你们烧掉这个地方，然后用法力使它还原！”

两个青年果真烧掉了地狱的宫殿，但那些妖魔鬼怪却安

① *Popol Vuh*, pp.3–24.

然无恙，宫殿也瞬间复原了。

“你们随便抓一个，将他撕成碎片，然后将他复活！”

他们顿时抓住一个鬼怪，将他撕成碎片，然后迅速将碎片聚拢并使之复活。

“哎呀，现在你们把自己撕成碎片，然后复活！”魔王们命令道。

但见伊斯巴兰盖抓住胡纳普，并立刻将他撕个粉碎，然后又迅速使他复活。魔王们见状，纷纷要求胡纳普和伊斯巴兰盖将他们撕碎并且复活。胡纳普和伊斯巴兰盖奉命将魂卡魅和乌窟卡魅撕个粉碎，却没有给予他们复活的机会。

就这样，胡纳普和伊斯巴兰盖战胜了魔王——地狱之主。[①]

胡纳普和伊斯巴兰盖最终完成了所有使命，被造物主封为太阳神和月亮神。

于是，造人的时间临近。特佩乌和古库玛兹开始重新寻找造人的材料。

他们在一起商量造人的方法。过去造出的人并不完美，造物主需要寻找合适的材料重新造人。

四种动物向他们展示了白玉米和黄玉米。这四种动物是山猫雅克、丛林狼乌彫、小鹦鹉盖尔，以及乌鸦曷褐。

伊斯穆卡内姥祖[②]用白玉米和黄玉米制作了食物和饮料，并由此创造了人的肉体和丰满的躯干。人的四肢也由此创造。

于是，特佩乌和古库玛兹用玉米创造了我们最初的父亲和母亲。[③]

这便是“玉米人”的由来。而后则是基切人的历史，直至西班牙

---

① *Popol Vuh*, pp.98–101.
② 即前面说到的先知之一。
③ *Popol Vuh*, p.104.

人的到来。最后一位基切君主是阿哈乌基卡伯六世。

> 第六代基切国王阿哈乌基卡伯遭到了人们的反抗。战争爆发了。
>
> 然而，阿哈乌基卡伯战胜了拉比纳尔人、卡克奇盖尔人和萨库留人，使他们沦为奴隶。[1]

这时，基切人也就元气大伤了，而西班牙殖民者已经兵临城下。

三、《波波尔·乌》的主要贡献

《波波尔·乌》是目前唯一完整的玛雅神话传说。虽然它只是基切部族的神话传说，却大体上反映了古代玛雅人的创世观、生死观和善恶观。[2]其中关于洪水的描写颇似希伯来神话，而用泥土造人的传说又难免让人想起我们自己的《山海经·大荒西经》中女娲造人的故事。至于两个青年英雄大战恶人和地狱冥界的故事，则让我们联想到古希腊和古印度传奇，甚至苏美尔人的英雄史诗。譬如，年轻的忒修斯带着抽中签的童男童女来到克里特牛头怪弥诺陶洛斯的迷宫，并在克里特公主阿里阿德涅的帮助下，用她的宝剑斩杀了弥诺陶洛斯，还用她的线团破解了迷宫。又譬如流放中的王子罗摩途经楞伽岛，妻子悉多被十首魔王罗波那劫走。罗摩与猴国结盟，猴王麾下有一机智神勇的神猴哈奴曼（据说是孙悟空的原型之一）。在神猴的帮助下，罗摩终于战胜魔王，救回悉多。但罗摩怀疑悉多的贞操，悉多投火自明。火神从熊熊烈火中托出悉多，证明她纯洁无瑕。夫妻团圆，流放亦期满。罗摩回国登基为王，阿逾陀城出现空前的太平盛世。但罗摩听到民间又传出悉多不贞的流言，他于是忍痛把有孕在身的悉多遗弃在恒河边。悉多得到蚁垤仙人的救护，并在净修林中生下一对孪生子。多年以后，罗摩举行马

① *Popol Vuh*, pp.156-157.

② Westheim, Paul: *Ideas fundamentales del arte prehispánico*, México: Fondo de Cultura Económica, 1957, pp.13-35.

祭，蚁垤安排孪生子与罗摩相会，并向罗摩讲述自己的故事，使罗摩辨明了悉多的贞节。但罗摩仍认为无法取信于民，悉多无奈，终于向大地母亲呼救，说如果自己贞洁无瑕，请予收容。顿时，大地裂开，悉多纵身投入大地怀抱；罗摩升入天国，复化为毗湿奴神。

在苏美尔人的英雄史诗中，不仅有洪水的传说，也有英雄惩恶的故事。话说女神阿鲁鲁制造了恩奇都，试图让他去消灭专横暴戾的吉尔伽美什。恩奇都来到乌鲁克后，听说吉尔伽美什夺取少女贞洁，便无视神妓的忠告，挑战吉尔伽美什。两人大战数百回合不分胜负，结果惺惺相惜，结为好友。恩奇都陪伴吉尔伽美什攻打怪兽洪巴巴。随后，他们又共同杀死了牛魔。结果恩奇都在梦中遭到天谴，病重而亡。吉尔伽美什悲痛欲绝，为恩奇都举行隆重国葬仪式。慑于死亡的可怖，吉尔伽美什决定寻找永生的方法，并开始了艰难跋涉。他历尽艰辛找到了大洪水的唯一幸存者，向他探询生死奥秘。幸存者接待了他，并从前者的妻子那里获得了到海底寻找永生草的线索。他好不容易获得了仙草，却被海蛇抢食了。吉尔伽美什最终领悟，人终究一死，无论他多么伟大。吉尔伽美什回到乌鲁克城后十分怀念亡友，祈求神的帮助，以便探望恩奇都。在神的帮助下，他通过生死隧道见到了恩奇都。恩奇都描述了地狱的恐怖景象。

在玛雅和几乎所有美洲神话中，死亡和地狱并不可怕。它们无非是人类得以再生（用佛教的话说是轮回）的驿站。在玛雅人那里，乃至如今的墨西哥、危地马拉和洪都拉斯，生命被认为是短暂的，但灵魂和生命力却是无限的。“人生是一段路程，是通往另一个世界、另一种生命的过程。”[①]这在阿兹台卡人的生死观中得到了传承，并且一直鲜活地留存于墨西哥、危地马拉后人的观念之中。于是，也便有了阿斯图里亚斯（Asturias, Miguel Ángel）和鲁尔福（Rulfo, Juan）的魔幻、帕斯（Paz, Octavio）的玄奥。而这些魔幻与玄奥却是墨西哥人和危地马拉人的家常便饭。譬如墨西哥人的亡灵节，那完全不是我们清明节的模样，而是欢乐喜庆、充满调侃的一个节日。家家户户吃骷髅形南瓜糖，挂各种各样

① Cf. Westheim, Paul: *Op. cit.*, p.63.

喜庆的、具有反讽意味的"鬼灯"。大街小巷演奏的是充满节庆色彩的马里亚契[①]。这也是迪士尼影片《寻梦环游记》(*Coco*, 2017）所展示的。

《波波尔·乌》正是有关信仰的源头，故而被称作玛雅人的《圣经》。如今的玛雅人散落在祖先的土地上，被剥夺了一切，而没有丢失、难以忘却的便是这些神话传说和来自远古的心声。我们的问题是：眼前的《波波尔·乌》有多少是原汁原味的玛雅基切神话？这个问题不易回答，盖因《波波尔·乌》犹如伽朗（Galland, Antoine）版《一千零一夜》(*Alf Layla wa Layla*)，它从16世纪这个时间节点出发，一脚向古，另一脚向今。我们坚信玉米人的神话传说只能产生于古代美洲，但同时我们不能不对某些表达心生疑窦，诸如"三位一体"之类的概念或诸如此类似是而非的雷同，譬如话语的重要性——"话语来临"或使人迁思希伯来《圣经》。毕竟，这个《波波尔·乌》是经西班牙传教士之手留存下来的，不可能不受到基督教文化的浸染。如今，在种类繁多的版本中，我们似乎窥见了这样一种事实：现在的玛雅人（因为通晓西班牙语）不得不浸淫在西方文化的染缸里，绝大多数还成了"天生"的天主教徒。那么，他们所信奉的《波波尔·乌》有多少原始《波波尔·乌》的基因？我们不得而知。加德纳尔博士四十年来一直游走于墨西哥南方，对那里的玛雅人十分了解。但我的疑问也同样是他的疑问。

一如伽朗本《一千零一夜》反过来影响了后来的阿拉伯本土版《一千零一夜》(如加尔各答本或布拉克本和埃及本)。没有伽朗，也许永远不会有阿里巴巴和辛巴达的故事。那么，如果没有希梅内斯修士，《波波尔·乌》又当如何？当然，历史是不能假设的。即或容许假设，那么就像克罗齐所说的那样，一切历史也总是当代史。

第二节　其他文本

除了《波波尔·乌》，古代玛雅文献中最重要的遗产无疑是《契

① 墨西哥民间音乐。

伦·巴伦之书》，尽管它也是由西班牙人翻译的。原著是今墨西哥境内的玛雅人于17世纪末、18世纪初整理的，现已散佚。

我们通常所说的《契伦·巴伦之书》也即《曲玛耶尔的契伦·巴伦之书》。《契伦·巴伦之书》可能是古代玛雅的一套规模庞大的丛书，而《曲玛耶尔的契伦·巴伦之书》只是其中一卷。考书名，曲玛耶尔（Chumayel）是玛雅人的一个部族，如同基切和卡克奇盖尔；而巴伦则是契伦（先知或巫师）家族中的一个著名人物，同时也有美洲豹之意。合在一起，也便意味着“代神言说的美洲豹”。

一、《契伦·巴伦之书》

《契伦·巴伦之书》由十四部分组成：

第一部分为“祖先纪事”，也即玛雅曲玛耶尔人的族谱，从族人始祖卡努尔（Canul）说起，就像《圣经》中以色列人的族谱，但主要记述的是不同地区、不同族人所敬奉的神，譬如乌斯玛尔（Uxmal）人敬奉的雨神恰克；其中还不断提到东南西北不同方位和不同颜色的玉米、豆类等。同时，先知或祭司［西班牙语译本一般统称其为神父（sacerdote）］的姓名占了较大的篇幅。这是理所当然的，毕竟宗教的力量在人类社会发展的每个阶段（或大多数阶段）都位居上层建筑的金字塔之巅。玛雅文明也不例外，而且很大程度上（从生产力和社会发展水平看）恰逢其时。[1]

奇琴伊察金字塔

第二部分为“先祖的哀叹”。该部分列数先祖们在各地辛勤建造家园的经历。《契伦·巴伦之书》强调祖先或先知不是神，而

① 见恩格斯：《家庭、私有制和国家的起源》，《马克思恩格斯文集》，北京：人民出版社，2009年，第32—164页。

是巨人，是主神（又称父神）的喉舌（代言）。他们占据东南西北各个方位，其中提到的重要城池有蒂卡尔、奇琴伊察、乌斯玛尔等。但是，疯狂的时代开始了，出现了疯狂的巫师——基督教的神父。于是，曲玛耶尔人的时代终结了。这就是祖先的哀痛。

第三部分为“古代的终结”，那是西元1541年。基督教的神父夷平了曲玛耶尔人的金字塔，并在其基座上兴建了无数教堂。基督徒人高马大。幸免于难的曲玛耶尔人只能逃离家园。尤卡坦被白人（Dzules）占领。他们从东方来，自称基督徒。他们说着令人费解的语言、穿着稀奇古怪的衣服，却成了这里的主人，并且被历史记录下来。但是，还有许多的背叛和杀戮没有被记录下来。各地不再有伟大的玛雅人，不再有伟大的祭司。只有侵略者能读懂他们自己的文字。祭司们固然消失了（他们的崇高地位被基督徒的神父所取代），他们的名字却口口相授，流传了下来。至于基督教神父，他们带来了唯一的神，而原来的主人却陷入了无尽的痛苦。基督徒们手握火枪，带来了恐怖，原来的主人则被迫成了奴隶。

第四部分为“天文历法”，记录了自1513年至1541年玛雅人的遭遇和基督徒的暴行。其中提到了日食的原理。

第五部分为“苏亚坦之语”，[①]叙述玛雅人的祖先如何用鲜血、用心脏供奉太阳神，如何用云霓般的天空之髓——焚香来向太阳神祈求，以及他们如何用象形文字记录这一切。这里还隐晦地说到该如何报复白人，让白人血淋淋地趴在马上、不得好死等等。

第六部分为“新老上帝”，讲述过去的上帝和众神的消失以及新的上帝——天帝的驾临。后者是天地万物的主宰，是唯一的神。过去的一切成为过去，没有人知道过去的上帝叫什么名字，也没有人记得玛雅的祖先创造了什么。生命之神羽蛇及其灿烂的羽毛不复存在，被窃贼抢掠一空。他的骨头和身体被埋到了地下，唯有他的心灵升到了第十三重天。他的子民，孤儿寡女，被无情地蹂躏和杀戮。

---

① 苏亚坦系西班牙语“Suya Tan”，《契伦·巴伦之书》没有对此做任何解释。根据上下文推测，它应该是“汝坦”之意，即你们的尤卡坦。

第七部分为“十三神”，说的是十三重天的主宰抛弃了大地四神。后者曾分别掌管东南西北。在旧四神掌管东南西北之初，太阳和月亮尚未出生。一切混沌、黑暗，没有白昼。及至大地上出现了月亮，一切才开始变得清朗。七个月亮升起来了。十三神仙向主神哭诉，哭诉大地和月亮。地狱九神也来哭诉，哭诉月亮和大地。大地上出现了许多巨人，他们不是神，却拥有神一样的权力。后来，太阳降生了，他用光芒杀死了这些巨人。这样，世界经历了四次劫难。再后来，大地上生长出食物。如今，新神取代了旧神。新神叫耶稣基督。

第八部分为“伊察人的悲哀”，讲述伊察人如何爱戴雨神，并受雨神护佑。雨神是主神的第一个儿子，动词是主神的第二个儿子，天空是主神的第三个儿子。雨神的名字是恰克，他是个巨神。后来又陆续有了火，他是天空之光；再后来其他诸神也一一产生……这是曲玛耶尔人的“搜神记”。然而，十三神降下了启示：五天日食，大地上的所有国王及其王国将遭毁灭。毁灭者来自东方。他们的上帝生下了亚当和夏娃。

第九部分为“乌伊纳尔的降生”，乌伊纳尔（Uinal）是玛雅人的月份单位，每一月为二十天。同时乌伊纳尔也是基切人的纳瓦（Nahua）或阿兹台卡人的纳瓦尔（Nahual），是玛雅人的附灵或生肖。玛雅人的生肖不同于我们的生肖。他们认为人各有其生肖，而这个生肖通常是他出生时距离最近的动物。生肖使人与某种动物建立神秘联系，当他死后，灵魂就会附着到动物身上。如果一个人的生肖是狗，那么所有犬类都可以做他的附灵。而这是来自久远，又流传久远的一种信仰。《契伦・巴伦之书》通常会说动词神如是说，或“外祖母和姨妈如是说，祖母和姑妈如是说”，如此云云。①

第十部分为“十年灾难”，说的是西历1661年至1669年这十年在尤卡坦一带发生的自然灾害和人为灾难。首先是1661年的特大干旱，

① *Chilam Balam*, Barcelona: Linkgua Ediciones, 2008, p.48. 显然，最初由女性掌握话语权。是谓母系氏族社会。尔后，人们围炉夜话，女人往往又成了故事大王。当然，鲜有民族给话语单独设神。无论我们的四眼仓吉还是佛教的文昌或者古希腊的缪斯，没有谁是纯粹的话语之神。

尤卡坦天坑

继之是天花（基督徒称之为“圣火”——原注）。这部分同时说到玛雅人是如何被迫改信基督，以便得到拯救（活命）的。

第十一部分为“苏亚坦之语第二系列”。在萨西(Zací)，城市中央是大教堂，那里是圣父、圣子和圣灵之家。教堂里面有神父，他们管谁都叫孩子。

第十二部分为“时间之轮”，是预言，谓曲玛耶尔将遭受飓风，那是西历1766年；曲玛耶尔将被大火吞噬，那是西历1782年[……]。随着时间的推移，玛雅诸神将重新显圣，他们穿着各自的盛装，回到自己的故乡。羽蛇，带着美洲虎一样的色彩，还有棕榈般展开的羽毛，飞回奇琴伊察。这部分还提到了其他许许多多的神，以及许许多多未来的岁月和神秘预言。

第十三部分为“其他预言”。西历1544年，即玛雅人离开奇琴伊察六百七十五年，乌斯玛尔毁灭八百七十年。[①]同时，这部分有一些关于18世纪的描述。由于《契伦·巴伦之书》成书较晚，因此这部分的主要内容是回顾，而非预言。

第十四部分为“最后的预言”。契伦·巴伦的五位大祭司，预言了白人的到来，预言了基督教的到来，预言了各种灾难：流血、瘟疫、干旱、天花、贫穷、苦难等等。

以上是《契伦·巴伦之书》的主要内容。根据有关内容，《契伦·巴伦之书》原始抄本的产生时间大约可以推定为17世纪末至18世纪中叶。[②]显然，它是在玛雅人被全面基督教化之后产生的作品。因此，它的出现富有戏剧性。殖民战争之后，幸免于难的玛雅人被迫

① 这个时间大抵与考古学界的测算相符，即玛雅人于公元9世纪离开奇琴伊察，于公元7世纪离开乌斯玛尔。

② 部分残页现藏于墨西哥人类学博物馆。

接受洗礼、皈依天主教，同时使用西班牙语。但是，他们的古老方言和记忆并未消亡。《契伦·巴伦之书》便是玛雅曲玛耶尔人用西班牙语表音记述的。

《契伦·巴伦之书》内容极为丰富，记录了玛雅人的神话传说、神秘预言、天文历法、历史文化、宗教仪式、农业医疗等大量信息。但同时它也是曲玛耶尔人接受了天主教之后用西班牙语拼音书写的玛雅曲玛耶尔（方言）手稿，因此内容中充满了矛盾。这些矛盾使《契伦·巴伦之书》平添了复杂性。

作品既有大段的散文体描写，也有编年和诗歌般抒情色彩浓郁的隐喻。大量的古代玛雅纪年方式和西历共存，原住民神话概念和基督教思想并行，故而多少有些令人目眩。然而，《契伦·巴伦之书》主要是历史读本，相较于《波波尔·乌》，明显缺乏文学价值。

二、《索洛拉纪事》

《索洛拉纪事》现藏于宾夕法尼亚大学博物馆。它最早是由胡安·加瓦雷特（Gavarrete, Juan）于1844年至1845年间偶然发现的。当时,他作为年轻的书记员，奉加西亚·佩拉埃斯（García Peláez, Francisco）大主教之命在危地马拉城的圣方济各修道院整理档案。加瓦雷特在一堆积满尘埃的档案中发现了一份奇怪的手抄本。它便是《索洛拉纪事》。

1855年，法国神父布雷塞（Brasseur, Charles Étienne）来到危地马拉，他的目的是研习印第安原住民语言。未几，布雷塞开始将《索洛拉纪事》的部分内容翻译成法文。

1873年，加瓦雷特复将《索洛拉纪事》布雷塞译稿翻译成西班牙语，并刊发于危地马拉的一份叫作《经济社会》（*La Sociedad Económica*）的刊物上。此后，他又分两次于1880年在《危地马拉历史纪事》（*Anales de la Historia de Guatemala*）发表了全文，并加了编者按。在第一个编者按中，他提供的发现时间为1844年；但在第二个编者按中，他又将《索洛拉纪事》的发现时间改成了1845年。根据加西亚·佩拉埃斯大主教的说法，这份手稿曾几易其手，原稿为卡克奇盖尔语的西班牙语拼音本。布雷塞神父留下了部分法文译稿，却带走了卡克奇盖尔原稿，并于1857年至1859年将部分内容编入其《墨西哥及中美洲民族志》（*Histoire des nations civilisées du Mexique et de l'Amerique-Centrale*）当中。布雷塞去世后，其所有收藏，包括《索洛拉纪事》的原始手稿均传给了法国人类学家皮纳特（Pinart, Alphonse Louis）。后者遂将手稿借给了美国学者布林顿（Brinton, Daniel）。布林顿参照布雷塞神父的翻译，将手稿翻译成英文。由于布雷塞的法文本只译到第二百零六节，布林顿也只好就此打住。布林顿的英译本发表于1885年，并将《索洛拉纪事》命名为《卡克奇盖尔纪事》（*The Annals of the Cakchiquels*）。[①]

1887年，布林顿拍得了皮纳特的收藏，其中就有《索洛拉纪事》的原始手稿。1889年布林顿谢世，手稿按遗嘱捐给了宾夕法尼亚大学博物馆。

由于封面阙如，《索洛拉纪事》的命名一直到20世纪才趋于统一。目前，除了《索洛拉纪事》或《索洛拉纪事——卡克奇盖尔年鉴》外，一些曾用名仍不断被人提及，它们主要有《台克潘阿蒂特兰[②]纪事》（*Memorial de Tecpán-Atitlán*）、《卡克奇盖尔手稿》（*Manuscrito Cakchiquel*）、《卡克奇盖尔古王国史》（*Historia del antiguo Reino Cakchiquel*）、《沙希尔手稿》（*Manuscrito de Xahil*[③]）等等。

原始手稿共有四十八张，正反面书写，凡九十六页，不分章节。手稿上有西班牙语旁批眉注，这些批注显然出自西班牙方济各修士之手，最早可以追溯到16世纪20年代。由此可见，《索洛拉纪事》既写了西班牙人入侵之前，也写了西班牙人入侵之后，尽管主要内容是年鉴和司法案宗。

《索洛拉纪事》开头部分照例写到了玛雅人古老的神话传说，然

① *The Annals of the Cakchiquels*, Philadelphia: Brinton's Library of Aboriginal American Literature, Vol. VI, 1885.

② 被西班牙人占领后，索洛拉易名为台克潘阿蒂特兰。

③ 玛雅地名，位于索洛拉附近。

后才是纪事。其中，第一至第十一自然段讲述远古上帝造人，直至祖先在东部海边图兰（Tulán）会集。第十三至第三十八自然段讲述玛雅卡克奇盖尔人离开图兰，到达阿蒂特兰（Atitlán）。第三十九至第九十八自然段讲述卡克奇盖尔人创建新的家园，以及同基切人的关系。从第九十九自然段开始为纪年，包括西历1493年反抗基切人的战斗。之后是西班牙人入侵索洛拉地区，以及1519年该地区遭受天花之灾。这个过程一直持续到第一百四十三自然段。从第一百四十四自然段开始为殖民地时期，这部分并非本章所关心的，而且内容较为简略。

玛雅城池遗迹

关于《索洛拉纪事》的作者，学术界众说纷纭。1521年之前的神话传说部分应该出自玛雅卡克奇盖尔人之手或之口，而后才被人用西班牙语拼音记录下来。其中，第一百二十八自然段提到了西班牙人“迭戈·胡安”的名字。有学者认为这个迭戈·胡安（Diego Juan）很可能是最早被洗礼的土著居民之一，他卒于1521年。

我将简要地书写我们的创造者和先人，说说他们在远古造人和繁衍的事迹。“这些山峦和谷地曾经无人居住，只有野兔和飞鸟”，他们如是说。当我们的创造者和先人准备拥有这些山峦和谷地时，他们说：“孩子们，就选图兰吧！”

我将写下我们那些真正的创造者和先人的故事。一个叫卡卡维兹，另一个叫萨克泰夸。[①]他们拥有话语（权力）。他们说：“孩子们，我们是在海边，在图兰被我们的母亲和父亲创造的！”这是我们祖先的话语，他们的创造者叫卡卡维兹

① 在第四十七自然段中说到他们来自托尔台卡，这多少印证了玛雅文化与托尔台卡文化的亲缘关系。

和萨克泰夸——两个男神创造了我们这些萨希拉人[①]。

于是，有了住所、家庭、族人的名字：克卡库契、巴卡霍尔、西巴奇海。卡涽和曲蒂阿赫生出了巴卡霍尔们；察纳尔和库库巧姆繁衍了克卡库契们；雅吉和恰约姆创造了西巴奇海们。“哦，孩子们，我们的四个卡克奇盖尔先人来自图兰！”他们这样说。

[……] 卡卡维兹和萨克泰夸有话语的权力，因此他们的话是一切的基础。卡卡维兹和萨克泰夸这么说：“哦，孩子们，我们来自图兰东、图兰西、图兰北西巴尔巴伊、图兰南卡伯维尔！”“那是图兰的四个方向，”他们如是说，“我们从海的彼岸来到图兰，我们的母亲和父亲创造了我们。”

那时，美丽的、伟大的西巴尔巴伊创造了曜石。察科尔和毕托尔创造了人。为了使用曜石，人吃尽了苦头。最初的人尚不完全，他们随遇而安，用地上的草和树叶果腹。“他们不会说话，不会走路，没有血肉，”我们的先人如是说，“哦，我的孩子们，不知道用什么造人。”过了很久很久，创造者不知道拿什么造人。只有两只动物知道造人的秘诀。它们是野狼和野猪。它们知道在一个叫坡西尔的地方有这种材料。创造者在死去的野狗腹中看到了造人的材料：玉米。于是，他们取出了玉米。他们找到了雀鹰，请雀鹰替他们将玉米粉碎。雀鹰从海边带来了貘和蛇的血液，用来洗涤和揉搓玉米粉。终于，察科尔和毕托尔用玉米面团创造了人。而人继承了创造者和造物主的一切智慧和创造力。就这样，男人和女人被造就了。他们如是说。他们创造了十三个男人，十四个女人。这些男人和女人能说话，会走路，有血有肉。“他们开始成双成对。其中一个男人娶了两个女人。于是，人口增殖。”哦，孩子们，古人这么说。于是，有了最初的女儿，最初的儿子。人口增殖，他们学会了使用曜石。

① 索洛拉人的别称。

当时，我们从出的图兰城门紧闭。一只蝙蝠看守大门。我们在城中被造物主创造并且繁衍生息。大地一片漆黑。哦，孩子们，我们的祖先在黑暗中被造物主造就。哦，孩子们，卡卡维兹和萨克泰夸如是说。哦，孩子们，千万不要忘记祖先的故事。你们要世世代代传承这些故事，言说这些将我们哺育、教我们成为范例的话语权力。

我们接受母亲和父亲的教导，成为七个部落中的十三个分支：黑暗中离开图兰的十三个武士部落。我们在黑暗中收拾行李，准备停当。当时，七个部落在图兰左侧，十三个武士部落在图兰右侧。七个部落先得到行李，十三个武士部落后收到行李。七个部落的行李有宝石、金属、大咬鹃盖察尔的绿色羽毛、画卷和雕塑、笛子和圣历、年鉴和可可豆等等。那是多少财富啊！而武士们的行囊装满了矢和弩、矛和盾，他们是何等壮观的战斗族群！就这样，他们离开了图兰。

“哦，我们的儿子；哦，我们的女儿，你们要带着它，要用它生活。”我们的母亲和父亲如是说。他们说的是曜石。“你们要寻找属于你们的山峦和谷地。哦，孩子们，在海的那一边寻找山峦和谷地。”“哦，孩子们，你们要带上曜石，它将赋予你们权力和尊严！”就这样，七个部落和十三个武士部落被赋予了曜石。他们带着曜石、木棍和行李离开图兰，来到这里。“是西巴尔巴伊赋予了我们曜石和木棍。”卡卡维兹和萨克泰夸如是说。他们的语言是一切的基础。

七个部落是最早离开图兰来到这里的。然后是武士们。当他们获得了各自的行李，便先后启程离开了图兰。图兰为他们打开城门。

“祖图希尔人是七个部落中最先离开图兰到达这里的。然后是七个部落的其他人等，最后是我们的武士们。”他们如是说。

我们的母亲和父亲说：“哦，女儿们；哦，儿子们，赋予你们财富和尊严，赋予你们勇气和权力，去占领那片土地，用你们的力量和本能。因为你们有征服一切的能力，用你们的弓箭、盾矛、羽冠和石膏。[1]但你们不能携带宝石、贵重金属、盖察尔绿色羽毛，不能携带画卷、雕塑、圣历和年鉴，也不能携带笛子——笛声使你们忘乎所以。用你们的力量和所有，去争取你们的曜石、金属和绿色羽毛，以及画卷和雕塑。”母亲和父亲这么对基切人说。“你们将在属于自己的山峦和谷地获得你们的一切，用你们的弓箭和盾矛。武士们应有少长之分、弟兄之别。长者为兄，少者为弟，十三个武士群各有一位头领，他们是十三兄弟。我赋予你们弓箭和盾矛。带好你们的武器，东边会有一战。那里叫作苏伊瓦，你们将在那里展示弓箭和盾矛的威力，我的孩子!”离开图兰时，母亲和父亲如是说。

七个部落已经先我们启程。出发的时刻十分可怕，到处是小马蜂、大马蜂、乌云、雾霭、泥泞和瓢泼大雨。我们在雨水和黑暗中离开了图兰。

于是，一切不祥之兆降临了：一只叫作瓜达巴兰卡的鸣禽不住地哀号。“你们将走向死亡，将遭到毁灭，我就是你们的不祥鸟。”鸣禽如是说。但是，我们对鸣禽说，那只是你一贯的叫声。我们义无反顾地离开了图兰。

这时，另一只叫作猫头鹰的鸟，栖息在一截红色树干上，对我们说:“我预见了你们的不祥。”“你无法预见我们的未来，”我们回答道，“我们的先知母亲和父亲已经赐予我们宝石和棍棒。”这时，又有一只叫作鹦鹉的鸟对我们说:“我能预言你们的未来：死亡。”我们反诘说:“你闭嘴！你什么也不是，你只会在夏季来临时哀叹。每当雨季结束，你就不停地抱怨。”

在向导的带领下，我们很快来到了海边，和七个部落及其他武士会师。他们一个个垂头丧气，不知道该如何继续前行。他们没有料到会遭遇大海。武士们和七个部落商议说:“小弟，

---

① 主要用于化装。有关细节在第十九自然段中进行了描述。

你们怎么过海？我们已经在这里等候你们多时了。”我们回答：“你们是兄长，应该你们先行。不过我们怎么才能越过这片海水呢？”他们又说：“小弟差矣，难道我们要被困在这海滩？怎么才能抵达属于我们的山峦和谷地？如果你们想不出好的法子，那么我们这些先来的头领、武士和七个部落也就无能为力了。我们已经困倦。哦小弟弟们，我们的母亲和父亲许给我们的是炫示弓箭和盾矛的地方。”我们的兄长——基切人这么说。这也是创造者和先知卡卡维兹和萨克泰夸告诉我们的。

“好吧，让我们试试。无论如何，我们不能被困在这片海滩，无论如何我们得找到我们的山峦和谷地！［……］”我们对兄长们说。

我们搬来了图兰城门外的木头，它是一根被涂成红色的巨木，我们管它叫卡克奇盖尔。“这也是我们卡克奇盖尔人的来历。哦，我的孩子们！”卡卡维兹和萨克泰夸曾经这么对我们说。我们将木头推进海里，海水分开了。这就是我们从图兰带来的木头。海水为我们让出了道路。我们七个部落和所有武士兴高采烈地渡过了难关。[①]

以上是《索洛拉纪事》的神话传说部分。后续部分虽多处重复有关细节，但主要是对各部落或部族迁徙和争衡的记述，直至有了各自的王国、国王和纪年。其中，第九十三自然段开始讲述基切人对卡克奇盖尔人的征战，之后

托尔台卡人身石柱

① *Memorial de Sololá* (Reproducción facsimilar del texto conservado por el Museo Universitario de la Universidad de Pennsylvania), Muñoz, Jorge Luján ed., Guatemala: Universidad del Valle de Guatemala, 1999, pp.155–159.

是西班牙人入侵并占领整个索洛拉地区。

《索洛拉纪事》的价值在于提供了一个与基切神话传说不尽相同的玛雅创世记版本，并且无意间提及了玛雅文明的重要来源——图兰（又作图拉，Tula）的托尔台卡文化。同时，作为基切神话的补充，卡克奇盖尔部落的这一传奇和纪事具有史诗的品格：从神话传说到编年纪事，给出了玛雅文明从图兰到中美洲的历史沿革；它越过了尤卡坦半岛，给玛雅文明在尤卡坦半岛的仿佛凭空而至、凭空而去的盛衰增添了神秘色彩。

三、《拉比纳尔武士》

《拉比纳尔武士》又名《敦姿舞谱》(*Danza de Tun*)，是古代玛雅文明留给后世的唯一一部舞蹈剧，类似我国的傩戏，但内容远比后者复杂，其源头可以追溯到公元13世纪。拉比纳尔（Rabinal，又称Rabinal Achí）既是族名，也是地名。作为族名，它是玛雅部族之一。在《索洛拉纪事》中，他们和基切人一样，属于玛雅人的一个分支，也即十三武士部落之一。位于今墨西哥中东部的图兰是他们的发祥地，后因未明之故，这个武士部族且战且行，迁徙至今危地马拉。“拉比纳尔武士”之谓即由此而来。

由于这是一个没有固定脚本的舞蹈剧，其内容不断演化。但正所谓万变不离其宗，它的每一代导演（又称传人）都会根据情况有所创新，仿佛我国的《格萨尔》歌手；而宗却是源远流长的玛雅神话传说。根据著名学者恩里盖斯·普恩特斯（Henríquez Puentes, Patricia）考证，历年的内容虽有变化，但大抵是根据《波波尔·乌》《索洛拉纪事》等神话传说和历史故事演绎的舞蹈。主要有两大类：一类是创世记、英雄胡纳普和伊斯巴兰盖兄弟除恶、上帝用玉米造人等故事；另一类是纳瓦传奇。纳瓦是玛雅人的附灵或属相，它们根据孩子出生时距离最近的动物设定，飞禽走兽，无奇不有。[①] 导演（或传人）继

① *Rabinal Achí*, Henríquez Puentes, Patricia ed., *Atenea*, N.502, Universidad de Concepción, 2010, pp. 55-72.

承了古代巫师或祭司的衣钵，演员则根据不同角色戴上面具。舞台、服装和道具也十分讲究，既体现古代玛雅文明的特色，同时也多少会根据现实情境适当演绎，并夹带“私货”。因此，《拉比纳尔武士》是重要的非物质文化遗产。

《拉比纳尔武士》的主要意义在于原生态表演。这些表演将古老的玛雅神话传说代代相传，从而激活了族群的远古记忆。

第一编

第二章　阿兹台卡文学

引言

特诺奇蒂特兰遗迹

首先需要说明的是，阿兹台卡文学是个非常宽泛的概念。这是因为阿兹台卡成为帝国之后，许多周边王国或部落几乎都臣属于它。其次，有关阿兹台卡文学的称谓相当混乱，有称纳瓦文学的，因为阿兹台卡人使用纳瓦特尔语（故而阿兹台卡人又称纳瓦特尔人或纳瓦人）；也有称阿纳瓦克文学的，因为阿兹台卡帝国的中心特诺奇蒂特兰坐落在阿纳瓦克（今墨西哥山谷，当时是湖区）；更有称墨西卡（Mexica）文学的，因为今墨西哥城一带的原住民曾被泛称为墨西卡人（今墨西哥由此得名）。在此，我们将所有用纳瓦特尔语创作的文学称为阿兹台卡文学。它们主要是口传文学，但也有学者坚持认为，纳瓦特尔语已经形成类似于玛雅文的象形兼表音文字。[①]关于这一点，西班牙殖民者贝尔纳尔·迪亚斯·德尔·卡斯蒂略（Díaz del Castillo, Bernal）在其《征服新西班牙信史》（*Historia*

① Garibay, Ángel María: *Historia de la literatura náhuatl*, México: Editorial Porrúa,1971, pp.9-11.

verdadera de la conquista de la Nueva España）中也曾有所提及，谓西班牙人看见大量手帕般折叠或装订成册的“书本”，并且根据蒙特祖玛（Moctezuma）宫中用来记录赋税和贡品的“纳贡册”继续寻找黄金的来源。[①]关于这一点，西班牙御用史官埃雷拉（Herrera y Tordesillas, Antonio de）在其《西印度太平洋海岛和陆地上的西班牙人通史》（*Historia general de los hechos de los castellanos en las Islas y Tierra Firme del mar Océano que llaman Indias Occidentales*）中也有明确记载：在墨西哥，印第安人有他们自己书写的关于历史和立法的书籍。[②]学者加里巴伊（Garibay, Ángel María）更是广征博引，试图说明纳瓦特尔的确已经是一种复杂而有效的文字体系，但除少数残留的石碑（如直径三点六米的太阳石）[③]外，阿兹台卡人的文献早被西班牙殖民者付之一炬。

阿兹台卡太阳石

诚然，本著关心的重点不在阿兹台卡人究竟是否曾拥有文字，而是目前所能看到的所有古代文学，尽管它们早就被翻译成了西班牙语或拉丁表音文本。

① Díaz del Castillo, Bernal: *Historia verdadera de la conquista de la Nueva España*, LXXXIV, CXXXVII, etc., México: Editorianl Porrúa, 1986.［西］贝尔纳尔·迪亚斯:《征服新西班牙信史》下册，江禾、林光译，北京：商务印书馆，2018年，第479页。

② 转引自莱昂-波尔蒂亚:《战败者见闻录》(*Relaciones indígenas de la Conquista y El reverso de la Conquista*)，孙家堃、黎妮译，北京：商务印书馆，2017年，第10—11页。为统一起见，引者对个别译名有所修正。下同。

③ 也称太阳历，记录了太阳、月亮和金星的运行轨迹。太阳历每年分十八个月，每月二十天，再加上年末五天祭祀（公休）日，一年共三百六十五天，其精确程度较西方伽利略历毫不逊色。但是，从太阳石的造型可以看出，它是对玛雅历的继承。同时，阿兹台卡人还发明了月历，后者每年有十三个月，每月二十天，一年共二百六十天。两部历法合在一起，每五十二年重合一次。由于墨西哥山谷是海拔两千多米的高原盆地，四季常青，温差不大，无论哪种历法，都适用于农耕文化。

第一节 诗歌

诗歌是诗和歌的合称，二者难以相互区分，而歌或歌谣是几乎所有民族早期文学的重要体裁和艺术表现形式，并且一直流行至今。我国的《诗经》是古代中国歌谣集，由孔子编选，从而为我们留下了一份弥足珍贵的文学遗产。遗憾的是，玛雅人的象形文字基本被极少数统治者（如国王、城邦首领和祭司）所掌控，主要用于祭祀、纪年等，一般民众并不识得。因此，先民口传歌谣的消失似乎难以避免。多少与歌谣沾边的神话传说和民族史诗也因文明的衰落和西班牙殖民者的入侵而几近消失。

本节评述的阿兹台卡诗歌大抵也是经过殖民者之手流传下来的，主要有宗教诗、抒情诗、叙事诗等等。好在西班牙殖民者入侵时，阿兹台卡文化正处在兴旺时期，因此其歌谣也还保留着鲜活的基因和明确的土著元素。

一、宗教诗

由于阿兹台卡帝国高度政教合一，其文学形态也便极大地打上了宗教的烙印。根据美洲古代宗教研究者卡索（Caso, Alfonso）的说法，阿兹台卡时期之所以宗教文学繁盛，主要是因为：一、宗教对于阿兹台卡人的重要程度可能超过了今人的想象，也许只有当我们遥望欧洲中世纪的时候才能有所体认；二、当时的一切公共活动几乎都围绕宗教仪式和宗教理念进行，私人空间和个人情感被压缩至极限；三、宗教也是一切重要战事、政治，甚至经济行为的主要缘由；四、宗教更是个人为之奋斗，乃至牺牲的主要动因与夙愿；如此等等。[1]马克思对宗教的批判众所周知，现代西方学者如卡索博士者对宗教绵里藏针的批评也所在皆是。而本著旨在客观描述阿兹台卡宗教

① Caso, Alfonso: *La religión de los aztecas*, México: Imprenta Mundial, 1936, pp.51–55.

诗的基本样貌。首先是所有原始宗教同神话的关系，譬如上帝造人，又譬如游牧文化的战神和农耕文化的雨神、风神、太阳神和大地神等等。阿兹台卡文化既继承了玛雅文明的成果，同时又明显带有游牧文化的印迹。当然，如前所述，玛雅文明多少从奥尔梅卡文化汲取了营养，同时又是托尔台卡-特奥蒂华坎文化的继承者或与其有过共时性的存在和交流。

因此，在阿兹台卡人的神谱中，有不少玛雅神祇的影子。譬如玛雅人的雨神恰克在阿兹台卡人那里成了恰克莫尔［也称特拉洛克（Tláloc）］，前者的风神库库尔坎在后者那里成了盖察尔科阿特尔。而盖察尔科阿特尔有时又与战神惠兹洛波奇特利有所交杂。凡此种种，不胜枚举。

前面说过，早在阿兹台卡人进入今墨西哥山谷之前，那里就已经有了一些崇尚歌谣的王国，譬如特斯科科（Texcoco）。后者从国王到王子，几乎个个都是诗人。莱昂-波尔蒂亚（León-Portilla, Miguel）、加里巴伊等学者通过16世纪西班牙传教士萨阿贡（Sahagún, Bernardino de）、奥尔莫斯（Olmos, Andrés de）等收集和移译的文献，整理了不少诗篇，其中最多的便是被阿兹台卡人称为“Teotlatoli”的宗教诗。“Tlatoli”在纳瓦特尔中表示诗，而“Teo”显然是由西班牙人加上去的前缀，在拉丁文中有宗教或神学之意。

早期的纳瓦特尔宗教或泛宗教歌谣中，有不少是关于创世的，譬如以下这首《过去的太阳和世界》（*Los soles o edades que han existido*）：

先知如是说：
有过四个纪，
而今第五纪。

先知如是说，
兔儿一纪时
有天也有地。

他们是先知，
地和天之前
有过四种人，
还有四个纪，
四个太阳纪。

最早的人类，
上帝用灰造。
盖察尔科阿[1]
是七风上帝，
创造了人类
和第一太阳——
四海的太阳。
从四海而来，
再回到四海，
淹没在水中。
人类变鱼儿。

第二个太阳，
是四虎太阳，
叫作虎太阳。
在这太阳纪，
天空被浓缩，
虎太阳静止。
虎太阳高悬。
然后是黑暗，
老虎吃人类，
唯巨人幸免。

① 全称盖察尔科阿特尔。

先知如是说。
巨人这样问：
你没倒下吧？
一旦倒下了，
便不能起来。

第三个太阳，
是四雨太阳，
叫作雨太阳
（又名火太阳）。
它下的是火，
烧死了人类。
还有沙石雨。

他们如是说：
还有石子雨，
曜石沸腾了，
山石被染红。

第四个太阳，
是四风太阳，
叫作风太阳。
这个太阳纪，
风吹走一切。
人变成猿猴，
它们满山跑，
它们是猿人。

第五个太阳，
是运动太阳，

叫作动太阳，
它日升夜落。

他们如是说：
大地被激活，
人类诞生了。
有生就有死。
在十三竹年，
太阳出现了，
人类诞生了。
晨光熹微处，
是太阳之家，
它日升夜落。

是运动太阳。
第五太阳纪。
大地被激活，
人类诞生了。[1]

这与《波波尔·乌》创世记神话如出一辙。在《马德里纪事》中，萨阿贡修士整理了一篇类似的《特奥蒂华坎的新太阳》（*El nuevo sol en Teotihuacán*）：

据说当时一片漆黑，没有光亮，没有晨曦。据说众神互相招呼，聚集在特奥蒂华坎。

他们说，他们如是说：

“天神们，来吧！谁能献身？谁能牺牲？谁能发光？谁

① 根据莱昂-波尔蒂亚译文转译（León-Portilla, Miguel: *Literaturas de Anáhuac y del Incario*, México: Universidad Autónoma de México,1982, pp.20–22.）。莱昂-波尔蒂亚译自纳瓦特尔《夸乌蒂特兰年鉴》（*Anales de Cuauhtitlán*）。

能使黎明出现？”

话音刚落，特库西兹台卡特尔挺身而出。他说：

“天神们，我愿献身。”

众神又说道：

“还有哪位？”

众神面面相觑，嘀嘀咕咕：

“我们该如何献身？怎样献身？”

他们嘀嘀咕咕，犹豫不决。没有哪个再勇敢地站出来。各路大神慌忙退却，一个个没了踪影。

纳纳华琴是其中之一。他侧耳倾听，既不向前，也不后退。于是众神对他说：

“就是你了，纳纳华琴！”

于是，他接过话题，对众神说：

“好吧，谢谢众神抬爱！”

于是，竞赛开始了。纳纳华琴和特库西兹台卡特尔大战四天，直杀得火光冲天。于是，火炉出现了，它叫作神石炉[……]。①

勇敢的特库西兹台卡特尔纵身跳进火炉，从而燃烧了自己，成了太阳。纳纳华琴胆怯了，迟疑了，结果成了月亮。作品中出现了羽蛇盖察尔科阿特尔，他是天神之一。而太阳的意象很可能来自火山爆发。后者巨大的能量使美洲古人联想到了太阳。②

同时，《夸乌蒂特兰年鉴》载有一首长诗，是关于盖察尔科阿特尔的：

① León-Portilla, Miguel: *Op. cit.*, pp.22–23.

② 在阿兹台卡神话传说中，太阳神变成了惠兹洛波奇特利。相传在大地神或神母娘娘科阿特丽圭（Coatlicue）怀上惠兹洛波奇特利后多年没有临盆，她的四百个女儿在老大的带领下密谋让小弟弟胎死腹中，结果遭到了科阿特丽圭的拒绝和惠兹洛波奇特利的报复。后者在姐姐们准备对他和母亲下手时突然蹦了出来，其万丈光芒似万箭齐发，杀得她们落荒而逃。她们最终变成了影影绰绰、躲躲藏藏的月亮和星星。从此，惠兹洛波奇特利取代了特奥蒂华坎人的特库西兹台卡特尔，成了阿兹台卡人的太阳神兼战神。

第一竹年。他们如是说：
盖察尔科阿特尔出现了。
他是我们的先知和王子，
也是我们的祭司。第一
竹年。盖察尔科阿特尔，
他的母亲叫作奇玛尔曼，
第一竹年，他们如是说。
盖察尔科阿特尔着床了，
在他母亲怀中；他母亲
吞下了一粒珍贵的宝石。
第二燧石年，第三房年，
第四兔儿年，第五竹年，
第六燧石年，第七房年，
第八兔儿年，第九竹年，
盖察尔科阿特尔始寻父。
盖察尔科阿特尔九岁了，
心智渐成询问父亲是谁。
“敢问：我父何如今何在？”
“我是否可以和他见一面？”
这时，有人这么对他说：
“你父他早已一命呜呼矣。”
“你看，他被埋葬在彼地。”

盖察尔科阿特尔到彼地。
他挖呀挖呀挖到了深处，
挖出一对骸骨他才满意。
他将骸骨带到了大神庙，
精心安葬在神庙的中央。
那是女神圭亚兹特利庙。

第二兔儿年在托央琴科，
盖察尔科阿特尔驾临了，
在斋戒殿中待了整四载，
陪伴绿色的廊柱和横梁。
[……]

三竹年四石年和五房年，
又过了三年，托尔台卡
来邀请盖察尔科阿特尔。
盖察尔科阿特尔到图拉——
那是托尔台卡人的都城——
做了那里的首领和祭司。

在图拉，又到第二竹年，
盖察尔科阿特尔复斋戒，
他造了斋戒宫和受罚殿，
是为盖察尔科阿特尔年，
也是王子他的第一竹年。
他一连建造了四大宫殿：
绿色的廊柱和横梁宫殿、
珊瑚宫殿和螺旋形宫殿，
还有绿咬鹃彩色的宫殿。

他在那里默默祷告祈求，
并让福祉广布世间苍生。
他在斋戒宫中缩衣节食，
每晚半夜时分潜入水中，
那是他的水晶宫，叫作
阿莫奇科——水中宫阙。
那里有鞭笞苦修的鳍刺，

那是希科科克山巅之湖，
藏着他自我惩罚的鳍刺。
他还有惠兹科、琴托克、
诺诺华尔特佩克山上的
隐修宫殿。诺诺华尔卡，
那里的人们都这样自称。
盖察尔科阿特尔的鳍刺
每一根都是用玉石制成。
盖察尔羽毛像冷杉枝样
披挂在他的身上，还用
火和纯正的绿松石、玉、
贝壳当作向诸神的贡献。
贡献还有蛇、鸟和蝴蝶。

盖察尔科阿特尔，先知
如是说，向天空中央的
众神祈祷。他也向星辰
和照亮一切事物的光明
祈祷：我们身心的母亲，
我们身心的父亲，赐给
大地福祉吧！让它开花！

他祈求人们需要的棉花。
他向着天空祈祷，知道
那里是母亲父亲的寓所，
那是九根梁柱的九重天，
双亲就在那里，在那里。
他们在那里冥思、隐逸。
盖察尔科阿特尔祈求着。

就在他不停地祈祷之际，
发现了无数宝贝：宝玉、
纯正的绿松石、红珊瑚、
贝壳，还有黄金和白银，
以及色彩斑斓的盖察尔、
绿色的羽毛、凤鸟羽毛，
还有红色和黄色的羽毛。
他同时发现了可可之美、
棉花的好处。尤其还有
托尔台卡人的心灵手巧，
他们是真正的艺术高手，
他们是烹调和酿酒能手，
还懂得烧制许多种彩陶，
有蓝绿色、绿色、白色、
黄色、红色和其他颜色。

盖察尔科阿特尔在那里，
奠基、为众神建造大庙。
柱廊都采用羽蛇的形态。
但是，这一切只有开始，
他深居简出，从不示人。
他就在那里，在深宫中，
宫殿戒备森严，卫士们
守护着盖察尔科阿特尔。
他所到之处，皆有警卫。
他每天栖身于玉席之上，
色彩斑斓的羽毛和金银
将他簇拥。他从不示人。

他们如是说，很久以前，

盖察尔科阿特尔在图拉，
很多巫师企图将他欺骗，
撺掇他用活人作为祭品，
但他从未答应牺牲活人。
盖察尔科阿特尔爱众生，
爱他的人民：托尔台卡。
他的祭品一如既往：有
蛇、鸟，以及各种蝴蝶。
据说，他用这些作祭品。
巫师们因此十分恼怒，
他们四处造谣惑众中伤
盖察尔科阿特尔。据说，
巫师们嘲笑他、中伤他，
企图将他逐出图拉圣地，
正如实际所发生的那样。
[……]

于是，巫师们掌握权力，
他们是特兹卡特利波卡、
伊徽梅卡特尔及老三
托尔台卡特尔。他们说，
必须让盖察尔科阿特尔
离开都城。我们才是它
真正的主人。他们说道：
用烈酒将他灌醉，让他
丧失理智，走得远远的，
不再在此苦修，从这里
消失，特兹卡特利波卡
如是说，要让他显示出
他的原形。他们就这样

商议着：如何才能做到？

特兹卡特利波卡第一个，
他带着镜子出发去斋宫，
那是一把闪亮的双面镜，
他将其包好藏在了怀里。

盖察尔科阿特尔在宫里，
他的卫士们遵命守护着。
“请你们前去报告大祭司，
就说有个小伙儿要拜见，
他带来了一件罕世珍宝，
能让他看清自己的模样。”

卫兵们转身进宫去报告，
盖察尔科阿特尔如是说：
“哦，我的爷，你告诉我，
我 容 貌 究 竟 怎 么 样？
尔等快去看看他的物件，
然后再让他进宫来见我。”

特兹卡特利波卡很狡黠，
他死活不教卫士看镜子。
“我必当亲自交给大祭司
[……]。”①

就这样，巫师们费尽心机，让盖察尔科阿特尔看到了自己的丑陋容貌。他无地自容，便毅然决然地闭门谢客，不再现身。但是，巫师

① León-Portilla, Miguel: *Op. cit.*, pp.27–32.

们没有就此罢手，他们一而再，再而三地请求觐见。最后，他们带去了烈酒，用它灌醉了盖察尔科阿特尔和所有卫士。盖察尔科阿特尔无颜面对图拉百姓，终于独自离开图拉，并自焚而变成了启明星。这就是《先知盖察尔科阿特尔》（*Historia del sabio señor Quetzalcóatl*）[①]的基本内容。全诗凡三百余行，它记述了阿兹台卡人对羽蛇盖察尔科阿特尔的崇敬。而其中关于羽蛇反对活人祭祀的传说，也许反映了普通百姓的心声。至于西班牙殖民文化的浸淫则无从考证，只能暂且存疑。而莱昂-波尔蒂亚版和加里巴伊版所从出的纳瓦特尔抄本（《夸乌蒂特兰年鉴》）等究竟多大程度上忠实于前殖民时期的阿兹台卡传说，同样也是个疑问。

此外，加里巴伊从另一个角度给出了阿兹台卡"文学之花"[②]——这是他在《纳瓦特尔文学史》（*Historia de la literatura náhuatl*）中指涉各国族早期歌谣的美丽比喻。他认为阿兹台卡文化是宗教至上的文化，但同时也是二元论文化，即使在其宗教诗中，后一点也十分鲜明。

去吧，到龙舌兰野蛮生长的地方，
用软木和龙舌兰建造你们的房子，
用软木和龙舌兰编织你们的席子。

去吧，朝着阳光出现的方向，[③]
你们在那里掷出投枪：黄色的鹰、
黄色的虎、黄色的蛇、黄色的兔，
以及黄色的鹿。

朝着死亡来临的方向勇敢前进，[④]

① León-Portilla, Miguel: *Op. cit.*, pp.27–36.
② Garibay, Ángel María: *Op. cit.*, México: Biblioteca Porrúa, 1971.
③ 东方。莱昂-波尔蒂亚注，下同。
④ 北方。

在荒凉的草原上掷出你们的投枪：
蓝色的鹰、蓝色的虎、蓝色的蛇、
蓝色的兔，以及蓝色的鹿。

朝着耕耘的土地方向行进，[①]
在鲜花盛开的地方掷出你们的投枪：
白色的鹰、白色的虎、白色的蛇、
白色的兔，以及白色的鹿。

朝着长满荆棘的地方进发，[②]
在荆棘丛中掷出你们的投枪：
红色的鹰、红色的虎、红色的蛇、
红色的兔，以及红色的鹿。

你们在那些地方掷出投枪，
和你们的天神接洽：黄色、蓝色、
白色和红色，鹰、虎、蛇、兔和鹿。
用你们的双手承接神赐予的时光。
古老的神明，你们要谨记于心：
米斯科阿特尔、托斯潘和伊惠特尔。[③]

加里巴伊根据16世纪西班牙传教士萨阿贡在《马德里纪事》中的题签，认为这首诗出自女性之口，表达了母亲或女王对孩子们的教诲。此外，也正是基于二元论思维，阿兹台卡人的歌谣中出现了歌颂女神的诗章：

① 西方。
② 南方。
③ Garibay, Ángel María: *Op. cit.*, p.116.

黄色花朵开始绽放，
那是我们的母神，
用面具遮住脸庞！
你来自塔莫安昌。

黄色花朵是你象征，
你是我们的母神，
用面具遮住脸庞！
你来自塔莫安昌。

白色花朵开始绽放，
那是我们的母神，
用面具遮住脸庞！
你来自塔莫安昌。

白色花朵开始绽放，
你是我们的母神，
用面具遮住脸庞！
你来自塔莫安昌。①

阿兹台卡人在其创世神话中也确是将主神母亲和父亲并列的。一些颂歌更是凸显了母神的光辉：

神明，圆圆的软木上，
我们的母亲，曜石之蝶！

瞧啊，用鹿心浇灌
九重原野。

① Garibay, Ángel María: *Op. cit.*, p.117.

我们的母亲，大地的女王，
洁白的躯体装点着鲜艳的羽毛。

投枪在四方断裂，
而她变成了牝鹿。

[……]

“你到哪里去，你到哪里去？”
“我要去战场，向着圣水，
那是男人的血液。”
我们的母亲，曜石之蝶。

烽烟四起，热血四溅，
卡玛斯特莱神[①]的心
痛苦不堪。[②]

这充分证明了阿兹台卡女性神祇抑或女性在生活中的地位。女性神祇固然可能是母系社会的遗迹，同时也可能是女性精神的外化，但何尝不是二元论思想的镜像呢？在男神–战神–太阳神惠兹洛波奇特利身边，应该有神母–大地女神科阿特丽圭的位置。

此外，在阿兹台卡的有关纪事中，神母歌舞通常是由少女演绎的，它们节奏明快，乐感强烈：

十三鹰年哦，我们的神母，
她是恰尔玛的女王。
软木是她的荣耀！

---

① 加里巴伊认为这是个外来形象、异族神祇，不属于阿兹台卡文化。Garibay, Ángel María: *Op. cit.*, p.159.
② Ibid., p.118.

王子米斯科阿特尔[①]，
武士是我们神母！
武士是我们神母，
科尔华坎之鹿啊，
羽毛是她的彩装。[②]

与大地神母相关联的是玉米神，她也是阿兹台卡人歌颂的主要神明之一。有诗为证：

我从鲜花盛开的地方[③]来，
我是红色的朝霞和春风。

这也是你，戴面具的女神，
你是黎明的主人：你是
春风和殷虹朝霞和姥祖。

司夜的特兹卡特利波卡，[④]
不祥之兆的报播者，
请回答玉米神的诉求。
[……][⑤]

又譬如：

在橡胶球场之上，
雉鸡在咕咕鸣叫，
玉米神向它致意。

---

① 米斯科阿特尔为太阳或神惠兹洛波奇特利的别名。
② Garibay, Ángel María: *Op. cit*., p.121.
③ 这里的空间也指时间，譬如春天或夏天。
④ 原文“Tezcatlipuca”可能有误，故改译为特兹卡特利波卡。
⑤ Garibay, Ángel María: *Op. cit*. pp.124–125.

朋友们尽情歌唱，
还有雉鸡的鸣叫，
歌唱辛特奥特尔[①]，
迎接黎明的闪耀。[②]

或者：

你只能听见我的歌声，
戴着面具和铃铛的神。
你只能听见我的歌声，
哦，魔鬼西帕克托纳利。

我是特拉洛坎的主人，
制定法律，创造财富。
我是特拉洛坎的主人，
这里的土地为我分道，
我是玉米神辛特奥特利。
我是何方神圣?
哪里是我的栖息地?
我是特拉洛坎的主人，
祈求雨神普降甘霖！[③]

玉米等农作物依赖雨水，而墨西哥高原和尤卡坦半岛一样，常年干旱，因此，玉米神和雨神密不可分。阿兹台卡人继承玛雅文明，雨神特拉洛克（有时也作恰克莫尔）便是一个显证。恰克是玛雅人的雨神，在玛雅神谱中占有重要地位；同样，特拉洛克（或恰克莫尔）也是阿兹台卡人的主神之一。以下是一首雨神颂歌：

---

① 即玉米神。
② Garibay, Ángel María: *Op. cit.*, p.125.
③ Idem.

色彩缤纷的玉米神说：
红色线条①是我出生的象征，
斑斓色彩是我生长的地方。
玉米在那里结出果实，
太阳神在那里阳光普照。

那里是雨水和云雾之乡，
喜水的植物开花结果。
我是神祇播撒的财富，
来到这片土地的孩子。

心儿在缤纷色彩中跳动，
歌唱水土肥沃的地方。
王子公主尽情舞蹈，
而你是阿特利台潘的主人！

神将我②创造，使我绽放，
用花儿和歌声将我簇拥。

托尔台卡人擅长绘画：
用他们的画卷穷尽一切，
你是这一切最完美的心。③

对战神和太阳神惠兹洛波奇特利的歌颂，阿兹台卡人可谓不遗余力。他们把最美的歌谣献给了他。《马德里纪事》中有一些拉丁表音诗篇，在此不妨摘录一二：

① 指阳光。
② 加里巴伊译文为“你”，但据上下文推测应该是“我”——玉米或玉米神。雨神特拉洛克是其歌颂的对象。
③ Garibay, Ángel María: *Op. cit.*, pp.125-126.

Ichimal ipan chipuchica
Huey a mixihuiloc yauhtlato Aya
Ichimal ipan chipuchica
Huey a mixihuiloc yauhtlato Aya.[①]

母腹是你的盾牌
武神降生光芒万丈
母腹是你的盾牌
武神降生光芒万丈。

Coatepec tequihua tepetitlan
Moxayahualtehuehuel
Ayac in nelli moquichtihui ihui in!
Tlalli cucuechihuia
Ac in moxayahualtehuehuiel?[②]

你是蛇山上的主人
你有面具般的胸盾
没有人比你更勇武！
你的脚步使大地颤抖
谁还有面具般的胸盾？

大意如此。在加里巴伊看来，有一首对话体颂歌堪称完美。它展示了阿兹台卡的人–神关系：

惠兹洛波奇特利，年轻的武士，
纵横天下，从你的天庭。

① 萨阿贡：《马德里纪事》，转引自 Garibay, Ángel María: *Op. cit.*, p.133。
② 同上。这是拉丁表音，但如今墨西哥城周边的不少印第安人仍能听懂。

我身披金羽并非徒然，
普照阳光是我的光芒。

惠兹洛波奇特利，万能的武士，
云霓是你在天庭的脚印。
你向寒冷的土地伸展羽翼，
哦，用你的双手将它温暖！

你用羽翼遮挡炎热的地方，
使万丈光芒变得柔和。
战争的怒吼如水沸腾，
而你是战无不胜的武神！

你是我们的护佑。
用纸衣遮挡你的光焰，
我们目睹你的和光同尘
夜落日升。①

类似的情况出现在许多阿兹台卡诗歌中，人与神的对话时常出现。以下这首也是如此，它有两个叙述者：一个是诗人或歌者，另一个是玉米或玉米神。人歌颂神，而神却不得不祈求别的神祇，这难免让人想起荷马史诗中的一些情景：

夜幕降临。
你为什么这样傲慢？
退一步吧，重新披上红衣！
吾神静躺在祖母绿样的水面：
他从水渠轻轻滑落，

① Garibay, Ángel María: *Op. cit.*, pp.134-135.

身披落羽杉似的羽毛；
绿松石般的翠蛇哦，
赐予我福祉吧！

我不是你说的模样，
我是玉米秆的身躯，
祖母绿是我的心扉，
期盼闪耀金光的水！
我的生命将被激活：
使羸弱者变得强壮，
并勇敢地奔赴战场！

吾神仰望苍天，
她不停地哀叹：
我是玉米秆儿，
也是你的神明，
从山岗来到这里。
我的生命将被激活：
使羸弱者变得强壮，
并勇敢地奔赴战场！①

在众多的阿兹台卡宗教诗中，有一首描述了盖察尔科阿特尔用骸骨造人，这多少解释了阿兹台卡人（甚或今天的墨西哥人）关于生死的某些信仰和怀想：

众神面面相觑："谁来世上繁衍?"
天空造出来了，大地也造出来了。
"诸神，谁来这世上繁衍生息?"

① Garibay, Ángel María: *Op. cit.*, p.144.

诸神众说纷纭，莫衷一是。

这时，盖察尔科阿特尔来到冥界，
会见冥界的神父和神母，说道：
“我来了，为了你们的收藏。
我需要你们收藏的骸骨。”
冥界神父大惑不解，问道：
“盖察尔科阿特尔，你要骸骨做甚？”
“哦，上天诸神一筹莫展，
不知谁可繁衍世间。”

冥界神父回：“好吧，吹响螺号，
取走四倍骸骨，从我祖母绿之殿。”

螺号响个没完，引来了许多蠕虫，
还有许多马蜂和嗡嗡纷飞的夜蜂。
蠕虫挖洞，马蜂和蜜蜂钻了进去。

冥界神父于是说道：
“好吧，取走骸骨，尽早归还！
告知上天诸神，请尽早归还！”
盖察尔科阿特尔以为不然：
“哦，这可不行，我不能归还。”
这时，盖察尔科阿特尔的纳瓦尔[①]说：
“好吧，我会择日归还骸骨。”
于是，盖察尔科阿特尔大声说：
“好吧，我一定择日归还！”
盖察尔科阿特尔走上宝殿，

① 纳瓦尔即附灵。

选取了上佳的骸骨，有男性的，
也有女性的，然后将其捆成一团。

冥界神父在背后高喊：
“诸神啊，他带走了上佳的骸骨！”
诸神根据冥界神父的指引，
为这些骸骨挖了安顿之所。
盖察尔科阿特尔带着骸骨，
一股脑儿遁入挖好的洞穴，
昏昏沉沉，久久没有苏醒。
这时，来了无数鹌鹑，
它们开始啃噬那些骸骨。
终于，盖察尔科阿特尔苏醒了。
他哭丧着脸，对纳瓦尔说：
“接下来又该如何？”
“接下来又该如何？”
纳瓦尔应声反问道。
[……]
盖察尔科阿特尔拾掇好骸骨，
并将它们捆好包好，
向着塔莫安昌进发。
到达塔莫安昌，拜见冥界神母。
基拉兹利神母将骸骨磨成细粉，
她把粉末倒在精致的脸盆里。
盖察尔科阿特尔在众神祷告声中，
用他雄性的血液将其搅和：
“就这样，天神的幸运儿——
人类降生了[……]”①

① Garibay, Ángel María: *Op. cit.*, pp.295-296.

二、抒情诗

阿兹台卡人的抒情诗固然多少具有世俗倾向，但本质上仍与宗教信仰有着千丝万缕的联系。即使是在阿兹台卡人占领阿纳华克之前，像特斯科科这样被称为诗歌王国的城邦，其抒情诗也不时地呈现出弃世厌俗的气韵。

城市建在一波波祖母绿的涟漪中，
墨西卡围着盖察尔羽毛亭亭玉立。①
武士一船船从这里出发奔赴战场，
花样的雾霭萦绕着武士们的身躯。

那也是你的家乡，生命的创造者，
你统治四面八方，是唯一的主人。
有关你的颂歌响彻整个阿纳华克，
花样的雾霭萦绕着武士们的身躯。

白色柳树和白色羽毛簇拥墨西哥，
而你是蓝色的仙鹤飞翔在它上空。

你在这里展翅，让羽翼更加美丽，
并福泽你的臣民和所有你的领地。②

这是一首歌颂祖国的赞美诗，其家国情怀远远超越了上述宗教诗的意蕴，但它远非阿兹台卡抒情诗的经典之作。在阿兹台卡人入主阿纳华克地区之前或期间，这里曾经诗人云集，有名有姓的就有十几

---

① 阿兹台卡首都特诺奇蒂特兰是今墨西哥城的前身。当时山谷还是一片湖泊，阿兹台卡首都就修建在大湖中央的半人工岛上，有几条石堤连接陆地。

② Garibay, Ángel María: *Op. cit.*, p.160.

位，佚名诗人更是不计其数。16世纪，经西班牙传教士萨阿贡收集的《墨西卡诗抄》（*Cantares mexicanos*，或译《墨西卡歌谣》）仅仅是纳瓦特尔诗歌的冰山一角。这里先介绍几位著名诗人。

（一）特拉尔台卡钦（Tlaltecatzin，14世纪）是夸奇南科（Cuauhchinanco）的国王。夸奇南科位于今墨西哥布埃普拉州。公元14世纪阿兹台卡人占领墨西哥山谷之前，特斯科科王国是整个山谷及其周边地区的盟主。由于托尔台卡–特奥蒂华坎人崇尚诗歌，特斯科科王国继承了这一传统，其邦国或臣属国也纷纷效仿或同样继承了这一古老的传统。作为国王，特拉尔台卡钦是当时纳瓦特尔语系闻名遐迩的诗人，但遗憾的是他的作品已散佚殆尽，《墨西卡歌谣》中只有他的一篇诗作，被萨阿贡称作《夸奇南科的特拉尔台卡钦之歌》（*Canto de Tlaltecatzin de Cuauhchinanco*）：

我来统领这些山峦，有人这么说，
妙手画出鲜花，我给它们以生命。
这是诗人的手艺：
你深居简出，待在宫里，
特拉尔台卡钦，从那里发出吼声。
你引吭高歌，歌唱你的神明。
可可煮鲜花，泡沫飞溅。
我品尝龙舌兰酒，心花怒放：
灵魂醉了。
我用心品尝，让灵魂酣醉。
唯有鱼膘槐得意扬扬，
用垂枝撩拨你的发冠。
你，神母，可爱的母亲，
用鲜花使可可更加沁香：
你把自己奉献，
最终却被抛弃，
孤独地走向死亡所在的地方。

你为王子们而来，
你是伟大的创造，却自我牺牲。
脚踏大地，它用绿松石般羽毛织就，
有翠绿，有金黄。
你把自己奉献，
最终却被抛弃，
孤独地走向死亡所在的地方。
而我无比忧伤：
我不想去死亡所在的地方。
我的心多么美好，因为我只是个诗人，
我的鲜花是纯金的。
一旦放下，环视王宫，
但见鲜花遍地。
也许，我的代价是放弃
无数的珠宝和盖察尔羽毛，
只为拥抱我的这份手艺。
[……]
然而，我会逝去，我会远行，
我会奉献，哦，万能的神！
走吧，哪怕穿上殓衣，
我只是一个诗人。
就这样吧，即使有人感同身受，
他能企及我的灵魂？
我将独自离去，用鲜花裹心：
去它的珍宝，
哪怕它们是稀世珍宝！①

这是一首美艳无比的抒情诗，诗人将诗比作心灵的花朵。为了这

① *Poesía náhuatl*, III, Ángel María Garibay ed., México: Universidad Autónoma de México, 1968, pp.17–18.

些花朵，他视荣华富贵如粪土。这是何等浪漫又富有诗情画意！

墨西哥货币中的内萨瓦科约特尔

（二）内萨瓦科约特尔（Nezahualcóyotl, 1402—1472）是特斯科科王国和纳瓦特尔语系最负盛名的诗人。乃父是特斯科科第六代君主，祖先是奇奇梅卡人；母亲系阿兹台卡公主。内萨瓦科约特尔少年时期，王国受到外敌入侵，他被迫流亡，稍后联合阿兹台卡人夺回了失地。内萨瓦科约特尔登基后虽未建功立业，却因散发着虚无主义情调的优美诗篇在整个阿纳华克享有崇高的声誉。正因为他的诗作透着明显的忧伤和出世的超拔，后来的现代主义诗圣鲁文·达里奥（Dario, Rubén）视他为先贤，以他为骄傲。以下是他流传于世的几个诗章：

造物主不在任何地方，
却到处受到膜拜，
我们的主，到处受到崇敬；
芸芸众生，追寻他的英名和光耀。

他创造万物，
也创造了自己：造物主。
普天之下莫非他的信徒。
芸芸众生，追寻他的英名和光耀。

然而，人间没有哪一个
可以成为他的朋友。
他是生命的创造者：
只为被人膜拜，

只为被人仰望。
人们生活在大地上，
与他毗邻。

没有人能够成为
他真正的朋友。
哦，生命的创造者！
一如我们在鲜花丛中
追寻某个身影，
我们将你寻觅。
我们生活在大地上，
与你毗邻；
但是你会对我们产生厌倦。
我们不能始终待在
你的身旁。

造物主使我们疯狂，
让我们陶醉。
也许我们终究不能和你在一起，
取得成就，统领一方。

唯有你可以改变一切，
我们对此心知肚明：
也许我们终究不能和你在一起，
取得成就，统领一方。①

本诗原无标题，或可称之为《无题》，而莱昂–波尔蒂亚称该诗为“宗教诗”（Teocuicatl）。然而，事实上，这是一首对生命充满了怀疑

① León-Portilla, Miguel: *Op. cit.*, pp.67–68.

的反宗教诗。也只有将它纳入相对世俗，甚至怀疑主义思想体系，才符合内萨瓦科约特尔的风格和其诗的意境。在另一首无题诗中，他这样写道：

我，内萨瓦科约特尔扪心自问：
难道我们真的可以扎根大地?
我们在此不会长久：
生命只是短暂瞬间。
即使玉石也会破碎，
设若黄金也会熔化，
盖察尔羽毛照样断裂。
人间不是久留之地，
生命只是短暂瞬间。[①]

同时，他十分珍惜亲情。有一首短歌（或谓“断章”）如是唱：

我爱那嘲鸟[②]的歌唱：
它的歌声婉转动听。
我也爱玉石的光彩，
以及鲜花的芬芳，
但我更爱我的兄弟：人。[③]

以下是《墨西卡歌谣》收录的内萨瓦科约特尔诗作，莱昂-波尔蒂亚按时间顺序译出：

我徒然降生，

---

① León-Portilla, Miguel: *Op. cit.*, p.98.
② 北美的一种鸣鸟，因其婉转动听的百变叫声而闻名于世。
③ 这是一首广为传播的短歌，也是维基百科唯一收录的内萨瓦科约特尔诗作，却并未记入《墨西卡歌谣》。本著姑妄辑录。

徒然来到这个世上，
经造物主之手呱呱坠地。
我一无所有！
真希望我没有降生，
真希望我没来到人世。
我无言，然而……
我将何去何从？
哦，人间的王子！
我该如何面对世人？
我将如何作为？
好好想想吧！

我能在大地上立足吗？
我的命运又将何如？
我一无所有。
我心悲哀。
而你只是我短暂的朋友，
造物主，此时，此地。

我当如何面对世人？
何其难哉，
万能的造物主！
你无声无息，
以便众生安宁！
而我却横遭不幸，
只能寄人篱下，
在世人面前抬不起头。
我无比痛苦，
我多么不幸！
我被抛弃，

在这人间大地。

你于心何忍，
生命的创造者？
消消气吧，
发发慈悲，
造物主，我就在你的身边！
难道你想眼睁睁地看我走上绝路？

难道来到世上，
我们就真的幸福？
不是真的，
我们并不幸福。
我们一无所有。
痛苦预示着一切，
在此，面对芸芸众生。

我的心别再伤悲。
无须多思。
事实上，活在世上
连我自己都感到可怜。

我是来感受痛苦的，
此时此地，在你身边。
我只想寻找、
思念我的朋友。
难道他们还会回来，
还会重生？
不。我们只活一次，
只有一次来世的机会。

愿他们切勿伤悲，
在造物主的身边！

——《流亡之歌》(*Canto de la huída*) ①

这是内萨瓦科约特尔少年时期的作品，已然透着虚无。这是环境使然，他从养尊处优到亡命天涯，心中的悲凉自不待言。但他终究是个聪颖过人的少年王子，未几，他便联合阿兹台卡和特拉斯卡拉(Tlaxcala)，组成“光荣联盟”，挥师杀回特斯科科，赶走侵略者，夺回了王权。登基之后，他依然对生命充满怀疑，其诗中的虚无倾向有增无减。

如画之家，②
开始歌唱，
试试音调，
鲜花播撒，
歌声欢畅。

歌声嘹亮，
铃铛齐鸣，
鼓声斑驳，
竞相应和。
鲜花播撒，
歌声欢畅。

雉鸡高歌，
在花丛中；
歌声激起
水之涟漪。

① 又译《逃亡之歌》。León-Portilla, Miguel: *Op. cit.*, pp.93–94.
② 原文如此，比喻春天。

红色凤鸟
纷纷应和，
色彩艳丽，
鸣声欢喜。

心之画本，
亦来歌唱。
用尔鼓点，
伴尔歌声，
在春之家，
悦尔之人。

万紫千红。
尔用鲜花
令人陶醉，

尔是歌手。
在春之家，
取悦众生。

——《春之歌》(*Canto de primavera*)[①]

在这首诗中，内萨瓦科约特尔用大量移情（拿空间指代时间）、拟人等手法，将春天描写得生机盎然。遗憾的是这样的作品十分罕见：也许是春天的美景使他陶醉，于是心血来潮；也许是春天的短暂使他触景生情，从而有感而发。犹如崔护所吟（“去年今日此门中，人面桃花相映红。人面不知何处去，桃花依旧笑春风”），内萨瓦科约特尔终究要回到他悲天悯人的虚无主义：

① León-Portilla, Miguel: *Op. cit.*, pp.95–96.

秘密吾知不消说：
尔等神明情何堪?
在世生灵终须殁，
四季轮回人已消。

人生有来终有走，
人间并非久留处……
既非玉石必短寿，
既非黄金难以酬。

玉石黄金永留传，
唯有人类不可留，
生老病死彼地转，
何人曾经得幸免?
人生来世终须死，
尘土一堆人没了。
一生譬如一画纸，
颜色褪尽命即止。

人生又像一枝花，
娇艳一时枯萎了，
落地变作泥土渣。
或似盖察尔羽婳，

鸟颈色彩美如画，
一朝褪去若橡胶。
吾等也似彩羽鸟，
终须入土归他家①。

① 原文为“su casa”，故译作“他家”。

[……]

——《秘密吾知》(*Percibo el secreto*)[①]

类似基调的作品最是内萨瓦科约特尔风格。在《墨西卡歌谣》收录的十余首诗中，悲观、虚无色彩浓郁的作品占半数以上。除了前述较为完整的诗章外，还有一些残篇或断章，也大都倾向于表现虚无情态。譬如以下短歌：

我们向何处去？
哪里没有死亡？
难道只能哭泣？
心志必须坚强：
没有万寿无疆。

天下没有永生，
王子生而向死。
裹尸正在焚烧，
心志必须坚强：
没有万寿无疆。

——《我们向何处去》(*¿A dónde iremos?*)[②]

吾之花朵不会消失，
吾之歌声不会停息，
歌手创造使其永存。
它们被传颂被欣赏。
即使自然之花陨落，
褪色枯萎叶落归根，
最终进入他家中央：

① León-Portilla, Miguel: *Op. cit.*, pp.98–99. 标题系莱昂-波尔蒂亚所加，下同。
② Ibid., p.100.

金色羽毛凤鸟巢穴。
——《我的花朵不会消失》
(*No acabarán mis flores ...*) ①

造物主用花作画，
为歌声增添色彩，
同时让一切黯淡，
使生命回归了无。

你消灭雄鹰老虎，
让吾等短暂人生
仅留于你的画本。
你用黑色的颜料，
抹去兄弟的印迹，
还有贵族与众生。
用黑色抹去人生。
——《用花作画》(*Con flores escribes*) ②

看看我吧，我来了。
我是雉鸡，是白花。
羽冠似扇高扬，
我是内萨瓦科约特尔。
我从阿科华坎来，
那里鲜花盛开。
听吧，我为你歌唱，
让你开怀，蒙特祖玛！
当嗒利利，啪啪啪，阿恰拉，阿恰拉！

① León-Portilla, Miguel: *Op. cit.*, p.101.
② Idem.

祝你早日康复！
祝你健康长寿！
这里玉石柱廊成行，

这是墨西卡[①]的宫殿，
宏伟壮丽。
绿水环绕，
白柳茵茵。
这里有你祖上的基业，
惠兹利惠特尔、阿卡玛皮奇特利……
哦，蒙特祖玛，你为他们哭泣！
你守护着他们的席榻和御座。

合唱：
哦，蒙特祖玛，为祖宗哭泣！
你眺望山水和城池，
你审视自己的病躯。
哦，内萨瓦科约特尔，
你从水面来，
拨开绿萍，
来到墨西卡。
你受到欢迎，
你探望病人。
你，内萨瓦科约特尔！

雄鹰在唳，
豹猫嘶鸣，
这是墨西卡，

① 莱昂-波尔蒂亚将“墨西卡”直接译作“墨西哥”，似有不妥，故此还原，并予说明。

伊兹科阿特尔[①]统治过的地方。
你从他那里继承席榻和御座。
白柳簇拥，
你号令天下。
白竹成林，
碧水似翠。
这是你的墨西卡。

你，拥有袅袅垂柳，
青翠如碧。
你使城池生辉。
萦绕我们的雾霭已经退却，
让鲜花盛开吧！
它们使你的双手永远馨香！
它们是你的言语，是你的歌。
让华丽的羽冠继续在你头上招展，
让仙鹤嫉妒，
让盖察尔羡慕。
王子们永远是好朋友！

萦绕我们的雾霭已经退却，
让鲜花盛开吧！
它们使你的双手永远馨香！
它们是你的言语，是你的歌。
鲜花正在绽放，
绿萍随波起舞。
这是墨西卡。
没有战争，只有兴盛。

① 伊兹科阿特尔（Itzcóatl），阿兹台卡国王，1428—1440年在位，其间应内萨瓦科约特尔的请求，与特斯科科和特拉科潘结为三国“光荣联盟”。

处处书香画美。
这就是特诺奇蒂特兰。

它使领土拓展，使百花盛开，
它在大湖中央，
环视天下。

玉柱成行，
矗立在大湖中央，
唯有神功，
庇佑阿纳华克，
在天一般的湖面。
珍贵的鲜花在你手中，
白柳将城池簇拥，
四周是浩渺的湖水，
还有阳光普照。
你在大湖中作画，
使阿纳华克变得美丽。
哦，主人们！
内萨瓦科约特尔，
蒙特祖玛，
你们是造物主的瑰宝，
我们的父神将你们创造，
在水中央……

——《内萨瓦科约特尔之歌》

（*Canto de Nezahualcóyotl*）[①]

① 这是内萨瓦科约特尔献给阿兹台卡内兄蒙特祖玛一世（1398—1469）的诗句。当时后者病重，内萨瓦科约特尔前去探视，并写下了这首长诗。

我约雍钦[1]，
来到世上，
只为采花。
我来到世上只为采花。
采撷名贵的鲜花，
它们是友谊的象征。
它们是王子，哦！
我是内萨瓦科约特尔，约雍钦。

我焦急地寻觅，
寻觅真正的歌谣。
我同样寻觅，
寻觅朋友。
我们聚会：
这是友谊的见证。

幸福多么短暂，
欢欣一晃而过，
这是我的心声。
我约雍钦有生之年，
将追寻鲜花，
采撷鲜花，
不枉来此一朝。

我渴望友谊，
高贵的友谊。
我要和众人分享
生命中如花的歌谣。

① 约雍钦（Yoyontzin），内萨瓦科约特尔的乳名。

就像金子一样，
或者珍贵的项链
和盖察尔羽毛，
是我渴望的歌谣，
真正的歌谣。
它们令人欢畅。

谁在舞蹈，
脚踩音乐，
在春之家？
是我，约雍钦，
但愿我心欢畅！

——《我来了》（*He llegado ...*）[①]

（三）托托基华钦（Totoquihuatzin，1469—1489）是特拉科潘（Tlacopan）的国王。特拉科潘位于今墨西哥城西北部的塔库巴（Tacuba）地区。托托基华钦的抒情诗明显具有特拉尔台卡钦的遗风：

我敲击小鼓：你们多么欢欣，
我的朋友！
小鼓嗒嗒嗒嗒咚咚咚。
鲜花多么芬芳美丽，
在托托基华钦宫中。
嗒嗒嗒嗒咚咚咚。
世间也有欢乐！
嗒嗒嗒嗒咚咚咚。
我们尽情享乐，耶，耶，耶！
嗒嗒嗒嗒咚咚咚。

① León-Portilla, Miguel: *Op. cit.*, pp.105-106.

我的心儿是玉髓，
我的鲜花是黄金。
嗒嗒嗒嗒咚咚咚。
我用鼓点和鲜花装饰宫殿。
哦，有朝一日我会离开这些。
嗒嗒嗒嗒咚咚咚。
这是我的歌谣？
嗒嗒嗒嗒咚咚咚。
你的心在歌唱，
嗒嗒嗒嗒咚咚咚。
我奉献的花儿令人陶醉，
它们是我百媚千红的歌谣。
嗒嗒嗒嗒咚咚咚。①

在另一首对话体诗歌中，托托基华钦依然用鼓点抒发他的情感，是谓《鼓之歌》（*Canto de Atabal*）：

歌者甲：大地在颤抖，墨西卡人在歌唱，
鹰在舞，虎在蹈。
让惠索钦科②人来看看：
在鹰的国土上，
墨西卡人歌声震天。
歌声震天动地！
在雄伟的山岗，
白色的鲜花绽放：

① León-Portilla, Miguel: *Op. cit.*, pp.106–107.
② 惠索钦科（Huexotzinco），古代墨西哥地名，位于今布埃普拉州东南部，曾是阿兹台卡的重要敌对国之一。据传在蒙特祖玛一世时期曾发生大规模饥荒。阿兹台卡人相信必须拿活人的鲜血来祭奉神明方能驱除灾祸，故而联合同盟国向敌对国家发动旨在获得祭品（即战俘）的荣耀之战。而惠索钦科当时还是阿兹台卡的敌对国之一。

在鹰山脚下，
是铺天盖地的盾牌，
奇奇梅卡人[①]的鹰铃铛和虎铃铛
顿时响彻云霄。
云霓般的羽旗招展，
墨西卡人要上战场。

歌者乙：看吧，我的盾牌，
我是顶天立地的墨西卡人。
没有一个朋友会活着回来！
嗨，你在哪里？有何使命？
我是墨西卡人，在水中降生。
哦，内萨瓦科约特尔：
你的圣水泡沫四溅，
你篝火的烟雾在水边袅袅上升。[②]

在另一首关于生命脆弱的抒情诗中，特拉尔台卡钦这样吟道：

我是一只欢乐的水鸟。
我在浩渺的水中歌唱，
我的心追随岸边的人们，
我为我的花朵调色，
并使王子们陶醉。
盛装辉煌。
而我却感到了忧伤，
我的心无比忧伤，
我是九水岸边的诗人，
出生在色彩斑斓的水乡。
哦，我的友人已相继死去，

① 奇奇梅卡人和托尔台卡、特奥蒂华坎人一样，被认为是墨西卡人的先辈。
② *Poesía náhuatl*, III, p.20.

而我戴着珠宝项链，
炫耀诗人的光辉。
珠宝光芒闪耀，
象征诗人的骄傲。
我的心醉了。
我会埋葬在鲜花盛开的地方！
我歌唱，因为我痛苦，
我的心醉了。
我是诗人，我心痛苦。
我会埋葬在鲜花盛开的地方！
我将留下如画的作品，
我是诗人，我的作品永存世上。
人们将记住我的歌唱，
哦，我的听众，
我会消失，我会死亡。
我将被黄色的羽席包裹，
哭丧老妪将为我哭泣，
哭声四处飘荡，
我的遗骸在墓中成为干柴，
在斑鸠成群的岸边。
哦，我痛苦，我的听众，
我在羽毛的华盖下离开人世，
被带到特拉帕拉，直至变成一缕青烟。
我会离去，我会消失，
我将被黄色的羽席包裹，
哭丧老妪将为我哭泣。①

（四）阿约宽（Ayocuan Cuetzpaltzin，15世纪），恰尔科（Chalco）

① *Poesía náhuatl*, III, pp.21–22.

王子、纳瓦特尔诗人。1465年因国土被阿兹台卡人占领，阿约宽流亡至惠索钦科。他的作品犹疑中有哀伤，哀伤中有犹疑，体现了某种不可知论。

美丽的鲜花和歌谣，
从天空的中央降临。
我们的欲望使它们变丑，
我们的作为使它们衰败，
除了奇奇梅卡的王子，
唯有他们使一切快乐！

友谊是奇花之雨。
仙鹤的洁白羽毛，
缠绕着红色花朵：
尊贵的王子们，
在花枝下漫步，
品尝鲜花。
你们美妙的歌谣
是金色小鸟的鸣叫，
金玲般响彻云霄。
你们在鲜花丛中，
放声歌唱。
难道你是造物主的奇鸟？
难道你在和造物主对话？
每当黎明来临，
你就开始高歌。

我的心也想发奋，
将它们找寻——
造物主的奇花。

我该如何作为？
也许我们徒有此生，
在大地上枉自萌发。
难道这就是命运，
野花似的凋零？
自生自灭，了无印迹？

我不会留下任何印迹？
至少留下鲜花、歌谣，
除此之外还能怎样？
我们徒有此生，
在大地上萌发。

哦，朋友们，
我们手挽着手尽情享乐。
至少大地鲜花烂漫。
谁也不会永生，
唯有鲜花和歌谣
在造物主之家徘徊。

大地上的一切都瞬间即逝。
难道另有地方
使一切生存？
在那里，人是快乐的？
在那里，友谊天长地久？
难道人生只为
让我们彼此相识？

——《鲜花和歌谣》(*Las flores y los cantos*) [1]

① León-Portilla, Miguel: *Op. cit.*, pp.74–76.

在另一作品中，诗人表达了同样的心情：

我的真话是：
大地不是
我们的快乐所在。
我们要去另一个地方：
那里才是快乐的归宿。
哦，我们只是徒然降生?
生活的真谛另有归属。
我要到那里去，
在那里歌唱，
有奇鸟作和。
我将多么欢欣，
与奇花做伴。
奇花使人畅快，
心儿不再忧伤。
唯有鲜花使人欢畅，
令人陶醉……
——《死亡即希望》(*La muerte como esperanza*) ①

(五) 阿莎亚卡钦 (全名希科腾卡特尔·阿莎亚卡钦，Xicohténcatl Axayacatzin，? —1521)，特拉斯卡拉末代君主，在抗击西班牙殖民者入侵时牺牲。他的作品几乎散佚殆尽，以下是他献给阿兹台卡国王伊兹科阿特尔的一首挽歌：

这里举行盛大葬礼，
回归大地进入地心。
盟友聚集特拉帕拉，

① León-Portilla, Miguel: *Op. cit.*, p.76.

哭声响起直抵云霄。
上天安排所有位置，
各各抵达天空中心。
歌声伴随号啕哭声，
同将亡灵送至秘境。
你会受到上天欢迎，
丰功伟绩昭然于世。
现如今你撒手人寰，
令人悲痛让人哭泣。
难道你不曾如是说：
生者苦，逝者息矣？
造物主何忍此等事？
哭声震天泪如雨注！
你心是否同样悲痛，
哪个君主如你英明？
唯有伊兹科阿特尔！
我心悲痛痛彻心扉。
一准造物主心困倦，
一时疏忽使你归去！
你都不能万寿无疆，
我们又当何如何往？
我心悲痛痛彻心扉。
殡葬队伍继续前行。
你使我们成为孤儿——
国王、王子和贵族。
我等无不悲痛欲绝。
难道来自哪个秘境，
你要离开我们归去？
那些亡者如今安在？
谁来告诉我们答案？

蒙特祖玛，内萨尔科阿特尔，托托基华钦？
他们也已撒手远去，
留下我等成为孤儿！
我等无不悲痛欲绝。
灵魂出窍到处游荡，
我心在将你们寻找……
特索索莫科特利啊，
我用挽歌为你送行。
[……][1]

（六）特塞塞保基（Tececepouhqui），惠索钦科王国的纳瓦特尔诗人，生平不详。其名下有一首献给内萨瓦尔皮利（Nezahualpilli）[2]的多声部长诗：

歌者甲：
　　我醉了，我心已醉。
　　晨曦升腾殷红如血，
　　金盆渐渐升上阵仗，
　　那里是盾牌和投枪。
合唱：
　　幸运的特拉卡惠潘[3]，
　　你是我毗邻的将校，
　　奎斯特兰的保护神！
歌者乙：
　　唯有仙酒使其怒放，
　　醉翻了那一方土地，
　　在鸟儿栖息的水边。

① *Poesía náhuatl*, III, pp.15–16.
② 内萨瓦尔皮利（1473—1515），特斯科科国王，内萨瓦科约特尔之子。
③ 特拉卡惠潘（Tlacahuepan），战神惠兹洛波奇特利之弟。

合唱：

幸运的特拉卡惠潘，
你是我毗邻的将校，
奎斯特兰的保护神！

歌者甲：

玉石粉碎碎碎有声，
盖察尔羽毛遭蹂躏。
我的邻居是诸王子，
个个在此饮恨而死！
这是墨西卡的领地，
墨西卡人在水一方。

歌者乙：

声声鹰唳响彻云霄，
阵阵虎啸令人胆寒，
玛奎玛利纳利王子[①]，
在红色燃烧的土地，
率领墨西卡人战斗。

将校：

用酒让我酩酊大醉，
我来自奎斯特兰城；
那里鲜花烂漫飘香，
美酒醇厚令人陶醉。
哦，我的青年王子，
我来自奎斯特兰城，
那里鲜花烂漫飘香，
美酒醇厚令人陶醉。
[……][②]

① 玛奎玛利纳利（Macuilmalinalli），阿兹台卡王子，生卒年月不详。
② Garibay, Ángel María: *Op. cit.*, pp.28–29.

内萨瓦尔皮利：

奇奇梅卡墨西卡人
在那仙水流淌之地，
碧波荡漾花儿陶醉。
我记忆犹新我哭泣，
我是内萨瓦尔皮利。
我记得鲜花曾烂漫，
战斗之花战地之花
[……]

合唱：

祖先们，我们醉了，
满脑皆是条条干草。
这可是在古国家乡。
鲜花簇拥的祖先们，
彩羽装点的盾牌阵！
你们拥有无数宝藏
和无数俘虏的心脏。
飞矢驱赶俘虏舞步。
鲜花簇拥的祖先们，
彩羽装点的盾牌阵！

老妪：

我的侄子受伤流血，
奎斯特兰的黄首领。
哦，特拉卡惠潘神，
人心果树叶织纱裙，
将你接到了死人国。
用迷醉的战争美酒，
把我的侄子你带走，
奎斯特兰的黄首领。
哦，特拉卡惠潘神，

人心果树叶织纱裙，
将你接到了死人国。
［……］

歌者甲：

内萨瓦尔皮利王子，
仙水中年轻的邻居，
用鲜花汁灌醉自己，
那也是盾牌的装饰。
奎斯特兰人在舞蹈，
面对阿特利斯科城[①]。
我吹响虎皮竹喇叭，
在石盾后作鹰唳镝。
［……］

歌者乙：

敲响你如雷的战鼓，
被花汁酒灌醉的人。
文身、项链和羽毛，
将你装扮使你超凡。
听到了，他们来了，
王子的武士都来了。
虎形盾牌相互交织。

内萨瓦尔皮利：

我的心儿无比悲痛，
青年内萨瓦尔皮利。
我寻找我的将校们。
阿索奇盖萨尔[②]走了，
他是那么年轻湛蓝。

① 阿特利斯科（Atlixco），阿兹台卡帝国未及征服的南部小国，位于今墨西哥布埃普拉州。
② 阿索奇盖萨尔（Axochiquétzal），内萨瓦尔皮利之兄，生平不详。

[……]
我哭泣。或许他还
会回来畅饮花汁酒！①

三、其他诗歌

纳瓦特尔语诗歌极其丰富。除了上述诗章，有关抄本还辑录了大量与之关联，却又别具特色的歌谣，如“女人谣”“老人谣”“谐趣诗”等。它们大抵为佚名作品，也可能是口口相传的民歌民谣，其变体早已散佚。

1.“女人谣”

“女人谣”，顾名思义是由女子传颂的，女性视角、女性口吻十分鲜明，尽管其原始作者并不一定是女子。在此，我们不妨以阿兹台卡臣属国恰尔科的“女人谣”为例：

女甲：
　准备好啦，姐妹们！
　出发吧，我们去找花，
　出发吧，我们去采撷。
　这里有花，这里有花，
　火焰之花，盾牌之花，
　令人惊恐，令人陶醉，
　这是战争之花。
女乙：
　鲜花如此美丽：
　我给你编织花环。
　我的花儿好娇美，
　我是恰尔科女人。
　我喜欢鲜花，喜欢歌唱，

① Garibay, Ángel María: *Op. cit.*, pp.30–31.

在故乡织布、观花、唱歌。
我歌唱小国王阿莎亚卡托：
把花儿献给他，用鲜花将他簇拥。
歌声好像美丽的图画，
歌声好像美丽的鲜花，芬芳迷人。
还有什么？还有你的语言，
亲爱的国王，我们的宝贝。
把花儿献给你，用鲜花将你簇拥。

女丙：

拨弄我的蠕虫，使它直立。
我要把它送给阿莎亚卡托，
我的小国王，我的好宝贝。
我拿它逗小国王开心，
我可爱的阿莎亚卡托。
如果你真的是男孩，
这里将是你的宝座。
你没有力量，不够健壮？
用我的骨灰吧，然后统治世界。
来吧，用我区区骨灰。
我会感到无比幸运。
我时刻准备着。
我们将快乐地歌唱。

女甲：

不要，不要，你不要这样。
亲爱的宝贝，阿莎亚卡托……
哦，你会走了，你伸出小手。
好吧，你向往我的乳房：
我的小宝贝，小国王，
也许你将使我色衰，
失去美丽，失去光华，

那是羽翼般鲜艳的鲜朵，
拿去吧，我的身体……
我把自己奉献给你。

女乙：

盖察尔羽翼般芬芳的花朵，
已经铺满你的摇篮……

老妪：

你躺在金色的毛毯上，
用盖察尔羽绒被覆盖身体。
而我却无比伤悲，
我是你的母亲，
已经不会纺织，
像个没用的幼女……
我出身名门，明媒正娶。
我怒怼众人，
生命让我充满仇恨。
曾几何时，我想变坏：
藐视一切，像个女孩，
然而，我却正在死去。
[……][①]

这是一首相当复杂的多声部长诗，凸显了宫廷嫔妃在不同年龄阶段的心理体验：从等待王子降生、始为人母，到日薄西山、垂垂老矣。

2.“老人谣”

以下这首“老人谣”的背景是新国王阿莎亚卡特尔（Axayácatl）[②]奉老国王奇奇恰（Chichicha）[③]遗命，率部前去攻打米恰坎

① *Poesía náhuatl*, III, pp.55–57.
② 阿兹台卡臣属国恰尔科国王，生卒年月不详。
③ 阿兹台卡臣属国恰尔科国王，阿莎亚卡特尔之父，生卒年月不详。

(Michoacán)[1]，结果久攻不下，致使将校老迈、队伍凋零。

合唱：

我们想去米恰坎喝酒：
把烈酒送给萨玛科亚华[2]，
我们墨西卡人，盛邀各位。
我们曾经怨声载道：
为什么墨西卡赳赳武士
成了垂垂老去的醉鬼？
没人再说我们只会沉湎女色！
[……]

萨卡玛彤[3]：

我在你们喝酒的地方倾听，
我是你们的老祖父。
雄鹰武士们达成协议，
特拉卡埃尔和卡华尔钦：
听说你们的将校没有喝醉，
却让米恰坎国王逃过一劫。
你们奎斯塔兰人和
特拉台罗尔科人，
为何不战自溃？
我的子孙们：
你们拍着胸脯说说；
人们洗耳恭听。
[……]

阿莎亚卡特尔：

① 今墨西哥州名，位于墨西哥城东南方向。
② 萨玛科亚华（Zamacoyahuac），米恰坎国王，生卒年月不详。
③ 萨卡玛彤（Zacamaton），阿兹台卡臣属国恰尔科老国王，奇奇恰之父，生卒年月不详。

阿莎亚卡特尔多么不幸！
就这样撤退吗？
这些逃兵是我的雄鹰武士？

某老人：

当然不是，我的孩子！
我会采撷鲜花，准备好祭祀，
欢迎你们，从南方归来的武士。
[……]

合唱：

我们还在这里，
我们是你们的祖辈，
用弓箭使敌人丧胆。
我们还没有老到一无是处。
[……][1]

3.“谐趣诗”

这里所谓的“谐趣诗”，只是相对而言。它们不像现代幽默诗，虽然“笑”字反复出现，但在我们看来却大抵并不可笑。

一

我的头领，我来逗笑，
我天生一张笑脸，
笑是赞歌之花。
且听慢慢道来，
最后抖开包袱。
啊咿，我是个宅男！
我来到白色花开之地，
那是你的家，到处是喇叭；

① *Poesía náhuatl*, III, pp.61-63.

你的图书太阳似的绽放笑颜。
啊咿，我是个宅男！
这就开始，奉上演艺，
带着芳香，还有滋味，
花逢甘露，充满慰藉。

二

我播撒不同的鲜花，
迷人的花瓣是我奉献的歌声。
我天生一张笑脸，
来自那水流的源头，
迷人的花瓣是我奉献的歌声。
不同的鲜花你心知晓，
我来采撷，我来奉献。
走吧，到你家里，
我带来了迷人的鲜花，
我带来了花儿的芳香。
这是你家，白色花开；
我来献艺，我来逗笑，
带来心灵之花、艺术之花。
今天将更加美好，
书房将撒满羽毛，
那是我的心灵之花、艺术之花。

三

我是二兔之鹿[①]：
兔是滴血之兔，鹿是茸长之鹿。
我的头领、各位朋友：

① 指某年出生，其附灵为鹿。

让我们打开花之书，
翻开歌之志。
属于谁？属于唯一的神！
生命之树屹立，
它枝丫如织，它根深叶茂，
它繁花似锦。
我们钻进花雨，
它来自那唯一的神，
唱着："咿呀哦，咿呀哦，哈嘛，哈嘛，呵咿。"
我说：我家充满音符，
而我当众起舞："啊呀，呵呵，喙喙，安。"

四

我的歌声，我的些许歌声。
我天生一张笑脸，
我是一只红脖子鸫鸟，
我要高声歌唱："呵呵哄，呵呵哄。"
滴血的兔子来了，
穿过花雨，被侄子们簇拥。
金色的蝴蝶吸吮着
盛开的花朵，
那是我奉献给诸位朋友的鲜花。

五

[……]

六

我来了，我又来了，
我是多舌的鹦鹉，
请听我飘荡的歌声，

和我的侄子一唱一和：
花儿的名声日渐显赫，鼎盛。
我要飞，飞到帕诺特拉①。
我是多舌的鹦鹉，
请听我飘荡的歌声，
和我的侄子一唱一和：
我从图拉中心来，
我来歌唱，放声歌唱，
让鲜花盛开。
请听我的歌声：
美妙音符的窃贼，
你们如何钻进我的心房？
[……]②

第二节 散文

纳瓦特尔语散文留存不多，戏剧则全部消失。③其中，残留至今的散文篇章中，有些因太过明显地烙下了西方文化的印迹，甚至完全可能是西班牙传教士的手笔，在此当忽略不计。而那些古代神话，则因上述有关歌谣多有涉及，也不宜在此重复。由于目前所能见到的纳瓦特尔歌谣大概率地反映了帝王将相的生活和喜怒哀乐，本著有意选取一些展示平民日常生活的片段，或可弥补前述歌谣的阙如。

一、论修养

你不要走蛇形步，也不要掐人脖子。

---

① 墨西卡地名，位于今墨西哥东南部。
② *Poesía náhuatl*, III, pp.39–41.
③ 如今流布于墨西哥的一些所谓“前殖民地时期”戏剧，基本都是后来衍生的，不足为信。

你不要握人之手，也不要摇头晃脑。
你不要信口开河，也不要直视他人。
你不要横行霸道，也不要逆来顺受。
[……] ①

这是家长教育子女的“数不要”。这样的训诫自然少不了变体，其中之一如下：

走路不要趾高气扬，也不要摇头晃脑，
更不要左顾右盼，而是要微微低头。
走路就要好好看路，不要衣衫不整，
也要与人握手，更不要手持棍棒。
不要走蛇形步，也不要与人勾肩搭背。
[……] ②

这些自然是关于行为举止的，谓出门在外要如何如何。另有一些是关于言辞和心理教养的，譬如“不要听信谗言”之类：

你要谦虚谨慎，但不要听信谗言。谗言有害，且非正道。它们使人不知不觉中受到伤害，遭到玷污，甚至既害己又害人；它们将人抛入江河，引向深渊，使人跌入陷阱，一败涂地；它们孕育危机，制造险境。恭维同样有害，它使人丧失理智、误入歧途。一切有害的和非正道的都是精神和灵魂的敌人，它们使人迷醉。

我跟你说：你千万不能造次。

[……]

孩子，我教你言行举止：只有驱邪避害、远离谎言，你

① Garibay, Ángel María: *Op. cit.*, p.411.
② Idem.

才能安度一生。[①]

大意如此。或者：

你要像奴隶一样刻苦，
[……]
尽管你是一股清流，一只小鸟，一棵幼芽，一个花蕾；
尽管你像碧玉，像绿松石，像盖察尔的羽毛，
你不会因为自己而流血牺牲。

为了家国，为了信仰而刻苦，而牺牲，这显然也是古代美洲原住民的胸怀。同样，他们怀有深切的同情和怜悯之心：

当别人悲痛的时候，你千万不要娱乐，不要手执玩具，不要抖脚，不要啃咬衣角，不要随地啐吐，不要东张西望，不要突然起立[……]。所有这些你必须牢记。唯有如此，你才能堂堂正正，才能远离陋习。

你不要喝酒，不要乱吃蘑菇，否则就会迷醉自己，让自己摔跤，跌入危险的渊薮。[……][②]

还有一些训诫是明显针对女孩的：

你不要与慵懒、撒谎、行为放荡、手脚不干不净的女子为伍，以免染上恶习。你要专注于家务，恪守本分；轻易不要出门，更不要在集市、道路及河边逗留。那些都不是你该逗留的地方。它们会使你堕落。

[……]

你要藏好你的细软和隐私，管好灶台和菜篮。你要学会

① Garibay, Ángel María: *Op. cit.*, p.412.
② Ibid., pp.416–417.

精打细算，千万不能大手大脚。[……]

你还要管好你丈夫的财产，千万不要使它们流入市场……你要设法将它们传给子孙后代。

[……][①]

如此等等，颇有些夫子“三从四德”的味道。另一些片段则颇具寓言色彩，譬如关于狗的来历：

话说有个男人叫塔塔，有个女人叫内内。

有个声音对他们说：“你们在大杉树上挖个洞，日食来时好斋戒[……]。”

于是，他们依计挖了个洞，并住了进去。这时洞口被封住了，那个声音对他们说：“你们每人只能吃一个玉米棒子。”

他们很快吃完了玉米棒子，并迫不及待地掀开洞门跑到了沙滩上。这时，他们竖起耳朵倾听。水干涸了，树枯裂了。他们看到了鱼，并生火做烤鱼吃。烟雾飘到了天上，惊动了天神西特拉利尼奎和西特拉亚纳克。他们问道：“是谁在生火？是谁让烟雾弥漫了天空？”

于是，蒂特拉卡璜神回说是塔塔和内内。

“你们在干吗？”蒂特拉卡璜问塔塔和内内。

没等他们回答，神就砍下了他们的脑袋和屁股，并将它们变成了狗的模样。[②]

另一个关于预兆的故事，写特拉台罗尔科的厄运：

整整一个晚上，奇奇梅卡人在歌唱，他们绕着神龛打转，口中念念有词。“咿奇佩尔，咿奇佩尔！”

黎明时分，等了一夜的预兆终于显现：有个老人在烹煮

① Garibay, Ángel María: *Op. cit.*, pp.418–419.

② Ibid., p.390.

鸡、鸭和鸟。炉中干柴烈火，熊熊燃烧。鸡鸭已经煮熟。忽然，它们振翅飞了起来，鸣叫着："啊咔，哇咔！"

老人有一条狗，它被关在笼子里。老人情不自禁地说："那不是我的什么预兆吧？煮熟的鸡鸭居然飞了。"

狗对他说："爷爷，这是我们的预兆！鸡鸭在说话，难道不是我们的预兆？"

老人说："我的朋友，这么说你也是我的预兆，因为我听见你在跟我说话。"

老人说着给狗套上了链子，并拿起棍棒将它敲打，疼得那狗满院子乱跑。

这时，一只火鸡跑来对他说："我的朋友，你可别欺负我们！"

老人听后火冒三丈，顺手给火鸡套上锁链，打得它乱跑乱叫。

这时，墙上的木头面具开口说话了："原来如此！我也要说几句！"

老人气冲冲跑过去摘下面具，将它使劲扔到院子里摔个粉碎。

这是整个特拉台罗尔科的凶兆。一天一夜，大火在集市上燃烧，而后弥漫到了整个特拉台罗尔科。第二天，火势依然［……］。①

这当然是古人的魔幻思想，其背后的迷信意味不言而喻。联想到20世纪西班牙语美洲的魔幻现实主义，这些故事谓借镜固可，谓源泉亦然。

二、建国传说

至于戏剧，我们至今没有发现像样的剧本，有的也只是一些人

---

① Garibay, Ángel María: *Op. cit.*, p.391.

物对白和简单的情景描写。倒是殖民地时期残留的一些纪事，常被今人拿作表现古老文化的脚本，譬如《奥宾纪事》（*Códice Aubin*）[①]中的一些描写。纪事以编年的方式辑录了阿兹台卡人从北部进入今墨西哥山谷，并在恰普尔台佩克落脚，直至一步步发展壮大的过程。

（一）发现福地

阿索罗华和夸乌尔科华特尔二人奉命寻找福地。他们穿越芦苇荡，发现湖中有一棵仙人掌，仙人掌上雄踞着一只鹰。鹰爪下方是它的巢穴，它的卧榻。巢穴中充斥着各色精美的羽毛，有红色、蓝色，精美绝伦。

夸乌尔科华特尔向众人描绘道："湖水湛蓝如染。"

可是，阿索罗华消失了。在他被湖水吞噬后，夸乌尔科华特尔跑回驻地，向众人报告了所见："阿索罗华死了。就在我们发现的湖中，有一棵仙人掌，仙人掌上雄踞着一只鹰，鹰脚下是它的巢穴，巢穴中满是精美的羽毛。那湖水湛蓝如染。"[②]

夸乌尔科华特尔向众人报告说。然而，第二天阿索罗华回来了。后者对大家说："我去觐见特拉洛克了，因为他在召唤我。他对我说：'我儿惠兹洛波奇特利选择了这个地方，他要在这里召集众人安居乐业。'"

于是，众人跟随阿索罗华和夸乌尔科华特尔来到湖心，他们将仙人掌周围打扫干净，并在那里兴建神龛。神龛建成后，人们欢呼雀跃，并捉拿了科尔华坎的一名校尉，将他活活地献给了神龛。于是，科尔华坎校尉成了神龛的心脏。

那是特克帕特尔二年。

①《奥宾纪事》的最早版本可以追溯到1576年，其中一个抄本藏于不列颠博物馆，另一个藏于巴黎国家图书馆，其主要内容均为西班牙殖民者根据阿兹台卡人口述和文献辑录的年谱、事件及传说等。

② 这正是如今墨西哥国徽的组成部分。另一版本谓鹰爪踏着一条大蛇或鹰嘴叼着一条大蛇。León-Portilla：*Los antiguos mexicanos*, México: Fondo de Cultura Económica, 1961, pp.80–81.

当奇奇梅卡人从科尔华坎开赴大湖，去声讨墨西卡人时，后者不仅在神龛四周建起了苇屋，而且已经在湖里撒网捕鱼了。奇奇梅卡人将大湖团团围住，但是从湖心飘来的滚滚浓烟使他们死伤无数。吸入浓烟的兵士一个个浑身肿胀，不能动弹。从此以后，再没人敢前来进犯。[①]

（二）建国前传：基纳琴和墨西卡公主

当基纳琴得知墨西卡人被打败后，决定营救被囚禁于恰普尔台佩克的沙尔托坎人，并将其统统释放。此后，基纳琴发现俘虏中有一位墨西卡少女，她叫奇玛亚索齐特尔，是恰普尔台佩克统治者惠兹利惠琴的女儿。

奇玛亚索齐特尔被带到特佩特拉潘，基纳琴对她一见钟情。他想娶她，时刻在她身边，却被她断然拒绝。她说，我的主人，这不可能，因为我在清修。这是我对神的承诺。待两年清修期满，我便对您唯命是从。请您下令，为我修建一座小庙，我要与神同在，时时奉献贡品，同时清修斋戒。

基纳琴当即下令为墨西卡公主修建庙宇。庙宇建于王宫以南的特基斯基南华克。庙宇落成后，墨西卡公主奇玛亚索齐特尔便住了进去，并从此在那里清修斋戒。

清修结束后，基纳琴将奇玛亚索齐特尔迎娶为后。不久，奇玛亚索齐特尔生下了第一个王子，便命人去禀告国王，并请国王赐名。基纳琴喜出望外，遂赐名特拉扎玛兹托克（意为“响箭之子”）。奇玛亚索齐特尔心领神会，因为孩子是在基纳琴带她狩猎时着床的。

王子降生后，基纳琴昭告天下，命所有奇奇梅卡人不能再与墨西卡人的宿敌沙尔托坎人为伍。此后不久，奇玛亚索齐特尔怀上了第二个王子。王子降生后，没等基纳琴赐名，奇玛亚索齐特尔就管小王子叫特兹卡彫特利了，意为“镜子

① León-Portilla, *Literaturas de Anáhuac y del Incario*, pp.184–185.

之子”。而这也是特兹卡特利波卡神的名字。后来，特兹卡彫特利继承大位，成了特佩特拉潘的国王［……］。[①]

（三）惠兹利惠特尔和公主的故事

惠兹利惠特尔看中了夸乌赫纳华克公主。米阿华西惠特尔是她芳名。她是夸乌赫纳华克国王奥索玛晋特乌克特利的女儿。听老人们说，奥索玛晋特乌克特利统治着庞大的王国，诸国都向他朝贡棉花以及其他果品。而棉花这样的必需品远远到不了墨西卡人的手中。因此，墨西卡人十分穷困，仅有极少数人拥有棉服，其他人等只能用草遮体。

于是，墨西卡人的国王惠兹利惠特尔渴望同夸乌赫纳华克公主联姻，以改变现状。惠兹利惠特尔摈弃了一切选择，一心要娶夸乌赫纳华克公主为妻。“你们设法找到奥索玛晋特乌克特利，请他把公主嫁给我。”他派长老们前去求亲。

可是，奥索玛晋特乌克特利是个巫师。他法力无穷，能召唤所有蜘蛛、蜈蚣、毒蛇、蝙蝠和蝎子，让它们保护美丽的米阿华西惠特尔公主，以使其不受任何人的骚扰。公主深居闺阁，受到重重保护。正因如此，没有人能接近她。所有与她相关的节日和欢庆都在深宫中举行。天下所有国王都觊觎她，想让她成为王子妃，但均被奥索玛晋特乌克特利拒绝了。

且说为了给惠兹利惠特尔择后，长老们四处寻觅，他们到过恰尔科，到过特潘内卡潘，也到过阿库尔华坎、库尔华坎、奎特拉华克和索奇米尔科。当然，他们在特潘内卡潘为国王选到了妃子，却不是王后。这是因为一天夜里，特斯卡特利坡卡神托梦给惠兹利惠特尔，对他说：“我们要进驻夸乌赫纳华克，我们要进驻奥索玛晋特乌克特利的王宫，要娶他

① León-Portilla, *Op. cit.*, pp.189–190.

的女儿米阿华西惠特尔公主做王后。”惠兹利惠特尔从梦中醒来，一早派遣长老到夸乌赫纳华克去提亲。奥索玛晋特乌克特利闻听后勃然大怒，他向来使大声责问："惠兹利惠特尔他说什么？他又能给我女儿什么？他那个水塘有什么？有他身上穿的草衣还是芦叶？他拿什么给她吃呢？那个水塘里面有什么？有珍馐吗？有棉花吗？有各色织物和果品吗？你们回去给惠兹利惠特尔带个信，告诉他没有这些就不要再来提亲。”

前去提亲的使者回到墨西卡，将奥索玛晋特乌克特利的话一五一十禀报给了惠兹利惠特尔。后者听罢大怒。当晚，特斯卡特利坡卡神再次托梦给惠兹利惠特尔，对他说："你不必气恼，且听我言，你只需依计行事，就能娶到米阿华西惠特尔公主。你去找一根竹竿，将它涂上鲜艳的色彩，再用宝石填满竹竿，使它精美绝伦，然后悄悄潜入奥索玛晋特乌克特利王宫附近，用一张小网将竹竿捆绑在标枪上弹射到深宫米阿华西惠特尔公主的住处。”

惠兹利惠特尔依计行事，悄悄潜入奥索玛晋特乌克特利的领地附近，将装点得十分精美的彩色竹竿弹射了出去。竹竿恰好射到米阿华西惠特尔公主的花园。而公主又恰好在花园信步，见空中飞来彩色物件，便好奇地看着它落在面前，还伸手握住了竹竿的尾巴。她从来没有见过如此色彩斑斓、精美绝伦的竹竿，还发现竹竿中间藏有名贵的宝石。那宝石更是光彩夺目，天下罕见。"简直不可思议！"她说罢将宝石衔在口中，并不小心吞入腹中。她因此而受孕，并生出了阿兹台卡的一代明君老蒙特祖玛［……］。①

① León-Portilla, *Op. cit.*, pp.187–189.

第一编

第三章　印卡文学

引言

和玛雅文明一样，发祥于南美洲安第斯山脉的查文（Chavin）文化早在西班牙人入侵之前就已衰落。查文文化是目前发现的早期南美洲印第安文化，得名于今秘鲁中部，即利马以北二百多千米外的查文-德万塔尔（Chavin de Huantar）遗址。该文化发轫于公元前9世纪左右，至公元前2世纪衰亡。与玛雅人不同的是，查文人没有先进的天文和历法，其文明程度大抵处于奴隶制早期的氏族社会阶段（尽管已经掌握了玉米、豆类和薯类种植术，而且修建了一定规模的美洲虎神庙）。

查文文化之后是莫奇卡（Mochica）文化和蒂瓦纳库文化，其中莫奇卡文化兴盛于公元前2世纪至公元7世纪，其中心位于今秘鲁北部沿海地区的莫奇卡河岸。虽然至今无法确认它的兴盛与查文文化衰亡之间的关联，但可以确定的是，莫奇卡人尚武

蒂瓦纳库太阳门

好战，而且拥有更加发达的农业和手工业。他们的图腾崇拜对象也从美洲虎过渡到了太阳神，并用泥砖取代石砌，建造了巨大的金字塔、太阳神庙（神庙的名字由西班牙语与土著语结合而成，表音Huaca del Sol）和月亮神庙（Huaca de la Luna）。[①]而蒂瓦纳库文化发祥于的的喀喀湖以南三千八百多米的高原，留下了令人叹为观止的巨大围城和饰有表象图案（或文字）的太阳门，但其与印卡文明的亲缘关系却至今未被验证。

印卡文明发轫于查文文化、莫奇卡文化和蒂瓦纳库文化衰落之际，故而极有可能是查文文化和莫奇卡文化的继承者，于15世纪达到鼎盛。16世纪初，印卡帝国因内乱而衰落。其时，西班牙殖民者乘虚而入，宣告了印卡帝国的灭亡。

第一节　神话传说

虽然印卡人的文学同历史一样悠久，但目前我们所能见到的最早文字却是西班牙人占领后由瓜曼·波玛·德·阿亚拉（Ayala, Guamán Poma de, 1535?—1616）用西班牙语记述的。后者是在西班牙人占领印卡帝国后出生的，其祖上为印卡贵族。他自小接受双语教育，除了克丘亚语，还学会了西班牙语。他为我们留下的《新纪事》（*Nueva crónica y buen gobierno*，1615—1616）凡一千多页，几乎以编年的形式追忆了印卡帝国的各个方面。原稿现存于哥本哈根皇家图书馆。本著依从莱昂-波尔蒂亚选本。

---

① 其中太阳神庙为金字塔建筑，阶梯状金字塔基座宽136米，长228米，高18米；金字塔建造在基座南部，边长103米，高23米，约使用泥砖上亿块；月亮神庙是一座较低的阶梯建筑，上有房屋和陵寝，内饰浮雕和壁画。国王们生前在这里主持行政和宗教祭祀，死后也把这里当作陵寝。死去的历代莫奇卡国王陵寝呈纵向叠加，故而月亮神庙共有6层，累计建造了近6个世纪。从内饰壁画可以看出，莫奇卡人的社会氛围越来越喜庆、欢愉，逐渐呈现出歌舞升平的景象。

一、《哈瓦里奎希米》(*Jawarikuysimi*)

《哈瓦里奎希米》是印卡人关于过去世界的神话传说。当时,天神创造了人类,他们叫瓦里·韦拉科恰·鲁纳(Vari Virachocha Runa)。他们是天神派来的第一人类,在世上繁衍生息。这些人类延续了八百三十年。他们只生不死,也不受战争和灾害的威胁。据说,所有的女人都生双胞胎,而且总是一子一女。这些人类也被称作帕卡里莫克·鲁纳(Pacarimoc Runa)。他们既不会劳动,也无须建房、制衣和做饭。他们用树叶遮羞,吃地上可食之果。他们居住在山洞里。当时野兽出没,到处是毒蛇、老虎和狮子。

他们征服了这片土地,成了这里的主人。但是,他们忘记了天神的恩赐,失去了信仰。他们不懂得敬畏神明,不学无术,忘乎所以。他们忘记了一切、抛弃了一切,于是他们也被忘却和抛弃了。他们遭到了洪水的袭击。那是天神对他们的惩罚。

第二人类叫瓦里·鲁纳(Vari Runa)。他们是诺亚(又译挪亚,Noah)的后代。[①]他们繁衍生息了一千三百一十二年。他们懂得劳动,擅长耕作,还建造了水库和渠道。他们没有建造宏伟的大厦,房舍也大都矮小简陋,但他们敬畏神明。他们用兽皮制作衣服,不时地跪拜造物主,呼唤造物主:"哦,造物主,你在哪里?你在天上还是地上?你在世界的尽头还是地狱深渊?你在哪里呀?世界和人类的创造者,你听见了吗?造物主啊! [……]"

他们这样呼唤造物主。他们创造了律法。他们不仅尊敬父母,而且彼此尊敬。

他们生存了两千一百五十年。

第三人类叫普隆·鲁纳(Purun Runa)。他们延续了一千一百三十二年。他们勤劳勇敢,建造了梯田、水库和渠道。他们心灵手巧,制作了衣服,兴建了房舍和农田。他们建造的广场无比宽

① 这显然受到了西方文化的浸淫。由于印第安人被强制改宗,瓜曼·波玛·德·阿亚拉也许是有意掺入了基督教元素。

阔，制定的法律清晰公正。他们赏罚分明，尊卑有序，而且个个能歌善舞。于是，人口像蚂蚁一样繁殖，比海边的沙子还多。于是，他们兴建了城市和村庄，修筑了道路和驿站。

开始，他们没有战争和烦恼，没有奸淫和偷盗。于是，男人每日饮酒作乐、歌舞升平；女人恪守妇道，即使三十岁嫁人也必是处女。后来，他们有了金子和银子，获得了许多家畜，因此穿上了色彩斑斓的毛衣。

造物主不高兴了，开始惩罚这些普隆·鲁纳，让战争爆发。于是，人类分裂成无数族群，他们彼此仇恨，启用了不同的语言。即使最小的村庄也会有上万士兵把守。后来，瘟疫暴发了，成千上万的普隆·鲁纳死于非命。

第四人类叫奥卡·鲁纳（Auca Runa），也是诺亚的子孙。他们生存了一千一百年。为了逃避战争和灾难，他们离开了普隆·鲁纳人居住的地方。他们从低洼地带迁徙到高原和山峰，并且在高山上修建堡垒和宫殿、水库和渠道。

当时，战事不断，人们死伤无数。战争无比残酷，胜利者掳走所有女人和孩子、粮食和物品，还有金子和银子，甚至连磨盘也不放过。但是，另一方面，他们信奉天神，遵守法律，悲天悯人。男人勇敢，妇女勤劳，食物充裕，牲畜成群。

国王和王子，武士和臣民，个个能征善战。他们驯服了老虎和狮子、豹子和神鹰。勇敢者被称作豹子或神鹰，受到尊崇。窃贼和奸淫者被处以极刑。人们常常聚集在广场上用餐，互通有无，其乐融融。剩下的食物由无家可归者分享。

然后的然后，就像古代智者所说的那样，一切都改变了。古代的智者通过星辰和流星、日食和月食，以及风向和动物预知未来。他们预见了卡斯蒂利亚和血腥的杀戮。①

---

① León-Portilla, *Op. cit.*, pp.36–45. 鉴于原文重复较多，故概述之。

二、华罗奇里（Huarochiri）[①]的神和人

古人如是说：很久、很久以前，世界濒临毁灭。有只公羊驼在一片嫩绿的草地上，预感到大海母亲就要发怒、洪水即将来临。公羊驼非常难过，它咩咩地叫着。它边叫边哭，不再食草。公羊驼的主人看见了，非常生气，用玉米秆打它，骂道："吃草啊，狗日的！这么好的青草不吃，愣着干吗呢？"这时，公羊驼说人话了："听好了，记住了，我现在跟你说的很重要！大海要倾泻五天，世界将不复存在。"公羊驼如是说。它的主人万分惊诧，他相信了公羊驼的话。

"我们赶紧逃吧，到惠尔卡可托山上去，那里可以活命。大家赶快准备，带足五天的食物。"公羊驼的主人这样对大伙儿说。

公羊驼的主人健步如飞，带着家人和公羊驼逃离家园。当他们快到惠尔卡可托山时，发现动物们已经聚集在那里了：豹、狐狸、鹰、骆马，以及各种其他动物。等到人们和动物抵达山岗，大雨便倾盆而下。于是，人们和动物拥挤在惠尔卡可托山上。山巅狭小，人和动物借此避开了洪水的洗劫，只有狐狸的尾巴被洪水浸湿了。正因如此，狐狸的尾巴被染成了黑色。五天以后，洪水开始消退，大海逐渐回到了原来的高度，大地渐渐恢复了原形，而来不及逃跑的人全都死于非命。唯有在山上放羊的牧人及其家人逃过了一劫。后来又繁衍开来，成了今天的人类。[②]

这个故事具有《圣经》（*Bible*）的味道，尽管细节不尽相同。相形之下，《波波尔·乌》和《哈瓦里奎希米》显然更具美洲色彩。

① 印卡帝国地名。

② *Dioses y hombres de Huarochiri*, trad. de José María Arguedas, Lima: Instituto de Estudios Peruanos, 1974, p.31. Cf. León-Portilla, *Op. cit.*, pp.46–47.

三、造物主韦拉科恰

古时候，据说秘鲁（省）[1]的大地上一片漆黑，没有火光，也没有白昼。少数人群居住其中，他们听命于某个主人。这些人群及其主人的名字已经没人记得。当时一片漆黑。就在这个漆黑的秘鲁（省），出现了康·蒂西·韦拉科恰。据说他在科亚苏约找到了一个深潭，并从那里逃出了秘鲁（省）的黑暗，随之获救的还有一些人类。后者的数量也已经没人记得。

他出了深潭后来到附近一个叫作蒂亚华纳科的地方。这个地方属于科亚奥（省）。他和他的人来到了那里。忽然间，他随意地创造了太阳和白昼。他让太阳按照自己的规则运行，随后又创造了星星和月亮。据说，韦拉科恰曾多次离开漆黑混沌，第一次离开时创造了天地，但它们一片黑暗。他在黑暗中创造了人类。而人类并不领情。因此韦拉科恰非常生气。他把那些人带出黑暗，并愤怒地将他们变成了石头。

这一次，他离开黑暗混沌，创造了太阳和白昼、月亮和星辰；同时，在蒂亚华纳科安顿下来，并用石头创造了人类。这些石头正是他之前毁灭的人类。他用石头创造了一部分人，并且创造了他们的首领。他同时创造了一些孕妇和一些襁褓中的婴儿。就这样，他用石头创造了相似的人类，让他们分散到蒂亚华纳科（省）。他遣散了所有人，身边只留下两个。他对那两个人说，记住他们的模样和名字："记住他们叫什么，到哪里居住，从哪个洞穴、哪个山岗、哪条河流出来，就像我对他们的敕造指定。而你们要去这个地方（他指着太阳升起的方向），将他们分为两族，教他们如何端正

① 括号系译者所加，盖因"省"的概念明显来自西方，而非印卡帝国所有。下同。

行事。”

如尔所闻，这两个人（造物主韦拉科恰的创造）[1]就这样遵照韦拉科恰的指令走向属于各自的领地。他们所到之处便是各自的省份，而韦拉科恰用石头创造的人类便是他们的子民。为此，韦拉科恰的指定者从蒂亚华纳科高声宣布：“谁、谁、谁，你们去那里居住，那里荒无人烟。这是造物主韦拉科恰的指令。”人们应声从四面八方出来，按照韦拉科恰的指令行当所行、止当所止。就这样，来自洞穴、山岗和河流的人们向着东方太阳寻找属于自己的土地。

如上所述，韦拉科恰安排停当，将那两个暂留在蒂亚华纳科的人分派到各自的领地，让他们呼唤自己的子民，去到该去之处。他们的去向如下：一个向左，被派到康德苏约（省），那里是太阳升起的方向，也是后来康德苏约地区原始土著所从出的地方。另一个向右，被派到相反方向，那是安德苏约（省），也是太阳升起的地方。

韦拉科恰这样安排停当。他自己向右取道库斯科。而这里恰好是前述两地（省）的中间地带，可以眺望卡沙马尔卡大道。他沿着大道呼唤那里的人们[2]。行至十八里处是一个叫作卡恰的地方，那里居住着卡纳人。卡纳人听到韦拉科恰的呼唤，一个个全副武装、杀气腾腾地朝他袭来。韦拉科恰看到这等阵仗，知道他们不认识造物主。鉴于来者不善，韦拉科恰灵机一动，拈来天上之火，点燃了山林，阻止了卡纳人。卡纳人看到熊熊大火，顿时丢弃了武器，径直来到韦拉科恰面前，向他跪拜。韦拉科恰见状，随手拾起一根木棒，朝着火焰挥动了几下，火焰顿时熄灭。他继而告诉众人，自己是他们的创造者。卡纳人目睹韦拉科恰引来天火又熄灭了天火，决定在那里竖碑。那碑高近五米，宽近一米，由整块

① 原文称这两个人为韦拉科恰。为免混淆，这里特指称其为韦拉科恰的指定者。
② 原文为“印第安人”。文中多次使用“印第安人”这个概念。

岩石凿就。碑上镶金嵌银，旨在赞颂造物主、膜拜造物主、纪念造物主。石碑自古至今，一直耸立在韦拉科恰显灵的地方。我曾经到过此地，亲眼看见那烧焦的山土和石块，面积达到一平方千米以上。我见状不禁去问卡恰的老人，老人向我叙述了以上故事。

回到我们的故事。且说韦拉科恰留下了上述奇迹之后，继续前行，直至距离库斯科六千米处，即今坦波德乌尔科斯。他登上一座山峰，那是这一带的最高峰，然后坐了下来。他召唤并且创造了那里的人们，后者不断繁衍，生生不息，直至今天。同样，在韦拉科恰曾经驻足的地方，人们竖立了纪念碑，石碑用黄金雕出宝座的形状。如尔所闻，韦拉科恰一路上创造人类，直至抵达库斯科，并为其命名。他继而在库斯科创造了一名领主，并赐名阿尔卡维萨；还在那里创造了贵族（大耳朵[①]），然后继续前行。当他抵达老港时，他召唤周遭人等，并让他们聚集在一起，随后一起潜入海中。据说他和他的人在水中如履平地。还有很多故事可以书写，一如印第安人所言［……］。[②]

从遣词造句可以看出故事书写的年代，尽管在此之前人们或已口口相传久矣。“省份”“印第安人”等多少有些刺眼的指称，更是表明了书写者的身份和故事的杂色。

第二节　诗歌

印卡人为了表达对神的崇敬，创作了大量颂歌，即“哈伊利”(Jailli)。据有关学者收集、统计，仅库斯科地区的颂歌就达二十多首，录于《马德里纪事》等16世纪文献，其中不少充溢着神秘色彩。同时，生活本身赋予印卡人特殊的想象力和艺术特质，他们讴

① 原文如此。

② León-Portilla, *Op. cit.*, pp.47–50.

歌生命、赞美生活，展现出成熟的艺术感悟和审美情趣。遗憾的是，由于西班牙人的入侵，印卡诗歌大多散佚，流传至今的少之又少。

一、宗教诗

印卡宗教诗大多是献给主神韦拉科恰的颂歌。以下是一首著名的《哈伊利》：

韦拉科恰，万物之源，
无处不在，无所不能。
衣食之父，光明之神，
统领世界，法力永存。
言语造物：男人女人，
如是世界，有了性灵。

你今安在？于世之外，
于世之内？云霓之间，
黑暗掩埋？你今安在？

请你倾听，请你回应。
让我长命，使我康健，
须白发白，直至终老；
佑我始终，无灾无疾；
寿终正寝，于你怀抱。
亲亲父神，韦拉科恰。[①]

另一首《哈伊利》同样是献给韦拉科恰的：

① León-Portilla, *Op. cit.*, pp.52–53.

万物之主，生命之源，
韦拉科恰，寰宇之光；
生由你定，死亦你判，
山石之主，膜拜对象，
万物之主，法力无边。
教人说话，赐予才华；
众人齐聚，阳光之下，
所到之处，无论内外。[①]

印卡帝王同样讴歌韦拉科恰，他们的《哈伊利》另有一番韵味：

万能父神，复兴生灵，
创造和平，福佑众生，
从不显圣，难觅行踪，
赐我力量：年轻印卡，
是你孩儿，为你而生。

煌煌印卡，丰衣足食，
骆马羊驼，应有尽有；
万能父神，赐我力量，
听我祈祷，为我撑腰，
使我强大，永不凋谢。[②]

此外，另有两首出自印卡帝王之口。据传一首来自曼科·卡帕克，另一首属于帕查库提·尤潘基（Pachacuti Inca Yupanqui）[③]。《曼科·卡帕克的哈伊利》（*Jailli de Manco Cápac*）这样歌颂韦拉科恰：

① León-Portilla, *Op. cit.*, pp.53–54.
② Ibid., pp.56–57.
③ 15世纪印卡帝王，生卒年月不详。

万能之主，创造生命：
男人女人，呼之即出。
圣水之源，冰雹之初，
你在何方？难觅行踪。
你今安在？天上地下，
还是之间？至高至尊。

听我祈祷，天空如水，
无处不在；听我祈祷，
大地河海，万能之主。

万能之主，赋予权力，
世界之大，由我统治。
悠悠岁月，唯我痴心，
将你寻觅，请你赐教，
请你引导，我愿你知。

浩浩日月，匆匆昼夜，
秋尽冬来，并非徒然：
听你安排，尊你旨意。
预先安排，一切如斯。

你赐予我，帝国疆域。
听我祈祷，应我呼唤，
在我倒下、长眠之前。[1]

《曼科·卡帕克的哈伊利》内容相似，仅有个别细节差异：

① León-Portilla, *Op. cit.*, pp.59–60.

韦拉科恰，世界之基，
创造人类：男人女人。
圣水之源，强大无比。
天地之主，亦司冰雹，
你在何方？我是你儿，
你可听到？天上地下，
还有中间，宝座安在？
听我倾诉，你在蓝天，
还是河海？万物之主，
赐我权力，统治世界。
无论帝王，还是王子，
渴望觐见，一睹圣颜。
我虽不能，一睹圣颜，
你却可以，注视我等，
知我懂我，随时随地。
日月浩浩，昼夜轮回，
时光不止，一如既往。
冷热有常，自然如斯。
万物兴替，早有安排。
蒙你赐予，帝王大位，
听我祈祷，应我呼唤，
在我倒下、长眠之前。①

这两首颂歌的内容如此接近，彼此犹如变体。而两位印卡帝王相隔几个世纪，仿佛时间被浓缩，并在他们之间打了个结。相关学者没有对此提出异议，这实在令人费解。

① León-Portilla, *Op. cit.*, pp.110–111.

二、抒情诗

我们所能见到的印卡抒情诗少之又少。在有关纪事中，仅有不到十首抒情诗得以保存。它们大抵反映了古代印卡人的日常生活和情感。一首叫作《阿拉维》(*Arawi*) 的情歌这样唱道：

我的宝贝，棕色肌肤，
你的笑容，温柔如水。
你的心儿，没有忧愁，
你的眼睛，从不泪流。

因为你是，最美女孩，
我的王后，我的公主，
你的爱情，似水流淌，
将我拖拽，抵达彼岸。
任由激情，将我负载，
我欲窥视，你的香肩，
斗篷之下，还有秀腿。

每日每夜，不能自已，
乡思如梦，直到清晨。

我的王后，我的主人，
你不思我，我却想你。
但见狮子，还有狐狸，
向我袭来，你可知晓？
我被关在，爱的牢笼。

我的主人，你可救我？[①]

这是一首十分香艳、大胆的情诗，可惜这样的情诗实属罕见。即使在众多纳瓦特尔诗抄中，我们也没有看到如此炽烈的情诗。在另一首情诗或挽歌（Wanka）中，歌者倾诉了对早逝情人的绵绵爱意：

树影之下，命途之上，
你的身影，仿佛瀑布，
犹如水晶，晶莹剔透。
在你枝叶，我心栖息，
心花怒放，是你枝叶。
你就这样，离我而去？
你就这样，长眠不醒？
你却为何？独自离去，
永不回头，毫无声息。
树影何在？庇佑无存，
瀑布戚戚，歌声难再。
我将如何？孑然一身，
顾影自怜，沙漠为邻。[②]

这是一首女性口吻的挽歌。与之对应的是一首挽歌式的绝唱，属于多情男子的怨艾：

美丽公主，遭遇汝兄，
人生却步，歌声断送。
天怨人怒，雷电骄纵。
可怜公主，泪如雨注。
还有冰雹，以及风雪，

① León-Portilla, *Op. cit.*, pp.80–81.
② Ibid., p.84.

皆你所赐，一如坟冢。
万物之主，造就你我，
法力无边，主宰命运，
你的命运，本该如是？[1]

这显然是印卡王子或贵族青年因公主嫁给了她的兄长或弟弟而心生怨艾。前面说过，印卡（帝王）可以有很多的妻妾，但是能够继承王位的那个孩子只能是他和他的姐妹（通常也是王后）生下的孩子，以保持王室血统的纯正。因此，上述诗篇中如丧考妣的哭诉，无疑是由于歌者心仪的公主嫁给了自己的兄弟——印卡帝王。

另有一首是痴情男儿献给心上人的失恋之歌：

我的王后，我要离别，
多么悲哀！我的公主，
山重水复，天涯相隔！

我的美人，倘使你是
人心树花，我将用心
把你带走，如若你是
一个美梦，将我欺骗，
镜花水月，我也心甘。

卿卿我爱，你怎忍心，
一日之内，葬送感情？

只恨你母，棒打情人，
遂将我们，生生拆散。

① León-Portilla, *Op. cit.*, p.85.

还有你父，毫不怜悯，
致使我命，雪上加霜。

我的王后，也许你我
还会相见。造物之主，
大慈大悲，佑护你我。

卿卿我爱，音容笑貌
难以忘记。你的眼睛
温柔俏皮，怎能忘记？
唯有相思，缠绵不止。

我的女王，真心求你，
我的泪水，浇灌你心。

泪如雨注，了无终期，
在崖之巅，把你等待。

我的心儿，我的美人！①

这是一首充满真情实感的歌谣，既有女方父母的棒打鸳鸯，也有痴情男儿一往情深的“山盟虽在，锦书难托”。相形之下，歌颂帝王阿塔瓦尔帕罹难的抒情诗却是一首真正的哀歌：

是黑暗中的恶虹，②
划破天空？
那是敌人的利箭，
射向都城。

① León-Portilla, *Op. cit.*, pp.85–86.
② 指殖民者的火器。

阴险的冰雹
自天而降。

我心摇曳，
似梦非梦，
昏昏沉沉，
飞来恶毒的黄蜂。

太阳神秘变黑，
阿塔瓦尔帕入殓了，
连同他的圣洁。
人们痛哭，
那是突如其来的悲剧。

丑恶的敌人，
丢弃了他的头颅，
血染的河流
向四面流溢。

他锋利的牙齿
咬住了凄苦，
阳光般的眼睛
变成了铅砣。

伟大的帝王之心
已经冷却。
整个印卡帝国
都在哭泣。

雾霭笼罩了大地。

月亮母神病了，
一脸悲戚蜡黄。
大地伤悲，
人们哭泣。

大地拒绝
他的尸体，
仿佛情人含羞
推开情人，
唯恐将其吞没。

大地颤抖，
山崖坍塌，
河流呜咽着
无尽的哀伤。
我们在一起痛哭、
在一起抽泣。
没有人不为他泣，
没有儿不爱其父。

遍体鳞伤的心儿
唯有抽噎；
鸽子失去了同伴，
也就失去了灵魂。

血泪将我们
从以往的美好剥离，
用你的镜子
映照他的尸体，
并将他抱在怀里！

你的血脉融入大地，
你的双眸已经萎靡，
将光亮留给了星辰。

唯有你的鸽子
在形单影只中抽噎，
你的心儿
曾经是温暖的巢穴。
如今，灾难的风暴
将它毁灭。

敌人抢走了
你的金银和宫殿，
你的财富
被他们瓜分。
我们万劫不复，
我们犹豫不决，
偏离了我们的世界，
无处躲藏，
了无依靠，
唯有呜咽。

神圣的王，
难道你真的忍心
让我们流浪？
难道你真的容忍
我们被蹂躏？

睁开你的双眼，
让它们喷出火一样的光芒！

伸出你的双手，
给予我们庇佑！
张开你的嘴巴，
令我们迈出脚步！[1]

第三节　散文

这里所谓的散文，泛指印卡人留下的叙事文类，主要为神话传说。其中，一则关于太阳神的《帕恰卡玛克》(*Pachacámac*)（帕恰卡玛克也即韦拉科恰，又称韦拉科恰·帕恰卡玛克）；另一则讲述印卡王图帕克·印卡·尤潘基（Tupac Inca Yupanqui）同诸神的对话，谓《玛卡惠莎》(*Macahuisa*)（玛卡惠莎也即太阳神韦拉科恰的儿子，司风雨雷电）；再一则是《帕里亚卡卡》(*Pariacaca*)，可以看作《帕恰卡玛克》和《玛卡惠莎》的变体。这三则神话传说均出自克丘亚传说《华罗奇里[2]的神与人》(*Dioses y hombres de Huarochiri*)，或可与前述宗教诗形成呼应。

一、《帕恰卡玛克》

我们并不知晓印卡王是否虔诚地信奉帕恰卡玛克，但是我们知道，山上的人，从的的喀喀[3]开始，都信奉太阳神，而且他们说："是印卡王让我们相信太阳神的。"山下的人也信奉帕恰卡玛克，并且说："这是印卡王的指令。"

他们信奉太阳和太阳神，甚于其他；认为没有比太阳神更大的神了。他们用无数金银装点太阳神，并派遣成百上千

① León-Portilla, *Op. cit.*, pp.87–89.
② 华罗奇里系印卡人的别称。在克丘亚语中，由于印卡专指太阳神之子（也即国王），故而一般人等常以华罗奇里自称。
③ 以的的喀喀湖闻名于世。该湖海拔三千八百多米，是世界上海拔最高的淡水湖，却终年不冻。它位于今玻利维亚和秘鲁两国交界的科亚奥高原上，被称为安第斯山脉的"高原明珠"。

人专职伺候。人们饲养大量羊驼以供奉帕恰卡玛克，这些羊驼来自切卡和苏克亚惠尔卡。

“在我们称为的的喀喀湖的深处，和我们称为帕恰卡玛克的地方，是世界的尽头。那里之后没有太阳，没有光明，没有人类。”印卡王如是说。正因如此，印卡王也许真的信奉帕恰卡玛克。他们信奉太阳和太阳神胜过一切。他们于是兴建了太阳庙，以便供奉太阳神。他们尊称帕恰卡玛克为每日的光明。

如此，塔煌亭苏约人每年贡献一对童男童女给帕恰卡玛克。他们称这种贡献为“赎大罪”（拉丁表音“Capac Hucha”）。他们将童男童女送抵帕恰卡玛克神庙，并将他们活埋。“吃吧，父神！”他们如是说。到了“净月”，他们还会用羊驼和金银侍奉帕恰卡玛克，使他丰衣足食。

干旱时节，切卡人就会带着油炸肉皮、玉米酒和金银等贡品到苏克亚惠尔卡向雨神祈福：“我们奉帕恰卡玛克之名前来祈求，请赐予我们雨水！再不下雨，我们就要干渴而死。求你了！”如是，切卡人年年旱季都来求雨。这些自称“雍卡”的切卡人，在来自亚萨帕雅的祭司们的帮助下，将贡品埋在苏克亚惠尔卡神庙周围。他们贡献的羊驼则来自阿亚乌卡。

最后，那个来自阿萨帕的帕伊库卡萨向西班牙人交代了金银等祭品埋藏的地方。

印卡王知道所有神明及其所在的地方，并向所有神明供奉金银。他们根据记录，贡献神圣的金子和神圣的银子[……]。

这是有关帕恰卡玛克和诸神明的传说，谓帕恰卡玛克“掌控世界的运行”：一旦他发怒，世界就会震荡。倘使他动一动脑袋，世界就会移动。因此，他通常一动不动，“只要他动一动全身，世界就会毁灭”。人们如是说。[1]

① León-Portilla, *Op. cit.*, p.162.

二、《玛卡惠莎》

印卡王图帕克·印卡·尤潘基日臻强大，征服了周围所有已知的领地。他高枕无忧，幸福地生活了好些年，直至三个民族发动叛乱。他们是阿兰库纳、卡兰库和恰基人。他们拥有数千武士，想要摆脱印卡的统治。战争持续了十二年。

眼见一批批武士冲锋陷阵，丢了性命，却迟迟未能取胜，印卡王焦虑万分，说："这可如何是好？"他万般无奈，忽然有一天急中生智："我们的神明到哪里去了？我每年供奉粮食和衣物、金子和银子，却是为何？我得呼唤他们，让他们庇佑我们战胜敌人。"于是，他呼唤神明："四面八方，所有的神明都来吧！"神明果然来了。

帕恰卡玛克也来了。他坐着轿子，其他神明也坐着各自的轿子从塔煌亭苏约的四面八方赶来。当所有的神明汇聚奥凯帕塔广场[①]时，唯独帕里亚卡卡没有到达。帕里亚卡卡犹豫不决。"我当去否？"他这么问自己。最后，他叫唤儿子玛卡惠莎，命其前往库斯科。

玛卡惠莎来到库斯科，坐在他的奇克希兰帕轿子上，远远地听着印卡王的祈求：

"我的父神，各位神明，你们知道我全心全意地爱戴你们，向你们供奉金银。既然如此，难道你们能眼睁睁地看着我成千上万的子民命丧战争？因此，我呼唤你们，请你们护佑。"

印卡王说罢，神明一声不吭，仿佛压根儿没有听见。

于是，印卡王对帕恰卡玛克说："你倒是吭一声啊！难道你忍心看着你创造的人彼此仇恨、互相残杀、死于非命？如果你无动于衷，那么我将焚毁所有神庙。我凭什么供奉金银

① 库斯科中央广场。

和吃的喝的？凭什么牺牲羊驼？凭什么将神庙打理得井井有条？如果你对我的苦难无动于衷，那么以上就是我的决定。其他神明也听好了，如果你们见死不救，那么我也只好将你们的神庙付之一炬。”

这时，帕恰卡玛克开口说话了：“印卡，你近乎太阳；而我就是太阳。我之所以沉默，是因为我可以毁灭整个世界。的确，我不仅能让你的敌人毁灭，也能让你和整个世界毁灭。”

帕恰卡玛克话音刚落，玛卡惠莎开口了。他当着众多沉默的神明，开口说道：“印卡，你近乎太阳，我愿为你效力，去你所指的地方。你，尊敬的印卡，且在此静静等候，我将以最快的速度获得你想要的结果。”

玛卡惠莎的每一句话都像是用风吹出来的，异常沉重，还夹杂着浓烟。说罢，他举起他的金笛。他戴着圆形头盔，露出黄金的脖子，身披黑色长袍。眼见玛卡惠莎就要启程，印卡王以自己的座轿奇克希兰帕赠予轿夫。这些轿夫日行百里，非一般轿夫可以比拟。他们抬着玛卡惠莎，向着前方，急急赶路去了。

他们来到一座山峦，帕里亚卡卡之子玛卡惠莎扎下营帐，并开始呼风唤雨。人们却面面相觑，不知其意欲何为。雨越下越大，到处电闪雷鸣。于是，洪水泛滥，淹没了许多村子。玛卡惠莎用雷电杀死了重要头领和将校。倘非他手下留情，没有人能逃过一死。

就这样，印卡王的敌人被打败了。少数幸免于难的被玛卡惠莎俘虏，并带到了库斯科。从此以后，印卡王便更加崇拜帕里亚卡卡了。他为其增加了五十名仆人。“父神玛卡惠莎，无论你要多少仆人，我都从命。”印卡王如是说。神明听罢，对印卡王说：“我什么都不需要，倒是希望你做我的儿子，就像众多儿子中的一个。”

“好的，父神。”印卡王诚惶诚恐地回答，“只要你不拿走我的命，我什么都可以答应。”印卡王暗暗思量着，转而又对玛卡惠莎说：“父神请用餐！”玛卡惠莎回说：“我不吃这些，快快献上羊鱼。”于是，羊鱼献上来了，玛卡惠莎发出咀嚼的声音，并“咔噗”“咔噗”吞了下去。鉴于玛卡惠莎没有任何要求，印卡王决定献上几位公主，结果被他谢绝了。

旋即，玛卡惠莎启程向他的父神帕里亚卡卡复命去了。从此以后，人们长久地敬印卡王为神子，并向他奉献了诸多歌舞……[①]

三、《帕里亚卡卡》

我们讲到了古时候的许多事情，却不知道人是怎么来的、从哪里来的，又为何彼此仇恨、互相残杀。人们只尊重那些有权有势的人，而称其他古人为山人或森林中人。也正是在那个时候，帕里亚卡卡降生了，他来自叫坎多尔克托的五个巨蛋。有个叫作华雅库里的穷人看到了这一幕，但据说这个华雅库里是帕里亚卡卡的儿子。据说他是第一个目睹帕里亚卡卡出世的人，何时何地请容细细道来。

很久很久以前，有个叫华雅库里的，他一文不名，整天靠捡拾地上的土豆为食。当时，那一带有个权贵，叫塔姆塔亚穆卡。他的豪宅无与伦比，他的庄园一望无际。豪宅用大鸟的羽毛覆盖，圈养的羊驼五颜六色：黄的、红的、蓝的，应有尽有。为了炫耀富有和智慧，使美名远播，他邀请四面八方的人到庄园参观。他以这样的方式瞒天过海，炫耀轻易得来的财富，蒙蔽了众人。人们以为他是个天才，甚至神明，直至病魔降临到他的身上。虽罹病多年，他却依然活着，于是神明之说不胫而走。人称道，“有惊无险”。且说塔姆塔亚穆卡（像后来的西班牙人那样）请来无数智者和郎

① León-Portilla, *Op. cit.*, pp.163–165.

中，无奈没人识得此病，更不必说为他疗疾。

再说华雅库里从乌拉科恰去往西克内基亚，半路上在我们通常下山的路边小憩。那个山坡如今唤作拉陶扎科。就在他酣睡之际，山上来了一只狐狸，山下也来了一只狐狸，[①]两只狐狸聚到一起。那只山下的狐狸问山上的狐狸："上边的都还好吗？"山上的狐狸回说："好的好，不好的不好。不过有个权贵，住在安奇科恰，虽已病入膏肓，却被奉为神明。所有智者都去看过，却没有一个了解病情。你知道为何？因为他的女人趁他不备，阴险地给一个野男人吃了一粒不洁的玉米，而这粒玉米正是她丈夫罹病的根由。从此以后，一条大蛇吞食了他家的所有草绳，一只双头蛤蟆躲进了他家的石磨。这就是他患病的根由，却无人知晓。"

山上的狐狸说罢，又问山下的狐狸："那么山下情况如何呢？"山下的狐狸说："山下有个权贵，他太太差点儿难产死去。"至于那妇人缘何得救，却是说来话长，不如言归正传，回到前述权贵。

听到两只狐狸的对话，穷人华雅库里对它们说："你们所说的那个权贵假装自己是神明，实在是病得不轻。听说他有两个女儿，老大许配给了一个富翁。"说罢，这个华雅库里取道塔姆塔亚穆卡所在的地方，到了附近便迫不及待地四处打听："这里有没有人生病啊？"塔姆塔亚穆卡的小女儿听见了，回说："我父亲正病得不轻。"于是，穷人华雅库里对她说："走吧，带我去看看。看在你的分上，我决计可以药到病除。"我们起先并不知道那女孩叫什么名字，后来方知她叫乔皮孃卡。

女孩急忙带陌生人去了她家。"父亲，这个可怜的穷人说他能治愈您的疾病。"所有在场的智者听闻后皆以为不然，

① 秘鲁魔幻现实主义作家阿格达斯（Arguedas, José María）的小说《山上的狐狸和山下的狐狸》（*El zorro de arriba y el zorro de abajo*, 1971）当是取法该传说的显证。

并警告说："连我们都束手无策，这个穷光蛋怎么可能？简直岂有此理！"可是，塔姆塔亚穆卡病急乱投医，说："赶紧传那个可怜人，让他进来。"根据权贵的指令，穷人华雅库里被带到病人面前。华雅库里对他说："我确实可以治愈你的疾病，但你要答应我做你的半子，父亲大人！"权贵当即答应："没有问题。"可是，权贵的女婿不以为然，他愤怒地对他说："你想得美！一个穷光蛋也想成为俺家一员，享受荣华富贵？"

接下来我们说说这些愤怒的人同华雅库里的斗争以及后者如何给病人疗疾。华雅库里开始给塔姆塔亚穆卡治病。甫一开始，他就对塔姆塔亚穆卡说："你太太是个淫妇。你的病就是她惹的。而直接诱因是一条躲在豪宅顶上的蛇和一只藏匿在石磨下面的双头蛤蟆。只要将它们杀死，你的病就好了。一旦你大病痊愈，请永远崇拜我的父神，他后天就会降临。你不是什么神明。倘使你真是神明，就不会病入膏肓了。"病人听罢，大惊失色，说："我马上拆了这幢房子。"

然而，塔姆塔亚穆卡的太太断然否定。她大声叫嚷说："你别信这个可怜虫的谎话，我不是淫妇。"但是，病人心切，哪里顾得许多，随即命人拆掉了房子。结果人们果真发现了一条大蛇，并将它杀死了。这时，塔姆塔亚穆卡强迫他太太说出谁吃了碰过她不洁之处的玉米粒。那妇人只好从实招来。于是，塔姆塔亚穆卡又命人掀开磨盘捉拿双头蛤蟆。结果那双头蛤蟆一跳数丈，遁入悬崖之下的安奇湖中。据说它至今仍栖息在湖的源头活水之中。每当人们走近，都会喊一声"哪"，以便吓走双头蛤蟆，或者用同样的喊声使它疯狂逃窜。

从此以后，塔姆塔亚穆卡痊愈了。华雅库里按照原先的计划去了康多尔科托。那是帕里亚卡卡着床的地方。他是五个巨蛋。华雅库里抵达时，那里恰好起风。而过去这一带从未有过风。华雅库里当时带着塔姆塔亚穆卡的小女儿乔皮孃卡，而且两个人发生了不洁的关系。

且说乔皮孃卡的姐夫得知小姨子成了华雅库里的人，而且两个人发生不洁的关系，不禁恼羞成怒，说："我要去向他发出挑战，要让他无地自容！"说罢，他便找到了华雅库里。"老兄，我们决斗吧，无论用什么方式！"那个男人如是说。他转而又愤怒地谴责道："你这个可怜虫，居然敢侮辱我那高贵、富有的妹妹。"华雅库里说："我接受你的挑战。"他说罢便去请教他的父神帕里亚卡卡，后者说："没问题，你答应他的任何挑战，但必须第一时间来告诉我。"于是，决斗开始了。

第一场是比喝酒和唱歌。华雅库里急忙跑去请教父神，后者对他说："你赶紧到山上去，假装自己是一只死鸟。你躺在地上。清早，会有一只老狐狸和一对小狐狸，后者是一对夫妻。它们会带来一罐酒和一只鼓。它们以为你死了，于是放下酒罐和鼓准备吃你。老狐狸还带着笛子，也兴高采烈地放下了笛子。这时，你突然站立起来，并且大吼一声。狐狸们必定四处逃窜，全然顾不得他们的酒和乐器。这样，你就可以带着这些东西去比赛了。"

华雅库里依计行事，获得了狐狸的酒、鼓和笛子。比赛在指定地点进行，乔皮孃卡的姐夫率先唱歌跳舞，为他伴舞的女人有好几个；他一连唱了两百首歌。轮到可怜的华雅库里了，他只有乔皮孃卡一个舞伴。他们两个入场后开始击鼓歌唱，鼓点声声，乐曲悠扬，节奏欢快，观众纷纷扭动身体，尽情舞蹈。华雅库里大获全胜。

接下来是喝酒比赛。乔皮孃卡的姐夫邀请了所有人，人们从四面八方赶来，不停地喝着富人的美酒。可怜的华雅库里只能远远地看着，就像现在的穷人，唯有羡慕。轮到华雅库里了，富人轻蔑地端坐中间。华雅库里于是打开狐狸的酒罐，邀请大家一起品尝。"就这么一小罐酒，如何请大家共饮？"人们嘲笑着。华雅库里还是执意请大家尝一尝。他在一片嘲笑声中，从最外围的人群开始，请他们品尝。结果，只要一滴入口，人们便相继醉倒。于是，华雅库里用狐狸的好酒征服了众人，再一次大获全胜。

乔皮孃卡的姐夫很不甘心，决定择日进行时装比赛。华雅库里立刻奔赴父神所在的地方，向他求助。父神送他一件雪做的礼服。华雅库里回来后，穿着雪做的衣服给众人带来了凉爽和惊喜，轻而易举地战胜了富翁。这时，富翁搬出了许多美丽的羽毛，再次挑战华雅库里。华雅库里于是又跑去向父神求助，后者指着一眼山泉，口中念念有词。忽然，一只殷红色美洲豹从泉水中跃出。华雅库里带着美洲豹来到比赛现场。富人在华丽羽毛的簇拥下登场歌唱，赢得阵阵喝彩。轮到穷人华雅库里时，华雅库里不慌不忙，唱着歌，带着红色美洲豹绕场一周，人们被见所未见、闻所未闻的红色美洲豹震慑了，而接下来更令他们目瞪口呆的是天上居然兀自出现了一道彩虹。从此以后，每当人们看到彩虹，就会想起华雅库里。

富人要求比赛筑墙。由于他富得流油，人人都争相替他出力。可怜的华雅库里只好向父神求助。富人指挥他的雇工一天就筑好了四堵高墙，而华雅库里和乔皮孃卡只挖好了地基。是夜，鸟类、蛇类和全世界所有动物都来帮忙，终于一夜之间完成了工作。第二天是盖屋顶。富人买下了所有羊驼，准备用羊驼毛做毡毯覆盖房顶。而华雅库里只能搬来芦苇和草绳。由于动物们早就答应了华雅库里的请求，于是联合起来将富人的羊驼赶至悬崖，结果羊驼们跌入悬崖，让富人失去了制作毡毯的材料。

华雅库里按照父神的指点，对富人说："你的挑战都以你的失败告终，现在轮到我来出题了。"对方无奈，只好同意。"那么，我们穿下蓝上白的鹿皮唱歌跳舞吧！"富人同意了。富人率先炫耀他的歌舞，而华雅库里趁其不备，拼力大吼一声。富人顿时吓得瘫在地上，并且逐渐变形，最后竟变成了一只逃遁的雄鹿。人们见状无不惊诧。“既然我老公变成了鹿，那我也不活了。”富人的老婆说罢追随雄鹿而去。可是，华雅库里盛怒未消，也没有放弃复仇的机会。他对那妇人说：“你跑吧，我会追上你，让你羞耻地死去……”他果然追了上去，山上的和山下的人们纷纷尾随观望。那妇人逃至安奇河边，遁无可遁。华雅库里上前一把抓住她的头发，将她提在空中。这时，妇人变成了石头，唯一裸露的便是她的阴阜和下肢。如今，那石头仍在河边，每当人们路过那里，都会撒几粒可可，以表各自心情。

至于那个富人，自从变作雄鹿遁入高山，就再也没人见过。据说，他这只鹿还会吃人，因此人们避之犹恐不及。当然，这些都是古时候的事，许多年以后，雄鹿繁殖了很多后代。有一次，它们聚集在一起，商量如何吃人。这时，有一只突然说：“万一人类要吃我们呢？”众鹿闻之，惊慌失措，四散逃窜。从此以后，人们开始猎鹿为食。

这些都是很久很久以前的传说。回到帕里亚卡卡的五个巨蛋，化作五只猛禽，又由猛禽变成了人类。他们四处游走，看到了许多房舍和罪孽。于是，他们决定自立为神：“我们是神。”为了惩罚人类犯下的罪孽，他们呼风唤雨，引来了洪水。洪水淹没了所有房舍，冲走了所有人等，以及他们豢养的羊驼。一切化为乌有，没有生灵幸免。再后来，弯弓似的普遥山也遭了殃。普遥山上植被丰腴，住满了猿猴、鸟类和各色动物。它也被洪水淹没了，沉入海底。只有那座叫作惠乔的大山依然耸立在水面上，而帕里亚卡卡就在大山之巅，永远傲视天下。[①]

这些显然都是西班牙人入侵之前的古老传说，但化作文字却是在西班牙殖民期间。其中涉及创世、罪孽和洪水等，它们同亚欧神话颇为

① León-Portilla, *Op. cit.*, pp.165-171.

接近，自然也更加接近玛雅和阿兹台卡神话。尤其当我们看到山上的狐狸和山下的狐狸，就会联想到玛雅和阿兹台卡传说中的纳瓦霍纳瓦尔（附灵），而后者正是秘鲁魔幻现实主义作家阿格达斯着意表现的。

第四节　戏剧《奥扬泰》

印卡人的《奥扬泰》（*Apu Ollantay*）是迄今保存最完好的美洲原住民戏剧，几可谓唯一。它最初为英雄史诗，15世纪被改编成剧本，1770年由巴尔德斯修士（Fray Valdéz）翻译成西班牙语，原作者佚名。在克丘亚语中，奥扬泰即有英雄之意。故事发生在印卡帝国强盛时期，讲述英雄奥扬泰为追求爱情奋不顾身、英勇起义的事迹。且说战功赫赫的奥扬泰爱上了印卡帕恰库帝（Pachacuti）的女儿库西·柯伊约（Kusi Qóyllur）公主，但因阶级差异和帕恰库帝的忌惮，二人被告知不能完婚。大祭司苏玛发现了二人的私情，就规劝奥扬泰放弃执念，以免惹祸上身。然而，奥扬泰深爱着公主，一个非伊不娶，一个非他不嫁。为了继续同公主约会，他使出了浑身解数。后来，他毅然到帕恰库帝面前求婚，遭到了后者的断然拒绝。不仅如此，帕恰库帝还将奥扬泰羁押起来，准备对他处以极刑。多亏王储图帕克·尤潘基（Tupac Yupanqui）苦苦哀求，奥扬泰才幸免于难。帕恰库帝让奥扬泰趁早死心，并随即将公主悄悄送到了一座神庙中。然而，公主在神庙中生下了一个女婴。小姑娘渐渐长大成人。另一方面，奥扬泰恼羞成怒，决定起兵造反。他自立为王，挥师进攻帕恰库帝。后者闻讯大怒，立刻命令鲁米纳维大将前去镇压。奥扬泰能征善战，打得鲁米纳维大将节节败退。绝望之际，鲁米纳维大将心生一计，引诱奥扬泰陷入圈套，并将他押解回宫。说时迟，那时快，一晃十年过去了，奥扬泰被转至神庙羁押。与此同时，帕恰库帝一病不起，最终撒手人寰。图帕克·尤潘基继承了王位。新君不仅赦免了奥扬泰，还使他官复原职，并且成全了他和库西·柯伊约公主，使他们一家三口得以团圆。

全剧双线并进，有分有合，捷徐有度。剧情既具民族特色，又有普世价值。其中奥扬泰和公主的爱情惊天动地，充满了艺术魅力，即使置于当今文坛亦毫不逊色。剧本由舞台提示、人物对白、独白和合唱组成，且各显机巧。

主要人物：
阿普·奥扬泰，印卡帝国将领，男主人公；
库西·柯伊约，印卡公主，女主人公；
帕恰库帝·尤潘基，老印卡王；
图帕克·尤潘基，王储，小印卡王；
皮基·恰吉，奥扬泰部下；
鲁米纳维，印卡帝国将领；
等等。

[奥扬泰上场，他身穿镶着金丝的斗篷，肩挎大头棒。身后是他的部下皮基·恰吉。]

奥扬泰：

皮基·恰吉，你可曾
见到库西·柯伊约？

皮基：

太阳王永远不许
我等进入深宫。
你难道不怕公主
她是印卡陛下之女？

奥扬泰：

无论如何我爱这只鸽子，[①]
我对她倾注了所有情感；

①“鸽子”的意象很可能是巴尔德斯修士的夹私假托。

心儿怦怦，时时刻刻，
无休无止，追随着她。

皮基：

魔鬼之足踏进了你的躯体，
使你魂不守舍、丧失理智。
美丽姑娘处处皆是，
你不该有非分之念。
一旦陛下知道
你的胆大妄想，
脑袋不保事小，
将你烧烤事大。

奥扬泰：

嗨，请你赶快闭嘴！
小心我先拿你是问。
别再跟我喋喋不休，
不然我先叫你丧命。

皮基：

来吧，你尽可把我
当作一条死狗，
呼来唤去如是：
“皮基，快去找她！”
别说有年无月，
必须每日每夜。

奥扬泰：

皮基·恰吉，我已经说过，
即使比死神更加残忍的惩罚

也阻止不了我对公主的爱；
即使天崩地裂、所有高山
都成为我的敌人，
让我粉身碎骨，
我也要在此之前见到公主。

皮基：
如果老家伙出现了呢？

奥扬泰：
那我也要向他表明心迹。

皮基：
你这是吹牛不花钱，
真要是被他知道就糟了。

奥扬泰：
皮基，随便你怎么想，
我倒要问你：
柯伊约是不是鲜花丛中
最美的一枝？

皮基：
你想柯伊约都想疯了！
我没见过公主，
不过她应该是
万千花朵最炫的一朵，
美丽姑娘最靓的一个；
本该成为太阳，
却化作了月亮。

奥扬泰：

是啊，这就是她！
她永远都是那么美丽和骄傲。
你这就去找她，
带着我的私信。

皮基：

光天化日，
我可不敢！
再说宫中戒备森严，
而我却是睁眼瞎子。

奥扬泰：

你但说是她朋友无妨。

皮基：

这也就是说说而已，
况且柯伊约是夜晚发光，
我只能在夜色中前去探访。

奥扬泰：

你这巫师，给我滚开！
啊咿，我的柯伊约！

[奥扬泰和皮基退场，库西·柯伊约和王后阿纳瓦吉出场。]

阿纳瓦吉：

柯伊约，太阳的小镜子，
为何变得如此郁郁寡欢？

究竟是何原因使你难过?
从什么时候你却如此不悦?
痛苦压迫我心,
使我痛不欲生,
恨不得一死了之。
你喜欢奥扬泰,
你已经以身相许,
难道你不是他的妻子?
这个未来的印卡
是你自己选择的夫婿?
是你用高傲的手,
羔羊般稚嫩的手,
摘下了这枚果子?①

柯伊约:

哦,我的母亲,公主!
我怎能不哭?
我怎能不痛?
那个我爱的王子,
那个口口声声叫我玫瑰的人,
无数个日日夜夜,
将我夸耀爱戴,
知道我无比娇嫩,
却忍心将我遗忘、
将我抛弃,
让我饱受羞惭,
至今音信杳无。
啊咿,我的母亲,公主!

---

①“果子”的意象也可能来自巴尔德斯修士。

啊咿，我的爱人！
为了得到你的爱情，
太阳穿上了丧服，
变成了灰色的月亮。
火一般稠密的云
预示着我的痛苦。
流行闪烁，
拖着长长的狐狸尾巴［……］
都是不祥之兆，
昭示着梦幻泡影。
啊咿，我的母亲，公主！
啊咿，我的爱人！

［帕恰库帝上场。侍从追随。］

阿纳瓦吉：

柯伊约注意仪态，
赶紧擦干眼泪！
你父王过来了。

帕恰库帝：

柯伊约，我的心肝，
你是万花之花，
我的心花，
灿烂夺目
恰似我颈上项链。
我的鸽子，快快过来，
投入我的怀抱，
你就在我的双眸，
犹如彩线缠绕线团。

你是我最纯粹的快乐，
是我双眼的明镜。
太阳的光芒
从你的双眼辐射，
透过你的睫毛明亮闪烁。
当你微启双唇，
就有甜美的呼吸。
对父王而言，
你就是幸运和生命。
我希望你长命百岁，
持续我无比的欢愉。

柯伊约：

我最敬爱的父亲，
千万次吻您的脚。
我感谢您的庇佑，
从未感到过痛苦。

帕恰库帝：

你千万别这么说，
怎么能让你吻脚？
瞧，我是你父亲，
给予你所有的爱［……］
你哭了？

柯伊约：

星辰也有露珠，
一旦太阳来临，
露珠就会消散，
回到所来星辰。

帕恰库帝：

亲爱的，你过来，
坐到我身边！

[宫女来报。]

某宫女：

陛下，您的臣子等候觐见。

帕恰库帝：

召他们进来。

[奥扬泰上场。帕恰库帝召奥扬泰和鲁米纳维到正殿。]

奥扬泰：

陛下，我有私事禀告。

帕恰库帝：

哈南萨亚的武士，
为何不好好歇息？
我本想明天召见你，
没想到你今天来了。

鲁米纳维（悄声对奥扬泰）：

奥扬泰，若换了我，
就悄悄谢恩回家了。

[鲁米纳维退下。]

奥扬泰：

伟大的陛下，
末将从小为您效劳，
对您的美德心向往之，
时刻不忘您的榜样，
直至成为您的将领，
使小小的本领放大千倍：
处处不忘您的榜样，
流血流汗成为目前模样，
冲锋陷阵所向披靡，
一切皆为您的英名；
所到之处敌人丧胆，
闻风丧胆鲜血喷涌。
作为臣子我甘愿奉献，
没有您末将何德何能？
奥扬泰俯伏于您的足下，
俯伏于您足下的
还有哈南萨亚[①]和云卡斯[②]。
末将以您的名义使它们臣服。
同样以您的名义，
末将战胜了镪卡斯人，
使他们折断羽翼俯首称臣。
还有万卡兰卡，
也已一败涂地。
谁人不知我奥扬泰
是您战无不胜的麾下？
末将所到之处，
尽数归入您的领地。
敌人不是缴械投降，

① 印卡地名，位于库斯科以北。
② 印卡地名，位于库斯科以西。

便是血流成河，
甚至仰天长啸、徒叹奈何，
却不免末日临头。
您是我的圣父，
赐予我枪一对金翅，
还有镶金的头盔。
末将何德何能？
一切都是您的恩赐，
包括末将的生命。
如果末将尚有可嘉之处，
那也是拜您所赐。
是您给了末将将校头衔，
还有东部的封地安第苏尤
及其五万人口。
这些皆拜您所赐，
人们追随末将
亦因敬畏陛下。
如今我等祈求陛下，
望陛下更加恩宠，
赐予更大光荣。
末将永远是您的仆从，
追随陛下，赴汤蹈火
在所不辞。
恳请陛下将公主
柯伊约殿下赐婚末将。
如此一来，末将与陛下
亲上加亲。
末将定当更加忠心耿耿，
即使肝脑涂地，
亦无怨无悔，

黄泉路上，喜笑颜开。

[……]

帕恰库帝：

奥扬泰，你好大的胆，
胆敢觊觎公主！
你只不过是个奴才，
怎敢痴心妄想？

奥扬泰：

那您就赐末将一死！

帕恰库帝：

这可由不得你，
你的生死全凭圣意。
你是不是疯了？
快快给我滚蛋！

奥扬泰：

奥扬泰啊，奥扬泰，
让万千敌军丧胆的将领
就这么被你誓死捍卫的人
赶出宫殿？
哦，柯伊约，我的女人！
难道你我真的没有缘分？
这可如何是好？
哦，我的公主，我的鸽子！
哦，库斯科，我们的都城！
从此以后，
我将成为你的敌人！

我将野蛮地撕裂你的胸膛，
掏出你的心肝，
将它们送给神鹰！
印卡，我将与你为敌，
率领万千武士
从安第斯四面八方
进攻都城！
你会看到
成千上万的武士
乌云般集结，
点燃战火、浴血奋战，
让你死无葬身之地。
你印卡将会知道
云卡斯人到底听从谁的命令！
我要让你伏在我的脚下，
任我宰割！
我胆大妄为？
我痴心妄想？
你是这么说的吗？
我不配向你的公主求婚？
我只是个顺从的仆人，
一文不值吗？
众所周知：
没有我，哪有你的王位？
而今你却背信弃义！

［皮基与奥扬泰上场］

奥扬泰：

皮基，快快告知公主，

替我传递我的消息，
叫她今夜等我。

皮基：

我已去过，就在昨晚。
公主不在宫中，
后宫一片寂静。
我只好四处打探，
却终究不知所以；
但见后宫门窗紧闭，
连一只猫都没有看见。
一切已然死寂，
四处了无人影。

奥扬泰：

侍卫们现在何处？

皮基：

早已人去楼空，
连一只老鼠都没剩下。
唯有猫头鹰呱呱鸣叫，
发出悲怜的声音。

奥扬泰：

一定是她父印卡
将她藏匿。

皮基：

还有她的母后，
也许都已就义。

奥扬泰：

难道昨天以来
无人打探我的消息？

皮基：

有千余大头棒手
正在将你找寻。

奥扬泰：

让全世界都起义！
我将用大头棒
横扫天下，
用斧头杀光敌人。

皮基：

活捉老头子，
扒光他的衣服，
我要用脚踹他。

奥扬泰：

哪个老头子？

皮基：

我是说那个瓦郎卡，
他居心叵测想拿你。

奥扬泰：

他是印卡的亲信，
奉印卡之命来索命。

皮基：

他本是都城一个可憎的人，
应与印卡无关系。

奥扬泰：

她已离开库斯科，
我心思念太苦痛。
猫头鹰呱呱鸣不停，
不祥之兆已来临，
你我快快离开这地方。

皮基：

柯伊约公主怎么办？

奥扬泰：

既已藏匿我怎么办？
哦，柯伊约，我的鸽子！

皮基：

你听有人在歌唱，
这是雅瓦里民谣。

［歌声起。］

空荡荡啊，蛮荒荒，
丢了一只，我的鸽。
我找寻啊，四处问，
有谁见到，我的鸽。

她的脸啊，靓晶晶，

人人管她，叫明星。
她的美啊，无人比，
谁见到了，不忘记。

她的额啊，是月亮，
太阳同时，升起来。
日映月啊，耀爱情，
爱情爱情，共欢欣。

她的发啊，黑又软，
衬着两耳，亮晶晶。
黑衬白啊，耀眼睛，
仿佛染就，雪与碳。

她的眼啊，像晨曦，
弯弯眉毛，似天际。
两明眸啊，在眼中，
宛如太阳，暖人心。

她的眉啊，像利剑，
谁敢妄想，必报应。
目光炯啊，刺人心，
小心被她，摄了魂。

面颊红啊，海棠花，
四周白嫩，胜雪花。
晨曦白啊，纯无瑕，
恰又泛起，殷红霞。

双唇红啊，红似火，

两排珍珠，嵌中缝。
呼口气啊，香四溢，
人人闻之，心欢畅。

她的颈啊，雪雕就，
晶莹剔透，似水晶。
她的胸啊，像棉花，
含苞待放，是花蒴。

她的手啊，细又柔，
恰似花蕊，刚出绽。
指尖尖啊，真纤细，
好像玉雕，霜染饰。

奥扬泰：

哦，柯伊约，
难道歌者见过你？
如果真这样，
就让他走远点。
是我将你丢失，
而今心碎神癫。
是我将你送死，
而今我怎独生？

皮基：

柯伊约公主一定就义了，
否则晚上不会没月亮。

奥扬泰：

可是印卡会看到，

奥扬泰起义了。
他将众叛亲离，
四顾唯有敌人。

皮基：

众人将你敬爱，
皆因你够慷慨：
一切分给将士，
只有我知你心。

奥扬泰：

你又意欲何为？

皮基：

我知你意欲何为，
同样到处施舍，
人说拿人手软，
吃我者必敬畏三分。

奥扬泰：

你狂怒一下试试，
看众人是否怕你！

皮基：

我天生善相，
只会嘻嘻哈哈，
而且天性懒散，
不想吃苦耐劳。
那是什么声音？
号角声自远而近。

奥扬泰：

一定是来追我的。
你在前，我们快走！

皮基：

逃跑是我的本领。

[帕恰库帝和鲁米纳维上场，后者是印卡的忠实走狗，吃人不吐骨头。]

帕恰库帝：

我命人四处找寻奥扬泰，
他却跑得无影无踪。
我愤怒满满只想发作，
总觉得他有些反常。
你可曾与他照面？

鲁米纳维：

他在陛下面前惊恐万分。

帕恰库帝：

我命你率一千精兵，
前去捉拿奥扬泰。

鲁米纳维：

他失踪已有三天，
也许已经远走高飞。
有人将他迎出宫去，
至今没有再露过脸。

[探子来报。]

探子：

我是军中飞报，
从乌鲁邦巴来到这里。
军情十万火急，
密报立刻呈上。

帕恰库帝：

什么情报，快快呈上！

探子：

密报在此。

帕恰库帝：

鲁米纳维快快译来。

鲁米纳维：

这是一条红色绳结，
他将其缠在头上。
而其中的结子，
是追随他的武士。

帕恰库帝：

探子，你看到了什么？

探子：

安第苏尤群情激昂，
夹道欢迎奥扬泰。
他们同时奔走相告，

奥扬泰将印卡的红绳结绑在了头上。

鲁米纳维：

陛下，这就是绳结的情报。

帕恰库帝：

在我气炸之前，将军，
你最好立即出发。
倘使你缺乏勇气，
或者气力不逮，
就立即召集你的部属，
率五万军队，
火速开赴战场，
打败那个叛贼。

鲁米纳维：

我明日清晨出发，
率领我的武士，
他们正在南部集结，
我会带去号令，
挥师北上，
战胜敌人。
无论是死是活，
叛贼必败无疑。
敬请印卡静候佳音。

[奥扬泰及其麾下战将瓦兰卡登场]

瓦兰卡：

我的将军，

安第斯的武士结集完毕，
听从你的号令。
妇人们在哭泣，
看吧，无论王公贵族还是普通战士
全部向着奥扬泰集结。
我们整装待发，
随你远征。
天知道什么时候
才能结束这年复一年的鏖战，
在遥远的前方
打败如斯顽敌。
我们流血牺牲，
更让印卡的军队付出代价。
我们截获他们的粮仓，
让他们只有古柯果腹。
战士们在荒野日行百里，
直累得精疲力竭。
有些地方，
甚至连羊驼也很少惠顾，
遍地的荆棘，
刺破了我们的双脚。
为了解渴，
我们背负水罐，
前方等待的，
也许只有死亡。

奥扬泰：
高贵的武士们，
请听瓦兰卡之言。
把他的每一句话

牢记心中。
面对安第斯山的冷酷，
我印卡发出休战信息：
“我要让安第斯
休整一年。
双方将士已然疲乏。
年复一年，
战争使生灵涂炭、
民不聊生，
仿佛燃烧的菠萝树，
萎的萎，病的病。
残酷的征战
让无数将士伤亡、
多少王子夭折。”
印卡的队伍已经远去，
安第斯山已经远去。
也罢，我对众人说：
“别了！”
我必须继续战斗，
你们暂且留步，
各各回家休养生息，
而我必须战斗到底。

合唱：

我们的印卡，不朽的印卡！
扬起你红色的旗帜，
那是幸运的标志！

［有人高呼］

印卡诞生了！

印卡诞生了！
印卡诞生了！

翰可瓦卢［面向奥扬泰］：
印卡，请接受
这顶王冠。
大祭司远在千里之外，
只待你一声号令，
他必日夜兼程。

合唱：
奥扬泰成印卡了！

奥扬泰：
瓦兰卡，我册封你为亲王，
执掌安第斯山的兵权。
请接受我的头盔，
还有我的弓箭和兵符。

合唱：
瓦兰卡将军！
万岁，万岁！
瓦兰卡万岁！

奥扬泰：
翰可瓦卢，你是长老，
是王公大臣中的智多星。
作为大祭司的至亲，
请授予瓦兰卡将军军衔。

翰可瓦卢：

我将军衔系于你的手腕，
请你永远牢记你的使命。
你要善待你的军士，
自此晋爵，敬请起立。

瓦兰卡［面向奥扬泰］：

千万次赞美你的丰功伟绩，
万能的印卡！

翰可瓦卢：

你要永远忠于印卡，
从头到脚武装自己，
唯有如此才不失男儿本色，
毕生不要让敌人
看到你的背影。
永远不要成为懦夫，
更不要像小草那样脆弱。

瓦兰卡：

听好了，安第斯山的男儿，
我们的印卡带领我们一往无前。
从今往后，
我们身心如一、团结一致。
库斯科那个昏聩老迈的印卡
失去了民心，
只能靠羸弱的王子，
腰缠万贯扛枪上阵。
四方民众纷纷起义；
也许库斯科已全城动员，

向着我们杀来。
他们要打败我们，
扫平我们的村寨。
是的，他们痴心妄想。
没有时间可以浪费，
立刻召集山村武士，
随时准备战斗。
当务之急是紧急动员，
在唐普构筑工事，
加强警备。
只需留下一个出口，
用来号召安第斯山的全体人民。
要占据所有山头，
收集足够的毒液，
浸染所有的箭矢，
让敌人有来无回。

奥扬泰：

瓦兰卡，王子由你调遣，
让他们率领先头部队。
你须设置埋伏、布下陷阱，
让敌人自投罗网。
敌人虽非等闲之辈，
倘能挫其锐气，
则必军心大乱，
伏击便可奏效，
取敌首级犹如割草。

瓦兰卡：

我们已经拥有

三万安第斯武士，
他们当中没有残疾，
更无懦夫。
马鲁蒂已经出发，
他率领维尔卡潘帕武士
在廷基盖卢设下埋伏，
只等我一声令下便可出击。
同样，正面由恰拉王子
亲率部队隐蔽待命。
一万武士在恰拉姆赖休整，
随时准备接应。
雍卡在怕恰外科，
麾下有一万精兵。
一旦库斯科敌人来犯，
我军必将其四面包围。
我们悄悄地等待敌人，
他们必然大意，
一旦进入我们的阵地，
就会成为众矢之的。
我们的号角响彻云霄，
安第斯山将石如雨下、
滚木阵阵似电闪雷鸣。
敌人将粉身碎骨，
坠入万丈深渊，
这就是等待他们的武器。
他们将无处逃遁，
散兵游勇必成我们矢下冤魂。
天衣无缝，我们战无不胜！

［败将鲁米纳维上场］

[……][1]

如上所示，《奥扬泰》是一出多幕剧，各幕长短不一，转换自如，但基本尊重自然时序，尽管情节有详有略。详处自不必说，略处由人物对白予以串缀补充。譬如战争经年累月，剧本借人物之口，谓“天知道什么时候/才能结束这年复一年的鏖战”，或者“年复一年，/战争使生灵涂炭、/民不聊生”。如此等等。虽然最后以大团圆结束，但剧情一波三折，唱词简约、对白紧凑，即使今天看来依然回肠荡气、余音绕梁。

① León-Portilla, *Op. cit.*, pp.128–150.

第一编

第四章　殖民地文学之初

引言

西班牙语美洲殖民地文学肇始于16世纪初，终于19世纪初，绵延三个世纪。有道是“花开几朵，各表一枝”，西班牙语美洲殖民地文学之初主要由殖民者之“花”和被殖民者之“泪”组成。首先需要说明的是，一如中国文学中没有马可·波罗的位置，西班牙语美洲文学里同样没有哥伦布的位置。哥伦布的日记和信札属于西班牙文学，属于西方文学。但是，西班牙殖民者和西班牙传教士浓墨重彩地创造了西班牙语美洲殖民时期最初的文学，这一点毋庸置疑，而且占据了主导地位；同时，作为被征服者，西班牙语美洲的土著居民以及稍后的印欧混血儿用血泪创造了美洲被殖民时期初期文学的另一个维度、另一张面孔。

第一节　殖民者的记述

西班牙殖民者的战马和火器是美洲原住民闻所未闻、见所未见的，同样还有他们带来的天花。这些都是西班牙人战胜美洲原住民的法宝。天花使数百万原住民丧生。据不完全统计，殖民者的烧杀、奴役和天花夺走了千余万美洲原住民的生命，这还不包括后来三百年间出现的多次镇压和杀戮。

一、《征服新西班牙信史》

科尔特斯

贝尔纳尔·迪亚斯·德尔·卡斯蒂略的《征服新西班牙信史》无疑是有关阿兹台卡等印第安王国（或部落）悲惨命运和殖民地血腥创伤的第一手资料。贝尔纳尔·迪亚斯（1492？—1580？）出生于西班牙古城梅迪纳，16世纪初随科尔特斯（Cortés, Hernán）等殖民者抵达美洲，先在古巴参加征服行动，后辗转至今墨西哥一带，是"征服新西班牙"的参与者和亲历者。晚年被派往危地马拉。

《征服新西班牙信史》是贝尔纳尔·迪亚斯的代表作，也是早期西班牙殖民者留下的重要历史文献。作品凡一百七十四章，详尽地记述了西班牙殖民者占领阿兹台卡帝国的全过程，不少描写细节饱满，堪称经典。

> 我们沉了所有的船只之后，一天上午听完弥撒，全体官兵正聚集在一起和科尔特斯谈论军事，科尔特斯请求我们听他说话，然后讲了下面的一席话。他说我们大家都已看清，我们就要长途跋涉，我们必须靠天主保佑，取得每一仗的胜利；我们行动要快，由于我们兵力不足，一旦受挫（天主不允许出现这种情况），就无法摆脱厄运；我们现在没有船只，回不了古巴，只有靠天主保佑和我们自己的奋力作战才能得救。他还举了罗马人的许多英雄业绩来和我们作比较。我们齐声回答，他指挥到哪里，我们就打到哪里，说我们就像恺撒过卢比孔河时所说的："骰子已经掷了，就这样吧！"①

① 贝尔纳尔·迪亚斯：《征服新西班牙信史》，江禾、林光译，北京：商务印书馆，2018年，第131—132页。为统一起见，引者对个别译名有所修正。

这是殖民者、冒险家们的“破釜沉舟”。然而，他们面前的阿兹台卡是泱泱大国，仅首都特诺奇蒂特兰就有十数万人口。西班牙殖民者一路恶战，在特诺奇蒂特兰附近更是大开杀戒，同时也遭到了印第安人的顽强抵抗。

> 这时，特拉斯卡拉人的一队伏兵，约三千人，突然冲将出来，朝我们的骑兵发起箭攻，我们的骑兵这时已聚在一起。印第安人用箭猛射，投掷烤过的投枪，又用砍刀猛砍。就在这当口儿，我们的大队人马——炮队、火枪队和弩弓队——赶到。
>
> [……]
>
> 酣战中，他们把我们团团包围，而我们又难以施展，怕被他们打散，只能一致行动，朝一个方向猛攻；可是，我们每朝一处进攻，便会有二十支队伍冲上来抵挡。我们的处境真是万分危急，因为他们的士兵如此之多，每人扬一撮土就足以迷了我们的眼睛。不过，大慈大悲的天主援救了我们。
>
> 就在这紧要关头，那些令人生畏的魁梧武士似乎把他们中力气最大的人集中起来，试图虏获一匹马。他们发起猛攻，去抓一匹母马。这是一匹十分灵活、善跑的骏马，骑手也很出色，名叫佩德罗·德·莫龙。他遵照命令，与另外三个骑兵一道闯入敌阵，以便互相策应。印第安武士抓住他的长矛，他抽不出来，其他印第安人乘机用砍刀将他砍成重伤，又一刀砍中马脖子，马首被砍断，仅剩一张皮与身体连着，一命呜呼。
>
> [……][1]

至于阿兹台卡君主蒙特祖玛[2]，贝尔纳尔·迪亚斯是这样描述的：

① 贝尔纳尔·迪亚斯：《征服新西班牙信史》，第144—146页。
② 江禾、林光译作“蒙特苏马”。为统一起见，这里改作蒙特祖玛。此外，多数学者称其为国王或君主，而非皇帝，尽管这与帝国称谓多少会有矛盾。

伟大的蒙特祖玛年近四十，身材高而匀称，身体瘦削，肤色不十分黑，是印第安人本来的色调。他的头发留得不长，刚刚盖过耳朵；胡子不浓，黑黑的，精心拾掇过，显得疏朗有致。脸略长，看上去很快活，眼睛很秀气，看人时显得他这个人十分和蔼亲切，但在必要时也会显得很严肃。他很整洁，每天下午洗一次澡。他有多个情妇，都是酋长们的女儿，但是只有两个显赫的女酋长是他的合法妻子；他同她们作乐非常谨慎，除了服侍他的个别人之外没有人能知道。他不干鸡奸的勾当。穿过一次的衣服，需隔三四天再穿。在紧靠他的房间的好几个房间里，有两百多个首领当他的卫士；这些人不是谁都可以同他说话，只有个别人可以，而且去同他说话时必须脱掉华贵的斗篷，换上不那么值钱的斗篷，可必须是干净的。他们进屋须裸足，眼睛须看地上，不得看他的脸，对他行三个礼，在走到他跟前以前边行礼边说："王，我的王，我伟大的王。"他们说完要说的话，蒙特祖玛三言两语便把他们打发走。他们告退时不得背朝着她，而要面对他，低头看地上，直到退出房间，方可转身。我还看到另一种情况：一些大酋长从很远的地方前来，让蒙特祖玛裁判争执或买卖，当他们到达蒙特祖玛住处时，都须裸足，披上寒酸的斗篷，不得直接进宫，而须在宫门一侧绕道而行，因为突然进宫会被视作不尊重君主的表现。

在饮食方面，他的厨师们须按他们的习惯，给他做出三十多种菜，并在菜下面放置小陶炉，这样菜就凉不了。给蒙特祖玛吃的菜，他们每次要做约三百盘，给卫士们吃的还须做一千盘。进餐时，蒙特祖玛有时同手下的首领和管家一起出来，他们向他指明哪道菜烧得最好，是用什么鸟和食物做的；他们还告诉他应吃哪道菜。不过，他很少出来看，出来也只是为了消遣。

听说他们时常煮童子肉给他吃，由于菜的花样很多，用的原料也很多，所以我们看不出是人肉还是别的东西。他们每天都给他做家鸡、火鸡、野鸡、松鸡、鹌鹑、家鸭、野鸭、鹿、野猪、芦鸡、鸽子、家兔和野兔，以及当地出产的各种鸟和其他东西，多得我一下子都叫不过名字来。我们看到的便是如此；不过我知道，自从我们统帅指责他用人祭神和吃人肉之后，他确实下令不要再给他做这样的美味食品了。

[……]

他一开始进餐，他们便在他前边围上一副描金的木制围屏，免得别人看见他进食，此时那四个妇女便退到一旁，换上四个德高望重的首领站在他身边，他时不时同他们说话，询问事情；把自己尝过认为最好的菜，赏给这些老首领每人一盘，当作给他们的莫大恩典。据说，这些老人都是他的近亲、顾问和审判官，他赏给他们的菜，他们都恭恭敬敬地站着吃，不敢看他的脸。

[……]

有时在进餐时刻，会叫来一些很丑陋的印第安驼子，身材矮小，身体弯得像对折在一起，那是些给蒙特祖玛凑趣的角色；在场的还有印第安小丑，他们对他说风趣话；另外一些人唱歌给他听，跳舞给他看，因他喜欢娱乐，爱听歌曲。他命人把他吃剩的饭菜和整罐的可可饮料赏予他们。

[……]

蒙特祖玛餐桌上还有三根斑斓的金色管子，管内装着混有烟草的香胶。他用餐毕，看过跳舞，听完唱歌，桌面也撤了，便对着一根管子抽烟，抽得很少，抽毕便睡下。①

关于活人祭（譬如用战俘祭神），印第安文献多有记载，但吃人肉之类的恐怖事件却十分罕见。这里贝尔纳尔的所谓“听说”是值得怀疑的。如他所见，蒙特祖玛热情款待了科尔特斯等西班牙“客人”，还把女儿嫁给了科尔特斯，结果后者却恩将仇报，将他虏为人质，以

① 贝尔纳尔·迪亚斯：《征服新西班牙信史》，第232—235页。

此要挟阿兹台卡人缴械投降。虽然历史并未按照西班牙人设计的那样发展，但善良的蒙特祖玛却成了这场殖民与反殖民斗争的牺牲品。

再说特诺奇蒂特兰宏伟的神庙和宫殿、宽阔的广场和繁荣的市场，这些都使殖民者大受震撼。

> [……] 规模宏大的墨西哥城就在前边；眼见这些令人惊叹不已的情景，我们不知说什么好，不知展现眼前的是否真实。
>
> [……] 神庙前面大院子的范围，我觉得比萨拉曼卡的广场还大，周围有两道石砌围墙，院内地面全用十分平滑的白色大石板铺成，没铺石板之处或抹灰，或磨光，全都十分干净，整个院子一尘不染。
>
> 我们来到大神庙近处，尚未踏上第一级台阶，正在台阶上方神庙内祭神的蒙特祖玛，派六个祭司及两个首领来接我们的统帅，登上一百一十四级台阶时，他们想搀扶他的手臂……但科尔特斯不愿他们靠近。
>
> [……]
>
> 我们在饱览这一切并仔细思忖之后，重又观看了大广场和广场上熙熙攘攘的人群，他们有的在购买，有的在售卖，人声嘈杂，几里地以外都能听到。我们兵士中有些人到过世界上许多地方，到过君士坦丁堡，走遍意大利和罗马；他们说，面积如此宽广、布局如此合理、人众如此之多、管理得如此井然有序的市场，他们尚未见到过。
>
> [……] ①

得知蒙特祖玛被西班牙人扣为人质，阿兹台卡人便另立新君，并决意消灭侵略者。

> 我们决定向墨西哥人求和，以便离开墨西哥城。可是天

① 贝尔纳尔·迪亚斯：《征服新西班牙信史》，第222—243页。

一破晓，便来了更多的武士队伍，严严实实地把我们的住所包围起来，前几日他们投射了许多石块和箭矢，当天他们投射的石块和箭矢就更密了，呐喊声和呼哨声也更响了；另外一些武士队伍力图从别处攻入我们的住所，尽管我们使他们遭受惨重损失，我们的大炮和火枪却发挥不了作用。

科尔特斯见此情形，决定让蒙特祖玛王去屋顶劝说他们，叫他们停止进攻，说我们愿意离开墨西哥城。科尔特斯的代表说，当他们把这些话告诉蒙特祖玛王时，他十分悲痛地说："马琳切还想打我的主意吗？我已经不想活，也不想听她说什么了；都因为她，我才落到这个地步。"[①]

然后便是西班牙殖民者所谓的"悲惨之夜"。

我们沿堤道前进时，墨西哥武士队伍攻杀上来［……］。我们把火枪和弩弓都丢在桥上［……］冲杀上去，对想捉拿我们的人砍上几刀，一直往前奔，直到离开堤道。若是白天，那就会更糟，我们这些人得以逃脱，全是仰仗天主保佑。当夜攻打我们的武士成千上万，他们还坐独木船来捉拿我们的兵士，此情此景谁见了都会胆战心惊。

幸免于难的西班牙殖民者逃离墨西哥城（特诺奇蒂特兰）后重新组织队伍，并最终打败了阿兹台卡人，致使其尸横遍野。

我们只能在死去的印第安人的尸体与头颅之间行走。我读过耶路撒冷毁灭记；不过其死亡人数是否比墨西哥城更多，我无法肯定，因为墨西哥城死去的人实在太多，墨西哥城所属的一切地区和村落的武士全部退守城内，而且大部阵亡。我已说过，这样一来，陆地上、湖中及碉楼内遍地尸

① 贝尔纳尔·迪亚斯：《征服新西班牙信史》，第349页。

体，散发的恶臭令人无法忍受。

战胜阿兹台卡帝国后，西班牙殖民者更是所向披靡。除了稍后将要说到的印卡帝国，西班牙人大抵没再遭遇劲敌。而贝尔纳尔避谈天花，却多半是殖民者为了炫耀自己的武力而有意为之。一如当时流行于西班牙本土的骑士传说，西班牙殖民者将侵略和屠杀美洲原住民的“伟绩”归功于天主和自己的英勇善战。诚然，贝尔纳尔并不避讳谈论殖民者的贪婪：

> 财政官员吵吵嚷嚷地说，瓜乌特莫克[①]将金银珠宝藏匿起来了；科尔特斯对此感到高兴，因为这样便可不交出来，他就可以独吞。为此，财政官员们决定拷打瓜乌特莫克以及他的堂兄弟与重要亲信——塔库巴酋长［……］。
>
> 我们全体官兵见黄金为数有限，被攻克的地方满目疮痍，便陷入沉思。［……］科尔特斯的答复是，他要看看我们每人究竟能分得多少，再做定夺。官兵们个个都想看看能分多少；我们催促留出那五分之一[②]，并让大家知道我们能分多少比索。[③]

二、《秘鲁征服史》

《秘鲁征服史》虽然不像《征服新西班牙信史》那样出自亲历者之手，但似乎更加客观和细致，其作者普雷斯科特（Prescott,William H.）是19世纪哈佛大学的一位著名美洲史学者。他几乎倾其毕生搜集和研究有关西班牙征服美洲的原始资料，先后出版了《墨西哥征服史》（*History of the Conquest of Mexico*，1843）和《秘鲁征服史》（*History of the Conquest of Peru*，1847）。鉴于普雷斯科特在《墨西哥征服史》中大量援引贝尔纳尔的著述，在此不赘。

---

① 阿兹台卡末代君主瓜乌特莫克（Cuauhtémoc，1495？—1522）率领阿兹台卡人顽强抵抗西班牙殖民者，被俘后英勇就义。江禾、林光译作瓜特穆斯。

② 也称“五一税”，是西班牙王室向殖民者收取的财富（黄金）比例。

③ 贝尔纳尔·迪亚斯：《征服新西班牙信史》，第474—476页。

但是，《秘鲁征服史》却是迄今最权威的“征服秘鲁信史”，对历史保持了一定距离感和客观性，尽管其主要材料来自不同亲历者和早期著述者。其中较为重要的有奥维埃多·伊·巴尔德斯（Oviedo y Valdés, Gonzalo Fernández）的《西印度通史》（*Historia general y natural de las Indias*）手稿，以及佩德罗·谢萨·德·莱昂（Cieza de León, Pedro）的《秘鲁纪事》（*Crónica del Perú*）手稿。奥维埃多（1478—1557）是第一批到达美洲的西班牙学者，其著作被誉为有关“新大陆”的首部百科全书；而谢萨生于1520年，虽然何时抵达美洲并无确切记载，但可以肯定的是，后者虽未直接参与针对印卡首都库斯科的征战，却的确亲历了此后的不少战役。更为重要的是，他们都经年累月收集资料，并带着有关手稿回到了西班牙。奥维埃多所收集的资料十分庞杂，故一直以手稿形式为普雷斯科特所知。而谢萨的第一卷手稿虽于1553年在塞维利亚面世，但第二、第三卷却一直要到19世纪才得以修订出版。普雷斯科特不仅读到了奥维埃多和谢萨的手稿，而且大量引证。其次是16世纪西班牙人埃雷拉[①]的《西印度太平洋海岛和陆地上的西班牙人通史》，以及殖民者弗朗西斯科·皮萨罗的同父异母兄弟埃尔南多·皮萨罗（Pizarro, Hernando）的《秘鲁征服史》（*Historia de la conquista del Perú*）的手稿和本家（或堂弟）佩德罗·皮萨罗（Pizarro, Pedro）的《秘鲁王国的发现与征服》（*Relación del descubrimiento y conquista de los Reinos del Perú*）手稿。[②]它们也是普雷斯科特的重要依据。至于其他信息，可谓不胜枚举。普雷斯科特旁征博引，自不待言。再次，是第一代印欧混血儿加尔西拉索·德尔·印卡（Garcilaso del Inca）的《印卡王室述评》（*Comentarios reales de los Incas*）。关于后者，本著稍后另表。

需要说明的是，普雷斯科特的叙述明显优于贝尔纳尔。毕竟贝尔纳尔没有受过正规的学术训练，因而倾向于流水账似的记述。普雷斯

① 此人据称是西班牙国王费利佩钦命史官。
② 这两位作者据称是皮萨罗同父异母的兄弟或堂兄弟，但生平不详。其中佩德罗的生卒时间约为1515—1602年，虽然他到达美洲的时间稍晚，却也赶上了征服秘鲁这一军事冒险的尾声；而埃尔南多则是皮萨罗的兄长，直接参与了征服秘鲁的军事行动。

科特则不同，他的历史书写不仅有根有据，而且点面结合、庶乎既见树木亦见森林，有时甚至文采飞扬、细节饱满。这在《秘鲁征服史》中体现得尤为明显。

且说征服印卡帝国的西班牙殖民者皮萨罗（Pizarro，Francisco）和征服阿兹台卡帝国的科尔特斯一样，也是个冒险家。但不同于科尔特斯，皮萨罗是个胸无点墨的文盲冒险家，身边也没有贝尔纳尔那样的有心人。正因如此，他没有留下一字半语，有关他的生平事迹都是后人记述的，因而并不十分准确。据传，他于1471年左右出生在西班牙埃斯特雷马杜拉。

> 他的出生年代不能肯定；但也许是在1471年左右。他是一个私生子，他的父母没有牢记他的出生日期是不足为怪的。关于他们这种违反道德的行为没有特别的记载。他的父亲贡萨洛·皮萨罗是一位步兵上校，先是于意大利战役中在伟大的将军的指挥下，随后是于纳瓦勒战役中，建立了一些功绩。他的母亲名叫弗朗西斯卡·冈萨雷斯，是特鲁希略城[①]一个出身卑贱的人。
>
> [……] 按照有些人的说法，他被他的父母所抛弃，扔在该城主要教堂的门口。甚至有人说，如果不是一头母猪哺育他的话，他可能已经死掉了。这种母猪哺育的传说比关于罗慕洛[②]幼年的传说更不可信。那些在长大成人以后出人头地的人的早年历史，就像各个民族的早期历史一样，是想象力驰骋的沃土。[③]

为了取得进攻印卡帝国的指挥权，皮萨罗曾从美洲返回西班牙觐

① 西班牙城市，隶属于埃斯特雷马杜拉。
② 传说中的古罗马开国君主，幼时由一匹母狼哺育长大。这也是罗马城徽上母狼的由来。
③ 普雷斯科特：《秘鲁征服史》，周叶谦等译，北京：商务印书馆，2017年，第175—176页。为统一起见，引者对个别译名有所修正。

见皇帝①，凭借其曾参与征服巴拿马的行动和三寸不烂之舌，说服皇帝授予其攻打印卡帝国的特权。

> 卡斯蒂利亚宫廷的办公效率通常很低，尽管皇帝临行前曾向有关方面大力推荐皮萨罗，但他的事仍然被一拖再拖。皮萨罗发现这种旷日持久的做法对他极为不利，他手头为数不多的钱已经越来越少。皮萨罗提出，对他的要求必须从速采取某些措施，否则，如果拖延下去，即使最终这些措施非常有利，他也无法加以利用了。皇帝临行时，将此事托付皇后。在皇后的亲自过问下，一切进行得很快。于1529年7月26日皇后制定了一项值得纪念的约定书，它规定了皮萨罗的权限和特权。②

库斯科城遗迹

就在西班牙殖民者信誓旦旦要进攻库斯科的同时，印卡帝国内部因王位继承发生了大规模的流血冲突。内讧主要在两位王子间进行，虽然最终由较为强势的阿塔瓦尔帕取得了胜利并即位当上了君主，但帝国本身已是元气大伤。

15世纪末叶，图帕克·印卡·尤潘基逝世。他是“太

① 指西班牙国王卡洛斯一世（Carlos Ⅰ，1500—1558，1516—1556年在位），他同时也是神圣罗马帝国卡尔五世（Carlos Ⅴ，1520—1556年在位），是西班牙历史上举足轻重的人物。为了扩大帝国的统治范围，他先后代表哈布斯堡王朝同法国、奥斯曼帝国爆发战争，最终都以胜利告终，从而扩大了神圣罗马帝国的影响力，也使得西班牙盛极一时。作为西班牙的国王，他重用在葡萄牙受到冷遇的著名航海家麦哲伦，并与他签订协议，助其进行环球航行。

② 普雷斯科特：《秘鲁征服史》，第254页。

阳神之子”中最负盛名的君王之一。在他的领导下，秘鲁军队通过炎热的阿塔卡马沙漠，深入遥远的智利边境。在北方他吞并了基多南部各省，从而扩大了帝国的疆域。其子瓦伊纳·卡帕克继承王位后，继续在北方作战。

[……]

在这位王子统治期间，那个在财富和文化方面均可与秘鲁分庭抗礼的基多强国全部被置于印卡王的统治之下[……]。

瓦伊纳·卡帕克及秘鲁其他君王一般都是妻妾众多，子孙成群。王位的继承者是他合法的王后（即他妹妹）的儿子，名叫瓦斯卡尔。在我们现在谈到的这段历史中，他已30岁左右。除了王储外，最有资格继承王位的是一位年轻王子曼科·卡帕克，他是国王另一妻子（也是堂妹）所生。在我们以后叙述的故事中，曼科将占有重要位置。但是，最受父王宠爱的儿子是阿塔瓦尔帕。他的母亲是基多最后一位君王的公主。据说，在瓦伊纳·卡帕克灭掉基多王国后不久，亡国的君主忧伤而死。公主相貌俊美，印卡王娶她为妃。他这么做不只是为了满足自己的情欲，还是像秘鲁人所说的，因为可怜她孤苦伶仃，父母双亡。基多的历史学家声称她是合法的王后，但是，按照帝国惯例，只有印卡族血统的姑娘才能当上王后。

[……]瓦伊纳·卡帕克决定不按帝国历代的章法办事，而把帝国传给阿塔瓦尔帕和其长兄瓦斯卡尔两人共管。国王在生命垂危时，把大臣们召集到窗前，嘱咐后事，他宣布：将古老的基多王国传给阿塔瓦尔帕，因为王子可视为其祖先领地的当然继承人，而让瓦斯卡尔继承帝国的其余部分。国王命令两位王子服从这一安排，相亲相爱。以上就是这位英勇的君王决定的最后一件大事。无疑，这是他一生中最不明智的决定：临终还要违反帝国的基本原则；他在叮咛继位的两兄弟应和睦相处的同时，

却把帝国一分为二，从而不可避免地埋下了引起争端的种子。[①]

由于两位王子之间的鏖战旷日持久，印卡帝国的实力大为削弱。皮萨罗及其率领的西班牙殖民者乘虚而入。他在与阿塔瓦尔帕进行几次试探和礼节性交流后，开始发起进攻。

黑夜的乌云消散了。翌晨，旭日东升，这一天是秘鲁史册上最值得纪念的重大日子。1532年11月16日，星期六。东方初露晨曦，嘹亮的军号声把西班牙士兵动员起来；皮萨罗扼要地宣布进攻计划之后，进行了必要的部署。

［……］皮萨罗要求士兵认真检查武器，给战马的胸带系上响铃。冲锋时，铃声可壮大声势，吓倒印第安人。他大力改善了当天的伙食，让大家吃饱喝足，养精蓄锐，准备决一死战。安排妥帖后，由随军僧侣以极其庄严的仪式做弥撒。他们向战神呼吁，祈求保佑那些为扩大基督教帝国的版图而战斗的兵士。全体热情地高唱赞美诗，并高呼，“主啊，保佑我们去完成你的事业”。不知底细的人看了这等情景，还以为他们是一些捍卫信仰，准备以身殉道的人，绝对想不到他们是一伙利欲熏心的冒险家，正在策划历史上最残忍、最背信弃义的阴谋之一！[②]

皮萨罗利用阿塔瓦尔帕回访之际，大开杀戒，并将后者扣为人质。

［……］战斗，或者说是大屠杀，在印卡王周围激烈地进行着，他是这次袭击的主要目标。效忠于他的贵族们紧紧聚集在他的四周，以自己的身躯阻挡着攻击者，千方百计想

① 普雷斯科特：《秘鲁征服史》，第272—278页。
② 同上，第322—323页。

把敌人拉下马来，或者至少以自己的胸膛挡住快刀利剑，来掩蔽他们敬爱的君主。

［……］印卡王被俘的消息很快传遍全国。把秘鲁人民团结在一起的神秘力量已经消失。

［……］

在西班牙人笃信宗教的虔诚外表下，阿塔瓦尔帕很快便发现他们心中潜伏着一种强烈的欲望，它比宗教或野心具有更大的力量，这就是对黄金的热爱。

于是有一天，阿塔瓦尔帕怀着通过满足西班牙人的贪欲来赎得自由的希望，对皮萨罗说，如能获释，他答应把他们现正站在上面的这间房屋的地板铺满黄金。在场的人听后，笑了笑表示不相信；印卡王见没人搭理，又强调说："不仅用黄金铺地，而且要把黄金在整个房间内堆到我的手能够得着的地方。"[①]

悲剧不啻于此。皮萨罗还不失时机地利用两位印卡王子间的敌对状态，坐收渔翁之利。

正像阿塔瓦尔帕所预料的那样，瓦斯卡尔一听说其弟被俘并愿出重金赎取自由的消息，就千方百计想逃出牢狱。他还向西班牙司令官送信，或企图送信，说他愿出比阿塔瓦尔帕更多的赎金来换取自由，因为阿塔瓦尔帕从未在库斯科住过，所以，不知道京都有多少财富以及财富位于何处。

［……］这时，皮萨罗宣称，他准备下令将瓦斯卡尔押来卡哈马尔卡，由他亲自查问两位王子间的争端，以便决定何人最有资格继承印卡王位。这使阿塔瓦尔帕更加坐立不安。皮萨罗一开始便看到在王子们的内讧中，自己可坐收渔翁之利。

［……］

① 普雷斯科特：《秘鲁征服史》，第341—343页。

阿塔瓦尔帕知道皮萨罗决心亲自过问争夺王位的纠纷之后，犹如惊弓之鸟，惶惶不可终日。他知道姑且莫论此事的是非曲直，皮萨罗一见到瓦斯卡尔，就会对他产生好感，因为性情温顺的瓦斯卡尔能充当征服者的驯服工具。阿塔瓦尔帕不再犹豫了，他决定处死兄长，以便根绝这个心腹之患。

他的命令立即执行了。据一般传说，不幸的王子是在安达马卡河中活活淹死的。①

西班牙殖民者将印卡王缴纳的赎金（金银器物）重新炼铸成金锭和金币、银锭和银币。除了上缴给西班牙王室的“五一税”，皮萨罗自己分得57 222金和2 350银，他的兄长埃尔南多分得31 080金和2 350银。以此类推，殖民者一个个无不赚得钵满盆满。②然而，殖民者还是决定处决阿塔瓦尔帕，理由是有消息称印卡人准备发动针对西班牙人的袭击。后来的事实证明，皮萨罗是受人蛊惑，那些造谣惑众的殖民者迫不及待地想要打到库斯科以争夺更多的黄金。

印卡王的首都虽然不是西班牙人曾经想象的那种“人间天堂”，但是他们惊奇地看到了壮丽的建筑物、漫长而整齐的街道，而且从它众多的人口中看到了秩序井然、富庶的甚至是奢侈的景象。它远远超过了他们迄今在“新世界”看到的任何地方。据一个征服者统计，这座城市拥有20万居民，郊区的人口也不下此数。③

［……］

在分配完战利品之后，西班牙将军首先关心的是让曼科登上王位。④

① 普雷斯科特：《秘鲁征服史》，第343页。
② 同上，第368页。
③ 同上，第403—404页。
④ 同上，第411页。

曼科的命运可想而知，他几次起义，几次被俘，直至壮烈牺牲。同样，皮萨罗也没能寿终正寝。由于内讧，后者遭到了其他西班牙殖民者的袭击。

> 皮萨罗当即和其敌手格斗起来……但是就在这一刹那，他的喉咙受了伤，他摇晃了几下，就倒在了地上，这时拉达及其几个伙伴的剑刺进了他的躯体。"天哪！"这个垂死的人惨叫了一声，用他的手指在血淋淋的地板上画了一个十字［……］。①

西班牙殖民者就这样征服了印卡帝国，同时也付出了惨重的代价。如果说科尔特斯是野蛮和狡诈的，那么皮萨罗并不比前者逊色；只不过造化弄人，科尔特斯得以在墨西哥春城奎尔纳华卡皇宫般的庄园宅邸中安享荣华富贵，而皮萨罗却未得善终。两者之间的最大差别，除了运气，也许在于前者比后者多了一点点学识和家世。

关于皮萨罗的悲惨下场，美国学者麦夸里（MacQuarrie, Kim）在《印加帝国的末日》（*The Last Days of the Incas*）中有更为详尽的描写。他认为皮萨罗之所以比科尔特斯更加竭尽全力地攫取财富和名声，除了冒险家共有的秉性，也是因为他急于洗刷出身带给他的污点和羞辱。当然，他如愿以偿了。到了1541年，他已经获得了梦寐以求的一切：骑士封号、将军头衔、侯爵爵位和南美洲的副王总督之职。但是，这一切并未真正消除人们对他的复杂情感，况且印卡帝国的财富始终让无数声名显赫的冒险家垂涎。于是，厄运降临了，他遭到了袭击。

> ［……］皮萨罗发现自己被一群举着匕首和长剑的人包围了，他们在他身上留下了无数的伤口，直到他重重地倒向了地面。仰躺在地上的总督满身是血，据说他两只手各伸出一根手指在唇边比画了一个十字架，喘息着说了"忏悔"这个词，意思是他想要一点时间向上帝忏悔他的罪孽。然而，据

① 普雷斯科特：《秘鲁征服史》，第552页。

说袭击者之中一个叫胡安·罗德里格斯·巴拉甘的人抄起一个装满水的大花瓶，将它举到皮萨罗的头上，大喊着“你可以去地狱里忏悔!”，然后就把花瓶狠狠地砸到了皮萨罗的头上。[①]

随着越来越多的西班牙人涌入秘鲁，他们开始建造城镇，监督印第安人开采贵重金属和种植庄稼。后者一边被洗礼，一边被当作奴隶。

他们进了很多贡、交了很多税［……］而他们自己却不得不经历无数艰辛和困苦。因为他们手中什么都不剩了［……］他们甚至没有食物去喂饱自己的孩子。他们的生活极其贫困，连基本需要都得不到满足。他们永远背负着交不完的税［……］我能看出来他们因为经历各种困境而迅速地消瘦和憔悴下去。[②]

他们为自己面临的苦难和奴役感到哀伤［……］哪怕是在喜庆的节日中也会忍不住哭泣。[③]

“哪里有压迫，哪里就有反抗。”印卡人民的起义和斗争一直持续到16世纪末。其中，由图帕克·阿马鲁（Tupac Amaru）领导的武装起义影响最大。后者一度在安第斯山区建立了新印卡王国，准备同西班牙人长期对峙，但终究不敌武器精良的殖民者。1572年，图帕克·阿马鲁遭西班牙军队杀害，起义失败。

三、《阿劳科史诗》

《阿劳科史诗》（*La Araucana*）是西班牙殖民者阿隆索·德·埃

① 麦夸里：《印加帝国的末日》，冯璇译，北京：社科文献出版社，2017年，第464页。
② Cobo, Barnabé: *History of the Inca Empire*, Austin: University of Texas Press, 1983, p.181. 原注：麦夸里：《印加帝国的末日》，第479—480页。
③ Cobo, Barnabé: *Inca Religion and Customs*, Austin: University of Texas Press, 1990, p.3. 原注：麦夸里：《印加帝国的末日》，第480页。

尔西利亚·伊·苏尼加（Ercilla y Zuñiga, Alonso de, 1533—1594）的叙事诗，也有人称之为美洲阿劳科[①]人的史诗。作者出生在西班牙的一个没落贵族家庭，父亲是律师。因父亲早亡，母亲入皇室当宫女，埃尔西利亚随其进宫，成为王子费利佩二世（Felipe Ⅱ）[②]的侍从。长大后赴美洲，在西班牙殖民军队中服役，先到利马，后转战智利。约于1577年参加征服阿劳科印第安人的战争，为阿劳科人英勇不屈的反抗精神所感动，回到西班牙后写成叙事长诗《阿劳科史诗》，作为礼物献给费利佩国王。全诗共分3部分，37唱，分别于1569年、1578年和1589年陆续出版，得到了塞万提斯、伏尔泰（Voltaire）等人的高度评价。

长诗第一部分叙述西班牙殖民者入侵阿劳科人的家园，歌颂阿劳科人不屈不挠的反抗精神。诗人赞美智利风光和阿劳科武士的诸多美德。这正是西班牙当局一度禁止该书出版的主要因由。然而，埃尔西利亚之所以赞美阿劳科人的勇武，归根结底还是因为这大可以衬托西班牙人的伟大。所谓诗人匠心，即在于兹。

亲爱的，我不表骑士
和夫人们的爱情故事，
也不唱那些缠缠绵绵、
卿卿我我的你来我往；
且听我讴歌阿劳科人
面对西班牙人的宝剑
和枷锁如何不屈不挠、
英勇反抗的动人事迹。

我要歌唱的赳赳众生，

---

① 过去通常译作阿劳加，但拉丁表音为阿劳科，故从之。而《阿劳科史诗》（或《阿劳科纳》）则是埃尔西利亚对所作“阿劳科史诗”的简约表述方式，拉丁表音为阴性。“阿劳科纳”中的“纳”来自原书名中的阴性词尾“na”，因此“阿劳科史诗”是意译，“阿劳科纳”是音译。

② 史称腓力二世。

他们的故事尽人皆知：
无畏王权，无惧艰险，
他们的事迹可歌可泣。
鲜有如此功劳与业绩
使西班牙人不胜骄傲，
再无更加伟大的事业
堪比战胜崇敬的对手。

[……][1]

智利这块丰饶的福地，
毗邻南极，赫赫有名；
曾经居有，古老民族，
令人尊敬，而且强盛：
人们一个个彪悍自豪，
骁勇善战又和蔼可亲；
未有王权，将其统治，
未有外敌，将其征服。

[……][2]

这是伟大的阿劳科人，
本诗歌颂的阿劳科人：
从一个极地到另一端，
非常有名，而且确实，
他们使西班牙人惊恐。
这是我给陛下的信函：

① 这里有三节是赞美西班牙君主费利佩的，从略。
② 这里有数节是关于智利地理位置的，从略。

每隔两百里一个界标，
分别由十六武士驻守。

十六个酋长或谓领主，
共同构成庄严的邦国。
他们的武装天下一流，
强悍母亲的精心哺育。
武士辈出，无人可敌，
组成邦国，英勇防护。
这里少不得其他酋长，
但无不臣服阿劳科人。

[……]

阿劳科人，少小努力，
要的就是勇武和敏捷；
崎岖山路，来回奔跑，
如履平地，无障无碍；
竭尽全力，奋勇向前，
优胜劣汰，自有奖惩。
勇敢顽强，意志坚定，
奔跑速度，能赛麋鹿。

体魄强壮，从小练就，
强壮之人，才有犒赏。
军事训练，固然艰苦，
每个少年，踊跃报名，
倘使有人，中途出错，
自动淘汰，决不留情。
技术过关，人才难得，

依照功劳，分别晋级。
[……]

战斗武器，名目繁多：
既有长矛，也有剑戟；
既有标枪，也有匕首；
既有刀斧，也有槌子；
既有箭矢，也有木棍；
弹弓弩机，应有尽有；
藤鞭配戟，威力无比，
还有狼牙棒和硬泥丸。

有些武器，颇具来历：
他们抢走基督徒刀剑、
新鲜玩意并用心操练，
掌握要领，及至娴熟。
还有一些，应时而生，
充分彰示其天才秉性，
伟大发明，无与伦比，
攻守兼备，堪称奇迹。

他们发明了双面铠甲，
个个穿戴，刀剑难入。
还有一些是全身铠甲，
更加常见，而且实用：
从护腕、肩甲到喉甲、
头盔，可谓样样齐全。
全身上下，甲胄保护，
能防利剑，并且美观。

[……][1]

埃尔西利亚在细致描述了阿劳科人的尚武传统和战备情况之后，开始叙述西班牙人的入侵，以及阿劳科人从懵懂[2]到抵抗的过程。终于，后者在劳塔罗的指挥下，不畏强敌，英勇反抗。当然，诗人明显借鉴了荷马（Homero）史诗，譬如阿喀琉斯与阿伽门农之争。

劳塔罗凛然来到战场，（p.90）
嘹亮的号角呼唤收兵，
英勇的士兵撤退完毕，
毫不沮丧，更无惧色。
唯独图卡佩心有不甘，
没能杀他个痛快淋漓；
朝着劳塔罗咬牙切齿，
高声责问：干吗收兵？

[……]

两人一起登临指挥塔，（p.91）
图卡佩前，劳塔罗后；
拾级而上，神情坦然：
不再抗议，不再解释。
劳塔罗将军佯装轻松，
仿佛什么也没有发生，
尽管图卡佩有些可笑。

① Ercilla y Zuñiga: *La Araucana*, Santiago: Pehuén Editores, 2001, pp.13–16.
② 一开始，阿劳科人误认为西班牙人是天神下凡，纷纷不战而降，但很快发现后者只是一群贪婪的侵略者，便又奋起反抗。但是，在各部落确定谁为主将时，阿劳科人发生了内讧。最后，耄耋老人科罗科洛出面调停，以谁能扛起巨木并坚持更久为准则，选择了劳塔罗。

劳塔罗这样对下属说：

“常胜将军[1]，我心深谙，
诸位勇士，斗志高昂，
而我却要，让尔撤退，
我岂能不知尔等不悦？
我心昭昭，日月可鉴，
正因如此，命令撤退。
为尔着想，乃我本意；
千死不足以表我之心。

[……]”[2]

劳塔罗运筹帷幄，率领阿劳科军队同西班牙殖民者展开了殊死搏斗。作品第二部分继续叙述两军战况，双方互有进退，各有胜负。战事正酣，劳塔罗不幸牺牲，其子考波利坎继承父亲遗志，血战沙场，战争进入白热化。

大地震颤，大海咆哮，
鼓角齐鸣，犹如滚雷，
其声隆隆，直入云霄。
笛声鼓声，声声扎心，
[……][3]

考波利坎不负众望，立下赫赫战功，不仅夺回了失地，而且挫败了西班牙人的多次进攻。第三部分写西班牙殖民者收买叛徒，用阴谋袭击阿劳科人，并一举俘获考波利坎。诗人将考波利坎之死比作维吉尔（Vergil）

---

① 原文为校尉。
② Ercilla y Zuñiga: *Op. cit.*, pp.90–91.
③ Ibid., p.142.

笔下的狄多之死，[①] 并倾情描写了他在刑场上大义凛然、视死如归的气概。

哦，辛劳可怜的生命
陷入如此不堪的厄运！
花团锦簇如过眼云烟
没有人能够逃脱打击。
难道一切美好和甜蜜
都是最后的不堪苦涩？
没有欢乐不需要代价，
没有梦呓不遭遇风暴。

本世纪有过无数豪杰，
漫漫时光使他们失色。
人们于是产生了假想：
不如早些向死神报到；
譬如汉尼拔[②] 转战一生，
或法塞萨利[③] 见证惨败。
[……]

土著人[④] 不再多说什么，

① 维吉尔《埃涅阿斯纪》(*Aeneid*) 中的维纳斯不愿儿子继续流浪，于是让丘比特乔装打扮成狄多的儿子，乘狄多不备，让其对埃涅阿斯产生了爱情，二人即将结为夫妇。但天神提醒他勿忘自己所肩负的使命，为了完成建国大业，埃涅阿斯断然离去，狄多在绝望中自杀身亡。

② 汉尼拔（拉丁语：Hannibal Barca，前247年—前183年），迦太基统帅和最高行政长官，出生在巴尔卡（Barca）家族。适逢罗马帝国崛起，汉尼拔向父亲立下誓言：终生与罗马为敌。他曾奇迹般地率领军队从西班牙翻越比利牛斯山和阿尔卑斯山进入意大利北部，并多次以少胜多、重创罗马军队，被誉为“战略之父”。但后因不敌罗马大军，服毒自尽，终年64岁。

③ 指庞培在法塞萨利被恺撒打败。格涅乌斯·庞培（拉丁语：Gnaeus Pompeius Magnus，前106年—前48年），又作庞贝，古代罗马共和国末期著名的军事家和政治家，英勇善战，曾为前三头同盟中势力最强。庞培在罗马内战中被恺撒打败之后逃到埃及，最后被阿基拉斯刺死，终年58岁。

④ 指考波利坎。

西班牙人亦无言以对；
生得重要，死得其所，
亦敌亦友，面面相觑，
命运面前无所谓胜负；
胜者固胜，不以为荣；
败者固败，依然骄傲；
枷锁在身，难锁其心。

忏悔已毕，如我所书，
军令似山，立刻执行：
考波利坎，被绑刑场，
木桩之上，只待乱箭。
光天化日，众目睽睽：
面对死亡，毫不畏惧，
自始至终，神情镇定，
命运如斯，面不改色。[1]

全诗只字未提殖民者统领，对西班牙普通军人的描写也十分简约、中性。这种声东击西的叙述方式也多少受惠于荷马史诗。在《伊利亚特》（*Iliad*）中，特洛伊人不仅和雅典人一样可歌可泣，而且更加仁慈和勇敢。

在埃尔西利亚·伊·苏尼加发表《阿劳科史诗》不久，另一位诗人佩德罗·德·奥尼亚（Oña, Pedro de）创作了《被征服的阿劳科》（*Arauco domado*,1596）。该诗彻底颠覆了前者对西班牙殖民者和阿劳科人的描述，重新树立了西班牙殖民者的“正面形象”。这且容稍后再说。

① Ercilla y Zuñiga: *Op. cit.*, pp.335–337.

第二节　被殖民者的控诉

本著后半部分将提到少数西班牙僧侣对殖民战争的控诉，但他们大抵一致赞同对印第安人的“驯化”，认为这是天底下最毋庸置疑的神圣事业。立场使然，印第安人却不这么认为。

据莱昂-波尔蒂亚在《战败者反证》(*El reverso de la Conquista*)中记载，阿兹台卡人关于西班牙人入侵的资料现存十二册，多数为拉丁表音的纳瓦特尔文献。主要内容与贝尔纳尔等殖民者和拉斯卡萨斯等宗教僧侣的记述相吻合，但角度多有不同。为避免重复，本著将侧重富有文学价值的原住民文献，如歌谣、散文等主要文体。[①]

街上到处折戟断枪，
死者头发遍地散落。
房舍皆已没有屋顶，
血染残垣尽显殷红。

街巷广场蛆虫遍地，
死者脑浆崩洒墙头。
江河湖水皆成血色，
散发刺鼻硝石气味，
我们只能闭目强饮。

焦急重建土坯房舍，
堵上旧墙满目疮痍，[②]
[……][③]

① León-Portilla: *El reverso de la Conquista*, México: Editorial Joaquín Mortiz, 1964, p.15.
② 原文为满目弹孔。
③ Ibid., pp.20–21.

这是阿兹台卡人留下的一首流传甚广的歌谣，详细描绘了西班牙殖民者屠城之后的遍地血腥和满目疮痍。较之殖民者“冷静”的记述或基督教僧侣某些避重就轻的写照，[1]自然多了不少震撼力和穿透力。

那是节日。[2]人们载歌载舞，尽情欢娱。歌舞连着歌舞，就像浪花一波接着一波。就在这时，西班牙人决定大开杀戒。他们全副武装闯入广场。

此前，他们封锁了所有出口：位于小神庙旁的竹竿通道、鹰喙通道和位于大神庙旁的蛇镜通道，由重兵把守，不许任何人出入。

［……］他们闯进大神庙，闯进圣院大肆杀戮。然后逼近欢娱的人群，杀向鼓手。他们砍断了鼓手的胳膊，砍下了鼓手的头颅。头颅滚落在地。

与此同时，西班牙人杀向舞动的人群，用利剑狂砍猛刺。他们从身后大砍大杀，顿时死伤无数。人们倒在地上，血流如注，内脏四溢，头颅遍地［……］有人拖着肠子拼命奔跑，却不知路在何方。

有人企图从出口逃遁，一个个被把守的西班牙人刺死。有人侥幸遁入神庙躲藏，有人爬墙未果，有人爬进死人堆里［……］西班牙人四处搜寻，一个都不放过。

广场血流成河，殷红的液体一洼一洼，血腥气直冲云霄。肠子内脏遍地皆是。

［……］

侥幸逃过一劫的人大声吼叫：

① 详见第二编第一章。

② 原文为Tóxcatl，这既是阿兹台卡人的一个月份（公历4月23日至5月12日），同时也是献祭节。节日会从志愿者中选择一个男子，并赐予他四个美丽的妻子。一年以后，他会登上金字塔，躺在祭坛上被牧师挖出心脏，献给太阳神。

“武士们、墨西卡人……赶快集合，带着你们的武器、长矛、盾牌和投枪……刻不容缓！我们的将军被人残杀，我们的同胞被人残杀，死了很多人啊！［……］”

这时，人声喧嚷。人们怒吼，人们高喊……很快，官兵们带着长矛和盾牌集合起来［……］。

人们投入战斗：投枪、箭镞、长矛、弹丸纷纷射向西班牙人，密集的标枪暴雨般飞向西班牙人。各种武器遮天蔽日，愤怒地呼啸着［……］

［……］

西班牙人撤退了，躲进了宫殿，用大炮火枪还击，用铁剑利矢还击。

他们给蒙特祖玛戴上了镣铐。

同时，一些墨西卡官兵在广场上清理尸体，他们将死人堆扒开，一个个辨认，一个个验证，看他们是男是女、是死是活……

［……］

死者的父母来到广场，他们为死去的儿女恸哭。他们悲痛欲绝。人们把尸体搬到各家各户，而后又将它们集中到神庙的焚尸场。人们焚烧了堆积如山的尸体。焚尸场叫瓜乌希卡尔克，意曰“鹰罐”。还有一些尸体被径直抬到了青年殿，在那里一并焚烧。[①]

这些惨绝人寰的血腥场面让幸存的阿兹台卡人回想起许多凶险的预兆：

① León-Portilla: *Op. cit.*, pp.40–43.

第一个凶兆

早在西班牙人[①]到来的十年前，天空出现了可怕的凶兆。犹如火舌或火球或霞光般地四处喷射，上蹿到天，下泄至地。

[……]

第二个凶兆

第二个凶兆出现在墨西卡，有一天神庙无火自焚了。明明没有人放火，但惠兹洛波奇特利神庙却燃烧了起来。那是个神圣的地方，叫作特拉卡台坎，也即领袖之家。

[……]

第三个凶兆

一道闪电击中了一座神庙。被击中的神殿叫作特宗姆尔科，顶棚是用草席编织的，故而也称作“棕发殿”。神庙的名字叫修特库台利。那天虽然飘着毛毛雨，却并没有下大雨。人们说那是“太阳神降下的祸”。当时没有一声雷响。

[……]

第四个凶兆

太阳尚未下山，一个火球自天而降。火球由三部分组成，从太阳下山的方向腾起，径直向太阳升起的地方射去。仿佛喷射的火焰，火星像雨一样纷纷落下。火球高高地飞过，拖着长长的尾巴。人们见之，无不惊呼，势如钟声。

第五个凶兆

湖水沸腾，阵风骤起。狂风怒吼，波涛翻滚，势欲将一

① 原文为卡斯蒂利亚人。

切撕成碎片。飓风来自遥远的地方，掀起排排巨浪。巨浪真真，翻越堤坝，拍打墙壁，冲垮房屋。洪水淹没一切。而这一切就发生在我们眼前这片湖区。

第六个凶兆

有个女人在深夜哭泣。人们时常听到她这么对孩子说：

“孩子们哪，我们得赶紧离开这里，走得远远的。”

她转而又说：

“我的孩子们哪，可是我们能去哪儿呢？”

第七个凶兆

人们在水边撒网捕鱼，总是有所收获。一天，有人捕到了一只灰鹤似的大鸟。他们把它献给了蒙特祖玛的巫师。大鸟被关进了巫师漆黑的房间。

中午时分，烈日当空。大鸟头顶长着一面螺旋形纺锤似的镜子，镜子照映出天上的星星［……］。

第八个凶兆

附近出现了奇形怪状的双头人。他们被带到宫里，关进巫师的黑屋，但转瞬就消失得无影无踪。①

诸如此类，不一而足。

这些自然是古人常有的联想，虽然并不科学，但多少反映了被征服者的心理。与此关联的是大量关于西班牙人的想象，既有将其同天兵天将作比附的，也有将其同妖魔鬼怪混为一谈的。而西班牙人的战马，则被阿兹台卡人当成了“巨鹿”或者与骑兵可分可合的怪物。

随着大批传教士的到来，印第安人被强行洗礼。于是，信仰的冲突同样充满了刀光剑影，尽管战败者一方保持了无奈的克制。在一册

① León-Portilla: *Op. cit.*, pp.29–32.

叫作《十二教士对话录》（*Coloquios de los Doce*）的手抄本中，几个阿兹台卡人对来自西班牙的方济各会教士阐述了自己的信念以及祭司们的神圣职责：

先生们，且听我们言，
我们也有自己的领袖；
他们教诲，他们引导，
让我们如何尊崇神明，
教我们如何俯首为仆，
譬如鸟之尾巴和羽翼。
我们拜神，焚香献祭，
听从羽蛇祭司的吩咐，
他们洞识世事并善陈，
他们肩负责任和道义。
夜以继日，不辞辛劳，
敬献香料，用柯帕尔[①]。
供奉祭品，从不懈怠；
借助芒刺，替人疗疾[②]。
他们观星象、察天色，
及时领悟神明的旨意：
昼夜之道，为人之道。
他们阅读，他们阐述，
书籍在手，哗哗作响，
有字有画，黑红墨水，
引航开路，拥有知识，
教导我们，带领我们。
他们知道，年轮更替，
他们笑得，月窗怎开，

① 植物凝脂。
② 原文为放血。

他们洞识，运道何来；
何其忙碌，日复一日，
为人讲述，神灵故事。[①]

几天以后，祭司们出现了。他们慷慨陈词，向殖民者彰示了阿兹台卡人的信仰及其由来：

各位先生，各位大人，
驾临此地，委实辛劳。
目睹尊容，我等幸运，
同时又感，无地自容：
法力不济，还很无知，
尔等面前，有何可言？
我等无如，我等无用，
十分庸常，而且渺小，
仰仗通译，我等作答，
面对天主，作出回答。
他在近处，无处不在，
无论如何，身处险境；
无论何如，都冒风险。
也许完败，也许毁灭，
我们这些人又能怎样？
我们还有别的路可走？
我们还能到哪里去呢？
我们庸常，我们渺小，
我们会死，我们是人。
让我等死，让我等亡，
我们的神，已经死亡。

① León-Portilla: *Op. cit.*, pp.274–275.

各位大人，少安勿躁，
平心静气，且容禀告：
我等愚钝，不识天主，
他在近处，无处不在；
尔等还说，别无他神，
尔等又说，唯有天主。
我等对此，不胜困惑，
我等对此，无比惊恐。
自古至今，我们祖先，
皆生于斯，亦长于斯，
从未说过，这等箴言。
他们所教，他们所养，
教会我等，尊崇神明；
传授我等，生活方式。
我们祖先，身体力行，
仪式教规，衣食住行，
教会我等，一一遵循，
面对神明，顶礼膜拜，
不惜奉献，鲜血生命，
遵守诺言，焚香祷告，
贡献祭品，谨遵祖训。
[……][1]

第三节　混血儿与《王室纪事》

西班牙殖民地建立伊始，美洲就出现了第一代混血儿，俗称梅斯蒂索（mestizo）或“印欧混血儿”。这是难以避免的。由于殖民者多是冒险家和盲流，甚至罪犯，他们即使在西班牙已有家室，兽性

① León-Portilla: *Op. cit.*, pp.24–26.

印卡·加尔西拉索

使然，也不会放弃对印第安妇女的奸淫和凌辱。少数上流人物还娶了土著国王或酋长的女儿，其中印卡[①]·加尔西拉索·德拉·维加（Inca Garcilaso de la Vega, 1539—1616）便是西班牙殖民军将领塞巴斯蒂安·加尔西拉索·德拉·维加（Garcilaso de la Vega, Sebastián）同印卡公主琴普·奥克约（Chimpu Ocllo）所生。

印卡·加尔西拉索·德拉·维加从小接受两种文化的熏陶，不仅学会了拉丁文和西班牙语，而且熟练地掌握了克丘亚语。父亲去世后，他漂洋过海抵达西班牙，并在西班牙军队服役，直至步步晋升，获得上尉军衔。他还到过意大利，盖因当时意大利尚未统一，不少城邦有西班牙驻军。同时，他开始写作，先后创作了《印卡的佛罗里达，又名埃尔南多·德索托总督的历史》（*Historia de la Florida y jornada que a ella hizo el gobernador Hernando de Soto*, 1605）和《印卡王室述评》（简称《王室述评》，*Comentarios reales de los Incas*, 1609—1617），此外还有《爱情对话录》（*Diálogos de amor*, 1589）等。

一、《王室述评》第一部

《王室述评》是印卡·加尔西拉索·德拉·维加的代表作，具有重要的文献价值和文学价值。顾名思义，它是对古代印卡帝国和西班牙殖民时期的记述，其中既有母亲印卡公主的记忆，也有西班牙殖民者的征服记录，同时更有作者本人的所见所闻。

作者在《序言》中写道：

① 这个“印卡”系后人加缀的，为的是区别于西班牙“黄金世纪”诗人加尔西拉索·德拉·维加（Garcilaso de la Vega, 1501？—1536）。

> 已有一些勤奋的西班牙人对新世界各国做过描述，如出版了关于墨西哥、秘鲁和其他异教徒王国的著述，这类书的记述本应全面周详，但实际上并非如此。[1]

作者在第一卷中叙述了“新世界”的发现、秘鲁的由来、印卡诸王的历史等。他将“新大陆”的发现上溯了若干年，谓早在1484年就有一个叫作阿隆索·桑切斯（Sánchez, Alonso）的西班牙人无意间到过美洲。此前，这个西班牙人一直在加那利群岛和马德里之间做生意。有一天，他的帆船遭遇了飓风。帆船随风漂流，在惊涛骇浪中漂流了二十八九天之后抵达某个海岛。待他们好不容易回到欧洲，一行十七人只剩下了四五个。他们迫不及待地找到航海家哥伦布，向他叙述了历险过程。哥伦布热情地接待了他们；但他们却因疲劳过度，一个个死去了，把艰难险阻留给了“历史伟人”。[2]

这些自然只是传说，是印卡·加尔西拉索·德拉·维加从父辈那里听来的。受父亲和西班牙殖民者的影响，印卡·加尔西拉索·德拉·维加明显取法西方价值，对印卡帝国的宗教信仰等大抵持否定态度。譬如他在谈到印卡神祇时说：

> 就像他们在其他方面显露出的愚昧无知一样，他们崇拜的神明不仅种类众多而且等级低下。每个省份、每个部族、每个村落、每个区域、每个家族和每户家庭崇拜的神明各不相同。他们认为，别人的神只管别人的事，不能帮助他们，只有自己的神才能帮助自己。所以他们崇拜的神真是五花八门，不胜枚举。[3]

从动物到山石，从飞禽到走兽，大到美洲虎，小至癞蛤蟆，印

① 印卡·加尔西拉索·德拉·维加：《印卡王室述评》，白凤森、杨衍永译，北京：商务印书馆，2018年，第3页。援引时个别译法稍有改动，以下不赘。
② “为了卡斯蒂利亚和莱昂，哥伦布曾将新世界献上。”这是哥伦布镌刻在铠甲上的名言。
③ 印卡加尔西拉索·德拉·维加：《印卡王室述评》，第35页。

卡·加尔西拉索·德拉·维加罗列了大量印卡人崇拜的偶像，其中的夸张和贬斥比比皆是。尤其在描述原住民活食人肉时，其西方立场更是暴露无遗：

当他们在战争或随便什么情况下抓获什么人的时候，如果知道他是平民百姓或下等人，就把他切成碎块分给自己的朋友和仆人，让他们吃掉或在肉市出售。如果抓到上等人，头面人物就携妻带子聚在一起［……］一块一块地切割，但不砍掉手脚，而是从肉最厚的地方如小腿肚、大腿、臀部和手臂圆突部位割下肉来，把血涂抹在男人、女人和小孩身上；然后大家很快把肉分开吃掉，吃时不煮不烤，甚至连嚼也不嚼，而是大口大口地吞下。[①]

当然，他强调这些人都是从墨西哥迁徙而来的，他们嗜血成性：

有时被杀的印第安人还没有断气，他们就从砍开的伤口喝他的血。把他们分尸时，也去吮吸他的血，还把手指嘬干净，生怕糟蹋一滴。他们有公开的人肉市场；还把肠子灌上碎肉做成血肠和肉肠，免得浪费［……］对外族女人所生的亲娃也不放过。他们把在战争中俘虏和抓获的外族女人收为妾，把她们生育的子女抚养到十二三岁，然后杀死吃掉。当这些女人不能再生育时也要被吃掉。[②]

说到婚姻习俗，印卡·加尔西拉索·德拉·维加更是百般渲染美洲原住民的野蛮与落后：

那些印第安异教徒在诸如婚姻和两性关系等习俗方面，

① 印卡·加尔西拉索·德拉·维加：《印卡王室述评》，第39页。
② 同上，第42页。

也不比衣着和饮食方面开化。许多部族的两性关系如同禽兽一般：男人没有固定的妻子，偶尔碰上哪个女人就跟哪个女人交媾。另一些部族的婚配方式是随心所欲，即使是自己的姐妹、母女也无所禁忌［……］还有一些省份，姑娘随便怎么不守贞操、堕落放荡都可以，这不仅合理合法，甚至还受到赞扬。最腐化堕落的姑娘，婚事反倒有保障，因为在那些人看来，越是堕落越是好姑娘，至少认为这类姑娘能干；而那些谨守贞操的姑娘，人们反说她们无用，没有人喜爱。有些省份的习俗正好相反：母亲总是小心翼翼地看管自己的女儿，定亲的时候才让她们抛头露面，当着参加允婚仪式的亲属的面亲手为她们破身，借以向大家证明她们看管得多么严密。[1]

关于印卡帝国的起源，印卡·加尔西拉索·德拉·维加则直接援引外公的话：

“外孙呀，我非常愿意讲给你听。你应该听听这些事情，并把它们记在心里（他们不说‘记在脑子里’，而说‘记在心里’）。你知道，在古老的年代，你看到的这整片土地都是高山峻岭、悬崖峭壁。那时候，人们就像野兽，像愚蠢的牲畜一样活着，没有宗教信仰也不懂礼貌，没有村落也没有房子，不耕田也不种地，不穿衣也不蔽体，因为他们不会种棉花纺毛线做衣服。他们三三两两地生活，赶巧碰上谁就凑在一起，在山洞、石缝或洞穴里栖身。他们像野兽一样，吃的是荒野里自生自长的野菜、树根和野果，还有人肉。他们用树叶、树皮和兽皮遮身，有些人干脆光着身子。总之，就像鹿等野兽一样活着；甚至在女人这种事情上，他们也同牲畜一样，不知道找女人做自己固定的妻子［……］太阳我父看到人们像我讲的那个样子，动了恻隐之心，可怜起他们

① 印卡·加尔西拉索·德拉·维加：《印卡王室述评》，第45—46页。

来，便派他的一儿一女从天庭来到地上，让他们俩教化众人尊敬太阳我父，崇拜和尊奉他为自己的神，让他们俩给人们制定规章和法律，使众人像通理性、懂礼貌的人一样生活［……］又给他们一棒长、两指粗的金杖作标志，叫他们试着把它插入地里，不管是什么地方，只要把金杖往地上一戳就能插进去的地方，便是太阳我父想让他们停留下来建造家园和王宫的地方。①

"［……］

"那些刚刚被这样说服的印第安人，眼见自己完全变了样子，看出了得到的好处，就主动兴高采烈地跑进深山老林和断壁悬崖去寻找其他印第安人，把太阳子女到来的消息告诉他们，说他们是为了给大家造福来到那里的，还提到了他们为大家做的种种好事。为了让山里的印第安人相信，还让他们看他们吃的新食物，穿的新衣服，又说他们已经住进了房屋和村落。野人听说这些后，纷纷成群结伙地去看传说中我们最早的父母、国王和王后［……］。"②

这里所谓"太阳的子女"也即第一代印卡帝国的君主。其中，开国之君曼科·卡帕克的形象似乎开始显得相当正面：他不但教人如何建设村庄和房舍、耕作和收割，而且在道德与伦理、法律与惩戒等方面提出了诸多的规劝，订立了诸多的规约，还在库斯科建立了首都。但是，印卡·加尔西拉索·德拉·维加每到关键处就会笔锋一转，数落自己的母系同胞。他援引一位原住民的话：

即使"西班牙人仅仅给我们带来了剪刀、镜子和梳子，我们也会把我们土地上所有的黄金和白银交给他们的"。③

① 印卡·加尔西拉索·德拉·维加：《印卡王室述评》，第50—51页。
② 同上，第54页。
③ 同上，第67页。

印卡·加尔西拉索·德拉·维加在这部分详尽地叙述了历代印卡的所作所为，以及印卡帝国从王位继承、宗教信仰、武士遴选到宫女、嫔妃、王后，以及坊间各色衣食住行、奇谈怪论和风尘女子，可谓包罗万象，无所不有。

二、《王室述评》第二部

第二部则详细叙述印卡帝王的宫廷生活和百姓习俗。在说到绳结记事时，印卡·加尔西拉索·德拉·维加进行了以下解释：

> 根据每根绳的颜色可以看出它表示的内容，例如黄色代表黄金，白色代表白银，红色代表武士。
>
> 没有颜色的东西按等级顺序依次记载，从最上等的直到最下等的；每种东西都归入自己的类别，如粮食类、果蔬类等。用西班牙的东西作比方来说吧：首先是小麦，其次是大麦，最后是鹰嘴豆、蚕豆、黍子等等，以此类推。统计武器时也照此办理，首先记载最高贵的武器，如长矛，其次是投枪，最后是弓箭、大棒和石斧、投石器以及其他武器，以此类推。至于百姓，首先统计每个村庄的居民，然后是每个省的居民总数：第一根绳上统计六十岁以上的老翁，第二根上统计五十岁以上的成年男子，第三根上统计四十岁以上的男子，这样以每十岁为一组，直到哺乳期的婴儿。统计女子时，也遵循同样的年龄顺序。
>
> 在某些这样的线绳上，还有同一颜色但较细的地方，犹如主干上的分支或特例。例如，在表示某个年龄段里已婚男子或妇女的线绳上，较细的部分表示那个年龄段里鳏夫和寡妇的数目。

关于印卡人的食物，印卡·加尔西拉索·德拉·维加也有不少描述，譬如玉米：

在西班牙人到达之前，秘鲁原有的、人们赖以生存的谷物和果实分为不同种类：有的生长在地上，有的则生长在地下。在地上生长的谷物中，应首推墨西哥人和向风群岛人称为“马伊斯”、秘鲁人称为“萨拉”的谷物。[①]

印卡·加尔西拉索·德拉·维加继续大量描写历代印卡帝王的征战，却有意回避了西班牙人征服印卡帝国这段历史。总的来说，第二部写得比较凌乱，从印卡宫廷生活到西班牙人对秘鲁南部的远征，前后跳跃，明显是为了拾遗补阙。

在征服和瓜分奇利王国时，巴尔迪维亚［……］分到了一大笔财富：大量黄金和许多印第安人，他们每年要向他缴纳十多万金币的赋税。然而对于黄金人们总是欲壑难填，印第安人缴纳得越多，主人也就越贪心。印第安人不能适应采集黄金的艰苦劳动，也无法忍受西班牙人为了获取黄金而使他们受尽折磨，而且他们本来从未受制于任何主人，所以也无法忍受现在的压迫。因此，属于巴尔迪维亚的阿劳科人和他们的同盟者决定造反，并且行动起来［……］向西班牙人挑衅。[②]

这些文字多少呼应了阿隆索·德·埃尔西利亚·伊·苏尼加的《阿劳科史诗》，尽管对于西班牙人征服过程的描写基本被加尔西拉索略去。

有一个自小就在巴尔迪维亚省省督身边长大的印第安人［……］叫劳塔鲁。他是一位酋长的儿子，身上异教徒的信念和对自己祖国的热爱远远超过理应对上帝和他主人你的忠诚。他听到西班牙人相互招呼准备撤退（他是在西班牙人中间长大的，所以听得懂他们的语言）时，担心他的同胞看到

① 印卡·加尔西拉索·德拉·维加：《印卡王室述评》，第592页。
② 同上，第536页。

> 西班牙人撤退便适可而止，放跑他们，于是就朝印第安人跑去并高声喊道："兄弟们，别松劲！这些强盗要溜，想跑到那道隘口去。所以现在大伙要想清楚，为了我们祖国的自由，为了消灭这些狡猾的家伙该怎么办！"为了做出榜样鼓励同胞，话音未落他就从地上捡起一柄长矛，带领他们率先向西班牙人杀将过去。[①]

加尔西拉索一如既往地站在西班牙人的立场上，描述阿劳科人暴动的场景：

> 奇利王国有十三座城镇［……］在这些城镇里，印第安人摧毁了房屋，侮辱了教堂的尊严，亵渎了洋溢于教堂里的虔诚与信仰，并毁坏了田野的庄稼。尤为令人痛心的是，印第安人在这几次频频得手之后士气大振，气焰更为嚣张，准备对其他城市和教堂进行抢掠烧杀。他们狡猾奸诈，经精心策划后，包围了奥索尔诺城。他们耗尽了西班牙人的力量，把他们逼进一座要塞，进而把它围个水泄不通。［……］上帝真是宽大无边，他绝非无法惩治这帮歹徒，只是他宽宏大量、慈悲为怀，隐忍不发而已。在对要塞的最后一次围困中，印第安人神不知、鬼不觉地杀死了西班牙哨兵，冲了进去。占领要塞后，印第安人进行了惨绝人寰的屠杀：他们用刀杀死所有的孩子，捆绑了所有妇女和修女，准备作为俘虏带走。但是印第安人贪婪成性，见了战利品就你争我夺、乱作一团，只顾急忙捡收。西班牙人乘机重整旗鼓，卷土重来。这是上帝大显威灵，助我们的人一臂之力，让他们救回了那些妇女和修女（尽管也有几个被掠走），将印第安人打退并逐出要塞。[②]

① 印卡·加尔西拉索·德拉·维加：《印卡王室述评》，第541页。
② 同上，第549—550页。

类似的描写为《塔巴雷》(*Tabaré*)[①]等后续作品的创作掀开了序幕。

《王室述评》最后以阿塔瓦尔帕同王兄争夺王位并大开杀戒收尾，却只言不提西班牙殖民者是如何在印卡帝国烧杀掳掠的。作为文学文本，《王室述评》也许有其无可取代的价值，毕竟印卡·加尔西拉索·德拉·维加是“双重”亲历者；但作为历史文献，它却缺乏基本的客观性，对生母印卡公主只字未提，在记述美洲文化和西班牙殖民方面也远不及贝尔纳尔来得公允。当然，贝尔纳尔凸显阿兹台卡“伟大”多少是为了反衬西班牙殖民者来之不易的胜利，而印卡·加尔西拉索·德拉·维加记述印卡帝国的历史和文化，则似乎更想佐证西班牙征服的合法与合理。

① 由阿根廷作家索里亚（Zorrilla de San Martín, Juan）创作于19世纪，是一首典型的浪漫主义叙事诗。

第一编

第五章　殖民地时期文学

引言

前一章虽已进入殖民地时期，然内容仅限于征服者和被征服者的记述。真正的殖民地文学是在时局相对稳定以后逐渐生发的。同时，由于反对西班牙殖民者的抵抗一直没有停止，也便出现了一些以独立自由为取向的文学作品，其中就有著名的尼加拉瓜歌舞剧《硕雄鼠或龟醌鳃》(*El Güegüense o Macho Ratón*)。这是一出初现于16世纪中叶的原住民戏剧，流行于西班牙人入侵到西班牙语美洲独立革命期间，是以推翻西班牙统治为目的的对话体歌舞剧，或谓轻喜剧。作品由十四场对话、三百一十四句台词组成，全剧围绕西班牙殖民者与原住民的矛盾渐次展开。主要剧情为印欧混血儿龟醌鳃（意为老者）同代表西班牙王权的州府长官及其党羽之间的对话。这些对话充满了插科打诨，嬉笑怒骂。虽然作者不详，但人们大抵认为他是一名因商务游走各地的第一代印欧混血儿，故而作为主人公替原住民和混血儿代言。书中还有多个人物，且作品用西班牙语和纳瓦特尔两种语言杂糅而成，反映了两种文化周而复始的融合与碰撞。由于作品内容丰富，涉及两种文化的不同宗教、传统、习俗等，对于了解拉丁美洲文化具有多重意义，2005年被联合国教科文组织列为人类非物质文化遗产。

[州长和上校经过一番对话后，州长下。龟醌鳃等上场。]

[……]

龟醌鳃：……是谁在叫我啊？

大队长：是我，州长的仆人。

龟醌鳃：啊？州长的女仆？巧克力妇、洗衣妇还是制衣妇？

大队长：不是，不是。是我，州长的仆人！

龟醌鳃：啊？女厨还是女仆？

大队长：不是，不是。该死的！

龟醌鳃：哦，原来是州长的大队长啊！我的大队长朋友，您的指挥棒呢？忘在军营了？

大队长：龟醌鳃，也许哪天我可以送您一根。

龟醌鳃：大队长先生，州长阁下有何吩咐？

大队长：他让您飞速跑一趟。

龟醌鳃：啊？飞跑吗？我老头子一身的病痛，怎么又飞又跑啊？大队长啊，州长门前的大红人，您究竟想叫我干吗？

大队长：叫您给长官唱歌跳舞！

[……]

龟醌鳃：好吧，伙计们，看着我的家当，我试试怎么跑、怎么飞！①

大队长表示要没收老人所有的银两和所贩服装，以便教会他如何礼貌地觐见州长大人。老人一再声东击西、巧舌如簧，气得大队长最终举起皮鞭抽了他两下。老人和两个儿子被带到了州长面前。州长问老人怎么进入本州地界、谁给予了许可，老人谎称有个小女孩给了他们许可。为了逃避处罚，老人全凭三寸不烂之舌，东撞西夺，最终说服州长，带着儿子扬长而去。在此过程中，老人打破州长为了装穷所

① 为了保持作品的口传和舞台即兴表演方式，尼加拉瓜始终没有出版该剧本。本引文来自网站（https://sajurin.enriquebolanos.org/docs/813_2.pdf）。

下达的皇家使团到访期间不得歌舞升平、饮酒作乐的禁令，使其掉入了陷阱，不仅跳舞唱歌，而且畅饮了老人的大公子自酿的酒。

第一节　诗歌

与小说不同，[①] 诗歌在西班牙语美洲殖民地独领风骚。它几乎一开始就迎来了繁荣。

且说16、17世纪被誉为西班牙文坛的“黄金世纪”，其间流派纷杂、群星荟萃。而巴洛克诗风无疑是最绚丽的一支。据考证，巴洛克文艺萌发于16世纪，在不同地区的表现形式和兴盛时间有所不同。因此，它远非“一种风格”可以涵盖，而是文艺复兴运动和启蒙运动之间的一个极其复杂的间隙性流派，在不同地区、不同艺术样式中表现不尽相同。它总体上具有文艺复兴运动时期的人文主义基因，但同时又明显背离其托古倾向和理想主义情怀，内涵繁复而不无玄奥，形式夸张而富于变化。其最早的表现被认为是西班牙萨拉曼卡部分宗教诗人的曲折迂回的诗风。这一诗风兴盛于意大利的马里诺主义，再经与造型艺术合流，并最终催生了一代巴洛克艺术大师。如果说巴洛克造型艺术和巴洛克音乐主要兴盛于意大利、葡萄牙、法国、德国和尼德兰，那么巴洛克文学的扛鼎之作显然是由西班牙及西班牙语美洲作家完成的，其中多少蕴含着西班牙宫廷和西班牙贵族的反宗教改革的保守主义和形式主义取向。诗人有贡戈拉（Góngora, Luis de）、克维多（Quevedo, Francisco de）和“第十缪斯”伊内斯·德拉·克鲁斯修女（Sor Juana Inés de la Cruz），剧作家有洛佩·德·维加

① 西班牙和葡萄牙都曾于16世纪颁布法令，严格禁止小说传入其美洲殖民地。其中，西班牙当局于1531年4月4日颁布的有关法律条文最为严厉。在这些条文中，西班牙法院明令禁止任何小说及消遣性故事，如《阿马迪斯》（*Amadís*）等作品传入西印度，以免给印第安人造成不良影响。为了令行禁止，西班牙法院又于1543年再次颁布法令，严格禁止小说进入美洲殖民地，以免印第安人把《圣经》和其他正经读物同小说混为一谈。然而，正所谓“野火烧不尽，春风吹又生”，小说作为“稗官野史”其实一直在殖民地悄悄萌生、流传，成为一股奇崛的潜流。正因如此，当时它们大都没有获得出版的机会，所以本著将在第二编择要评述。

（Lope de Vega）、蒂尔索·德·莫利纳（Tirso de Moina）和卡尔德隆·德·拉·巴尔卡（Calderón de la Barca, Pedro），小说家有塞万提斯（Cervantes, Miguel de）、阿莱曼（Alemán, Mateo）和格拉西安（Gracián, Baltasar）等，从一个侧面折射出西班牙帝国极盛时期或盛极而衰过程中上流社会的变形：骄奢淫逸。这几乎也是所有封建社会盛极而衰的共同表征。

本著列举的是当时有名有姓的诗人及其主要创作成就。至于个别化名或匿名诗人，则将在第二编中另做他论。

一、墨西哥诗人

16世纪末叶，墨西哥又称作新西班牙，是西班牙在美洲的最大总督区——副王总督区[①]的首府（这就类似于秘鲁是新格拉纳达副王总督区的首府）。总督区甫一建立，就涌现了不少诗人，他们大抵继承了16世纪西班牙巴洛克诗风，并将"新大陆"的生活纳入了视野。在大量有名无名的诗人中，唯有极少数侥幸流传后世，并闻达西班牙语文坛、问鼎西班牙语文学史；其中最重要的莫过于胡安娜·伊内斯·德拉·克鲁斯修女，她像一轮耀眼的明月，在整个西班牙语美洲文坛熠熠生辉。故此，本著必得为她单辟一节。而其他同时代诗人只能算是捧月的众星。

（一）弗朗西斯科·德·特拉萨斯（Terrazas, Francisco de）是第一代土生白人，约生于1525年。父亲作为墨西哥的征服者，拥有诸多特权。而特拉萨斯便是在极其优越的环境中生长的，他的作品基本遵循了西班牙巴洛克风格。主要作品有十四行诗集《诗之花》（*Flores*

① 西班牙王室在美洲进行殖民统治的主要权力机构。1535年起先后建立四个总督区，西班牙美洲独立战争后不复存在。1535年成立的新西班牙总督区，首府设在墨西哥城，名义上管辖西班牙在"新大陆"上的所有领地，实际上其权力范围仅限于墨西哥、中美洲及加勒比海诸岛。1542年成立秘鲁总督区，首府设在利马，统治整个西属南美洲。18世纪，又设新格拉纳达总督区和拉普拉塔总督区，前者成立于1718年，以波哥大为首府，辖地约为今哥伦比亚、委内瑞拉和厄瓜多尔；后者设立于1776年，以布宜诺斯艾利斯为首府，辖地约为今阿根廷、乌拉圭、巴拉圭和玻利维亚等地。

de varia poesía, 1577)，受到了塞万提斯的褒奖（见《伽拉苔亚》，*La Galatea*），并对同时期西班牙诗友产生了影响。另一部作品是未竟长诗《新世界与征服》（*Nuevo Mundo y Conquista*）。

发散满头拳曲的金丝，
让盘起它的灵性稍息，
撒向无人触摸的明雪，
似玫瑰瓣洁白的无瑕。

那张精致无比的小嘴，
让宝贵的珍珠和珊瑚，
向着嫉妒的天空绽放，
还有两枚你窃的太阳。

温婉可爱是你的天性，
来自上天不二的导师，
返还天使般自然美丽；

一切皆归于自然而然，
而你给我的恰是个性：
粗疏冷酷、坚韧无情。

——《发散满头拳曲的金丝》
（*Dejad las hebras de oro ensortijado ...*）[1]

这首十四行诗明显具有巴洛克风格，从金发到雪样的肌肤、珍珠似的牙齿、珊瑚般的嘴唇、太阳样明亮的双眼和天使模样、天使性情，用足了美丽的比喻和优雅的意象，唯一的遗憾是她对诗人的冷

① Bustos Táuler, Álvaro: "Francisco de Terrazas, poeta toscano, latino y castellano", *Cuaderno de Filología Hispánica*, 2013, No.21, p.10.

漠，甚至粗粝、残酷和无情的态度。两相对举，凸显了诗人机巧的娴熟。而这种矛盾修辞般的对举或对位直接影响了西班牙诗友，如胡安·德拉·库埃瓦（Cueva, Juan de la）的十四行诗：

那金丝般扎起的发辫，
是你向天空展示极美，
犹如光辉灿烂的披纱，
掩映锦绣晨曦与白雪：

我热爱的光荣和宝藏，
面对激情燃烧的灵魂、
妒意满满的哭泣，缘何
还不肯给予半点怜悯？

让人看见鲜艳的玫瑰！
万缕金丝串缀的美丽，
请发散你盘起的纱网：

请赐给我一丝笑颜吧！
你那卷起的金发，已似
万缕阳光穿透了我心。[1]

的确，库埃瓦曾作诗赞美特拉萨斯，称他是阿波罗转世。[2]

（二）弗朗西斯科·塞万提斯·德·萨拉萨尔（Cervantes de Salazar, Francisco）约于1513年出生于西班牙古都托莱多，1550年抵达墨西哥，见证了墨西哥大学（现墨西哥国立自治大学）的创立，并作为首批教授参与了大学的建设。他留下的主要作品为

① Bustos Táuler, Álvaro: “Francisco de Terrazas, poeta toscano, latino y castellano”, *Cuaderno de Filología Hispánica*, 2013, No.21, p.17.
② Ibid., p.19.

《拉丁对话录》(*México en 1554: Tres diálogos latinos*,1554)，三个对话录分别描述墨西哥大学、墨西哥城及其周边地区的风土人情。

关于墨西哥大学：[1]

古铁雷斯：这种物欲横流的地方难道也能办大学?

梅萨：无疾安需良医?

[……]

古铁雷斯：大学没有图书馆吗?

梅萨：会有的，而且很大。腿勤的人可以先去修道院看看，它们的图书馆可不小。总之，我向你介绍了墨西哥大学的情况，但愿你不觉得厌烦。萨拉曼卡大学[2]怎么样? 听说它是全西班牙最棒的。

古铁雷斯：这三言两语如何说得清楚?

[……]

关于墨西哥城：

苏阿索：萨莫拉，是时候带我们的朋友阿尔法罗去见识一下墨西哥城了，来个尤利西斯之旅。他早就急不可耐了，想看看这座伟大的城市[……]。

萨莫拉：好主意！悦(育)人悦(育)己[……]。

[……]

阿尔法罗：这哪里是一幢大厦，这简直就是一座城市！

苏阿索：从塔古巴到市中心，大街两侧都是商铺，它们鳞次栉比[……]应有尽有。我们到广场了，你看看世上有没有哪个广场像它这么伟大和富有皇家气派?

阿尔法罗：确实举世无双[……]。

萨莫拉：这边是邮局[……]那边是总督府和法院[……]。

---

① 小标题系引者所加。下同。

② 萨拉曼卡大学，始建于1130年。

阿尔法罗：我仿佛看到了威尼斯。

萨莫拉：是的，这座城市建设在一个湖面上，周围都是水。各式独木舟穿梭于兹。

［……］[①]

至于墨西哥城周围，自然到处是人们说不出名字的植物和动物，他们只能用手指指点点，或者用纳瓦特尔人的方法进行命名。物产丰饶、人民幸福更是不在话下。塞万提斯·德·萨拉萨尔显然具有一般土生白人的主观倾向，而这种倾向正是土生白人认同美洲、同宗主国离心离德的开始。

（三）贝尔纳多·德·巴尔布埃纳（Balbuena, Bernardo de）虽然于1568年出生在西班牙，但大多数时光却是在墨西哥度过的。青年时期在墨西哥城学习神学和艺术，后入列教会、担任神职，从神父做到主教，晚年被任命为波多黎各大主教。其间一直从事文学创作，著有诗集和散文、书信体小说等。

《墨西哥的伟大》（*Grandeza Mexicana*, 1604？）是其代表作，作品讴歌了墨西哥旖旎的风光和悠久的传统，故而被认为是早期西班牙语美洲和拉丁美洲不可多得的文学经典。该叙事诗凡九部分，用十一音节诗体写成。鉴于其版本众多，本著攫取马德里新图书馆2012年注疏本。该本第一部分直入主题，称墨西哥城是港口城市，“舟船穿梭，有来有往”“车水马龙，高楼林立”“人文荟萃，术业兴盛”“美丽富饶，无与伦比”“冬天不冷，夏天不热”……

秘鲁之银，智利之金，
天下财富，汇集于兹。[②]

① Cervantes de Salazar: *México en 1554. Tres diálogos latinos*, trad. de León-Portilla, México: UNAM, 2017, pp.3–77.

② Balbuena: *Grandeza Mexicana*, Madrid: Editorial Biblioteca Nueva, 2012, cap.1, ts. 1–3; cap.3, ts. 40–46.

中国丝绸、印度钻石、波斯地毯、罗马名画、佛兰德钟……应有尽有。[①]至于墨西哥悠久的历史，巴尔布埃纳认为只有中国这样的古老王国可与之比拟。而她幅员之辽阔、物产之丰饶简直考验人的阅历和想象。

近水楼台，太阳青睐，
横空出世，一切优先。[②]

从秘鲁到马鲁古和中国，从波斯到阿拉伯帝国和菲律宾，从法国到意大利和埃及，从开罗到叙利亚和西班牙，从德国到巴瓦利亚和亚洲各国，从埃塞俄比亚到几内亚和英国，从佛兰德到希腊和土耳其，在作者眼里，没有一处像墨西哥这么丰饶和宜人。

市场商铺，鳞次栉比，
世间货物，应有尽有。[③]

诗人绝口不提征服的野蛮与残酷，却一味地赞美墨西哥的奇异与壮美：

雄鹰展翅，吐蕊[④]遍地，
昔日干戈，今朝彩旗。[⑤]

诗人写下了“天下财富”的所来所往：

一切财富，抵达祖国[⑥]。
再从那里，辗转欧洲，

① Balbuena: *Op. cit.*, 2012, cap.1, ts. 1-3; cap.3, ts. 40-46.
② Ibid., cap.3, ts.56-60.
③ Idem.
④ 仙人掌果。
⑤ Ibid., cap.2, ts.18-21.
⑥ 西班牙。

惠泽非洲，还有亚洲；
再从中国，海路[1]循环。[2]

诗人无意间道出了陆上和海上丝绸之路。遥想当年，那该是何等兴隆！

除此之外，巴尔布埃纳还作有一部牧歌体小说《厄里费勒丛林的黄金世纪》（*Siglo de Oro en las selvas de Erifile*）和一首旧体抒情诗《隆塞沃大捷》（*Victoria de Roncevalles*），但相较于《墨西哥的伟大》几可谓无足轻重。

（四）卡洛斯·德·西衮萨·伊·贡戈拉（Sigüenza y Góngora, Carlos de）于1645年出生在墨西哥，十五岁进入耶稣会，接受严格的教育，毕业时除了精通神学和文学，还自学了纳瓦特尔语。如其姓氏所示，西衮萨与西班牙著名诗人路易斯·德·贡戈拉（Góngora, Luis de）有亲缘关系。此外，乃父曾在西班牙宫廷任太傅。在担任神职期间，西衮萨致力于抢救墨西哥印第安文化遗产，尤其是在1692年印第安人暴动时奋不顾身地冲入火灾现场，保护了大批卷宗和抄本，后有其撰写的《1692年6月8日墨西哥骚乱纪实》（*Alboroto y motín de México del 8 de junio de 1692*）为证。

处女作《西印度之春》（*Primavera indiana*, 1668）创作于1663年，是年西衮萨十七岁。代表作为剧本《王子应当具备的政治品德》（*Teatro de virtudes políticas que constituyen a un príncipe*, 1680）和传记《阿尔丰索·拉米雷斯的厄运》（*Infortunios de Alfonso Ramírez*, 1690）。前者是嘲讽总督（又称副王总督）帕雷德斯的，他因建造凯旋门劳民伤财而遭到人们的唾骂。西衮萨则从印第安人及其审美习惯出发，对模仿古希腊建筑的做法不以为然。作品指桑骂槐，对领导人的政治品德提出了要求。《阿尔丰索·拉米雷斯的厄运》写同名波多黎各冒险家的探险经历。由于充满想象又细节饱满，作品开了墨西哥小说或纪实小说的先河。

《西印度之春》热情洋溢地讴歌墨西哥，既有田园牧歌的韵味，也有竭尽夸饰的巴洛克遗风：

---

① 中国–马尼拉–墨西哥的海上丝绸之路。
② Balbuena: *Op. cit.*, cap.9, ts.56–59.

哦，你是镶满钻石的皇冠，
如太阳之光睥睨全部星辰，
将无限的明亮赐予分至圈，
那正是你灿烂辉煌的回报。
是你使我的音调变得纯正，
使灵魂洋溢着五月的花香，
在你身后呼唤圣母玛利亚，
让成功在日月更替中永恒。①

就新西班牙的知识谱系而言，西衮萨称得上全才，精通当时的欧洲哲学、科学和文学。他研究过笛卡尔（Descartes, René）、伽利略（Galileo Galilei）、哥白尼（Kopernik, Nikolaj），对西班牙“黄金世纪”的了解更不待言。与此同时，他还是个了不起的工程师，主持过城市地下设施的设计施工，甚至应邀为法国巴黎设计过下水道。奇怪的是他对罗马教廷无比忠诚，而且由衷地认为鞭笞是净化灵魂的重要手段。诸如此类，着实颇为矛盾，也令人费解。有研究者认为他这是为了掩人耳目，以保护自己对科学的热忱。这也是帕斯（Paz, Octavio）对胡安娜修女的阐释和推测。

（五）弗朗西斯科·鲁伊斯·德·莱昂（Ruiz de León, Francisco）于1683年生于墨西哥。童年在故乡布埃普拉教会学校学习，青少年时期到墨西哥城继续研习神学和哲学。毕业后并未受领教职，而是先后从事商贸、法律等多种职业，其间从未放弃文学创作。《埃尔南颂》（*Hernandia*, 1755）被认为是他的代表作。②长诗以歌颂殖民者埃尔南·科尔特斯为主要内容，从而继承了17世纪初布埃普拉诗人佩雷斯·德·维亚格拉（Pérez de Villagrá, Gaspar）的衣钵。后者创作的《新墨西哥史》（*Historia de Nueva México*, 1610）正是这类歌功颂德、树碑立传的开山鼻祖。它们

① Sigüenza y Góngora: *Dulce, canoro cisne mexicano: la poesía completa de Carlos de Sigüenza y Góngora*, Barcelona: Editorial Paso de Barca, 2012, p.111.
② Alganza Roldán: “Huellas de la antigüedad en la Hernandia, de Francisco Ruiz de León”, *Nueva Revista de Filología Hispánica*, Vol. LIX, núm. 2, 2011, pp. 491–537.

对埃尔南·科尔特斯的赞美远远超过了16世纪殖民者的分贝。

《埃尔南颂》采用亚历山大诗体，分12颂，共一万多行，从埃尔南·科尔特斯抵达美洲写起，以生花妙笔讴歌其大无畏的冒险精神和无与伦比的丰功伟绩。

西印度：阴差阳错，
成全科尔特斯。他
呱呱坠地身世显赫，
发奋进取不畏艰险。
辗转古巴劈波斩浪，
科苏梅尔大战强敌。
［……］
征服蛮荒传播福音。①

类似的作家诗人并不少见，其中鲁伊斯·德·莱昂本人心仪的就有加南西亚（Ganancia, Francisco）、托雷斯（Torres, Antonio de）、卡斯特罗·伊·纳瓦罗（Castro y Navarro, Agustín）、埃吉阿拉（Eguiara, Juan José de）、索托马约尔·伊·奥索里奥（Sotomayor y Ossorio, Diego María Pimentel）等等。

（六）何塞·马努埃尔·马丁内斯·德·纳瓦雷特（Martínez de Navarrete, José Manuel）于1768年出生在墨西哥，因父母早逝，由亲戚抚养长大。曾受到良好的教育，后长期在教会学校从事哲学和拉丁文教学，同时进行文学创作。主要作品有诗集《诗之娱》（*Entretenimientos poéticos*, 1823）、《诗选》（*Poesías*, 1904）、《遗诗集》（*Poemas inéditos*, 1929）和《世俗诗》（*Poesías profanes*, 1939）等。

学者马丁内斯·鲁纳（Martínez Luna, Esther）认为诗人的最大贡献在于挑起关于风格的讨论。在马丁内斯·德·纳瓦雷特亲手创办的《墨西哥日报》（*Diario de México*, 1805–1812）上，墨西哥“田园派诗

① http://www.cervantesvirtual.com/obra-visor/hernandia-triunfos-de-la-fe-y-gloria-de-las-armas-espanolas--0/html/bf3e29f6-bbdb-43ed-a2a6-7d13618aef6c 2.html.

人”连篇累牍地抨击“泛滥成灾”的巴洛克主义，借以倡导清新写实的文风。[1] 这场争论给墨西哥文坛带来了一阵清风，并为稍后具有鲜明独立精神的《癞皮鹦鹉》（*El Periquillo Sarniento*, 1815）等作品奠定了思想基础。

同时，马丁内斯·德·纳瓦雷特身体力行，写下了不少清新的诗行。它们固然也有比喻，却明显少了些绮丽。譬如他曾这样描写女孩太阳般明亮的眼睛：

当我一眼看到
你彩云缠绕的
两粒晶莹太阳，
立刻目瞪口呆。
茫然间寻找着
那些迷人细节，
即使被你灼伤，
即使让你生气，
我也要像葵花，
追随你的眼睛。

——《致眼睛》（*A unos ojos*）[2]

二、中美洲和加勒比诗人

受地理环境影响，殖民地时期的中美洲和加勒比地区诗人的人数明显少于墨西哥和南美洲大陆，以至于几乎乏善可陈。16世纪至18世纪，也许仅有古巴诗人塞盖伊拉·伊·阿朗戈、马努埃尔·胡斯托·德·鲁巴尔卡瓦等极少数人物值得关注。这种情况一直要持续到古巴诗人何塞·马蒂（Martí, José）的诞生。

---

① Martínez Luna: “Fray Manuel Martínez de Navarrete y la Arcadia de México”, *Actas del XIV Congreso de la Asociación Internacional de Hispanistas*, Vol.IV, New York: City University of New York, 2001, pp.397–401.

② Idem.

（一）马努埃尔·塞盖伊拉·伊·阿朗戈（Zequeira y Arango, Manuel），1764年生于古巴，少年时期在圣卡洛斯神学院学习，后从军。退役后在多家报刊工作，同时从事文学创作。盛年因不明原因神经错乱，直至去世。他遗留的诗作一直到1964年才得以结集出版。其中描写古巴特产和人文的《致菠萝》（*A la piña*）、《致生命》（*A la vida*）等已广为流传。

在灶神母亲的丰饶怀抱，
你昂首挺胸、亭亭玉立，
浑身散发着天然的精彩，
盛装的菠萝是你的美名。

［……］

你就像某位雅致的仙女，
在日常中已然鹤立鸡群；
用豪华的色彩打扮自己，
在所有果品中炫示灿烂。

［……］

馨香如神圣晨曦的哈欠
内心充满了甜蜜的珍珠，
蕴含着所有美好的祝福，
你是祖国最耀眼的明星。

——《致菠萝》[1]

与此相左，《致生命》却是一首充满悲观情调的十四行诗，多少

① https://www.poemasde.net/poemas-de-manuel-de-zequeira-arango.

具有西班牙巴洛克遗风。

生命，总是匆匆逃离，
你遭到了时间的抛弃。
为何用美好将我引诱，
却最终把我带进死期？

倘使有岁月向你微笑
那也是为了将你吞噬。
既然最终是为了永诀，
我为何非要将你偎依？

然而，永诀又能如何？
人生本来无谓，身躯
就该早早知趣地离开。

生命越长，丑恶越多，
放弃我吧，先我放弃。
我已厌倦向命运膜拜。

——《致生命》[1]

（二）马努埃尔·胡斯托·德·鲁巴尔卡瓦（Rubalcava, Manuel Justo de）1769年生于古巴，比前述墨西哥诗人马丁内斯·德·纳瓦雷特小一岁，长塞盖伊拉·伊·阿朗戈五岁，同样属于新古典主义和风俗主义转型时期的诗人，具有鲜明的反对巴洛克倾向。虽然他大抵取法法国新古典主义路径，但诗风朴实无华，节奏明快舒畅。其中，《古巴的水果》（*Las frutas de Cuba*）脍炙人口，读罢余音绕梁，今犹未绝。

① https://www.poemasde.net/poemas-de-manuel-de-zequeira-arango.

比梨柔软，
那是番石榴飘香，
古巴特产，
物美价廉。
甜美滋味世人夸奖，
挂满枝头解饥解渴。

还有黑李，
就像熟透的樱桃，
清香无比，
丝绒色彩，
阿多尼斯[1]自惭形秽，
神奇果实，核复成树！

番荔枝果，
沉甸甸压弯枝丫，
甜蜜如斯，
美不胜收，
一般人等，视为艺术，
真心喜欢，食而精神。

神秘果实，
星苹果是其美名，
光彩夺目，
金丝镶翠，
琳琅满目，簇拥枝头，
一叶两爿，如杰纳斯[2]。

① 希腊神话中的植物神。
② 罗马神话中的两面神。

木瓜可口，
个大味美若香瓜，
却更慷慨，
老幼咸宜，
食之变勤，食之病愈，
人人视之，食欲大增。

鳄梨绝品，
使欧人放弃原则，
未曾品尝，
已被陶醉，
黄绿细腻，天然奶酪，
加盐少许，口味更好。

［……］①

如此等等，诗人历数了十余种古巴果品。它们有的为加勒比地区所特有，有的则是美洲大陆共享的天然美食。

诗人的大多数作品偏重形式，这也是时人的普遍取法。值得重视的是他对生于斯、长于斯的古巴的认同和赞美。

（三）胡安娜·德·马尔多纳多修女（Sor Juana de Maldonado）被誉为殖民地时期危地马拉文学的开创者。她于1598年出生在危地马拉的一个土生白人家庭，幼时丧母，在修道院学习，接受过良好的神学和艺术教育，长大后致力于修行和文学创作。主要作品有宗教剧《逃往埃及》（*Entretenimiento en obsequio de la Huída a Egipto*）和诗文若干，但具体创作时间不详。

《逃往埃及》写玛利亚带着初生的耶稣逃避罗马军队的追捕，途中遇到关心他们母子的各色人等。剧本用诗体写成，譬如玛利亚这样

① http://www.poetaspoemas.com/manuel-justo-de-rubalcava/las-frutas-de-cuba.

对好心挽留他们母子的人说：

感谢罗莎好心人，
慈悲为怀真热情，
可是我们不能停，
必须赶路匆匆行，
因有希律王追兵，
逃往埃及为上乘，
[……]①

有关玛利亚和小耶稣逃往埃及的传说在基督教信众中广为流传，胡安娜·德·马尔多纳多修女将其写成剧本，有生之年却未及将其搬上舞台。她的作品一直到19世纪才被重新发现。这一方面是因为美貌和才华使她遭人嫉妒，另一方面则是由于她压根儿没有借文学扬名立万的欲求。

（四）拉法埃尔·蓝迪瓦尔（Landívar，Rafael）于1731年出生在危地马拉。他是少年天才，十七岁获得哲学博士学位，后赴墨西哥城攻读神学，1755年成为耶稣会教士，后因西班牙教廷迫害耶稣会而被流放，晚年到意大利生活，1793年在博洛尼亚离世。在墨西哥期间（当时危地马拉隶属于新西班牙总督区），他用拉丁文创作了代表作《墨西哥风俗》（*Rusticatio Mexicana*），讴歌墨西哥风土人情。

每当置身我亲爱的祖国那四季如春的土地和鲜花簇拥、轻舟荡漾的墨西卡湖泊，就会由衷地感到兴高采烈［……］。②

这是诗人在第一部《墨西哥湖泊》（*Lacus Mexicani*）中留下的题记。

---

① http://gaeta-antiguas-huellas-teatrales.

② Landívar: *Rusticatio Mexicana*, ed. Faustino Chamorro, Guatemala: Universidad Rafael Landívar, 2001, p.67.

早在西方蒙昧的时代[①]
墨西哥已是显赫城市，
雄伟壮美，人口众多，
富庶无比；印第安人
祖祖辈辈的可爱家园，
[……]
遍地湖泊，四方环绕，
源头活水，永不枯竭；
涟漪习习，轻舟荡漾，
无法将它们一一颂扬。
[……][②]

这是继巴尔布埃纳《墨西哥的伟大》之后，又一幅史诗般的长卷，其笔触从墨西哥城延绵至危地马拉。这样的诗人在殖民地时期无疑是受到忽略，甚至被屏蔽的。

三、南美洲诗人

南美洲地域辽阔，但横亘着安第斯山脉，交通不便，发展也很不平衡。当然，这并没有影响诗人的产生。从厄瓜多尔到阿根廷，南美洲从来不缺诗人，缺的是人们赖以生存的基本条件。

（一）佩德罗·德·奥尼亚（Oña, Pedro de）堪称西班牙语美洲殖民地时期的第一代或第二代土生白人。他1570年生于智利，1643年殁于秘鲁。曾在圣马科斯大学学习，后从军参加征剿印第安原住民起义的战斗。《被征服的阿劳科》（*Arauco domado*, 1596）是他的代表作。诗人致力于颠覆前人关于阿劳科人的描写，用史诗般的激情重新树立了西班牙殖民者的“光辉形象”。他从古希腊-罗马神话说起，高唱西班牙“天主教双王”和殖民者加西亚·乌尔塔

① 原文比较委婉，作“tempus remotus”，意为遥远的过去。

② Landívar: *Op. cit.*, p.69.

多·德·门多萨侯爵（Marqués García Hurtado de Mendoza）的“丰功伟绩”。

听吧，西班牙的伟大
双王统领她威震四方
天降重任于斯人，你
到奇迹般富饶的美洲，
来接管阳光普照之地，
复活死去的黄金世纪，
［……］
战胜野蛮的敌人，并
为西班牙创建新王国，
［……］
歌唱伟大的祖国母亲，
西班牙在你永恒心声，
你的心声和你的生命
一样崇高和战无不胜。
万岁西班牙胜利母亲！
［……］
你的声音是战斗号角，
穿越天空，直冲云霄，
将沉重的战绩和你的
英名挂到那星辰之上。
你用甜美的嗓音震慑
那些可怕的好战王国，
让优雅之地心生妒忌，
世界文人会为你高唱，
他们的声音穿越世纪。
他们歌唱你是另一个
阿喀琉斯，而你却是

又一个荷马创下史诗。
[……][1]

（二）迭戈·德·奥赫达（Hojeda, Diego de）1570年生于塞维利亚，青年时期应天主教会派遣来到“新大陆”，之后一直在秘鲁担任神职。1612年，他的宗教诗《基督颂》（*La Cristiada*）在故乡塞维利亚出版。该诗详尽地叙述了基督的传道经历和受难（被鞭笞并钉死在十字架上），第三天复活后向门徒显现等一系列故事。

永恒圣父心知肚明，
世界在他温柔手中，
王国政府各就各位，
广袤天地充满爱意，
温柔美丽应有尽有。
热情在心清泉在地，
滋润泥土培植万物，
寰宇在你一己之忧。

基督到来放下圣杯，
[……]。[2]

（三）埃尔南多·多明格斯·卡玛尔戈（Domínguez Camargo, Hernando）生于1606年，卒于1659年。他是哥伦比亚（当时新格拉纳达）土生白人，青年时期加入耶稣会成为教士，同时受到西班牙巴洛克诗风的影响，并因始终信奉贡戈拉而素有“西班牙语美洲的贡戈拉”之称。

他的主要作品有诗集《基督受难》（*A la pasión de Cristo*）、《跳越奇利约悬溪》（*A un salto por donde se despeña el arroyo de Chillo*）、

① Oña: *Arauco domado*, Santiago de Chile: Imprenta Universitaria, 1917, pp.17–19.
② https://biblioteca.org.ar/libros/644.pdf.

《卡塔赫纳款待西班牙来客》（*Al agasajo con que Cartagena recibe a los que vienen de España*）、《阿多尼斯之死》（*A la muerte de Adonis*）、《圣伊格纳西奥·德·罗耀拉英雄赞歌》（*Poema heróico de san Ignacio de Loyola*）等等。

《圣伊格纳西奥·德·罗耀拉英雄赞歌》被认为是多明格斯·卡玛尔戈的代表作。诗人在这首长诗中除了赞颂罗耀拉的丰功伟绩，还嵌入了相当抒情的诗句：

红宝石之丝发散，
串联起一团白雪，
在玫瑰般的脸上，
绽放雪白的乳晕。
［……］①

或者：

将词语浸入水中，
使白雪融入汗液，
用疲倦了的喘息
向上帝表达怨言。②

这些都是他在《圣伊格纳西奥·德·罗耀拉英雄赞歌》中的穿插和点缀，令人感喟他非凡的想象力和诗情画意的书写。

（四）哈辛托·德·埃维亚（Evia, Jacinto de）于1629年出生在厄瓜多尔，少年入耶稣会，但一直钟情于文学，著有《诗歌荟萃》（*Ramillete*, 1676）。虽然其中的不少诗章是用拉丁文创作的，但流传较广的却是他的西班牙语诗篇。

---

① Carilla, Emilio: “Las obras de Domínguez Camargo”, *Thesaurus*, No.2, 1966, p.349.
② Idem.

以下是诗人讴歌基多的一首长诗，择录几行，以飨读者。

那些山岗上的牧人哦，
是你们赐予基多荣耀，
如紫色朝霞冉冉升起，
使波旁王朝进入黑夜？
多么雄伟高大的山峦
迎接清晨第一轮太阳。
五彩缤纷的丝丝光线
让伊莎贝尔①打个瞌睡。
我只想好好欣赏牧民，
看着他们沐浴于阳光，
倾听他们夜晚的寂静，
及睡眠中的混沌梦境
和黝黑无光时的恐惧。
如今，黑暗已成常态，
仿佛劳碌的每日活计，
恰好对应帝国统治下
无穷无尽的白雪纯真。
然而，我却看到你们
大理石般屹立的雕塑，
矗立在高高的山岗上，
耸立于死亡的沙漠中，
早已熄灭了燃烧的火。
山脉充满了忧伤表情，
像巨人默默站立此地，
黑夜穿上了款款丧服，
阴云截断了巍巍躯体。

① 指资助哥伦布航海冒险的西班牙女王伊莎贝尔一世（Isabel Ⅰ，1451—1504）。

[……][1]

这是一首颇具反骨的长诗。虽然诗人多处委婉提及西班牙王室，但总体上倾向于用牧歌般的“清纯”赞美厄瓜多尔，叹惋人们沉睡的灵魂。

（五）胡安·巴乌蒂斯塔·德·阿吉雷（Bautista de Aguirre, Juan）也是一位厄瓜多尔诗人，1725年出生于厄瓜多尔的坎通，少年时期在耶稣会学校学习，毕业后任神职，同时从事文学创作。主要作品有二十几首诗歌和一些哲学或神学著述。其中《瓜拉基尔和基多扫描》（*Breve diseño de las ciudades de Guayaquil y Quito*）被认为是他的代表作，作品尽情歌颂厄瓜多尔，抒发了诗人对生于斯长于斯的特殊情感。

瓜拉基尔，美丽的城市，
是美洲无可替代的胸花。
她就像一方翠绿的宝石，
或者一颗耀眼的海珍珠；
漫长的海岸线没有尽头，
拥抱着无穷无尽的宝藏；
她的美是如此柔情万种，
珍宝和欢乐是永恒标记，
我唱她的黎明直到哭泣。
[……][2]

如此饱含深情的歌唱！如此令人难忘的情怀！这就是西班牙语美洲土生白人觉醒的开始，也是其独立意识萌动的见证。

（六）胡安·德尔·巴列·伊·卡维埃德斯（Valle y Caviedes,

① http://www.cervantesvirtual.com/obra-visor/los-dos-primeros-poetas-coloniales-ecuatorianos-siglos-xvii-y-xviii-antonio-de-bastidas-y-juan-bautista-aguirre--0/html/0000c470-82b2-11df-acc7-002185ce6064_27.html.

② Lima, Alex Paul: *Juan Bautista Aguirre（1725–1786）y los orígenes de la nación ecuatoriana*, New York: City University of New York, 2015, p.76.

Juan del）是秘鲁诗人。他1645年（一曰1652年）出生于西班牙，自小随父母来到美洲，后主要靠自习完成学业。也许是受到了克维多（Quevedo, Francisco de）等16、17世纪西班牙“黄金世纪”作家的影响，执着于借文学改变自己、改变世界。代表作为诗剧《市长之爱》（*El amor Alcalde*）。该剧嬉笑怒骂，竭尽嘲讽挖苦之词，贬斥殖民地当局抓人放人如同儿戏。

［法官登场］

法官：

今天市长大人开恩喽！

［……］

［五囚犯登场］

囚犯甲：

因为一次谨慎的放纵，
我锒铛入狱成了囚犯。

［……］

法官：

你从此不再是囚犯喽，
沿着海边满世界跑吧！

［……］

囚犯乙：

因为一次好心的劝架，
我吃了官司成了囚徒。

［……］

法官：

［……］

你们废话少说赶紧走，
彼此彼此互相安慰吧！

囚犯丙：

我为了一个笨丑女人，

被你无缘无故地囚禁，
[……]

法官：

没有无缘无故的恩爱，
也没无缘无故的责罚。
[……]

囚犯丁：

我为了一个年轻女子，
被关进了你们的牢笼。
我喜欢她美丽的脸庞，
可她的脸庞实在昂贵[①]。
[……]

法官：

除了贫穷，你哪有罪？
玩弄老妪，罪有应得！
你别走了，给我回去！

囚犯丁：

这不公平，我要申诉！
我要申诉[……]。

囚犯戊：

遭人构陷，进了牢房，
我本无罪，只因善良；
帮人之忙，助人为乐，
反遭诬陷，王法何在？

法官：

你再嚷嚷，王法伺候！
奉命赦免，也有时限。
[……]

① 这里有个文字游戏，即西班牙语中脸庞（cara）和昂贵（cara）是同一个词。

囚犯戌：

这不公平，老天在上！

法官：

公不公平，我说了算。

［……］[①]

（七）马努埃尔·德尔·索科洛·罗德里格斯（Socorro Rodríguez, Manuel del），哥伦比亚诗人，出生于1758年。在过去的文学史家笔下，他通常被认为是贡戈拉主义的忠实守护者，但近年来评价有所改变。不少批评家从另一个角度看到了他的启蒙精神，从而否定了以往的“成见”。譬如学者莫利纳·莫拉莱斯（Molina Morales, Guillermo）通过细致入微的梳理和比照，认为索科洛·罗德里格斯其实是一个典型的启蒙思想家。“他对传统的批评鞭辟入里，毫不留情。”[②]当然，莫利纳·莫拉莱斯并非没有道理，而延绵百余年的巴洛克诗风显然也还没有完全消退。就像莫利纳·莫拉莱斯自己所说的那样，索科洛·罗德里格斯对西班牙巴洛克诗人谙熟于心。

人生，自眼泪和粑粑开始，
克维多如是说。人们总是
用望远镜监视我们的不是。
我们襁褓里开始遭受掠夺：
而我却认为，老兄，我们
其实从小被绑在耻辱柱上，
却还要在坎坷中拼命挣扎，
企图挣脱这命定劫数，啊！

① http://www.cervantesvirtual.com/obra-visor/el-amor-alcalde--0/html/fef017e8-82b1-11df-acc7-002185ce6064_1.html.

② Molina Morales, Guillermo: “La poesía epigramática de Manuel del Socorro Rodríguez”, *Dieciocho, Hispanic Enlightenment*, 40.1 (Spring 2017), The University of Virginia, p.156.

其实前面是更多的泪和屎！[①]

如果这还不算理性，那么他对道统的批判就可见一斑了。譬如，他这样抨击道统对女性的鄙夷：

说女人如此这般不好，
这已是诗人作家风尚，
殊不知男人才是更糟，
因为他们欠女人不少。
[……][②]

——《平心而论》(*Dictamen imparcial*)

（八）马努埃尔·何塞·德·拉瓦丹（Lavardén, Manuel José de），阿根廷诗人，1754年生于布宜诺斯艾利斯。他当过律师、记者和教授，同时从事文学创作。代表作为《巴拉那河颂》(*Oda al Paraná*)。诗人在这首长诗中尽情讴歌了阿根廷的自然风光和人文景观。

奥古斯都巴拉那，神圣的河；
你是大洋的长子，无出其右；
闪亮的珍珠母水，一泻千里；
孕育了万千鳄鱼，遍地黄金；
无穷无尽的绿色，洒向两岸；
你从寒带到热带，身兼四季；
你从此地到彼地，温柔串联；
你就是绿色丰饶，无与伦比；
对西班牙葡萄牙，一视同仁；

① Molina Morales, Guillermo: “La poesía epigramática de Manuel del Socorro Rodríguez”, *Dieciocho, Hispanic Enlightenment*, 40.1 (Spring 2017), The University of Virginia, p.151.
② Ibid., p.154.

[……]。

然而，诗人笔锋一转，忽然来一句：

西班牙人用铜铁，[①]换你金子。[②]

作为阿根廷诗人，拉瓦丹表现出克里奥约[③]主义倾向，预示了西班牙语美洲独立运动的曙光。适值美国独立，西班牙语美洲诗人独立自由的触角开始从内心生出。

（九）玛利亚·德·洛斯·安赫莱斯修女（Sor María de los Angeles）被认为是殖民地时期委内瑞拉诗人。16世纪至18世纪，西班牙语美洲的许多地方由于交通落后，生产力不发达，文化也严重滞后。玛利亚·德·洛斯·安赫莱斯修女可能是迄今为止发现的殖民地时期委内瑞拉的唯一诗人。玛利亚·德·洛斯·安赫莱斯修女于1765年左右出生在委内瑞拉,从小立志事主，后加入加尔默罗修会，并深受圣女特蕾莎（Santa Teresa de Jesús）的影响，据传作有《渴望》（*Anhelo*）等宗教诗文，但实际情况存疑。

今委内瑞拉一带直到1808年才引入第一台印刷机。由于缺乏印刷技术，殖民地时期委内瑞拉几乎没有产生像样的诗人作家。而玛利亚·德·洛斯·安赫莱斯修女等极少数诗人作家留下的作品也大多随着时间的流逝而散佚。

类似情况在玻利维亚、巴拉圭等地也明显存在。在此恕不一一列举。

第二节 “第十缪斯”胡安娜·伊内斯

胡安娜·伊内斯·德拉·克鲁斯修女（Sor Juana Inés de la Cruz），本名胡安娜·伊内斯·德·阿斯巴赫·伊·拉米雷斯（Asbaje

① 主要指武器。
② https://es.wikisource.org/wiki/Al_Paraná.
③ 土生白人。

“第十缪斯”胡安娜·伊内斯

y Ramírez, Juana Inés de)，素有“第十缪斯”之称，是墨西哥和拉丁美洲第一位声名显赫的女诗人，同时也是一位才貌双全的宗教僧侣。她大约于1651年出生在墨西哥圣米格尔镇，父母皆为土生白人。她的确切出生时间无人知晓，盖因她是私生女。关于这一点也许连她自己也不甚清楚。[①]根据迄今为止的有关探赜索隐，胡安娜不仅是她母亲同一名西班牙军人的私生女，而且还有哥哥和姐姐。父亲缘何离开他们不得而知，有消息称母亲后来又和另一名军人有了三个孩子。好在胡安娜外公的庄园足够大，养活一群孩子、让他们接受最初的教育绰绰有余。

胡安娜从小表现出非凡的求知欲，并借诗歌聊以自慰。童年在外祖父家度过，后者留给她的唯一财富便是那数量可观的藏书。她三岁学会阅读，六岁决意女扮男装赴首都读书。父母于心不忍，她多次申请未果，便留在外祖父家靠饱读藏书，自习语文学、修辞学、神学、数学、物理、音乐和天文。由于才华出众、貌美如花，十五岁时被新西班牙副王总督夫人召至宫中当贴身女官，成为宫廷诗人，没有名分却远胜于有名有分。为一览其非凡的美貌和过人的才华，达官贵人蜂拥而至，致使副王总督府更加门庭若市。她因此写下了大量敷衍的诗作。唯有《梦》(*El sueño*)或《初梦》(*Primero sueño*)[②]等极少数作品属于自己。但是，鹊起的声名和超凡的才华使她终究不得不离开宫廷，遁入空门。即或如此，她也还是拗不过副王总督夫人的追促，以及其他诸多的难违之约、难却之情，有生之年就无奈地提前给自己的“全集”写下了序言《致读者》(*Prólogo al lector*)。

在她短暂的人生中（因在墨西哥城的修道院照拂病人而染疾，殁

① Monterde, Francisco: “Prólogo” a Las obras completas de Sor Juana Inés de la Cruz, México: Editorial Porrúa,1985, p.10.

② 二者是同一作品的不同名称。在胡安娜发表这一作品时，出版者有“编者按”曰：“《初梦》，这是胡安娜·伊内斯·德拉·克鲁斯嬷嬷效法贡戈拉创作并命名的作品。” Sor Juana Inés de la Cruz: *Obras completas*, México, Editorial Porrúa, 1985, p.183.

于1695年)，没有恋爱经历，更与婚姻无缘，却感受了诸多贵族夫人的情感纠葛和生活心流，并以非凡的敏感和想象力、洞察力写下了大量情诗。同时，为抵御来自俗世和教会内部的猜忌、妒意和攻讦，她无如之下也留下了许多反诘的诗文。

从传承的角度看，她的主要文学资源来自16、17世纪西班牙文坛，尤其是巴洛克诗人，并兼收并蓄，同时对克维多和贡戈拉多有借鉴。剧作方面超越了阿拉尔孔对体裁的理解，在题材和形式方面卓有建树。至于散文，固然数量有限而且没有涉足小说，却一直为后人所津津乐道。

本著之所以将其单列为节，除了曜于她头顶和文名上的光环，不仅是因为整个殖民地时期的西班牙语美洲文坛无人望其项背，更因为她的创作涵括了小说之外的其他体裁。也就是说，除诗歌之外，她的戏剧和散文同样精彩、重要。为相对完整地呈现其创作丰姿，故此单列一节。

需要说明的是，在此之前已有同行前辈译出她的若干诗章。其中有如下几首，撷来以飨读者：

《泪流慰痴情》(*En que satisface un recelo con la retórica del llanto*)

亲爱的，今晚当我与你说话
正如你的面孔和行动所表明
用语言已经无法说服你
但愿你能看透我的心胸。

爱神啊，增强我的毅力，
战胜那似乎不可战胜的情绪；
因为在痛苦倾泻出的泪水里
破碎的心啊，渗着血滴。

够了，亲爱的，不要再严酷无情，
别让狂暴的激情折磨你，
别让无端的疑惧打扰你的安宁——

那全是虚假的迹象、愚蠢的阴影：
在点点珠泪中，你已经看到
并接触到我破碎的心灵。①

《对一味责备女性、自己言行不一的男人们的反诘》(*Arguye de inconsecuentes el gusto y la censura de los hombres que en las mujeres acusan lo que causan*)

男人们多么愚蠢
无端地责怪女人，
全然不见自己
正是责怪的起因。

既然以无畏的渴望
向她倍献殷勤，
为何怂恿她作恶
又要她安守本分？

你们反对她们的抗拒
然后又煞有介事地
把她的爱恋
说成放荡不羁。

你们疯狂的想法
恰似这样的“勇气”：
先让孩子做鬼脸
然后又产生恐惧。

① 参见赵振江编：《拉丁美洲历代名家诗选》，昆明：云南人民出版社，1988年，第17页。

你们用愚蠢的自负
寻求意中的她，
追求时，她是泰斯[①]；
到手后，鲁克丽丝[②]。

这是何等滑稽
正如缺少教诲的人，
自己弄脏了明镜
又怪它模糊不清。

失意或者受宠，
你们的本质相同：
失意时，牢骚满腹
受宠时，得意忘形。

即便最谨慎的女子
也难得好的名声，
答应你们，杨花水性；
拒绝你们，无义无情。

你们是如此愚蠢
一味地责备女人：
怪这个生性残忍
怨那个不够坚贞。

追求你们的女子
该如何掌握分寸：

① 亚历山大大帝的爱姬。——译者原注
② 罗马妇人，为“狂妄者”塔克文·苏佩布（古罗马第七代君主）之子所辱而自杀。——译者原注

薄情会使人不快
多情又使人气愤!

但你们的口味
在气愤与伤心之间
但愿她不爱你们
让你们怨气冲天。

你们爱恋的激情
为她们插上自由的翅膀,
将她们玷污之后
却又要她们高尚。

在一时冲动之下
谁应负更大的责任:
是经不住献媚而堕落的女子
还是因堕落而去献媚的男人?

尽管都有不轨的行为
谁更应受到责备:
是为了酬报而作孽的裙钗
还是为了作孽而酬报的须眉?

对于所犯的过错
何必如此惊慌?
要么就让她们保持贞洁
要么就敢做敢当。

你们先别去献媚
然后才有充分的理由

去责备女性的献媚
因为是她向你们乞求。

打消你们的傲慢无礼
我能铸造许多武器，
因为无论承诺或者请求
你们总是将魔鬼、肉欲和世界混在一起。[1]

《抱怨命运：厌恶陋习、取悦缪斯》（*Quéjase de la suerte: insinúa su aversión a los vicios y justifica su divertimiento a las musas*）

世人啊，究竟为什么要将我冤枉？
什么地方得罪了你？我只是想
使自己的理智变得高尚
而不是将它美化装潢。

我不重视金钱宝物，
是什么使我心满意足？
只有让智慧更加高深
而不是将它变成财富。

我不重视美貌动人，
它只是年龄庸俗的战利品，
虚荣富贵也不能使我欢欣；

我只愿在真理的追求中
消磨人生的空虚
而不愿在空虚中消磨人生。[2]

① 赵振江译。转引自《拉丁美洲历代名家诗选》，第13—16页。
② 同上，第18页。

这些诗作充分体现了胡安娜修女的女权思想。由兹，后人在评价她时每每将她与源远流长的女权主义相关联。这一点毋庸置疑，而且在批评男性教士的檄文中展示得尤为淋漓尽致。譬如在《答菲洛特亚·德拉·克鲁斯修女》（*Respuesta a Sor Filotea de la Cruz*）一文中，她坚定地捍卫女性的权利和创作的自由，针锋相对地批判世人的偏见，指出男人的狭隘。

然而，她的丰饶体现在代表作《初梦》之中。那是一首创作于1689年的长诗。该诗明显具有贡戈拉的影子，堪称巴洛克诗风在西班牙语美洲的最好体现；尽管它比贡戈拉更内倾，却始终不失豪迈。

金字塔般矗立于大地
来自阴影，伸向天空
无谓方尖碑高傲向上，
不祥地企图直指星辰；
固可发出耀眼的光芒
（始终炽烈，始终遥远）
在那混沌的洪荒之战
升腾的黑色蒸汽助推
飘忽不定的可怕影子；
用它黝黑浑浊的眉宇
远远流露讥嘲的哂笑
却尚未触及上天穹凸
那是女神的宇宙之镜
三倍的美丽三位一体①
炫示三张唯美的脸庞；
是那一切唯一的主人

① 指古希腊神话中的赫卡忒，通常由三联体，即三个女神形象构成，与夜晚、鬼魂、地狱、魔力、巫术和妖术联系在一起。她是著名的不可抗拒的死神、无法战胜或无与伦比的女皇、地狱的创建者或管理者，也是妖术、魔女、魔咒和巫术女神，还是极其罕有的未婚女神。她曾经帮助宙斯打败过独眼巨人，所以她有着强大的力量，即便是众神之神宙斯也要敬畏她三分。

周身充溢着净美空气
浓浓地播散她的呼吸
一切静谧，一切欢愉
无声无息的辽阔帝国，
唯有恭顺无比的声音
那是嘤嘤夜鸟的歌唱，
无比漆黑，无比动听
不至于破坏如斯安宁。

[……][①]

这仅仅是《初梦》的开始。虽然胡安娜用的是“自由诗体”，却竭尽夸饰，内容更是自古希腊神话一直推演到意识流般的梦境，从而将巴洛克诗风推向了极致。仅此第一节中，有关梦的意象便足以令人叹为观止。从暗喻男性的方尖碑，到黑雾弥漫的气象，再到三位一体的真正的黑夜女神……胡安娜展示了她的博学、她丰富的想象力和精致而不无侠气的审美向度。

她在长达一千多行的《初梦》中延续并且发展了贡戈拉的夸饰主义。谓予不信，姑且援引一二：

那是年中春暖花开的季节，
窃走欧罗巴之贼款款而来，
（月亮般的前额是她的武器，
阳光般的金丝满头的灿烂），
窃贼来自遥远辉煌的天庭，
那蓝宝石上镶满五彩星辰，
[……][②]

① Sor Juana Inés de la Cruz: *Obras completas*, México, Editorial Porrúa, 1985, p.183.
② Alonso, Dámaso: *Obras completas V: Góngora y gongorismo*, Madrid: Bibliotecas Univeritarias, 1978, p.240.

这是贡戈拉的诗句，来自代表作《孤独》。后者顾名思义，是以孤独为主题的。它气势磅礴，是贡戈拉赖以追怀古希腊“黄金时期”和想象“新大陆”原始纯朴的理想主义杰作；人物和情景都是虚拟的，构成了类似于“世外桃源”的“理想王国”。而“孤独”则是诗人远离这个“理想王国”的痛苦。如果说贡戈拉的孤独是“高处不胜寒”，那么胡安娜的初梦却是深不可测、出神入化，其有关现实与梦境、白昼与黑夜、理智与情感、男性与女性等诸多题材兼容并包、浑然一体的格局超越了17世纪诗歌王国的所有二元论和二律背反、无意识和知性审美的表征。无数比喻和意象犹如量子纠缠，使初梦成为真正意义上梦的蒙太奇和无与伦比的审美之维。

囿于《初梦》长达近千行，本著很难将其和盘托出，只能拾其精要，把其中的重要意蕴归类并包，展示其初梦之夜的悠长和混沌、包容和发散。一帘幽梦古今贯通、天地杂糅，冥冥中还是诗人一生精神世界的缩影。胡安娜终生渴望在知识的海洋里净化自己的灵魂，渴望通过读书使自己超凡脱俗，登上知识高峰。在那个时代，这终究只是南柯一梦。

如果说《孤独》是一种汪洋姿肆的浪漫抒发，那么《初梦》显然充满了理性挣扎和无意识抵抗。云里、雾里、梦里，内心矛盾、性别矛盾、社会矛盾、文化矛盾、知识矛盾等等，杂然纷呈。用最简单的话说，胡安娜的《初梦》是诗人在漫漫长夜中做了一个唯美的智性梦，梦中她竭尽所能，试图了解人类和宇宙，结果却发现自己甚至无法企及其万分之一，甚至连一个个体都无法完全释读，彷徨之际，天亮了，她醒了。这是长话短说的一种方式。但作品奇就奇在它要用一千多行唯美的诗句来盘桓周转。墨西哥诗人、诺贝尔文学奖获得者帕斯（Paz, Octavio）花了许多年时光，用同样唯美的百万言来解读胡安娜的梦，是谓《胡安娜·伊内斯·德拉·克鲁斯修女或信仰的谋略》（*Sor Juana Inés de la Cruz o las trampas de la Fe*）。

最后，那逃亡的脚步
终于赶上日落的方位

（虽已从天际缓慢坠落
残留着气息来自废墟）
那是太阳留下的遗孤
栖息在寰宇天地中央，
第二次叛逆无法无天
将自己打扮金冠加冕，
太阳将这个世界照亮
曾经无比的灿烂辉煌
一切被美轮美奂点染
用有序的笔触，点化
万物，使之色彩斑斓
循环往复，再次照亮
世间万物及外化感官
多么神奇的造化之维，
世界复明，我亦醒来。[①]

世界如梦，人生苦短。这很容易让人想起西班牙诗人克维多的诗行。其鲜明的悲观主义倾向使他早早地预见了西班牙的盛极而衰：

请看祖国母亲的城墙，
当初是多么巍峨挺拔，
眼下却已是一片颓败，
岁月磨蚀了往昔雄风。

我站在田野观看日落，
余晖贪婪地吸吮河水，
牛羊成群向村庄拥来，
影子长长将山坡覆盖。

---

① Sor Juana Inés de la Cruz: *Op. cit.*, p.201.

我茫然回到自己家里，
但见老宅已褪色变形，
如手中拐杖弯曲无力。

我看到利剑也已生锈……
四顾茫茫，记忆所及
唯有死亡的孤独影子。

——《看那祖国母亲的城垣》
（*Miré los muros de la patria mía*）①

总的来说，胡安娜也是一位悲观主义诗人。她的许多诗作浸淫着悲观情调，尽管当时的新西班牙正呈现一派欣欣向荣的景象。首先，她对生命的短暂、美貌的虚妄有足够清醒的认识：

面对一朵娇艳的玫瑰，
万千北风强劲地刮起，
她活得多么遭人妒忌，
尽管美丽是何等短暂！

——《圣女卡塔琳娜》（*Santa Catarina*）②

你看到这骗人的色彩，
仿佛将艺术推向极致，
虚妄的色彩灿烂缤纷，
悄然对感官造成欺骗；

竭尽阿谀逢迎之能事，
它让人无视岁月蹉跎，

① 从贡戈拉到克维多，从蒂尔索到卡尔德隆，17世纪西班牙作家大都认为人生苦短、名利虚妄，因而也多少有厌世倾向。
② Sor Juana Inés de la Cruz: *Op. cit.*, p.290.

并且有效地战胜时间，
最终避免衰老和遗忘，

然而，这是自欺欺人，
这是弱花儿面对强风，
这是无谓地抗拒命运：

这是纯粹的无稽之谈，
这是毫无意义的挣扎，
这是尸体、是尘埃、是影子、是了无。
——《自鉴的十四行诗》
（*Soneto con tema de su propio retrato*）[①]

除了悲观，这首十四行诗明确无误地打破了十四行诗严谨、唯美的格律，而这只有在贡戈拉的诗篇中才能找到先例：

为与你的秀发争衡，
太阳徒然闪光耀金；
你的前额高洁如云，
藐视笑傲原野百合。

你的朱唇光焰耀眼，
似康乃馨鲜艳初绽；
你的颈项俊俏挺拔，
赛过水晶剔透晶莹。

享受你的金发前庭，
还有你的鲜唇秀颈，

① Sor Juana Inés de la Cruz: *Op. cit*., p.134.

切莫辜负韶华胜金，

金丝终成银花萎枯，
你也会变成土，变成灰，
变成烟，变成影，变成无。[①]

其次，她对世界有先见之明，先辈（贡戈拉）的理想主义色彩已经褪尽。由是，她借文学和科学聊以自慰。早在她十六岁那年，副王总督曼塞拉侯爵（Marqués de Mancera）邀请了墨西哥城最负盛名的数十位学者对胡安娜进行了测验，结果却成了少女炫示才华的契机。用曼塞拉侯爵自己的话说，她语惊四座，让考试变成了炫技。[②] 此后，他于1689年主动将胡安娜的作品带到西班牙发表。至于胡安娜经常在作品中流露的“无如之恋”是否与曼塞拉侯爵有关，则是萦绕在她文名之上的永不消散的迷雾。这个我们后面再议。（见第二编）

诚然，她对当下有足够的自信和坚毅：

不瞒你说，我天生丽质，
且自豪地知道被人谅解；
但是你的双眼不会骗你，
还有我的作为也是见证。

[……]

所有掌声和赞美的汇集
……渐渐嬗变成了迷信。[③]

① Góngora: *Poesías*, México: Editorial Porrúa, 1986, pp.154–155.
② Uribe Rueda, Álvaro: “Sor Juana Inés de la Cruz o la culminación del siglo barroco en las Indias”, *Thesaurus*, No.1,1989, p.127.
③ Ibid., p.641.

然而，她有自知之明，而且不无情感和理性的冲突：

我的灵魂劈成两份，
使我陷入无比混沌：
一边是情感的奴隶，
一边是理性的天平。[①]

这可能是胡安娜借《家庭的责任》（*El empeño de una casa*）中人物之口道出的自画像，多少说出了她的自信和危机，巧合的是，这个人物恰恰叫莱昂诺尔，和副王总督夫人同名，而胡安娜正是在副王总督府构思这出喜剧的。据有关学者考证，西班牙宫廷和上流社会的腐败已经蔓延到了“新大陆”。各种买卖在声色犬马和歌舞升平的帷幕后悄悄展开。[②]马德里–墨西哥城–利马–那不勒斯–西西里岛–菲律宾–马德里，形成了一个巨大的利益圈，而剧场的包厢是达官贵人交易的首选场所。据学者乌里维（Uribe Rueda, Álvaro）考证，副王总督曼塞拉的亲戚当时就在那不勒斯等西班牙属地贩卖爵位。因此，宫廷绝非胡安娜的栖身之所，而她与生俱来的身份（私生女）又被社会偏见所笼罩。可以想见，一个才貌过人且内心倔强、求知欲旺盛的少女在那样的世俗社会里是没有容身之地的。于是，她急流勇退，选择了修道院。

与此同时，胡安娜留下了不少脍炙人口的散文。其中，最负盛名的是《答菲洛台娅·德拉·克鲁斯修女》。这是胡安娜回应主教马努埃尔·费尔南德斯·德拉·圣克鲁斯（Fernández de la Santa Cruz, Manuel）的一篇檄文。且说费尔南德斯主教化名菲洛台娅修女，给胡安娜写了一封长信，奉劝她多读《圣经》，少看闲书；多理正业，少管闲事（主要指文学创作与科学研究之类）。胡安娜在复信中有礼有节地说明了自己钻研学问、钟情文学的因由：了解世界、了解社

① Cf. Uribe Rueda, Álvaro: “Sor Juana Inés de la Cruz o la culminación del siglo barroco en las Indias”, *Thesaurus*, No.1,1989, p.138.

② Uribe Rueda, Álvaro: *Op. cit.*, pp.122–123.

会、接近真理，不做浑浑噩噩之人。她同时批评社会对女性的偏见，强调女性有接受教育和从事科研的权利，强调女性并非生来低男性一等。这些超前的女权主义思想一方面使她颇受时人诟病，另一方面也使她赢得了后人的高度赞扬。奥克塔维奥·帕斯称她拥有“信仰的谋略”并非没有道理。她借修女身份以尽显其在文学和科学方面的志趣与才华。同时，在反诘神父维埃伊拉（Vieyra, Antonio de）的《雅典那哥拉函》（*Carta Athenagórica*）中，胡安娜借用雅典那哥拉（Athenagoras of Athens）[①]式的护教方式，指责男性对女性的偏见，认为上帝既然创造了男人和女人，就不应有高低之分、贵贱之别。所有信仰上帝的人，都必须全心全意地侍奉上帝，无论男女。因此，那些拿性别差异贬低女性的人，其实是违背了上帝的旨意。诸如此类，不一而足。胡安娜在这篇洋洋洒洒的檄文中一如既往地引经据典，不仅历数先贤圣哲，而且全文充斥拉丁文，炫示了她非凡的神学功底。

胡安娜在复“菲洛台娅修女”的信中表示：“请嬷嬷原谅我的冒犯，我这是受了真理的驱使。”[②]她旁征博引，从《创世记》和摩西说起，并援引众多圣哲先贤，以阐释女性获得知识的权利。她首先为自己的文学创作正名，除了“神圣职责从未排斥文艺”，诸多难为之约、难却之情也是她不得不违心周旋的。她甚至无奈地表示：“事实上，我未曾在毫无吁请和压力下从事文学创作。我的所作所为纯粹是为了取悦他人。因此，我不仅没有快感，而且心生厌倦。同时，我不认为自己具备吁请者所希望的学识和天才。”[③]“当然，我不能不承认，自从理性的第一缕阳光照射到我身上，我就开始对文学产生兴趣（其一众所周知，其二是上帝赐予我拥抱真理的伟大热情，即使有人迁怒于我）。”[④]“至于我

---

① 雅典的雅典那哥拉（约130—190），公元2世纪后半叶的基督教护教者。世人对他了解不多，只知道他是雅典人（虽然其原籍可能不在雅典），神学家、哲学家，笃信基督教。有学者认为他在皈依基督教之前是柏拉图主义者，但并不确定。

② Sor Juana Inés de la Cruz: *Op. cit.*, p.828.

③ Ibid., p.829.

④ Ibid., p.230.

的那些创作，倘非有关人等逼迫之果，则早遭鞭笞惩罚。”[①]

当大主教阿吉亚尔·伊·塞伊哈斯（Aguiar y Seijas, Francisco）规劝她放弃文学和科学时，胡安娜的回答依然坚定不移：

有一个姑娘，
且听我道来，
她多大年纪？
她年方二九。
诸位请莫急，
且听我道来，
[……]
她虽是女流，
却懂得很多。
诸位请莫急，
且听我道来，
有人曾经说，
是谁我不知，
女人纺和织，
其他皆无知。
[……]
从来学问事，
背后藏魔鬼，
女人若问津，
必比魔鬼精。
[……][②]

① Sor Juana Inés de la Cruz: *Op. cit.*, p.230.
② 鉴于1985年出版的《全集》中并没有收录这首“村民谣”，故援引另一更早的墨西哥经济文化基金版：Sor Juana Inés de la Cruz: *Obras completas*, t.II, México: Fondo de la Cultura Económica, 1957, pp.179–180。

或者：

有一个**女人**，
是埃及智者，
她已经证明，
智无关性别。
[……]
从未见男人，
有如此学问；
这才是上帝，
对女性褒奖。
[……][1]

至于那首《对一味责备女性、自己言行不一的男人们的反诘》，在那个时代可谓绝无仅有。其中凸显的女权精神得到新西班牙副王总督府（也称副王宫）的默认。即或是在曼塞拉侯爵之后，胡安娜也依然得到了拉古纳侯爵（Marqués de la Laguna）及其夫人的保护。但是，来自教会的压力可想而知。用帕斯的话说，"作为女作家，她对真理的追求承受了高级僧侣的攻击，这让我们联想到20世纪作家所承受的来自道统和官僚体制的压力"。[2]

戏剧方面，除了《家庭的责任》，胡安娜还应副王总督夫人的吁请，创作了《爱情更是迷宫》（*Amor es más laberinto*）。两个剧本均以情感纠葛为核心，前者是一出宫廷剧，写贵族青年佩德罗的求爱经过；后者是一出神话剧，是围绕弥诺陶洛斯迷宫演绎的爱情故事，以忒修斯和阿里阿德涅公主为主人公。在《爱情更是迷宫》中，胡安娜再次借人物忒修斯之口说出了自己的话：

① Sor Juana Inés de la Cruz: *Obras completas*, México: Editorial Porrúa, 1985, pp.290–291.
② Paz, Octavio: *Sor Juana Inés de la Cruz o Las trampas de la Fe*, México: Fondo de Cultura Económica, 1982, p.629.

仁慈的克里特王：
[……]
若论王子和战士，
人们更看重前者，
但我却选择后者，
盖因勇敢的战士
足以成为好国王，
反之，一个国王
却未必能做战士。
[……]
有史以来，世上
本就是人人平等，
并没有主仆之分，
也没有贵贱之别。
[……][1]

如果说《家庭的责任》中的堂娜莱昂诺尔说出了胡安娜关于女权的思想，那么《爱情更是迷宫》中的忒修斯和阿里阿德涅则用语言和行动展示了胡安娜人性和人道主义的光辉。关于牛头怪的故事众所周知，但胡安娜却顾左右而言他，使作品鲜明地聚焦于人权思想和人道主义。当然，爱情的光辉无处不在，关键是在阿里阿德涅献计用线团和利剑助阵忒修斯战胜牛头怪之后，早已为阿里阿德涅倾倒的酒神巴克斯（狄俄尼索斯）趁机插足，他利用克里特王对忒修斯的忌恨（因为牛头怪本是他冒犯海神惹下的祸，使藏在假母牛腹中的王后怀上了牛头怪），顺利地破坏了忒修斯和阿里阿德涅的爱情。最后阴差阳错，上演了一出更加光怪陆离的爱情迷宫剧。不消说，对爱情的怀疑在胡安娜仿佛根深蒂固。尽管她的作品中不乏情意缱绻的诗篇，却大抵是替人捉刀或表达失恋之痛的。也正因为如此，她似乎不相信有情人终

① Sor Juana Inés de la Cruz: *Op. cit.*, p.721.

成眷属这类理想主义美梦。

第三节 戏剧

追随西班牙殖民者征服的步伐，传教工作如火如荼地展开。除了西班牙人和土生白人的增加，西班牙戏剧开始生根开花。同时，被“驯化”的土著居民和少数印欧混血儿开始用自己的语言演绎西方故事，其中尤以宗教剧为甚。

在漫长的殖民地时期，印第安人用自己的语言讴歌或演绎西班牙或西方文化思想。个中滋味令人唏嘘慨叹，而古来西班牙和西班牙语美洲文学史家一直忽视它的存在。及至20世纪中叶，随着土著主义运动的展开，这些作品才被逐渐发掘整理，其中尤以墨西哥原住民戏剧和诗歌最具特色。而之所以如此，是因为墨西哥原住民人口最多，且其被殖民化过程又相对迅捷，不像秘鲁等地的原住民几乎长期处在抗争或暴动之中。此外，萨阿贡等人的及时抢救和记录也是墨西哥原住民语言文学得以保存的必不可少的前提条件。

而今，从大量原住民语言文学当可反观西班牙人是如何一手用剑、一手用十字架征服美洲的。

一、宗教剧

根据莱奥·鲁阿内（Rouanet, Leo）整理的16世纪西班牙《宗教剧总录》（*Colección de autos, farsas y coloquios del siglo XVI*），大抵可以看出这些作品的丰富内涵与流布情况。首先，这些宗教剧分独幕剧、滑稽剧和对话剧等，凡一百零三种，内容除了《圣经·旧约》和《圣经·新约》的几乎所有重要故事，还包括一些与之相关的民间传说。其次，在莱昂-波尔蒂亚出版于1974年的《纳瓦特尔戏剧》（*El teatro náhuatl*）第一部分中，鲁阿内所载的绝大部分剧目均已在墨西哥原住民语言中找到脚本，按类别可分为：一、仪式剧；二、神秘剧；三、象征剧；四、训诫剧；五、传说剧。其中，传说剧又称“异教剧”，盖因内容中多少掺杂了当地土著人的芜杂成分。

在墨西哥（“新西班牙”的重要组成）明确记载的大型演出剧目有：

年　代	地　点	剧　　目
1531—1535	墨西哥城	《最后的审判》（*El juicio final*）
1532—1535	特拉斯卡拉	《玛利亚与加百列》（*Virgen María y San Gabriel*）
1535	奎尔纳瓦卡	《受难》（*La pasión*）
1535	奎尔纳瓦卡	《东方三博士》（*Los tres Reyes*）
1536	乔卢拉	《东方三博士》（*Los tres Reyes*）
1538	特拉斯卡拉	《包蒂斯塔降生》（*La Natividad de Juan Bautista*）
1538	特拉斯卡拉	《圣母报信》（*La anunciación de Nuestra Sra.*）
1538	特拉斯卡拉	《圣母出访》（*La visitación de Nuestra Sra.*）
1538	特拉斯卡拉	《圣约翰包蒂斯塔》（*San Juan Bautista*）
1538	特拉斯卡拉	《失乐园》（*La caída de nuestros padres*）
1538	特拉斯卡拉	《圣母升天》（*La asunción de Nuestra Sra.*）
1539	墨西哥城	《征服罗德岛》（*La conquista de Rodas*）
1539	特拉斯卡拉	《解放耶路撒冷》（*La conquista de Jerusalén*）
1539	特拉斯卡拉	《上帝的诱试》（*La tentación del Señor*）
1539	特拉斯卡拉	《以撒的牺牲》（*El sacrificio de Isaac*）
1539	特拉斯卡拉	《对鸟传道》（*La predicación a las aves*）
1540—1550?	特拉斯卡拉	《东方三博士》（*Los Reyes*）
1550	特拉索姆尔科	《东方三博士》（*Los Reyes*）
1570	墨西哥城	《勒潘托之战》（*La batalla de Lepanto*）
1580	萨波特兰	《升天》（*La asunción*）
1595	西纳罗阿	《牧人对话》（*El coloquio de los pastores*）
1600	墨西哥城	《东方三博士》（*Los Reyes*）
1641	恰帕德莫拉	《世界大舞台》（*El gran teatro del mundo*）
1680	布埃普拉	《瓜达卢佩圣母显圣》（*La aparición de la Virgen de Guadalupe*）
1695	墨西哥城	《耶稣显圣》（*La aparición de Jesucristo*）

（续表）

年　代	地　点	剧　目
1695	墨西哥城	《耶稣升天》(*La ascensión del Señor*)
1695	墨西哥城	《圣灵降临》(*La venida del Espíritu Santo*)
1714	科斯卡华赫	《发明圣十字架》(*La invención de la Santa Cruz*)
1718	阿梅卡梅卡	《关于显圣对话》(*Coloquios de la aparición*)
1722	墨西哥城	《耶路撒冷的毁灭》(*La ruina de Jerusalén*)
1732	阿索恰潘	《受难》(*La pación*)

[……] [①]

仅从这些有限的记载就不难看出，宗教剧的演出主要集中在16世纪。而这多少说明了16世纪西班牙殖民者对印第安人的教化力度，尤其值得注意的是对特拉斯卡拉墨西卡人的教化力度。如前所述，科尔特斯率领的西班牙殖民者曾在特拉斯卡拉遭受重挫，而且承认特拉斯卡拉居住着最好战，也最不易被驯服的墨西卡人。

（一）《失乐园》

《失乐园》来自《旧约》关于亚当和夏娃因偷食禁果而被逐出伊甸园的故事。基督教的“原罪说”即源于此。

序幕：

Auh ca ipampa yehuatli timochintin titococoa, inhuan titomiquilia, inhuan totechcatque tlaetequipanoliztli: anozo occequi netequipachioliztli, in ixquich in acualli in tiquihyohuia: auh ca amo yuhqui totechyezcua in tlacamo quipanahuiani in itenahuatilqzin in Dios: ma cenquizca yectenehualo in itocatzin. Amen.[②]

---

① León-Portilla: *El teatro náhuatl*, México: UNAM, 1974, pp.79–80.
② Ibid., p.175.

在这短短几行中，纳瓦特尔语已经受到了西方语言的浸淫，且不论内容如何。这段纳瓦特尔语大意如下：

正因如此，我们都会生病，都会死亡，并且必须一生劳碌，一生受苦。而这些都是我们与生俱来的宿命，与生俱来的厄运：如果不是我们的祖先，我们最初的父母触犯上帝——至高无上的主——的禁令偷食禁果，就不会有这一切。阿门。[1]

第一幕

蛇：上帝为什么不许你们吃善恶树上的果实?

夏娃：我们不知道上帝为什么禁止我们吃这树上的果实，他说我们吃了它就会死。

蛇：哪有这回事?上帝在骗你们。他说的一切都不会应在你们身上。你们是神，生来懂得善恶，就像上帝一样。

第二幕

夏娃往返于蛇和亚当之间，最后说服亚当一起偷食禁果。

第三幕

亚当和夏娃偷食禁果后惊慌失措。在天使们的簇拥下，上帝款款而来。他责问亚当和夏娃。

亚当：主啊，是你给我的这个女人说服我吃了这果子。

夏娃：是蛇欺骗了我。

第四幕

上帝大怒，并惩罚了亚当和夏娃：

① León-Portilla: *Op. cit.*, P.175. 根据莱昂-波尔蒂亚释文移译。下同。

上帝对亚当说：你因为听信你女人的话吃了我的禁果。我曾明确告诉你：这是禁果。如今，大地因你而被诅咒，而你将终生以劳碌换取这种果实。大地将长满荆棘和坎坷。而你将在大地上靠植物生存。你将用你的汗水换取面包，然后回归大地以报养育之恩。你来自尘土，最终复为尘土。

上帝对夏娃说：你将痛苦地繁育后代，疼痛地生下子女，热烈地追寻你的丈夫，接受他的统治。

这时，天使们给亚当和夏娃穿上了兽皮制作的衣服。

第五幕

亚当和夏娃在天使们的带领下走出小天使把守的伊甸园大门。他们来到一个荆棘丛生的地方，满眼皆是毒蛇、野兔和麋鹿。

合唱队上场：

死亡的恐惧令我戚戚，
地狱的惩罚向我逼近，
我在悔恨中想念上帝，
他在天堂听到了哭声。

主啊，我爱你，你是
依靠、保证、庇护和救星。

第六幕

天使们向亚当和夏娃传授技艺。他们教亚当耕地和种植，教夏娃纺线和织布。他们预言了救星的来临，然后转身离去。[1]

---

① León-Portilla: *Op. cit.*, pp.181–183.

有时，该剧会援引西班牙村民谣作为剧终唱词：

为何要偷食禁果，
那个最早的女人？
为何要偷食那个
上帝禁止的果实？

那个最早的女人，
和她第一个男人
对上帝顶礼膜拜，
献上可怜的收成，
就因为他们偷食
不该偷食的禁果。[1]

（二）《东方三博士》

第一幕

［皇帝在侍卫长和大臣的簇拥下出场。他登上宝座，派人去附近山顶。］

皇帝：诸位爱卿靠近一些。根据东方三博士的预言，夜观星象可以发现救世主的降临。

诸位爱卿须登上山顶，看看吾主上帝何时派救世主降临。星象会说明一切。侍卫长和诸位大臣务必恪守职责。

侍卫长：遵旨！陛下不必担心，我等立刻出发，到山顶守候，看看是否出现祥兆。诸位大臣，我们一起前往，不辱陛下嘱托。

大臣甲：好，臣等谨遵陛下旨意，即刻动身。为了陛下，也为了我等有幸得见这神圣的祥兆。

① León-Portilla: *Op. cit.*, p.178.

大臣乙：是啊，天空晴朗，雨季[1]未至，眼下正是观察星象的好时节。各位仁兄，我们有幸目睹上帝吾主的意愿。

［皇帝退场，侍卫长和大臣们退场。笛声响起。侍卫长和大臣们登临山顶，静观星象。他们熏香祈祷。］

侍卫长：哦，吾主上帝，我们顶礼膜拜！我们来了，敬候吾主上帝示下！

大臣甲：仁兄所言极是。我们来了，敬候吾主上帝把我们先祖的乐园还给我们。

大臣乙：我们双膝跪拜，祈祷吾主上帝怜悯我等，让我们回到故乡。

第二幕

［笛声再次响起。大臣们依次坐下。侍卫长朝天焚香跪拜。］

侍卫长：吾主上帝，我向你表示衷心的感谢，感谢你在我等有生之年赐还故乡，感谢你让我们见证这个伟大的夜晚。我焚香致谢。我们奉命来到这里，请你不要再将我们抛弃。祥星将显于何方？

大臣甲：愿上帝别再抛弃我们，愿上帝庇佑我们！愿奇迹降临到我们这代人身上，让我们看到奇迹的来临！

［星星出现了。笛声嘹亮。］

大臣乙：感谢上帝！感谢吾主！我们终于看到了祥兆！难道这就是上帝赐予我们的？它太明亮了，光芒普照大地。它是最亮的星星，无与伦比！

侍卫长：这就是我们的使命，见证奇迹！你没看到它就是为我们闪烁的吗？太漂亮了！我们赶快班师回禀皇帝！

---

① 原文为“Tititl”。

第三幕

［皇帝出场，登上宝座。鼓乐齐鸣，侍卫长和众臣登场。］

侍卫长：陛下万岁！我们奉旨登上山顶，祥兆之星的确出现了。

皇帝：高贵的骑士，你们近前说话。说说你们所见所为。你们从实禀报，不得有半句虚言。

侍卫长：皇帝陛下，我们奉旨赶赴山顶，跪地向吾主上帝焚香祈祷。稍息片刻后，星星出现了。它明亮无比，光耀大地。

皇帝：也许你们没有撒谎，不过言过其实还是可能的。诸位臣工须从实禀报，不得有半句虚言！

大臣甲：陛下，臣等所言句句属实。你所听到的皆系臣等亲眼所见。陛下，我们没有必要撒谎啊！

大臣乙：是陛下，臣等对你忠诚不贰，怎会撒谎？臣等所言，句句属实。臣等三生有幸，得以见证奇迹降临。臣等亲眼看见了吾主上帝派圣子降世的祥兆。明星昭示救世主已经来到人间。

皇帝：如此甚好！我们期盼吾主上帝的恩赐已经很久很久。感谢万能的主！快快有请东方三博士，让他们知道诸位臣工的亲眼所见。

大臣甲：遵旨！臣等这就去请东方三博士。

第四幕

［鼓乐齐鸣。东方三博士上场，在一旁长凳上就座。侍卫长和众大臣依次入场。］

侍卫长：向东方三博士致敬！你们所言极是，祥瑞之星果然出现了，它是吾主上帝赐给众生期盼已久的福星：光芒万丈，灿烂无比。

[……] [1]

二、鲁伊斯·德·阿拉尔孔（Ruiz de Alarcón, Juan）

鲁伊斯·德·阿拉尔孔于1580年出生在墨西哥城，父母都是西班牙人。他的童年和少年时代都是在墨西哥度过的，毕业于墨西哥大学。1600年随父亲去西班牙，并在萨拉曼卡大学进修法学，同时受到方兴未艾的巴洛克艺术的熏陶。之后于1608年重返“新大陆”，在墨西哥大学继续攻读法律，同时开始文学创作；但因生计等方面的原因复于1615年折回西班牙，从此一边写作，一边供职于西印度事务委员会等机构，直至1636年因病离世。

作为剧作家，鲁伊斯·德·阿拉尔孔第一阶段的主要作品有《世界之惠》（*Los favores del mundo*）、《工业与时运》（*La industria y la suerte*）、《隔墙有耳》（*Las paredes oyen*）、《像己之人》（*El semejante a sí mismo*）、《萨拉曼卡的洞穴》（*La cueva de Salamanca*）、《向善之迁》（*Mudarse por mejorarse*）、《幸运所在皆是》（*Todo es ventura*）、《不幸的伪装》（*El desdichado es fingir*），第二阶段的主要作品为《谎言的目的》（*Los empeños de un engaño*）、《星辰的主人》（*El dueño de las estrellas*）、《被出卖的友谊》（*La amistad castigada*）、《梅利利亚之计》（*La manganilla del Melilla*）、《交友》（*Ganar amigos*）、《可疑的真情》（*La verdad sospechosa*）、《反基督》（*El Anticristo*）、《塞戈维亚的纺织匠》（*El tejedor de Segovia*）、《特权胸脯》（*Los pechos privilegiados*）、《兑现诺言》（*La prueba de las promesas*）、《残酷的恐怖》（*La crueldad por el honor*）、《测试丈夫》（*El examen de maridos*），其他属于第三阶段或创作时间不详的尚有《恶有恶报》（*Quien mal anda en mal acaba*）、《悲伤追随罪过，复仇来自怨恨》（*La culpa busca la pena y el agravio la venganza*）、《祸福相依》（*No hay mal que por bien no venga*）等等。

① León-Portilla: *Op. cit.*, pp.291–295.

虽然他的半数作品是在西班牙完成的，但是由于他出生在墨西哥并对“新大陆”的文学创作产生了影响，鲁伊斯·德·阿拉尔孔也经常被划入墨西哥和拉丁美洲作家的行列。出于对土生白人的偏见，加之鲁伊斯·德·阿拉尔孔天生其貌不扬，时人对他多有不公。他甚至同时受到了克维多、贡戈拉和洛佩·德·维加（Lope de Vega）等文坛泰斗的讥嘲。然而，鲁伊斯·德·阿拉尔孔用作品证明了自己。随着岁月的移易，他的才华愈发受到尊重。尽管作品数量有限，但是作为西班牙语剧坛继洛佩之后最重要的剧作家之一，他不仅借鉴和继承了洛佩等人的长处，而且为西班牙“黄金世纪”文学带去了“新大陆”的气息。

他的作品主要有两类：一类是道德剧，一般为正剧；另一类是讽刺剧，既有喜剧，也有悲喜剧。道德喜剧或谓讽刺剧彰显了他的风格和成就。其中《可疑的真情》和《隔墙有耳》被认为是其代表作，至今仍是墨西哥和西班牙国家剧院的保留剧目。

在《可疑的真情》中，主人公加西亚口若悬河，即使不去损人，也会十分害己。为了自圆其说，他必得编织更多谎言，结果失去了朋友的信任，连他的心上人哈辛塔也离他而去。哈辛塔的几句台词说明了一切：

> 是真是假已无关紧要，
> 不从你口中说出就好。
> [……]
> 你如此这般口若悬河，
> 足以使真情变得可疑。

作品的教育意图是显而易见的。同样，哈辛塔自有哈辛塔的毛病。

她虽然用拒绝惩罚了加西亚，却以貌取人，失去了正人君子胡安的爱情。类似的惩前毖后几乎是鲁伊斯作品的一个基调。在《隔墙有耳》中，门多萨是个爱搬弄是非、造谣中伤的小人，结果也得到了应有的惩罚。此剧的另一个人物——堂门多萨被认为颇有作者的影子：小个子，其貌不扬，但品行端方。然而，必得是这样一位品格高尚的人遭到诽谤，方显出诽谤者缺乏操守。鉴于鲁伊斯当时的处境，该剧多少具有泄愤和劝世的双重功效。

且说鲁伊斯·德·阿拉尔孔作为西班牙语美洲的土生白人，自然不同于西班牙剧坛的泰斗、将星。他有着鲜明的美洲特色。而这也正是本著所要着重探究的。

首先，在鲁伊斯·德·阿拉尔孔的作品中第一次出现了“西印度人”（Indiano）这样一种人。这种人不仅是作者自身作为美洲人的“身份认同”，而且常常用来反讽那些冒牌货。譬如在《可疑的真情》和《悲伤追随罪过，复仇来自怨恨》中都出现了一个“西印度人”，而问题是这个“西印度人”纯属冒牌。尤其是在《可疑的真情》中，加西亚冒充“西印度人”是为了混入宫中、骗取达官贵人的信任和美女的芳心。盖因当时西班牙人以去美洲发财为荣；而那些已经没有多少财产、徒守贵族头衔的人经常巴结来自西印度的富翁，就像《泰坦尼克号》（*Titanic*）中露丝的母亲那样的没落贵族急于同暴发户攀亲家一样。

其次，鲁伊斯·德·阿拉尔孔宣扬美洲西班牙语，同时嘲讽宫廷、贬斥权威，难免令西班牙同行大为不悦，尤其是像洛佩、克维多、贡戈拉那样的文坛泰斗。但是，鲁伊斯·德·阿拉尔孔的确与众不同。他用美洲词汇丰富了西班牙语的表达方式，用大胆的想象和犀利的笔触对宫廷和权威提出了质疑。

早在16世纪中叶，西班牙语世界就对美洲殖民地的属性开始了旷日持久的论证。核心之一是美洲殖民地的文化归属。虽然西班牙殖民者用火枪和十字架所向披靡地横扫美洲大陆，强迫美洲原住民归顺了政教合一的西班牙王国，但对于印第安人的种族地位却一直存在争议。譬如西班牙殖民者大都公开攻击美洲印第安人，称其为劣等人种。至于西班牙本土的贵族，则一方面觊觎美洲的财富，另一方面又自觉高人一等，对美洲的土生白人多有微词。鲁伊斯·德·阿拉尔孔作为土生白人自然不能幸免，他在西班牙的处境相当尴尬。这不仅因为他是典型的土生白人，而且还因为他在墨西哥创作的《像己之人》等受到西班牙权威的普遍诟病。《像己之人》是一出地道的本土剧，无论时间地点都明确指向作者生于斯长于斯的墨西哥城。虽然他到达西班牙后一度致力于证明自己出身高贵，并寻求有关公证处的帮助希望证明自己的贵族身份，但是他与生俱来的外表、土生白人的事实和前期鲜明的西印度创作色彩使他终究无法像同时代西班牙本土作家那样获得时人的青睐。于是，他曾有意模仿西班牙剧坛泰斗洛佩，创作了一系列“新喜剧”。回到《像己之人》，这显然是一出带有自传色彩的悲喜剧。作品的主人公莱奥纳多因爱恋表妹安娜而遭到父亲的反对。父亲为了拆散这对情侣，毅然决然地将儿子遣送到了遥远的南美城市——利马。但是，主人公并没有因此而放下对表妹的思念。后者不仅从小失去双亲，寄养在他家，而且和他两小无猜，一起长大并产生了爱情。为了使作品具有鲜明的美洲色彩，作者使用了不少美洲语汇，并且影射西班牙宗主国对美洲殖民地的居高临下和粗暴干涉。此外，作者情不自禁地大力描写墨西哥城，尽管表面上内容与剧情“并无多大关系”：

她坐落在一片湖泊，
风光旖旎高山环绕，
后者仿佛天然围墙，
源头活水生生不绝，
汇聚谷地滋润城市，
[……]。[1]

当然，源头活水也会发怒，致使洪水泛滥。于是，来自西班牙的“父亲”（副王总督）就会施展法术，对它进行治理。从这个角度看，鲁伊斯·德·阿拉尔孔对墨西哥城的描写是颇具匠心的，它无疑是人

① Ruiz de Alarcón, Juan: *El semejante a sí mismo*, Vol. 1, *Obras completas de Juan Ruiz de Alarcón*, Ed. Agustín Millares Carlo, México: Fondo de Cultura Económica, 1957, p.56.

物从恋爱到被遣送他乡的一种象征。

此外，作品的一个重要面向是对《堂吉诃德》（*Don Quijote de La Mancha*）中的一个章节的戏仿：无事生非的妒意。莱奥纳多为了试探安娜的爱情是否专一而想出一个荒唐主意——让好友胡安前去试探。问题是西班牙当局明令禁止小说进入其殖民地，生长于墨西哥的鲁伊斯·德·阿拉尔孔又是怎么读到《堂吉诃德》的呢？也许是他父母夹带到“新大陆”的，也许是鲁伊斯·德·阿拉尔孔听说过这个故事，也许是“人同此心”“心同此理”的巧合。

同时，在《悲伤追随罪过，复仇来自怨恨》中，虽然主人公塞巴斯蒂安并非典型的西印度人，但他却展示了西班牙的另一个巨大的社会问题：长子继承法。由于这个继承法规定了贵族的财产只能由长子继承，以便保持领地和财产的完整性，许多西班牙贵族后人只能寄希望于美洲的“金矿”。他们除了贵族姓氏，几乎一无所有，因此到美洲捞一笔横财成了他们维持贵族生活和身份最有效的途径。用人物的话说是：

> 我作为家里的老三，
> 没有财产可以继承，
> 拿什么维持这身份，
> 高贵得只剩下骄傲，
> [……]。[①]

塞万提斯也写过一个老嫉妒鬼，他在美洲发了“洋财”，然后回西班牙老家娶了个如花似玉的女孩，为了防止她被别的男人勾引，遂将她关在四面高墙、门窗紧闭的家里。而塞巴斯蒂安却用西班牙“理想的方式”闯出了一片天地：

① Ruiz de Alarcón, Juan: *La culpa busca la pena y el agravio la venganza*,Vol. 3, *Obras completas de Juan Ruiz de Alarcón*, Ed. Agustín Millares Carlo, México: Fondo de Cultura Económica, 1957, p.428.

我用十五年生命光阴，
无论是文斗还是武斗，
赢得应有财富和名声，
如今忘记了祖国故乡，
[……]。[①]

然而，就在这时，他收到了父亲的来信。老人在信中要求他立刻返回西班牙继承财产。原来塞巴斯蒂安的两位兄长已经相继谢世，而他就理所当然地成了法定继承人。问题是他要继承的财产已经不是祖上留下的庄园，而是一名富有的遗孀，她“有庄园，又有美貌；/有地位，还有学识；/有人品，更有主见”。[②]而与之对应的塞巴斯蒂安的父亲已经家道中落。为了玉成这桩婚事，乃父居然要求儿子改名换姓。结果当然不妙，塞巴斯蒂安这个“西印度暴发户”遭到了遗孀家人的鄙视。与此同时，来自西班牙宫廷的花花公子堂胡安（也译作唐璜）看上了安娜，而且颇有将她占为己有的心思和行动。他言行粗鲁，已经完全丧失了传统宫廷礼仪和骑士风范。这使塞巴斯蒂安大为惊讶，也产生了某种道德优越感。作品借此巧妙地颠覆了人们对“西印度人”的偏见，昭示了西班牙上流社会无可奈何的颓势。

为了掩饰自己的无礼，堂胡安强词夺理，指责塞巴斯蒂安是个不懂骑士文化的“老外”：

新来的罗德里戈，
你不懂阿玛迪斯、
佛洛里塞尔骑士，[③]
原谅你初来乍到，
更不懂宫廷文化，

① Ruiz de Alarcón, Juan: *La culpa busca la pena y el agravio la venganza*,Vol. 3, *Obras completas de Juan Ruiz de Alarcón*, Ed. Agustín Millares Carlo, México: Fondo de Cultura Económica, 1957, p.408.
② Ibid., p.1665.
③ 西班牙骑士小说中的人物。堂吉诃德正是因为读了他们的事迹才走火入魔的。

[……]。[1]

"老外"的确也是安娜及其婢女私下里对塞巴斯蒂安的指称。多少纠葛，多少偏见，以至于塞巴斯蒂安最终不得不说出实情。但这反而使他占据了道德制高点。作品为土生白人（"西印度人"）正名的意图非常鲜明，这恐怕也是鲁伊斯·德·阿拉尔孔不受西班牙文坛待见的重要原因。反观《可疑的真情》中人物加西亚（这在西班牙是个大姓，相当于我们的王、张、李、陈）冒充"西印度人"混迹宫廷招摇撞骗，鲁伊斯·德·阿拉尔孔可谓是做足了文章。

且说《可疑的真情》写一个名叫加西亚的贵族青年，他自西班牙著名学府萨拉曼卡大学毕业后回到首都，准备接替已故兄长继承家产。但是，他的老父亲对这个儿子不甚放心，并且打听到他有撒谎的毛病，于是特意派了一名忠诚的家仆跟随左右，同时赶紧为他张罗婚事，以免夜长梦多。一天，加西亚在首饰店遇见了两个女孩，她们一个叫哈辛妲，一个叫卢克雷西娅。同时，他的朋友胡安也出现了。其中，胡安正在同哈辛妲恋爱。在一次宫廷聚会中，加西亚撒了个弥天大谎，说自己刚从西印度回来，他父亲正准备替他和哈辛妲举办婚礼。这几乎挑起了与胡安的决斗。然而，加西亚说他心目中的姑娘其实是卢克雷西娅，只不过因为不够熟悉而张冠李戴了。当他父亲得知情况后，果真就要替儿子向卢克雷西娅求婚时，却被告知儿子在萨拉曼卡已有妻室。当然这也是加西亚的一个谎言。加西亚的父亲从此心灰意懒，再也顾不得儿子的婚事。这时，加西亚决意将哈辛妲悄悄约出来，以便向她一表衷情。但哈辛妲已经和胡安订婚了。胡安告诉加西亚，你该找的是卢克雷西娅，否则就是败坏她的名声。可是，当加西亚看到哈辛妲时，知道自己爱上的确实就是哈辛妲。面对加西亚的无理取闹，胡安终于忍无可忍，向他下了战书。加西亚的父亲只好出面求情，并毅然决然地替儿子向卢克雷西娅求

① Ruiz de Alarcón, Juan: *La culpa busca la pena y el agravio la venganza*,Vol. 3, *Obras completas de Juan Ruiz de Alarcón*, Ed. Agustín Millares Carlo, México: Fondo de Cultura Económica, 1957, p.1069.

婚。最后，加西亚被自己的谎言所害，和自己并不喜欢的卢克雷西娅结婚了。

作品的最大看点固然是英俊小伙儿加西亚如何被自己的谎言所害，但字里行间嘲讽的却是那些道貌岸然的西班牙贵族：他们一方面轻视来自西印度的同胞，另一方面又极其虚荣地把自己打扮成腰缠万贯的"西印度人"。当然，后者不易引起一般读者（观众）的注意，唯有敏感如克维多和贡戈拉才能洞见其中奥妙。此外，作品中的各色人物都很出彩，即使像哈辛妲、卢克雷西娅和仆人特里斯当都很有戏份，其中的情感纠葛和关系错位又极易吸引和模糊读者（观众）的视听。

鲁伊斯·德·阿拉尔孔看到的西班牙恰逢费利佩二世亡故，而继任者费利佩三世（史称腓力三世，Felipe Ⅲ）生性羸弱、惰怠懒散。西班牙内忧外患不断。一个最明显的例证是来自新教和英国的威胁，其次是阿拉伯改宗者同当局之间旷日持久的矛盾。自公元1600年起，西班牙再次大规模驱逐阿拉伯改宗者（由穆斯林改宗为基督徒的阿拉伯人），人数多达三十余万。同时，瘟疫和自然灾害又迫使大量农民拥向城市，致使庄园荒芜、饿殍遍野。政治和经济双重危机在西班牙业已堕落的上流社会形成恶性循环，而这正是鲁伊斯·德·阿拉尔孔着意揭示的。他在《反基督》中描写的便是道德沦丧、人道阙如。克维多虽然不屑于鲁伊斯·德·阿拉尔孔及其作品，但对西班牙颓势的认知却与后者不谋而合。为了维持骄奢淫逸的生活，贵族往往都是债台高筑、徒有虚名。而这便是加西亚这样的假"西印度人"可以轻易混迹宫廷、招摇撞骗的现实土壤。用加西亚父亲的话说：

> 我简直要笑破肚子，
> 宫中怎能如此无知，
> 难道没人戳穿把戏？
> [……]
> 即使没有他加西亚，
> 也会有更多的西亚

来此播撒万千谎言。[1]

同时，加西亚有自己生活的逻辑：

活着要有它的意义，
有人只为增长财富，
从众而行随众而为，
那与动物有何区别？[2]

他一方面认为人们活得浑浑噩噩，毫无意义；另一方面又玩世不恭，骗人害己。这样一个复杂多面的性格在当时的西班牙文坛并不多见。唐璜反对禁欲主义，而后成为采花大盗，他的性格是一贯的、符合逻辑的，而加西亚却是矛盾的。这种既矛盾又复杂的性格恰好刺中西班牙上流社会的命脉。事实上，对于哈辛妲和卢克雷西娅，加西亚是否谎言连篇并不重要，重要的是他的真实身份：爵位和财富。哈辛妲在得知胡安获得爵位后毫不犹豫地与之订婚了；卢克雷西娅明知道他并不爱她，却欣然接受了婚事。这一点加西亚早就看得清楚，却一不小心因为自己的否定之否定——反虚伪而虚伪（谎言）栽了跟斗。这其中的有意和无意很难截然区分。因此，过去的批评常常简单地用道德戒尺来界定鲁伊斯·德·阿拉尔孔的作品，认为加西亚因撒谎而受到了惩罚（一如唐璜因为花心而遭受灭顶之灾），却没有看到其背后隐藏的为土生白人正名的良苦用心。

三、佩拉尔塔·巴尔努埃沃（Peralta Barnuevo, Pedro de）

作为秘鲁殖民地时期剧坛的代表性人物，佩拉尔塔·巴尔努埃沃

① Ruiz de Alarcón, Juan: *La verdad sospechosa*, Vol. 2, *Obras completas de Juan Ruiz de Alarcón*, Ed. Agustín Millares Carlo, México: Fondo de Cultura Económica, 1957, pp.179–180.

② Ibid., pp.857–858.

生于1663年，卒于1743年。在数十年的创作生涯中，他致力于引进法国古典主义，堪称“西班牙语美洲古典主义戏剧第一人”。

他一生涉猎广泛，在天文、数学、建筑等方面皆有造诣，同时创作了十一个剧本和大量诗文。但是他的文名一直到20世纪中叶才开始受到关注：一位叫作莱奥纳德（Leonard，Truing A.）的美国教授发现并且出版了他的戏剧集。其中，剧本《爱情及权力的胜利》（*Triunfos de amor y poder*）和《情感战胜雅致》（*Afectos vencen finezas*）收获赞誉最多。前者是他为欢迎副王总督盖瓦拉（Guevara, Ladrón de）而创作的一出神话剧，围绕阿塔兰忒展开。众所周知，阿塔兰忒是古希腊神话中的女英雄、女猎手。她在卡吕冬围时技压群雄，从而声名鹊起。但她的身世却异常悲惨。首先是她父亲望儿心切，见她生下来是个女孩，便将她遗弃在山林之中。结果，她被一只刚刚失去幼崽的母熊叼回洞中，用熊奶哺育。不久，几个猎人看到了她，便带她回村，并将她抚养成人。因此，阿塔兰忒从小在亚如狄亚的山林中长大。她健步如飞，骁勇善战。虽然太阳和山风让她的脸色变得黝黑，可是她却依然出落得犹如林中仙子，容貌堪比月亮和狩猎女神阿尔忒弥斯。在寂静的山林里，阿塔兰忒生活得纯洁而自豪，整天以打猎为生，而且乐此不疲，对婚姻毫无兴趣。有一天，两个半人半马的怪物——律科斯和许勒奥遇见了她，决定劫持她，逼她做他们的新娘。可是，没等他们近身，阿塔兰忒却一箭一个，将他们杀死了。她的英勇事迹迅速传播，令无数男儿感到羞愧。当珀利阿斯的儿子为纪念亡父而举办演武比赛时，阿塔兰忒也报名参加了。在同阿塔兰忒的角力中，珀利阿斯之子、大力士珀琉斯还是败在了她的手下。后来，她声名远播，并且找到了自己的父母。她的父亲伊阿索斯曾恳求女儿一定要嫁给一个勤劳的丈夫。阿塔兰忒却不愿意甘为人妇，因为她记得从前有个占卜师说过：“逃避婚姻吧，阿塔兰忒，可是你却无法逃避丈夫！”她当时完全不明就里。为了摆脱求婚人的困扰和婚姻的累赘，她在一块草地上埋下一根三尺木桩。她宣布木桩成为比赛奔跑的起点，只有胜过她的人才有资格成为她的丈夫，而那些被她甩在后面的人必须受到惩罚：死去。条件虽然苛刻，但她的魅力实在无法阻挡血气方刚的小伙子拿性命一赌。于是，前来求婚的人络绎不绝。英俊的希波墨涅斯深知那些追求者不是阿塔兰忒的对手，大声嘲笑他们愚蠢至极。可是等到阿塔兰忒来到他的面前，他也被姑娘的魔力给征服了，惊讶得连一句话都说不出来。比赛开始了，勇敢的阿塔兰忒让那些前来求婚的人先跑一程。她满怀信心，稳操胜券，然后像箭一般赶了上去。待她顺利到达终点，那些追求者还在远处气喘吁吁地追赶。这时，只见希波墨涅斯来到木桩边大声地对阿塔兰忒说："这些人太羸弱了，不知道你敢不敢和我比试。我想命运会眷顾我，让我取得胜利。我叫希波墨涅斯，麦伽洛宇斯的儿子，海神波塞东的曾孙。要是我输掉了，那么你将会更加荣耀，因为你终于战胜了希波墨涅斯。"阿塔兰忒含情脉脉地看了他一眼，希波墨涅斯是个英俊少年。"你最好放弃跟我比赛，"她说，"你还年轻，出身尊贵，所有姑娘都会愿意嫁给你的。可是，你赢不了我，而我不忍看到那样的结局！"她紧盯着风流倜傥的希波墨涅斯，心里不由得燃起了爱情的火焰。希波墨涅斯悄悄地向着爱情女神祈祷："神圣的阿佛洛狄忒，请仁慈地保佑我吧！"女神听到了他的祷告，飞速地前往塞浦路斯，在一棵神奇的树上摘下三只金苹果。然后她又不动声色地来到希波墨涅斯身旁，把奇异的苹果交给了他。又一轮比赛开始了，鼓乐喧天。希波墨涅斯一马当先，奋勇奔跑，周围响起了阵阵掌声。希波墨涅斯拼尽全力，双腿犹如生风一般。可是离终点还有不少距离。阿塔兰忒紧紧地追赶，二人的距离越来越近，越来越近。他急忙从口袋里掏出一只金苹果，扑地一声扔在地上。阿塔兰忒吃了一惊，急忙站住，弯下身子，把金苹果拾了起来。这时年轻的小伙子已经跑出很远。当阿塔兰忒重新赶上他的时候，他又把第二只苹果扔到地上。阿塔兰忒又抵制不住诱惑，停下来拾起苹果。"慈悲的女神，保佑我取得胜利吧！"希波墨涅斯大声地祷告着，又扔出了第三只金苹果。阿塔兰忒犹豫了一会儿，还是弯下腰去拾苹果了。希波墨涅斯顺利地到达终点。周围一片欢腾，祝贺他赢得比赛。阿塔兰忒丝毫没有因为失败而感到不悦。她乐意当希波墨涅斯的妻子。这真是世间少有的一对恩爱夫妻。他们如胶似漆，恩爱甜蜜，很快生下了一个儿子，取名帕耳忒诺派俄斯。后者风流倜傥，而且英勇无比。

剧本基本保持了神话的原始风貌。唯一令人感喟的是女主人公阿塔兰忒明显具有印第安美女的特征。几个世纪后，加西亚·马尔克斯在《百年孤独》(*Cien años de soledad*) 中塑造的阿玛兰妲也多少有几分阿塔兰忒的影子。

《情感战胜雅致》是一出悲喜剧，它严格遵循三一律，但唱词依然充满巴洛克韵味。因此，它可以说是法国古典主义与西班牙巴洛克主义的结合。作品表现一群贵族男女的情感纠葛，情节十分简单。

此外，佩拉尔塔·巴尔努埃沃还创作了一些独幕短剧，尽管影响稍逊。

第四节　小说

说到西班牙语美洲殖民地，通常我们的记忆是小说的阙如，盖因西班牙殖民当局一直明令禁止小说进入，认为它易使“愚昧的印第安人”误将其与《圣经》混为一谈。但是，近年来，随着一些手稿和原始版本或手抄本的发现，殖民地小说开始出现“井喷”。

殖民地当局对各种“异端邪说”的压制，到了18世纪尤为明显。18世纪（又称“光明世纪”），欧洲爆发启蒙运动。殖民地时期传播启蒙思想的作家、思想家为数不少，但作品流传至今的不多。大多数作家被时间的尘埃所掩埋，比较重要且流传至今的仅有很少几个，如厄瓜多尔的弗朗西斯科·欧亨尼奥·德·圣克鲁斯（Santa Cruz, Francisco Eugenio de）和哥伦比亚的安东尼奥·纳里尼奥（Nariño, Antonio）等等。

弗朗西斯科·欧亨尼奥·德·圣克鲁斯出生于1747年，父亲是印第安人，母亲是黑白混血儿。他从小在孤儿院长大，后被送进耶稣会学校读书，青少年时期升入医学院，最后获得医学、哲学和神学学位，以顽强的意志向善、向美，不屈服命运（出生）的安排，致力于传播启蒙思想。

安东尼奥·纳里尼奥1765年生于波哥大，曾在大学攻读哲学和法律，毕业后从政，致力于传播启蒙主义和法国大革命思想。1792年翻译并出版了法国《人权和公民权宣言》(*Déclaration des droits de l'homme et du citoyen*），引发西班牙殖民当局的极大恐慌。

卡洛斯三世（Carlos Ⅲ）是西班牙波旁王室的第一位国王费利佩五世（史称腓力五世，Felipe Ⅴ）第二次婚姻所生的儿子，1759年异母兄长费尔南多六世（史称斐迪南六世，Fernando Ⅵ）去世后，卡洛斯三世继承了西班牙的王位。之前曾任那不勒斯和西西里国王。然而，他并未表现出治国才干，而是将王位作为奢侈享受的特权。因此到1755年之前，他对政务细节颇为疏忽，将半数时间花费在打猎上，更一味满足口腹之欲，把自己吃得肥肥胖胖，与后来的瘦长身材恰成对比。即使如此，因为知人善任，他仍有出色的政绩。为了制衡贵族的强大势力，卡洛斯吸引贵族来宫廷以便就近监视；他劝阻年轻人流入修道院，把教士人数从十万降低为八千一百人，课以教会百分之二的税额，更限制教士的免税权。贝尔纳多·塔努奇限制贵族之司法权，向司法腐败战斗，改革法律程序。本来卡洛斯还对犹太人实施赦免及宗教宽容政策，但修道士以上帝之名警告他，他于是将赦免取消，维持对犹太人的禁令。

卡洛斯三世起用改良派大臣整顿国政，施行“开明的”专制政策。他还设立了一个国务会议以协调各大臣的工作。在军事方面，卡洛斯三世把雇佣兵制改为征兵制，并学习陆军强国普鲁士的训练方法。一时间，西班牙开始有了起色。卡洛斯三世采取的另一项有影响的大举措是将耶稣会会士从西班牙及西班牙的海外领地驱逐出境。长期以来，耶稣会卷入一系列政治事件，这令天主教国家西班牙和法国感到不满。卡洛斯三世的举动可能直接影响了罗马教廷解散耶稣会的决策。卡洛斯三世甚至于18世纪末驱逐了滞留在美洲殖民地的耶稣会教士。

与此同时，西属美洲殖民地出现了关于肤色的讨论。西班牙人首先对本土公民和殖民地“西印度人”产生了等级偏见。由于墨西哥、利马和新格拉纳达（后者以波哥大为中心）的总督和主要官员由西班牙王室直接派遣，西属美洲殖民地的土生白人基本没有政治地位。成文的和不成文的复杂等级关系被慢慢建立起来，用学者卡斯特罗-戈麦斯（Castro-Gómez, Santiago）的话说，“最后全凭肤色界定［……］”,金发碧眼的和肤色白皙的生来高人一等，反之则逐级向下。[①] 早在1775年，马歇尔（Maziel, Baltasar）就对阿根廷的肤色等级制提出了质疑，认为这种单凭肤色界定社会等级的成见不仅在一般社会生活中十分普遍，而且已经渗透到了耶稣会这样的宗教机构。[②] 且不说印第安原住民，即或印欧混血儿或黑白混血儿，也常常因为肤色深浅而被划成三六九等。在西属美洲，除了西班牙王室直接派遣的总督和达官显贵，最骄傲也最有地位的便是殖民者的后人。后者不仅拥有从父辈或祖辈继承的财产，而且保持了“纯正的血统”。他们同时也是西班牙王室所派总督等御用大臣的主要依靠对象。其次是具有一定经济和社会地位的西班牙移民及其后裔。再次是受过良好教育并不乏经济基础的印欧混血儿。最后才是毫无社会地位的各色混血人种、印第安原住民和黑人。后者位于社会最底层，是沉默的大多数。[③] 罗梅罗兄弟（José Luis Romero y Luis Alberto Romero）曾经不无道理地断言，那些白人，即使经济拮据，也比有色人种拥有更多的特权，譬如接受良好的教育和担任神职及公职，只要他们长得足够白或有足够证据证明自己血统纯正。[④] 同时，在没有机会晋级更高阶层时，人们通过各种联姻以获得更高的社会层级或经济地位。[⑤]

正是在这样的社会历史条件下，以启蒙运动“人人生而平等”、美国独立战争和法国大革命为范例的西班牙语美洲独立思想开始悄然萌发并一发而不可收。而小说作为传播启蒙思想和独立精神的最佳介质，从无到有，逐渐成为西班牙语美洲独立运动的重要孵化器。其中的一些作家作品每每使人联想到梁启超及其《小说与群治之关系》以

---

① Castro-Gómez, Santiago: *La hybris del punto cero: ciencia, raza e ilustración en la Nueva Granada（1750–1816）*, Bogotá: Editorial Pontificia Universidad Javeriana, 2005, p.15.

② Maziel, Baltasar: *Colección Doctor Juan María Gutiérrez*, Buenos Aires: Biblioteca del Congreso de la Nación, 1979, pp.40–41.

③ Halperin Donghi, Tulio: *Revolución y guerra: formación de una elite dirigente en la Argentina criolla*, Buenos Aires: Siglo XXI Editores Argentina, 2002, p.75.

④ Romero, José Luis y Luis Alberto : “Españoles y criollos”, *Buenos Aires: historia de cuatro siglos*, Ed. José Luis Romero y Luis Alberto Romero. 2a ed. ampliada y actualizada, Buenos Aires: Altamira, 2000, p.88.

⑤ Ibid., p.51.

及“百日维新”和五四运动对小说的重视程度。

这是就总体情况而言。奇崛的个案却要复杂得多，即使是在巴洛克诗风盛行时期或殖民地建立伊始，也不时出现小说这种“怪胎”。本著不妨从17世纪讲起，不拘时间顺序，但凭个中关联或内容重要与否加以介绍。

一、《阿隆索·拉米雷斯的厄运》（*Infortunios de Alonso Ramírez*）

前面说过，由于西班牙当局明令禁止小说传入美洲殖民地，一般认为小说这种体裁很晚才开始在西属殖民地出现。然而，从目前已知的文献资料和新发现的手稿、抄本判断，西班牙语美洲小说早在17世纪便已然四处开花，至于地下流传的篇什则尽可上溯至殖民地诞生之初。当然，第一部产生影响的小说应该是1690年的《阿隆索·拉米雷斯的厄运》，尽管一般文学史家往往将此殊荣授予近年发现和出版的《神奇沙漠》（*El desierto prodigioso y el prodigio de desierto*）。后者的作者为哥伦比亚作家佩德罗·德·索利斯（Solís y Valenzuela, Pedro de），其作品的创作时间被推定为1650年。而事实上，最近不断有比《神奇沙漠》更早的作品现世，只不过它们长期湮没在殖民地当局刻意制造的“文化沙漠”或“小说荒漠”之中。由是，本著不妨大致以影响和流传（发现或出版）时间为序概述一二。这一方面是鉴于西班牙语美洲小说本不按“规矩”出牌，另一方面是它尚处于被发现状态，随时都会有新的惊喜出现。

首先需要说明的是，虽然今天人们对小说的界定越来越了无边际，套用加洛蒂①的话说几可谓“无边的小说”。然而，本著仍然视小说为相对独立的一种体裁，它必须由人物、故事和与之匹配的文体构成。有鉴于此，本著坚持认为西衮萨的《阿隆索·拉米雷斯的厄运》才是西班牙语美洲小说的鼻祖。它具有现代小说的基本要素和主要特征，尽管接下来我们也会兼收并包地适当攫取部分被其他文学史家纳入小说范畴的纪实、寓言等，即使其中不乏诗体文本或者由诗歌充

① 加洛蒂（Garaudy, Roger），法国学者，著有《无边的现实主义》（*D'un Réalisme Sans Rivages*）。

斥、具有鲜明抒情倾向的类小说或诗体小说。

先说《阿隆索·拉米雷斯的厄运》，它是卡洛斯·德·西衮萨·伊·贡戈拉的重要作品。前面曾经提到，西衮萨是墨西哥土生白人，“第十缪斯”胡安娜·伊内斯修女曾赋诗赞美他的德行：

甜美，优雅的墨西哥天鹅，
如果可以传到冥界的静湖，
那似再次聆听《犹丽狄西》，[①]
或第二次欣赏海豚座神曲。

一如透克洛斯[②]或底比斯人
在城墙内享受甜蜜的幽闭，
不曾经历过希腊人的战火，
也不曾被亚历山大所侵扰。

你的圣洁更不曾被我玷污，
你手中金子般的神圣灵感，
也不是我尝试企及的高度。

我不想用俗言使圣首添污，
只能以我之所知向你致意，
并对无知处保持敬畏之礼。

——《致西衮萨·伊·贡戈拉》

（*Al Pbro. Lic. D. Carlos Sigüenza y Góngora*）[③]

我想，胡安娜对西衮萨的尊重是由衷的，盖因后者是极少数尊重

①《犹丽狄西》（*Euridice*），文艺复兴运动时期的第一部歌剧，创作于1600年。
② 希腊神话人物，特洛伊的第一代君王（故特洛伊人又称透克洛斯人），精通一切技艺。
③ Sor Juana Inés de la Cruz: *Obras completas*, México: Editorial Porrúa, 1985, p.163.

和欣赏她才学的教士之一，况且他长她几岁。而西衮萨的创作虽然没有取得胡安娜那样的高度，却不期然开辟了自己的道路：用小说批判社会现实，锋芒直指殖民地当局。

《阿隆索·拉米雷斯的厄运》是他唯一的传记体小说，也是西班牙语美洲文坛公开出版的第一部真真正正的小说。作品巧妙地撷取了流浪汉小说和一般传记小说的机巧，有效地展开艺术想象，驰骋于中心与边缘、墨西哥与马尼拉、主人与仆人等一系列复杂关系。

学者罗斯（Ross, Kathleen）在《西衮萨·伊·贡戈拉的巴洛克叙事》（*The Baroque Narrative of Carlos de Sigüenza y Góngora*）一书中指出，巴洛克主义既是宗主国对殖民地的文化压制，同时也为殖民地叙事提供了有效的迂回和变数。盖因巴洛克艺术强调变化，反对墨守成规。因此，这是中心对边缘的一种震慑，但同时也为边缘摆脱中心提供了可能。[①] 用布勒东（Breton, André）的话说，由于它的混杂，美洲是天生的超现实主义乐园。西班牙语美洲作家卡彭铁尔则更为明确地强调了美洲神奇的巴洛克特征："从重新接触的神奇现实联想起构成近三十年来某些欧洲文艺作品的那种挖空心思地臆造神奇的企图……然而，神奇是现实突变的产物，是对现实的特殊表现，是对现实状态的非凡的、别出心裁的阐释和夸大。"[②] 换言之，这是一种类似于窑变的艺术呈现，而巴洛克（Barroco）不正是变形珍珠吗？

至于西衮萨·伊·贡戈拉的小说，则显然是美洲巴洛克主义的最早表征之一。他与"第十缪斯"胡安娜修女的相似之处，恰恰在于他们都是有意识的反中心主义者：西衮萨·伊·贡戈拉用他的小说反权力中心和宗主国话语，而胡安娜用她的作品反男权主义、反男权话语。这也是他们何以心有灵犀，并惺惺相惜的内在原因。

首先，西衮萨·伊·贡戈拉假借西班牙主子与仆人卡利班，展示了权力（中心人物）与从属（边缘人物）的复杂关系。后者在掌握了

① Ross, Kathleen: *The Baroque Narrative of Carlos de Sigüenza y Góngora. A New World Paradise*, Cambridge: Cambridge University Press, 1993.

② 卡彭铁尔：《〈这个世界的王国〉序言》，《小说是一种需要》，陈众议译，昆明：云南人民出版社，1996年，第82页。

主人话语体系之后，自然而然地用这套话语的边际效应剥去了前者用巴洛克文风装点的美丽面纱，使中心权力场的利益关系赤裸裸地暴露在光天化日之下。这种直截了当是西班牙流浪汉小说的典型做法（或谓权力场外的话语体系），不加修饰的实话实说，譬如《小癞子》（*El Lazarillo de Tormes*）中主人公小癞子的言说方式。在他的话语体系中，那些道貌岸然的绅士就像被扒去了掩饰，显得丑陋无比。而《阿隆索·拉米雷斯的厄运》显然也是一部流浪汉小说。小说开篇写道：

> 我父亲叫作卢卡斯·德·维利亚–努埃瓦。我不知道他确切的出生地，我只是经常听说他是安达卢西亚人。不过我清楚地记得母亲是波多黎各人，而且跟父亲是同乡。母亲的名字叫安娜·拉米雷斯。我生来成为基督徒就是拜母亲所赐，而这是穷人能够给予孩子的唯一财富，与此相关的是那些劝人向善的道理。①

第一人称，穷苦出身，连姓都是从母亲那里获得的。重要的是，母亲还是个妓女，不知道儿子的真正父亲究竟是谁。而安达卢西亚，在宗主国内部，对于马德里仍是边缘地带，而且集聚着大量阿拉伯改宗者，因此主人公阿隆索认为父亲是安达卢西亚人是极具意味的。我们或可说主人公阿隆索的父亲是大写的男人（这就多少呼应了胡安娜修女的呐喊和抗争）。这个男人是存在的，他必须存在，他当然存在，但同时他又是十分遥远的和模糊不清的。更为重要的是，阿隆索不满十三岁就离开母亲独自走上社会谋生去了。因为从小营养不良，他个子矮小、身体羸弱。而这个年龄正是上流社会的孩子们上学读书，无忧无虑的时候。在闯荡了几年、更换了若干主人之后，阿隆索结婚了：

> 我在妻子身上看到了很多美德。我自然也报以恩爱。但

① Sigüenza y Góngora, Carlos de: *Infortunios de Alonso Ramírez*, Ed. de Estelle Irizarry, San Juan de Puerto Rico: Ed. Cultura, 1990, p.96.

> 是一切好像是一场梦，我们的婚姻只持续了十一个月，因为第一个孩子就要了她的命。我冷不丁地就失去了她，承受了突如其来的打击。因此，我回到了布埃普拉，做了木匠师傅埃斯特万·古铁雷斯的管事。这个木匠师傅穷得叮当响，我的处境也就可想而知了。当我刚刚觉得早晨起来可以做点什么的时候，却又莫名其妙地成了被告。在法庭上，我终于明白了自己的无用，我愿意接受任何指控。我知道，在墨西哥做犯人的结果是被发配到菲律宾去。[①]

于是，阿隆索到了菲律宾。这一点很重要，因为流亡菲律宾象征着阿隆索逃离墨西哥这个“次中心”。此外，在两个多世纪后出现的长篇小说《癞皮鹦鹉》中，主人公同样会到达菲律宾，同样会流浪；而且这后一部小说同样出现在墨西哥，其作者具有更为鲜明的反中心、反宗主国倾向。

总之，阿隆索不断流浪，不断更换主人，一如他的前辈——那个西班牙的小癞子。诚然，即使到了菲律宾，阿隆索仍不能逃脱来自中心的压迫。仿佛冥冥之中有玄机，他的出生决定了他的厄运。这种恶性循环是他无法摆脱的魔咒。即使在他竭尽全力获得了一个奴隶、一条帆船的时候，依然逃脱不了厄运的捉弄：他结束流放，准备凯旋，结果被英国海盗捕获，最后一无所有地回到了原点墨西哥——无论对于阿隆索的真实出生地波多黎各或者布埃普拉，尤其是流放地菲律宾，它都意味着仅次于马德里的“次中心”。无论是波多黎各首都还是布埃普拉都曾是阿隆索向往的“圣地”，但“圣地”没有他的立足之地，于是他去了更大的“圣地”——新西班牙首都墨西哥城。墨西哥城仍然不是他的“圣地”，不是他的“天堂”。他始终无法进入社会的中心，永远在边缘徘徊、流浪。可怜的婚姻也不能实现他成为正常人的梦想：贫穷和医疗条件的阙如终究使婚姻成了一个迅速破碎并消逝的泡影。

同时，流浪汉小说的一个重要特征便是流浪，用现在的话说，是

---

① Sigüenza y Góngora, Carlos de: *Op. cit.*, p.99.

迁徙或者旅行。这本身就意味着见证不同文化、各色人等。对于人物阿隆索而言则是从边缘到“次中心”，再从“次中心”到边缘。这个过程也是他感受不同的自我、体验“身份变化”的过程。譬如，他从一个来自“边缘”的穷小子慢慢“攀升”、企图获得社会晋级，甚至“成家立业”，但中心没有他的位置，于是他退而求其次，回到边缘，结果还是失败，以至于沦为“罪犯”，被发配到菲律宾。在菲律宾那个法外之地，他倒是凭借流浪汉的狡黠差点儿成了一个奴隶和一条帆船的“主人”，但正因为那是法外之地，他转眼又成了英国海盗的俘虏，差点儿一命呜呼，并再次回到原点——一无所有。而英国海盗的做法颇使人想起西班牙殖民者在美洲的暴行：烧杀掳掠，无恶不作。在海盗们看来，只有大英帝国的臣民是上帝的选民，即使海盗也高人一等，其他人等皆为下品，可以毫不犹豫地予以剥削和杀戮。[①]

从形式机巧的角度看，西衮萨·伊·贡戈拉汲取了西班牙流浪汉小说的“教训”，即流浪汉的言说是不可能被他们自己记录下来的。在他看来，流浪汉本身缺乏记录自己的权利，因此必得借助于他人。首先，阿隆索最初的言说是面对西班牙主子，然后是面对他为之效命的不同人等，其中有神父，有警察，有妻子，有老板，有法官，甚至还有犯人和海盗，等等。而作者西衮萨·伊·贡戈拉是阿隆索的“最后一位听众”，于是记录了他所有的辛酸与悲哀。这多少具有反讽和自嘲色彩：一个反中心、反中心话语体系的人最终成了为“边缘人”“多余人”显示话语权力的“代言”，尽管他的话语已经揭去了华丽的面纱、展示出的是赤裸裸的社会形态：从中心到次中心再到边缘，甚至更加尊重森林法则的“法外之地”。用作者的话说：

> 我想把这些折磨我多年的信息交给好奇的读者［……］这里没有通常书籍里的臆想和华丽辞藻、警句格言，有的只是请求读者同情的可怜记忆［……］。[②]

---

① Sigüenza y Góngora, Carlos de: *Op. cit.*, p.109.

② Ibid., p.95.

诚如学者莫拉尼亚（Moraña, Mabel）在评论《阿隆索·拉米雷斯的厄运》时所说的那样，西衮萨·伊·贡戈拉用充满同情的语言传达了殖民地底层人的命运，后者具有流浪汉小说的基本特征，并借以叙述殖民地土生白人的悲惨生活。这种“被边缘化”的叙事策略明显针对宗主国的意识形态，并对当时的权力话语（中心文化）做出了严厉的反诘。①

二、《幸福的囚徒》

《幸福的囚徒》，原名《幸福的囚禁与智利王国持久战的个人因由》（*Cautiverio feliz y razón individual de las guerras dilatadas del reino de Chile*），是一部创作于17世纪中叶的纪实小说，但由于种种原因，其出版时间却是在两个世纪之后的1863年。作者是智利土生白人努涅斯·德·皮内达·伊·巴斯古尼安（Núñez de Pineda y Bascuñán, Francisco），他生于1607年，卒于1682年。努涅斯·德·皮内达青年时代曾从军并随殖民者征讨阿劳科，不久即被阿劳科马普切人俘虏。被俘后，努涅斯·德·皮内达逐渐认识阿劳科民族，了解阿劳科文化，期间开始反思西班牙殖民当局的暴行。小说因此而长期无法付梓。然而，正因为作品是根据作者亲身经历写就的一部纪实小说，具有文学和历史学的双重价值。

关于阿劳科和阿劳科人，前面已经有所涉及，西班牙殖民者阿隆索·德·埃尔西利亚·伊·苏尼加的叙事诗《阿劳科史诗》中曾经写到阿劳科人不屈不挠的反抗精神。诗人赞美智利风光和阿劳科武士的诸多美德。这也是西班牙和西班牙殖民当局一度禁止该书（《阿劳科史诗》）出版的主要因由。然而，埃尔西利亚之所以赞美阿劳科人的勇武，归根结底还是为了衬托西班牙人的伟大。《幸福的囚徒》则不同。后者不再称颂阿劳科人，也不再需要埃尔西利亚那样的潜台词。它是作者对阿劳科人及其文化的由衷赞叹，并给出了这一原住民文化与西班牙文化

① Moraña, Mabel: “Máscara autobiográfica y conciencia criolla en *Infortunios de Alonso Ramírez*”, *Dispositio*, XV, 40, 1990, p.112.

的诸多不同；其立场已然相当模糊，同时也因之而显得更为公允。

对于大多数西班牙人和殖民地土生白人而言，阿劳科人是一群极其顽固而愚昧的土人，他们不屈不挠、顽强地抵抗殖民者的进攻和驯化。在这个漫长的过程中，双方各有伤亡，互有俘虏和被俘，因此出现囚禁、越狱、交换、逃逸等等，可谓无奇不有，难以尽述。时间一久，双方都有一些人熟练地掌握了对方的语言，而努涅斯·德·皮内达便是其中一个学会了阿劳科马普切语的土生白人。反之，他在囚禁期间也遇到了好几位能用西班牙语交流的阿劳科马普切原住民。

作者自称早在童年和少年时期就曾从父亲那里听说了不少有关阿劳科人的传说，当然那些都是负面的。譬如说他们野蛮、顽固、十恶不赦等等。[①]但是，随着时间的推移，尤其是在阿劳科马普切人饶恕了他之后，努涅斯·德·皮内达颇为感动。当时，一个叫廉图尔的酋长力排众议，不仅保住了努涅斯·德·皮内达的性命，而且对他关爱有加。他们问他是否认识阿尔瓦罗，那可是他们的死敌，曾多次率兵征讨阿劳科。即使当他们得知努涅斯·德·皮内达就是宿敌阿尔瓦罗的儿子，也没有为难他。盖因他们十分清楚，“西班牙人有好坏之分，善恶之别”，况且努涅斯·德·皮内达的父亲至少也是骁勇善战的骑士。[②]

尔后，廉图尔为了感化努涅斯·德·皮内达，决定将他带到后方住一段时间。正因如此，他有幸看到了与前线完全不同的阿劳科：没有杀戮，没有牺牲（其中一个细节是阿劳科前线武士曾杀死一名西班牙俘虏作为祭礼，并分食了他的心肝）。后方的阿劳科一派祥和气氛。人们安居乐业，相亲相爱，而且个个能歌善舞。努涅斯·德·皮内达还有意模仿阿劳科人，朗诵他们的诗句，譬如感伤的“Ab cuduam in ema”（“我心伤悲”），“hu（y）elpurún”（“舞之蹈之”），如此等等。[③]

---

① Núñez de Pineda y Bascuñán, Francisco: *Suma y epílogo de lo más esencial que contiene el libro intitulado* Cautiverio feliz, y guerras dilatadas del Reino de Chile, Santiago: Sociedad Chilena de Historia y Geografía y Ediciones Universidad Católica de Chile, 1984, p.250.

② Ibid., p.419.

③ Ibid., pp.892–893.

歌舞总是最具亲和力的。加之廉图尔熟练掌握西班牙语，彼此交流几无障碍，努涅斯·德·皮内达很快适应了阿劳科人的生活。他还趁机拜访了曾经戕害几名耶稣会教士的阿卡纳蒙酋长。后者毫无保留地叙述了事情的原委和整个经过。这也是作者意外获得的有关阿劳科人杀害耶稣会教士这一惨案的第一手资料。对话大意如下：一位名叫佩德罗·德·瓦尔迪亚的耶稣会教士带领西班牙使者和译员到阿劳科进行和谈，结果那个西班牙使者悄悄带走了三个印第安女孩。于是，和谈破裂，阿劳科人杀死了佩德罗·德·瓦尔迪亚和另外两个耶稣会教士。由此，努涅斯·德·皮内达认为耶稣会教士被杀并不能证明阿劳科人缺乏人性，更不能证明他们注定不能成为上帝的子民。言下之意是，既然西班牙人背信弃义在前，那也就不能怪阿劳科人翻脸无情了。惨案发生后不久，耶稣会教士又遭遇了西班牙宫廷的迫害和驱逐。当然后者与阿劳科无关，而是基督教内部的纷争所致。

与此同时，在酋长纳乌科皮央家里，努涅斯·德·皮内达看到阿劳科人在梳理西班牙人的罪行，用作者较为“客观”和“中立”的话说是清点“关于西班牙人的记忆”。[①]努涅斯·德·皮内达被一桩桩、一件件耸人听闻、闻所未闻的故事所震惊，于是希望他们将这些故事的来龙去脉和盘托出。于是，阿劳科人请来了部落的长老，一个叫阿雷姆切乌的老人。老人从两个不同的角度叙述历史：一是他亲身经历的“史实”；一是他从父辈那里听说的“故事”。[②]令努涅斯·德·皮内达颇为费解的是，这些阿劳科人对有关史实或故事的看法居然大相径庭。譬如在阿雷姆切乌老人讲到一个细节时，有位酋长打断了他，并提出了不同的看法：“您所言差矣。他们并不总是这么仁慈，在我们多数王国甚至剥夺了我们的孩子和妻子的生命……”[③]可见不同的西班牙人对待印第安人的态度和方法是不尽相同的。此外，随着时间的推移和双方拉锯式的战争

① Núñez de Pineda y Bascuñán, Francisco: *Op. cit.*, p.558.
② Ibid., p.559.
③ Idem.

旷日持久，互有进退，人们的记忆产生了选择性蜕变。这是毋庸置疑的。所谓“存在决定意识”，历史的记忆自然取决于现实语境和人们的切身利益。这也是克罗齐认为一切历史都是当代史的根本理由。

经过一个多世纪的侵略与反侵略、占领与反占领，西班牙人同阿劳科人之间的关系已经相当复杂，而努涅斯·德·皮内达关注的正是这种复杂性。他尽可能详尽地记述阿劳科人的集体记忆，而不是哪一个或哪几个酋长的个人经历和主观演绎。也正因为有了这样的复杂性和多面性，努涅斯·德·皮内达的立场也变得格外模糊。

更为重要和难能可贵的是，努涅斯·德·皮内达的叙述有点有面，庶乎既见树木也见森林。譬如，他在详细叙述了酋长们的叙述之后，又追根问底，就耶稣会教士佩德罗·德·瓦尔迪亚之死进行了不厌其烦的“访谈”，从而改变了西班牙人关于阿劳科人十恶不赦、滥杀教士的成见。此外，为了说明阿劳科人的善良，努涅斯·德·皮内达讲述了他如何帮助他们了解西班牙人并谢绝了酋长吉拉莱沃德的馈赠：一个女儿。而这居然使得阿劳科人大为恼怒。他们不能接受任何善意的馈赠被对方拒绝的行为。努涅斯·德·皮内达借此反证西班牙殖民者称阿劳科人“毫无人性”“不知感恩”纯属诬蔑。

当然，努涅斯·德·皮内达也写到了阿劳科妇女如何在河里赤身沐浴，甚至和男人一样喝酒，并且拒绝和准备出征的男人发生性关系等等。至于孩子，他们一个个无忧无虑，但所有游戏又都与战斗有关，譬如投掷和争抢皮球。为了向这些天真无邪的孩子传播福音，努涅斯·德·皮内达还学着耶稣会教士的模样，一边画着十字，一边口中念念有词。当老酋长央卡雷乌询问他意欲何为时，他如实说出了传教的意图。他告诉那位德高望重的老人，这样可以避邪驱难，得到上帝的庇佑。老人听罢，便欣然接受了努涅斯·德·皮内达的好意，请他把这些“魔法”传授给自己的儿孙们。于是，努涅斯·德·皮内达带领孩子们反复用西班牙语向上帝祷告，虽然语句不多，但都是要义。有学者怀疑努涅斯·德·皮内达的叙述，认为他很可能是为了证明自己的信仰而故意掺入了这些情节——尽管在教士们看来他的做法并不合乎教规，甚至动机不纯、多少具有欺骗和误导倾向。[①]

总之，这是一部颇具争议的纪实小说，也是殖民地时期西班牙语美洲极为少见的奇崛作品之一，即使在延宕了两个世纪后勉强出版，仍长期不受西班牙语文学史家的待见。在迄今为止的西班牙语文学史著述中基本难觅其踪影。[②]用著名文学评论家路易斯·莱阿尔的话说，作者的意图似乎并不在叙述他的囚徒经历，而是要罔顾左右而言他。[③]

三、《皱褶领记》[④]（*Fábula del retrato de golilla*）

外语句子不着边际，
伤害别人无以复加，
倘使不能言说纯正，
便是你太落伍过时。
且听鄙人逗你开心，

至少可以少些烦恼，
尝试使用如下方式，
亦新亦旧两种言语：
有个画家不无妒意
他是如此自命不凡，

① López Baena, Sonia: “La memoria indígena en *Cautiverio feliz y razón individual de las guerras dilatadas del reino de Chile* de Francisco Nuñez de Pineda y Bascuñán” , *Alpha*, No.1 (2016), Universidad Complutense de Madrid, p.123.
② 赵德明、赵振江和孙成敖先生的《拉丁美洲文学史》倒是给予了一定的笔墨，笔者谨致敬意。
③ Leal, Luis: “El *Cautiverio feliz* y la crónica novelesca” , en Raquel Aquel Chano-Rodríguez, *Prosa hispanoamericana virreinal*, Barcelona: Editorial HISPAM, 1978, p.6.
④ https://www.cuentocuentos.org/fábula/ el-retrato-de-golilla.html.

找来一堆旧时画像，
一笔一画模仿起来，
终于有了一个机会，
有位富翁请他造像；
凭着记忆配以古装，

以为这样最是庄重，
古来大师不过如此。[①]
脸型神色都有修饰，
皱褶领子高高耸立，
其他古风一样不少。

画毕赶紧送往宅邸，
主人一看大惊失色，
满身古装仿佛陈酿，
面容神色异常丰富，
令人想起唯美古风。

如此足以传于后世，
富翁听罢欣然赏赐，
打开宝盒取出金币，
一些是斐迪南五世，[②]
另一些是查理一世。[③]

① 原文为“委拉斯开兹不过如此”。
② 西班牙阿拉贡国王（Fernando Ⅱ，1452—1516）与卡斯蒂利亚女王伊萨贝尔一世（Isabel Ⅰ，1451—1504）联姻后兼卡斯蒂利亚国王，史称斐迪南五世。斐迪南和伊萨贝尔又并称“天主教双王”。
③ 神圣罗马帝国查理五世（Carlos Ⅴ，1500—1558），兼西班牙王国国王（史称查理一世或卡洛斯一世）。

后面还有两代君主。[1]
金币装了整整一袋。
“如此重赏堪称中彩，
直奔市场换取大钱”，
画家窃喜满载而归。

“真是见鬼！这是我吗？”
富翁终于缓过神来。
“富丽堂皇如今安在？
明明是个下等官吏。
不值不值，赶紧拿走！

除非换掉皱褶领子，
给我佩上一把宝剑，
还有这套奇怪礼服，
方圆百里没人穿过，
岂不让我贻笑大方。”

“可您付的皆是古币，
而且来自老西班牙！”
如果故事让您发笑，
全仗画家推陈出新。
我们怎能嘲笑新人，

忽然变得古板老套？
关键在于言语清晰，
让人理解明白无误。

① 指费利佩二世（史称腓力二世，Felipe Ⅱ，1527—1598）和费利佩三世（史称腓力三世，Felipe Ⅲ，1578—1627）。

须知目下低声下气，

或许还是熙德[①]后人。

原注：既然我们可以适当使用外语，说点古文[②]又有何妨？

这是厄瓜多尔启蒙主义思想家弗朗西斯科·哈维尔·埃乌海尼奥·德·圣克鲁斯·伊·埃斯佩霍（Eugenio de Santa Cruz y Espejo, Francisco Javier）的一则诗体寓言，写于1781年。虽然它不是严格意义上的小说，但美洲文学史家却经常将其视为诗体小说，类似于《真爱之书》（*Libro de buen amor*）[③]中的那些篇什。在此姑妄列之，算是一个有趣的插曲。

作品充满了对宗主国国王卡洛斯三世（Carlos Ⅲ，1759—1788）的讥嘲和挖苦，因此这则短小精悍的寓言手稿甫一问世，便在坊间广为传抄流布，同时也引起了殖民当局的警觉。虽然手稿上赫然写着化名——托马斯·德·伊里亚特，但当局还是逮捕了埃乌海尼奥·德·埃斯佩霍。好在后者听到风声提前销毁了有关证据，使得殖民当局无从查实，因此在将他羁押了半年后不得不悻悻将其释放。为避免再次锒铛入狱，埃乌海尼奥·德·埃斯佩霍动身逃往波哥大，并改名换姓藏匿了很长一段时间，期间继续宣传启蒙思想，抗议西班牙对美洲的殖民统治。

埃乌海尼奥·德·埃斯佩霍一生著述颇丰。除了文学创作，他还是一位颇有声望的医生、医学家和政论家、史学家，留下了大量政论文字和有关基多及厄瓜多尔的一系列历史著作。

四、《神奇沙漠》

《神奇沙漠》，全称《神奇沙漠与沙漠神奇》，[④]是哥伦比亚作

① 熙德（Cid el Campeador），中世纪骑士，曾在抗击阿拉伯人的“光复战争”中立下功勋，有《熙德之歌》（*El cantar del Mío Cid*）等英雄史诗流传至今。

② 指美洲土著语言。

③ 14世纪西班牙诗人胡安·鲁伊斯的诗体寓言。

④ 出版于20世纪六七十年代，首版（1966年）署名费尔南多·（转下页）

家佩德罗·德·索利斯·伊·瓦伦苏埃拉于1650年创作的，故而被一些文学史家视为“第一部西班牙语美洲小说”，[①]尽管比它更早写就的还大有其在。作者为土生白人，1624年出生在波哥大，1711年卒于波哥大。父亲是来自西班牙的外科医生，母亲是土生白人。佩德罗·德·索利斯有四个姐姐，两个哥哥。一家七个孩子有六个做了修士或修女，佩德罗·德·索利斯也是其中之一。他虽身为教士，但一生致力于著书立说。《神奇沙漠》是他的第一部，也是唯一一部小说，尽管其中充斥着各种其他体裁。

且说“神奇沙漠”取自作者曾经所在的圣烛修道院，该修道院又称“圣烛沙漠”，谓其地处荒漠，四周了无人烟。小说从一群少不更事的年轻人偶然发现圣烛修道院后回来讲述的“冒险故事”（从发现匪夷所思的神奇沙漠开始），以发散的姿势牵引出无数话题。其中，体裁方面除了小说，还有诗歌、短剧和散文，由奇闻趣事构成的寓言故事更是不在话下。因此，它是一个丰富多彩的大杂烩。从作品原文题目看，它又像是一种文字游戏。然而，神奇沙漠也的确充满了神奇之处。作品开篇描述了修道院所处的环境：荒凉寂寞，酷似人迹罕至的沙漠。而最先登场的阿尔塞尼奥又是一位神秘莫测的修士。再说年轻人安德列斯看到一只麋鹿，便尾随它来到一个洞穴，并跟着麋鹿进了这个神秘的洞穴。

小说第二部分称作“沙漠神奇”。除了继续讲述安德列斯及其表兄弟费尔南多、佩德罗和朋友安东尼奥的故事，还糅进了一位修道院长圣布鲁诺的生平事迹。小说凡二十二章（篇），部分缺失。作品梗

（接上页）布鲁诺·德·索利斯·伊·瓦伦苏埃拉，第二版才确定是佩德罗·德·索利斯·伊·瓦伦苏埃拉所著，但依然没有引起关注，直到最近几年才得到重视。Solís y Valenzuela, Pedro de: *El desierto prodigioso y prodigio del desierto*, I. Edición de Rubén Páez Patino, Introducción, estudio y notas de Jorge Páramo Pomareda, Manuel Briceño Jáuregui, Rubén Páez Patino, Bogotá: Instituto Caro y Cuervo, 1977，1984，1985.

① 单纯从创作时间看这么说不无道理，但从体裁的角度看，它作为小说却委实有些勉强。

概如下：安德列斯和他的两位表兄弟、一位朋友外出狩猎，并阴差阳错来到了神奇沙漠。安德列斯发现了一只麋鹿，便随之进入神秘洞穴，结果不见了麋鹿。洞中空空如也，唯有一具骷髅和几个锦囊，其中有羊皮卷宗。于是，他开始阅读这些卷宗，并产生了类似于顿悟的神秘感。他不仅诗兴大发，写下了大量诗章（有些显然是西班牙“黄金世纪”诗人的作品），而且萌生了成为修士的念头。当他离开洞穴时，这些诗稿留在了洞穴之中，直至被老修士阿尔塞尼奥发现，并为作者的圣心所感动。

且说安德列斯回到几位年轻人身边，并将所见所闻、所思所想一五一十和盘托出。说罢，他带着其他几位一起来到洞穴，恰好遇见老修士阿尔塞尼奥。应年轻人的请求，后者开始讲述自己的亲身经历：他也曾是一个放荡不羁的青年，后来虽然成家当了父亲，却在妻子去世后不久就移情别恋，爱上了表妹。但是，表妹早已心有所属，于是他妒火中烧，设计将表妹劫持，并把还在襁褓之中的女儿扔给了舅妈。为了逃避高筑的债台，他强迫表妹上船，准备远渡重洋到美洲寻找黄金。结果船遇飓风，乘客死伤无数。同时，他还提到了一个曾经的朋友，后者因嫉妒杀死了自己的妻子，结果被判处死刑。安德列斯听后更坚定了出家的信念，最后果然追随老修士遁入圣烛修道院，当了奥古斯丁会修士。

与此同时，安德列斯的朋友佩德罗一天夜里遭遇了被砍去了脑袋的莱昂西奥，并且随之游历了地狱，结果幡然醒悟，也出家遁入加尔默罗修会，当了修士。

而阿尔塞尼奥老修士的故事尚未结束。他在大西洋落水后飘到一座小岛，并成了荷兰海盗的俘虏。他和幸免于难、女扮男装的表妹通过虔诚的祷告，赢得了海盗的恻隐之心。他们于是顺利地抵达新格拉纳达，寄居在一个渔民家里。然而，忽然有一天表妹不辞而别。他四处寻找，最终在一个洞穴里找到了她。她说自己皈依天主心意已决，而且已经拜托洞穴的主人——一位隐修高僧替她找好了修道院。他反复劝慰无果，只好拿出藏在内衣里的几粒钻石相赠。当然，他并不死心。在得知表妹的确已经离开渔村、遁入空门后，他依然执着地寻找。在经年累月的寻找过程中，有一天他路遇风暴，不得不在一棵老树的枯洞里躲避，结果做了一个噩梦，梦见表妹已经不在人世，而她的躯体正在被成千上万的蠕虫啃噬。他遽然惊醒，恐惧地环顾四周，却发现自己原来躺在了一具骷髅上，于是幡然悔悟。这时，那位隐修高僧找到了他，劝他放弃执念，随他修行。阿尔塞尼奥欣然答应。隐修高僧这才告诉他，自己也叫阿尔塞尼奥，并愿意收他为徒。阿尔塞尼奥一概应允，并且得知表妹并未去世，而是在距离不远的修道院当修女。高僧临终之际将一生的财富——几个锦囊交给了徒弟。后者发现锦囊中既有师父的忏悔和感悟，也有表妹的诗行和札记。把师父安葬在他曾经隐修的洞穴后，阿尔塞尼奥依照师父遗言成功地找到了表妹。表妹给了阿尔塞尼奥五百金币，后者回到西班牙，用它们赎回了抵押给债主的庄园，并带着余下的钱去找女儿，殊不知女儿已经出落成了亭亭玉立的少女僧侣，而且声名卓著。于是，阿尔塞尼奥返回表妹所在的修道院，并由此奔赴圣烛修道院，成了圣烛修道院的一代高僧。

这时，获得高僧锦囊的费尔南多领命护送红衣大主教的不坏真身回西班牙。于是，三个朋友——佩德罗、安德列斯和已经成为修道院画师的安东尼奥送费尔南多乘船出发。这时，读者得知佩德罗的全名是佩德罗·德·索利斯。这样一来，人物成了作者，作者成了人物。如此做法，除了西班牙“黄金世纪”文坛，通常要到现当代才会出现。且说费尔南多经墨西哥直达马德里。大功告成后，费尔南多在马德里花天酒地，成了浪荡公子，直至一个朋友因他遁入空门，另一个朋友因他死去。于是，他最终觉悟，当了修士。在美洲新格拉纳达的三位朋友得到消息后赋诗撰文予以祝贺。

作为尾声，小说写到四位年轻的修士开始在各自的道院奉行戒规，施展才华。而作为其引路人的阿尔塞尼奥恰在此时寿终正寝。

虽然有学者不无牵强地将其归入流浪汉小说范畴，但它显然是一种关于奇迹和觉悟的宗教文学。它的奇绝之处在于罔顾体裁界限，同时又大肆渲染宗教神秘主义，使人不得不猜想它当是出自一位虔诚的教士之手。作为教士手笔，作品中宣达的所有神奇或神秘不外乎是为了说明上帝的伟大、人生的虚妄。至于大量的神秘现象，则无不与天主教四大托钵修会[①]有关。而其中的宗教神秘主义又不由得使人想起16世纪西班牙宗教诗人，如加尔默罗会的圣女特雷莎·德·赫苏斯（Santa Teresa de Jesús，又作圣德兰）和圣胡安·德·拉·克鲁斯（San Juan de la Cruz），以及奥古斯丁会的路易斯·德·莱昂（Fray Luis de León）等。其中路易斯·德·莱昂修士表现贺拉斯（Horatius）式归隐思想的《隐居生活》（*Vida retirada*），具有柏拉图（Plato）和毕达哥拉斯（Pythagoras）式知识情趣的《致弗朗西斯科·萨利纳斯的颂歌》（*Oda a Francisco Salinas*），宣扬宗教神秘主义的《升天节颂歌》（*Oda a la Ascensión*）及有关历史的哲学思考的《塔霍河的预言》（*Profecía del Tajo*）等等，似乎都可以在《神奇沙漠》中找到影子。此外，莱昂修士认为，凡人皆可通过修炼接近善界，直至与上帝同在。因此，他的作品不仅神秘，而且具有明显的出世色彩。比如他的《赞清修生活》（*Qué descansada vida*）和《静夜》（*Noche serena*）都是这方面的经典之作。作为教士的佩德罗·德·索利斯不可能不熟悉莱昂的作品及其萦纡的神秘主义思想。

① 又名赤脚修会，即奥古斯丁会、多明我会、方济各会和加尔默罗会。顾名思义，奥古斯丁会因古代基督教思想家圣奥古斯丁（Augustinus）而得名。奥古斯丁把《新约》（*Novo Testamentum*）所揭示的信仰完美地与柏拉图的学说融合在一起，这种融合又通过他的思想（即过隐修院的集体生活）传输给中世纪的天主教和文艺复兴运动时期。宗教改革家路德（Luther, Martin）可算是该会最著名的修士。多明我会由西班牙人多明我·德·古斯曼（Domingo de Guzmán）创立于13世纪，最早到达西属美洲殖民地的传教士大多来自多明我会，如拉斯·卡萨斯。方济各会由意大利人方济各·阿西西（Francisco Javier）创立于13世纪，又称天主教小兄弟会，讲求严格的苦修。方济各先在意大利圣马可方济各隐修会修持一年后，十四岁便在保拉附近海岸的山洞隐修。1205年前后组织成立了第一个隐修会，取名“小兄弟会”，以示谦虚。1209年该会获教皇批准后迅速扩展至意大利、法国、西班牙、德国和波希米亚。加尔默罗会则是由部分受困十字军余众和朝圣者始创于12世纪中叶，因基督显圣加尔默罗山而名。四大托钵修会系13世纪上半叶在教皇扶植下建立的天主教修道士组织，因标榜不占私产、以托钵乞食为生，故名。

五、《绵羊》(*El carnero*)

《绵羊》是哥伦比亚作家胡安·罗德里格斯·弗雷伊莱(Rodríguez Freyle, Juan)创作于1636—1638年的小说，但出版时间是在两个多世纪后的1859年，而真正引起关注也只是近年之事。小说原标题为《新格拉纳达王国的征服与发现》(*Conquista y descubrimiento del nuevo Reino de Granada*)，顾名思义，是对新格拉纳达(即今哥伦比亚、委内瑞拉等)的个性化描写。由于作品夹杂了大量艺术想象，故而更像小说，遂以《绵羊》简称之，以别于一般历史和纪实作品。至于如何从《新格拉纳达王国的征服与发现》演变为《绵羊》，则还得从它在殖民地时期两个多世纪的流传说起。

囿于西班牙殖民当局对小说的禁忌，罗德里格斯·弗雷伊莱的这部作品一直以手抄本的形式在坊间流传，从而导致其版本众多，而且其数之众远超我国的《红楼梦》。至于它被当作小说，而非一般意义上的史书则是在上世纪中叶。正如学者张-罗德里格斯(Chang-Rodríguez, Raquel)所说的那样，它完全是一部不可多得的小说。用作者的话说，她是哥伦比亚美丽的孤女：

> 好奇的读者，我想对你说的是，我们面对的是一名孤女，她虽然美丽，而且深得大家的喜欢，因为她终于出落成了美丽新娘。她要出嫁了，但是她需要借礼服和首饰，以便体面地示人和参加婚礼。她还需要从别人的花园采撷娇艳的鲜花以装点婚礼的餐桌，邀请宾客，然后兴高采烈地将一切还给它们的主人。这个比喻适用于整部小说。①

显而易见，这个大写的作者话里有话。一如我国的一些古代话本，它是在两个多世纪的传抄过程中逐渐定型，并最终“出阁”的。

① Rodríguez Freyle, Juan: *Conquista y descubrimiento del Nuevo Reino de Granada*, Medellín: Editorial Bedout, 1968, p. 82.

此外，那些美丽的衣裳和首饰、花园和花朵则是从新格拉纳达的社会历史和现实生活中攫取的。如果继续引申，那么这些比喻也完全可以被认为是时人对殖民地书检制度的讥嘲：现实是不能赤裸裸地出现在纸上、诉诸笔端的，它必须乔装打扮，甚至装点得珠光宝气、光彩照人。

从实际内容看，小说由四部分组成：一为历史，二为历史的变奏，三为相对独立的故事，四为自传。这四部分内容相互交杂，又各有其妙。小说前八章基本尊重史实，具有鲜明的史传色彩。它从西班牙殖民者征服新格拉纳达之始一直写到1636年，并且回顾了西班牙人入侵之前印第安原住民的生活和原住民王国的国王和王子等。值得注意的是，小说还有意描绘了西班牙人对“黄金国”的想象，以及波哥大（圣信城）的建立。至于新格拉纳达印第安原住民的王中之王瓜塔维塔（Guatavita），作者也给予不少笔墨。从第九章开始，小说转向了平行叙述，其中有大量的人物和故事，有些可以追溯至真实的历史存在，有些则是作者或坊间想象的奇闻逸事。这些故事一直延续至第二十一章，时间跨度为一个世纪，即16世纪30年代至17世纪30年代。自二十二章起，小说开始夹叙夹议，即既有历史维度，又对不同的故事或传说进行了一番评点。最后是一些带有明显自传色彩的片段和指向殖民地社会的指摘与嘲讽，譬如作者谓世事实在平淡无奇，以至于不得不说些家长里短。如此等等，不一而足。

显而易见，作品的最大看点在第二、第三部分，尤其是第三部分。它们几可谓是演义或者相对独立的篇什与小说。后者就像是新娘嗟来的礼服、首饰和鲜花，尽管它们实际上并不令人感到宽慰。恰恰相反，它们大多具有讽刺或批判色彩。正因如此，有批评家称罗德里格斯·弗雷伊莱是“西班牙语美洲的第一位短篇小说家”。[1]

作品总共奉献了二十四篇几可独立成章的“小故事”。作者有时是它们的客观转述者，有时是亲历者，有时则更像是它们的评论者。近年，有学者试图用普罗普（Propp, Vladimir）的“故事学”对它们进行分门别类。这当然有待商榷，盖因罗德里格斯·弗雷伊莱在收集

---

① Ramos, Óscar Gerardo: “*El Carnero*. Libro de tendencia cuentística”, *Boletín Cultural y Bibliográfico*, Bogotá, Vol. IX, n211, 1966, p.2179.

和叙述这些故事时相当随意，并未表现出建立故事谱系的取向；况且历史语境也不允许他有如此先见之明，能够领先普罗普几百年产生这般学术精神。

事实上，罗德里格斯·弗雷伊莱的大多数故事都是从当时流传的司法案例、民间传说和对一些文学经典的演绎。后者的最好证据是第二十章关于蒙颇斯的书记员如何被化装成女人的魔鬼所诱惑，浮士德似的出卖了灵魂。而司法案例的最佳例证是一个叫加西亚·德·巴尔加斯的人物因偶然窥见妻子在远处与人用手势谈情说爱，妒火中烧，将她杀死。而事实是，妻子当时正在跟一个哑巴做手势，完全没有任何出轨的行为。哑巴的手势也只是告诉加西亚的妻子，他刚刚放倒了一只肥羊。至于传说，最古怪的是关于一个没有鼻子的人物如何招摇过市。这个篇什讲的也是一个司法案例，主人公康普撒诺是个火暴脾气，因为一点小事在大庭广众之下与人发生争斗，引来了几个警察出面干涉。康普撒诺直接拔刀相向，将几个警察打得落花流水。结果自然不妙，他被起诉并对簿公堂，法官判他有罪，处以劓刑。奇谲的是，行刑后这个康普撒诺拂袖离开法庭，全然不顾或者不觉得自己已经没有了鼻子。直到他兄弟问他鼻子哪里去了，他这才突然醒悟并转身回到法庭去找回他那业已冷却的鼻子，口中还念念有词，说“我太气愤了，根本顾不得丢掉鼻子这档子事儿”。[①] 此外，“胡安娜·加西亚的故事”同样充满了神秘色彩，消解或者弥合了现实与幻想的界限。这在中世纪后期的传奇故事中倒并不少见，但出现在17世纪的西班牙语美洲殖民地却显得有些突兀。同样神奇的还有“僧侣战胜魔鬼的故事”“印第安小偷的故事”等等。其中，“胡安娜·加西亚的故事”讲一个有夫之妇，丈夫出海去淘金，而她却又怀了别人的孩子。为了堕胎，她去找女巫求助，结果女巫施展巫术，让她通过水缸看见了丈夫在遥远的岛上同别的女人厮混。女巫还劝胡安娜·加西亚踏实生下孩子，因为她的丈夫一年半载回不了家。于是，胡安娜·加西亚又生下了一个女孩。问题是，她心中渐渐生出了妒意，待丈夫回来后

① Rodríguez Freyle, Juan: *Op. cit.*, p. 245.

直接告诉他说，“你在外面做的好事我都看见了”。那男人自然觉得奇怪，问她是怎么得知自己与人私通的。女人一五一十把巫婆的法术道了出来。这一说不要紧，却被丈夫抓住了把柄。胡安娜·加西亚被告上法庭，并被判处流放。而作者对西班牙殖民当局有关巫术的处理方式显然有所保留，尽管中世纪以降西方宗教法庭以极刑惩治了无数巫师。

综上所述，这是一部典型的反乌托邦小说。西班牙殖民地形形色色、稀奇古怪的故事不仅颠覆了哥伦布和西班牙殖民者的美梦，而且是对那些致力于“改善殖民地社会环境的”副王总督们的极大讽刺。所谓“新大陆”“黄金国”，无非是一个借别人的礼服、首饰和鲜花瞒天过海的、加引号的“新娘”，或者一只任人宰割的绵羊。这样的作品自然不能在殖民地时期获得出版。

六、《走火入魔》

《走火入魔》（或曰《魔鬼对话》，*La endiablada*）是秘鲁作家胡安·莫格罗维霍·德·拉·塞尔达（Mogrovejo de la Cerda, Juan）创作于1624年至1626年的讽刺小说。然而，作品一直要到1965年才被发现，并陆续牵出了多种不同的抄本。正因如此，学者拉盖尔·张-罗德里格斯分别于1975年、1978年和1991年推出了三个版本。自此，《走火入魔》开始逐渐为世人所关注。

小说假借两个魔鬼的对话以展开叙事。魔鬼阿莫尼奥是“老克里奥约”（即土生白人），而魔鬼阿斯莫德奥是专程奉命从西班牙来捉拿前者的。这自然会使人联想到西班牙宗教裁判所。然而，阿莫尼奥向阿斯莫德奥讲述了他在殖民地触目惊心、触耳惊心的见闻。

从内容的角度看，小说由四部分组成：一是贵族的腐败，二是普通家庭（主要指婚姻和女性）的堕落，三是殖民地各阶层风俗的败坏，四是文学的锈蚀。首先，阿斯莫德奥一路走来，悄然“寄生”在殖民地不同人物身上。譬如他途经巴拿马时将自己“寄居”在一位叫作堂苏埃洛·皮门特尔的假贵族身上，见证了后者如何用假冒的贵族头衔（“因为他听说这个贵族姓氏在这一带没有亲戚”[1]）骗取了名门望族，娶了家境优渥的大家闺秀，婚后自然德不配位，却锦衣玉食享用不尽。阿莫尼奥称之为“变形的奥维德”。而这种类似于奥维德《变形记》中不断幻化的形象便是西班牙殖民地“贵族”形象、“骑士”心灵的真实写照。它们早已腐朽变质，毫无骑士精神可言。当然，作者笔锋一转，认为西班牙上流社会同样如此，即贵族或骑士意味着不学无术、生性怯懦、债台高筑、借钱不还、谎话连篇、不听弥撒、贪吃懒做。用我们古人的话说，这叫作“上梁不正下梁歪”“源头不清下游浑”。小说是这样描写堂苏埃洛的：

> 他想在巴拿马娶妻结婚，因为他已经一无所有，穷得叮当响，连可当可卖的东西都没有了。而婚姻是摆脱穷困潦倒的体面方法。只要攀一门高亲，他就可以高枕无忧，安享富贵了……这不，好几个富贵人家想把女儿嫁给他。于是，他也就心安理得地结了婚。至于老丈人看重的，唯有年轻人的姓氏，无非是拿庄园换女婿罢了（风气使然，人们看重的莫非如此）。新娘怒气冲天，丈母娘粗俗不堪，新郎目中无人，只有老丈人成了可怜虫。而那些多事的七大姑八大姨们，多得数不胜数［……］。[2]

此后，阿斯莫德奥“寄居”到“新大陆”的其他人身上，继续他的历程——故此作品又被称作流浪汉小说。其中有一位修女，她半巫半贼，无恶不作。阿斯莫德奥徒叹奈何，盖因跟着这么一个一肚子坏水的女人，“连鬼都觉得累”。[3]在小说的第二部分，作者借魔鬼之口，道出了他对女性的偏见，谓“她们不干好事”，宠则骄，严则离，而且水性杨花，几乎赶上我们夫子的“难养”了。由是，老魔鬼阿莫尼

---

① Mogrovejo de la Cerda, Juan: *La endiablada*, ed. de Raquel Chang-Rodríguez, Lima: Pontificia Universidad Católica del Perú, 1991, p.156.

② Ibid., pp.157–158.

③ Ibid., p.159.

奥说：

> 现如今女人不再因爱情而迷糊，也不再用面纱装纯洁［……］她们直截了当，不再遮遮掩掩，连年龄都但说无妨。①

这种真实倒与上述男人的假冒伪劣恰成反比了。但在作者（或者人物——魔鬼）看来，女人的直白外露意味着世风日下，今不如昔。

此外，魔鬼们所见所闻皆是不堪入目、令人难以置信的：庄园像妓院，市场即欺骗，司法吃了被告吃原告，医道即庸道（小病变大病，大病成死讯）；饿殍遍地、哀鸿遍野更是不在话下。再就是恶棍充斥，诬告成风，社会风气之败坏已经到了堪称“人间地狱”的地步。用作者的原话说，是“地狱顶层”或曰“表层”。②

至于文学，作者借“魔鬼”之口，认为只有极少数是高雅文明，甚至圣洁的产物，尽管其中不乏忠言逆耳的批评之作；而大多数则陷入了庸俗的深渊，充满了铜臭气和酸腐味。这等火药味儿十足的作品也是无论如何不能在殖民地行世的，尽管作者有言在先：这些文字是魔鬼的对话，而非人之所言。其中的悖论或戏谑本身充满了讽刺意味——连魔鬼都看不下去了，夫复何言？

七、《修女传奇》

《修女传奇》，原名《修女阿尔菲雷斯的故事》（*Historia de la monja Alférez*），是女作家卡塔利娜·德·埃劳索（Erauso, Catalina de）创作于17世纪初的一部自传体长篇小说，讲述了修女阿尔菲雷斯的传奇故事。作品虽然早在1625年就曾部分出版于马德里，却迅速陷入沉寂，及至1820年才重新被人发掘整理，并以注疏本的形式在巴黎出

---

① Mogrovejo de la Cerda, Juan: *Op. cit.*, p.165.

② Ibid., pp.153–154.

版，而其在西班牙语美洲引发关注也是最近的事。

关于作者卡塔利娜·德·埃劳索，时人有过许多议论，其中最重要，也最为一致的看法是她完全不像一个女子。她于16世纪末出生在西班牙的一个普通家庭，生卒年月不详，唯一明确的是她曾于17世纪初应多明我会的派遣到新西班牙传教，并留下了《修女传奇》这部奇书。

《修女传奇》，顾名思义，是一部内容奇崛、形式独特的传奇小说，讲述了修女阿尔菲雷斯的传奇人生。这个人物当然是虚构的，但其中不乏作者卡塔利娜的自传色彩。小说凡二十六章，用第一人称并以忏悔的方式讲述"自己"的冒险经历。其中，不少片段让人分不清人物性别。用埃雷迪亚（Heredia, José María de）的话说，作者本身就是一位颇具男子气的女性形象，喜欢仗剑走天下，而且其貌不扬。①

人物以顺时序方式讲述自己的出身，十四岁被送进多明我会修道院。十五岁正式成为修女并师从一位壮实的老嬷嬷。后者结过婚，但人到中年守寡后选择了修道院。她对年轻的阿尔菲雷斯动手动脚，但"我"没有反抗。后来，主人公乘嬷嬷们练习颂歌，逃出修道院，开始了漫无目标的流浪。她剪掉了头发，女扮男装，直至流浪到首都，成为王室秘书的侍从。巧合的是，这个王室秘书居然认识她的父亲。有一天，父亲找上门来，请王室秘书帮忙寻找女儿。好在父亲已经认不得她，她窃喜逃过一劫，又决定离开首都，继续流浪，用她自己的话说，"像羽毛一样随风飘荡"。其中，有关修道院的点盂多少让人联想起薄伽丘（Boccaccio, Giovanni）的《十日谈》（*Decameron*）和拉伯雷（Rabelais, François）的《巨人传》（*Gargantua et Pantagruel*）。

当她辗转到达毕尔巴鄂，路遇几个男孩，他们见她是外地"男孩"，就合伙欺负她，混乱中一个男孩被她用石块砸伤，她被警察羁押，直至那个受伤的男孩康复。获释后，她离开毕尔巴鄂，抵

① https://ia902702.us.archive.org/7/items/historiadelamon00eraugoog/historiadelamon00eraugoog.pdf.

达纳瓦罗，在一个名叫卡洛斯的绅士家里当侍从。虽然绅士对她不错，好吃好穿地待她，但不到三年，她就厌倦了，并且“毫无理由”地离开了他。她转了一圈，又回到了故乡，但故乡物是人非，已经没有人识得她了。她一副男孩打扮，连言行举止都像个少年郎，尽管她已经年近二十。她花了四十个小金币从故乡坐船去了塞维利亚。而后又从塞维利亚直奔“新大陆”。她在船上当杂役，待抵达巴拿马后，趁夜深人静，便偷大副叔叔的五百比索，逃之夭夭了。好在船长对这一切毫不知情，他留在巴拿马，不再随船回塞维利亚。于是，她追随船长，在船长家住了好几个月。很快，她花完了偷来的钱财，只好另找生路。这时，她结识了在巴拿马做生意的商人胡安。后者为了打理别处的生意，将两个奴隶和一个黑人姑娘留给她当帮手，管理店面。可是好景不长，很快有个叫雷耶斯的人前来搅局，使她不得不怵惕自卫。她找来一把宝剑，还拿到理发师那里将它磨得锋利无比。第二天，那个雷耶斯打店铺经过，她悄悄尾随其至教堂门口，乘其不备，用剑劈向他的面部，旋即逃进教堂躲藏。结果当然不妙，她被警察投入监狱。为了将她从牢狱解救出来，胡安想到一个好办法：让她（老板并不知道她是女孩）跟自己的老情人（一个贵妇人）结婚，因为那个雷耶斯正是贵妇人的侄女婿。果然，她很快获释出狱，被带到教堂反省。一天夜里，那个贵妇人把她唤到家里，温情地抚摩她的身体。她吓得抽身逃走，但胡安还是执意要让她和贵妇人结婚并许以诸多好处。为了讨好贵妇人，同时安抚“小伙子”的情绪，胡安把她安置到了另一个地方。在这期间，叙述者写到了贵妇人的贪婪和虚伪。

没过几个月，雷耶斯带着两个男人找上门来。她知道来者不善，就伙同店伙计一起拿起武器冲上前去。混战中，她一剑刺死了雷耶斯的一个朋友，结果再次锒铛入狱。由于是杀人重罪，她被带到利马受审。结果就像胡安所说的那样，利马市长是他朋友，她得到了宽大处理，而且一跃成为市长的伙计，替市长打理一家店铺。她自然尽心尽力，但很快受到了市长大人的一个小姨子的青睐。一天，她依偎在那小姨子腿上，后者对她说：这样不是长久之计，应该自创事业，将来向她求婚。市长侧耳听见，不禁妒火中烧，旋即将她赶出家门。恰好秘鲁各地都在征兵，而且队伍稍加整编后要马上开赴智利打仗。这正中她的下怀，于是应征入伍，并随队开赴智利。而部队首长居然是她兄长米格尔。当他得知她是自己的“弟弟”，免不了大喜过望。毕竟他也是少小离家，对她和家里的情况一无所知，于是不停地询问。她只好胡乱搪塞。为了把她留在身边，米格尔谎称需要一个勤务兵，而“这个小伙子”恰好是他同乡。他将她从先锋营除名，带她到家里和一位女士家做客。由于那位女士对“小伙子”颇有好感，两人一来二往成了朋友。这惹怒了米格尔，使他大为光火。一晃几年过去，她与兄长的关系越来越糟，以至于不得不离开秘鲁。她此后果真随殖民军到智利镇压印第安人去了。战斗异常激烈，双方互有伤亡。在一次战斗中，殖民军伤亡惨重，为了从印第安人手中夺回军旗，她骑上战马，奋不顾身，最后夺回了旗帜，但自己也负了伤。这时，她兄长米格尔和地方长官正式任命她为掌旗官。这应该与阿劳科战争有关，只不过作者笼而统之，并未详细描写对手所属族群。

大概是因为女扮男装时间久了，叙述者常常用阳性格讲述她的故事。而她也凭借过人的机敏屡建功勋。但是，在一次械斗中，她杀死了一个挑衅的战友，从而不得不躲进修道院。直到时过境迁，她在朋友的帮助下离开修道院，奔赴另一场战斗：原来那个朋友有求于她，带她去参加一场决斗。由于决斗在深夜进行，她不知道对手是谁，结果误杀了自己的兄长。

她知情后十分茫然，开始沿着海边漫无边际地流浪，及至饥渴难耐，不能动弹。但运气并未就此将她抛弃，正在她绝望之际，迎面来了两位骑手。在他们的帮助下，她来到一个混血寡妇家中。她出生在美洲，父亲是西班牙人，母亲是印第安人。她虽然富有，但守寡多年，只有一个女儿和她相依为命。为了让“小伙子”成为女婿，混血女人使出了浑身解数。而叙事者（我们知道小说是卡塔利娜的自传体书写）居然一味地抱怨那女主人的闺女相貌丑陋，肤色黝黑。为了享受生活，她不得不装腔作势地半推半就，但同时千方百计拖延时间。

于是，婚礼一拖再拖，眼看把戏就要被戳穿，她只好偷一头驴子，逃之夭夭了。

在逃亡途中，她既遇到过军人，也遭受过土匪的袭击，但都化险为夷，直到再次回到胡安身边，替他照料更大的生意。这时，一伙土生白人和混血儿发动起义，她加入了镇压队伍。起义被镇压后，她晋升为副官。为了寻找黄金国，部队决定开赴前线，进攻一个印第安部落。经过一番激战，她和她的队伍攻陷了印第安部落，发现了不少碎金。但是，部队首长不许士兵贪恋金子，以免遭到印第安人的报复。于是，她趁着夜色和几个士兵悄悄溜出队伍，擅自到印第安部落寻找金子，自然收获满满。然而，部队是回不去了，她只好一路向南，直到进入智利中部。由于经常赌博、伤人、杀人，钱很快花光了事小，还被送上了绞刑架，差点儿一命呜呼。但她命不该绝，关键时刻被赦免了，而且一不小心成全了一位太太的离婚诉求。此后，她辗转回到秘鲁，先在库斯科逗留了一阵，又取道利马，参加了副王总督的保卫战。原来当时荷兰海军的多艘战舰虎视眈眈地驻扎在利马附近海域，副王总督决定先发制人，集结舰队进攻荷兰海军，结果铩羽而归，而且丢下了她和一些军人。荷兰人俘虏了他们，但结果并未像他们想象的那样被处死或带回荷兰，而是就地将他们释放了。她和战友们回到利马，出于失望，她离开利马回到库斯科，而且因为手痒又进了赌场。这回她同样遇到了麻烦，结果同对手刀剑相向。她又杀了人，自己也身负重伤。

至此，我不禁要问：她屡屡身负重伤，并且得到救治，为何却始终没有暴露自己的女儿身？这当然不是作者的疏忽，而是她有意为之。一方面为了继续她的“流浪汉”故事，另一方面则希望赋予人物以更多的神秘色彩。由于读者从一开始就知道她是女扮男装，故而多少也要为她的处境捏一把汗。

为了逃避死者亲友的寻衅报复，她不得不离开库斯科，一路北上。出发之前，她买了一把手枪，果然大有用处，不仅使她免受仇人追杀，又多给了她几分胆量。但毕竟杀人太多，她遭到秘鲁当局的通缉在所难免。

最后，鉴于教会多次出面保护她、赦免她，她终于良心发现，忏悔了自己的罪孽、交代了自己的性别。但是，没有人相信她是个女人。长期的女扮男装和掩盖女性特征，她已经变成了“十足的男人”。而这正是法国学者1820年出版《修女传奇》的推断：“她生来像个男人。”因教会保护、当局同情，她再一次逃过杀身之祸、牢狱之灾。她继续北上，不久抵达波哥大，并辗转登上了返回西班牙的航船。她先到塞维利亚，后至马德里，稍后又从马德里到法国，结果在法国被当作奸细遭到逮捕。经过几番交涉，她好不容易离开法国回到马德里。这时，她的冒险故事已经广为流布，她也因此而得到了国王的赏赐。此后，她较为顺利地从马德里到巴塞罗那，再从巴塞罗那到日内瓦，从日内瓦到罗马，终于见到了日思夜想的教皇。教皇为她的故事、她的虔诚和一直保持处子之身所感动，决定赐予她继续女扮男装的权利。

小说几乎采取了批判一切的态度，即使对教皇和国王也多有戏谑。从某种意义上说，上流社会的虚伪，赌博、械斗成为家常便饭。主人公可谓九死一生，却始终以轻松、戏谑的口吻娓娓道来，仿佛一切正在发生，无须渲染，也不用回避，其逼真和冷静程度令人惊叹。同时，小说从遣词造句到情节设置的粗粝也是显而易见的。

八、其他小说

以上大抵是殖民地时期较具批判色彩的一些作品，它们正越来越受到关注。除此之外，也有不少小说是游离于殖民地社会现实的，譬如一些骑士小说、牧歌体小说和宗教小说等。由于后者既无损大雅，又不“伤风败俗”，西班牙和殖民当局大概对其睁一只眼、闭一只眼（其中不少还是在西班牙出版的）。有费尔南德斯·德·奥维埃多（Fernández de Oviedo, Gonzalo）的《幸运骑士克拉里巴尔特》（*Libro del muy esforzado e invencible Caballero de la Fortuna propiamente llamado Don Claribalte*, 1519)、阿科斯塔（Acosta, José de）的《巴尔托罗梅·洛伦索朝圣记》(*Peregrinación de Bartolomé Lorenzo*，1586)、巴尔布埃纳的《厄里费勒丛林的黄金世纪》(1608)、路易拜辛（Louybayssin de la Marca，Francisco）的《恩里克·德·卡斯特罗的悲喜剧》(*Historia tragicomica de don Henrique de Castro*，1617)、弗朗西斯科·巴尔蒙神父（Padre Francisco Barmón）的《圣母的金翅雀》(*Los sirgueros de la Virgen*，1620)、胡安·德·帕拉福克斯·伊·门多萨神父（Padre Juan de Palafox y Mendoza）的《圣诞夜的牧人》(*El pastor de Nochebuena*，1640)、波拉弗洛斯（Bolaflos, Joaquín）的《圣诞夜的牧人》(*El pastor de Nochebuena*，1644)。波拉弗洛斯除此之外，还创作了不少于十种小说，但大都属于宗教题材。在这些作品当中，除《学生或诚实的好报》(*El estudiante o el fruto de la honradez*, 1828）已在19世纪初面世外，其余大都是在20世纪（1967年至1970年）由学者努特莱斯（Nutlez, Estuardo）整理出版的：如《隐姓埋名者或野心的后果》(*El incógnito o el fruto de la ambición*)、《保利娜或无私的爱》(*Paulina o el amor desinteresado*)、《马塞罗或宫廷之险》(*Marcelo o los peligros de la Corte*)、《萨比娜或不假伪装的大人物》(*Sabina o los grandes sin disfraz*)、《卢西娅或高尚的村姑》(*Lucía o la aldeana virtuosa*)，以及《劳拉或塞维利亚的太阳》(*Laura o el sol de Sevilla*)。

此外，18世纪尚有一些作品值得一提。譬如卡里奥（Carrió de la Vandera，Alonso）的《流浪盲人的小癞子》(*Laizarillo de ciegos caminantes*，1773)。顾名思义，这是一部典型的流浪汉小说，而且明显借鉴了《小癞子》等西班牙流浪汉小说的风格。小说由“小癞子”讲述他作为旅行者的领路人，从布宜诺斯艾利斯到利马的经历。这个“小癞子”自然是要加引号的，盖因他不是流浪汉，而“盲人”也只是不认路的睁眼瞎。因此，这是18世纪中后期南美殖民地生活情景的真实写照。与前述小说不同的是，卡里奥有意攫取了一系列典型人物，他们既是类型化的，又各具特征。尤其重要的是，他们分别代表了不同阶层，甚至不同肤色（二者大体上成正比）。然而，由于作品甫一问世就遭禁毁，地下流传的小说散本则未能提供关于作者的确凿资料。迄今为止，本书究竟是否卡里奥所作尚有许多疑点，尽管卡里奥这个人的确到过南美，而且是作为钦差大臣于1771年抵达利马的。由此，有学者揣测卡里奥之所以写作这部小说是出于真情实感，或者也为恶心那些对他不够恭敬的“新大陆”官员亦未可知。[①] 作者不仅十分了解“新大陆”的情况，而且颇具文学造诣。这在18世纪的禁毁文学中并不多见。

首先跃入读者视阈的是蒙得维的亚。那是叙述者抵达南美的第一站。小说描写了城市的人文和自然风貌，然后开始针砭时弊，认为该地的最大问题是人口稀少（仅有千余），而且生育率低下。1770年仅有一百七十个婴儿出生，而当年夭折的就达七十人。小说同时写到那里的土生白人是何等懒散，仿佛生来就是为了享受。肥沃的土地上，成群的牛羊仿佛自天而降，成为印第安人偷猎的对象。与此同时，三五成群、游手好闲的年轻人弹唱着难听的歌曲，饿了就随便逮只牲口生生地剥皮割肉，烤个半生不熟大吃一顿。而在伦敦，这样的好肉每一磅需要不少便士。

其次是布宜诺斯艾利斯那样的地方，各色人等，应有尽有。在这座数万人口的城市中，1770年就有一千五百多个婴儿出生，其中九百多个夭折。城市街道狭窄，每当有骑手经过，行人不得不避而让道，有时甚至影响教徒按时到教堂望弥撒。到了雨季，则多数房子进水被淹。市民相当慵懒，男人大腹便便，女人爱慕虚荣。她们倒是善于女工，个个都像裁缝，将自己打扮得花枝招展。地方如此富庶，就连那些无主的流浪狗都肚皮浑圆，几乎动弹不得。每当夜幕降临，老鼠就在街上乱穿，如入无人之境。作者提到了来自潘帕斯草原的骑手，尽管没有使用高乔这个称谓。他说这些人不是寻衅打斗，就是进城找姘妇嬉戏。

如此等等，小说夹叙夹议，一直从南椎体国家说到秘鲁利马。而这正是小说的高潮。西班牙人在利马买卖土地，对印第安人生杀

① http://www.bibilioteca.virtual miguel de cervantes.org/lazarillo-de-ciegos-caminantes/.

予夺。那些给白人带来无数财富的矿山，则俨然成了印第安人的地狱。监狱犹如马戏场，犯人随意进出：进去是因罪孽，出来成为劳力，反正矿山所需人手乃是多多益善。这些廉价的劳动力每天只需要少许食物充饥，连最便宜的牛奶也会掺水。而那些矿主们却振振有词，说印第安人在太阳王（印卡）统治时期的生活还远不如斯。①小说同时用鲜明的种族主义描写印第安人，认为他们天生愚昧，甚至有乱伦风俗。

总之，小说以冷静的笔调，而且引经据典，对南美洲进行了一番从容的扫描。我们固然很难确定这些描写的真实性，却不得不感佩于作者的胆略。无论是对西班牙人（包括土生白人）的批评，还是对印第安人的贬损，都触目惊心，让人有身临其境之感。而这也许恰恰是小说的成功之处，也是它遭到禁毁的历史原因。值得一提的是，它与其说是小说，毋宁说是游记，盖因它且行且叙，并大抵只是点到为止，鲜有细节描写，更遑论情感描写。为了说明某些社会问题，作者甚至像社会学家或人口学家那样列表彰示，例如1770年布宜诺斯艾利斯的人口及生育情况：

男性：3 639人，其中欧洲移民1 854人（包括伊比利亚人口1 398人，当然多数为西班牙人），土生白人1 785人；②

女性：4 508人；③

儿童：3 985人，不包括当年出生的婴儿；

当年出生婴儿：1 520人；

夭亡婴儿：931人；

孤儿：99人；

官员、军人、教士和修女：5 712人；

黑人和黑白混血人口：4 163人；

① http://www.bibilioteca.virtual miguel de cervantes.org/lazarillo-de-ciegos-caminantes/.

② 奇怪的是作者居然没有列出印第安人口。

③ 作者也未对其进行种族或民族划分。

[……]。[1]

此外，作品还罗列了不同教派的教士和修女人数，独独没有提及印第安人，尽管在谈到利马矿山情况时描写了印第安人的悲惨境遇。

与这部作品几乎同时创作的《梦之梦》（*Sueño de sueños*, 1788），借克维多之名徜徉于西班牙和美洲殖民地。且说克维多在《梦》（*Los sueños*）中历数西方社会自荷马至中世纪的社会情状和各色人等，用极其悲观的口吻叙述人类的种种罪行。而阿科斯塔·恩里盖斯（Acosta Enríquez, José Mariano）这位新西班牙作家（尽管他出生于西班牙科尔多瓦）延续了克维多的内容和风格，对西班牙“黄金世纪”进行了大写意式的扫描和细密画式的勾描，展示了西班牙帝国的盛极而衰、西班牙文坛的明日黄花。

正因为殖民当局忌讳小说的内容，它一直默默无闻，及至1945年由墨西哥文史学家在一个私人收藏馆中发现，并由希梅内斯·鲁埃达（Jiménez Rueda, Julio）整理出版。目前我们可以检阅的版本除了1945年版，还有1995年的第二版。需要说明的是，无论是第一版（本著依从的1945年墨西哥国立自治大学版）还是后来的单行本，都未能引起学术界和读书界的足够重视，而第二版之所以比较引人瞩目，大抵是因为它夹杂在其他一些较为醒目的篇什之中。

小说从盖雷塔罗市中心写起。傍晚，百无聊赖的主人公（同时也是叙述者）坐在公园长凳上吸烟小憩。少顷，迎面走来一位素不相识且又似曾相识的陌生人，他主动与主人公攀谈，并向他提出三个问题：你知道一天的价值吗？你知道一小时的价值吗？你知道时间的价值吗？[2]主人公的回答令对方十分震惊，他说：我的回答已经写在纸上，剩下的便是到地下吃泥土了。[3]大意如此。而那个提问者不是别人，他正是大名鼎鼎的西班牙“黄金世纪”诗人克维多。他身后

---

① http://www.bibilioteca.virtual miguel de cervantes.org/lazarillo-de-ciegos-caminantes/.

② Acosta Enríquez, J. M.: *Sueño de sueños*, México: Universidad Nacional Autónoma de México, 1945, p.119.

③ Ibid., p.120.

是另外两个西班牙作家——塞万提斯和托雷斯·维亚罗埃尔（Torres Villarroel, Diego de）[1]。他们虽然已故多时，但黄昏中、月光下依然神采奕奕。于是，主人公看清了他们的面容和身形，回想起他们的作品和过去，并且跟随他们，领略了他们所处的亡者领地。那里都是早已逝去的先人。他们曾经都是西班牙赫赫有名的前辈，见证并且助推了西班牙帝国和西班牙文坛由极盛走向衰微。其中既有国王和王公大臣，也有作家和各色风云人物。

在如但丁（Dante Alighieri）般见过了许多逝者之后，塞万提斯建议说，接下来不如看看他的堂吉诃德和桑丘。克维多却认为与其拜访虚构的文学人物，不如到柏拉图的王国去走一趟。于是他们来到一个洞穴，其中除了可怕的场景和狰狞的面目已别无其他。为了尽快逃离，他们又决定领主人公回到他生活的地方。如此一来，小说才真正进入正题，但这时小说已然接近尾声，而前奏却是几位前辈带领主人公对过去的一次游历。这样的布局难免让人想起但丁的《神曲》（*Divina Commedia*），尽管作者自始至终既没有提及《神曲》，也没有说到但丁。

由于受到了“死亡之旅”的震撼，主人公从无数已故前辈获罪的呻吟和痛苦中幡然惊醒。他在那些死者身上看到了自己，尽管他知道“那不过是一个梦”。[2]他翻身起床，穿好衣服，准备去办公室上班。一路上，他回忆起梦境及其细节，也便有了创作《梦之梦》的念头，觉得它对一些人或许只是消遣，对另一些人却可能有所教益。[3]

根据学者马科·纪廉（Guillén, Marco）的考证，这样的“梦魇”或梦幻小说在西班牙美洲殖民地并非绝无仅有。譬如他列举了《无可救药者的医院》（*Hospital de incurables. Viaje de este mundo y el otro,*

① 托雷斯·维亚罗埃尔，西班牙作家，生于1693年左右，卒于1770年，曾任萨拉曼卡大学教授，精通数学，在小说、诗歌和戏剧方面均有建树，其代表作为《幻觉与奇遇》（*Visiones y visitas con Don Francisco de Quevedo*）。遗憾的是他生不逢时，随着帝国的没落，西班牙文坛在欧洲失去了往日的辉煌，他的作品除了在美洲殖民地稍有流布，几乎无人问津。

② Acosta Enríquez, J. M.: *Op. cit.*, p.215.

③ Idem.

1663)，其作者为哈辛托·波罗（Polo, Jacinto），以及特雷斯盖拉斯（Tresguerras, Francisco Eduardo）的《真实的梦》（*Sueño verdadero*，1796），后者系阿科斯塔·恩里盖斯的好友。[1]

作品的批判色彩除了揭露西班牙故人的罪过，自然还有主人公由彼及此、由人及己的对号入座。然而，无论是前者还是后者，都是殖民地时期忌惮的内容。而这些内容恰恰是导致作品难以在西班牙及其美洲殖民地出版的原因，尽管作者煞费苦心地借梦幻以喻现实、借故人以鉴时人。某些情景颇令人思及博尔赫斯等当代作家的一些作品。

同时期的其他类似作品尚有卡尔萨达（Calzada, Bernardo María de）的《希尔·布拉斯·德·桑蒂亚纳的族谱》（*Genealogía de Gil Blas de Santillana*, 1792）、波拉尼奥（Bolaños, Joaquín）的《死亡的奇幻生涯》（*La portentosa vida de la muerte*，1792）、奥拉维德（Olavide, Pablo de）的《胜利布道或不惑哲人》（*Evangelio en triunfo o historia de un filósofo desengañado*，1797）和《隐姓埋名者或野心的后果》等等。

此外，如果往前追溯，我们还能挖掘出一些模仿田园牧歌和《阿卡迪亚》（*La Arcadia*）[2]的牧歌体小说，如墨西哥作家贝尔纳多·德·巴尔布埃纳的《厄里费勒丛林的黄金世纪》和另一位墨西哥作家弗朗西斯科·巴尔蒙的《圣母的金翅雀》。同样，胡安·德·帕拉福克斯·伊·门多萨神父的《圣诞夜的牧人》也是在墨西哥创作的。这些作品不是借宗教信仰以抒发情感，便是面壁虚设，既没有在形式上超越西班牙同类作品，也没有多少美洲色彩。但是，作为西班牙语美洲小说的先声，不妨在此一提。

---

① Guillén, Marco: “José Mariano Acosta Enríquez, epígono novohispano de Francisco de Quevedo”，*La Perinola*, 13, UNAM，2009，pp.69–70.

② 在此专指16世纪西班牙作家洛佩·德·维加的小说。

第二编

绪言

在进入美洲古代文明这一话题之前，我们不得不首先提及冒险家哥伦布（意大利语名Colombo，Cristoforo；西班牙语名Colón，Cristóbal，1450？—1506）。都说哥伦布是个冒险家、探险家或航海家，但关于其早年生活，人们所知甚少。据他自己和有关传记家称，哥伦布出生于中世纪的热那亚（今意大利西北部）。适值西班牙完成“光复战争”，擢升为罗马帝国之后的第一个基督教帝国，而今意大利的不少城邦当时或依附于西班牙，或邀请西班牙驻军以抵抗来势汹汹的奥斯曼帝国和土耳其海盗。如是，及至塞万提斯（Cervantes Saavedra, Miguel de，1547—1616）时代，那不勒斯、威尼斯、西西里岛等仍驻有西班牙军队。塞万提斯就曾随军驻守那不勒斯，并在抗击土耳其人的海战中身负重伤，失去左臂。同时，奥斯曼帝国的扩张，致使西方经直布罗陀海峡、非洲好望角通往东方的海路受阻，西班牙、葡萄牙等崛起的西方国家才急于寻找新的路径以获取东方的黄金、珠宝、丝绸、瓷器、香料等贵重物资。而哥伦布关于一直向西航行同样可以到达中国和印度[①]的计划得到了西班牙王室，尤其是伊莎贝尔女王（Isabel Ⅰ，1451—1504）的支持和帮助。后者不惜赐予百宝箱并

① 这是佛罗伦萨地理学家托斯卡内利（Toscanelli，Paolo dal Pozzo，1397—1482）的思想，15世纪末渐为人们所接受。同时，在哥伦布西行之前，欧洲曾盛传维京探险家莱夫·埃里克松（Erikson，Leif，970—1020）于11世纪从大西洋抵达过“新大陆”。埃里克松的父亲是大名鼎鼎的红发海盗埃里克（Erik the Red）。

亲笔函拜大可汗中国皇帝以裨历史狂人哥伦布完成航海探险。1492年8月3日，哥伦布率三艘西班牙帆船，共八十七人从帕洛斯港出发向西航行，目的是开辟大西洋通往中国和印度的航道。他原本指望两周之内到达中国，如果遇到顺风则一周便可抵达日本。然而，他经历了两个多月希望与绝望的交织，几乎是在水尽粮竭的狼狈情形下于10月12日凌晨2时看见地平线。黎明时分，哥伦布率领一行探险家及随行人等，举着西班牙皇家旗帜阴差阳错地登陆今巴哈马群岛。由于见到的土著居民更像"印度人"，于是他以为自己直接进入了印度洋，也便不由分说地称所到之地为"印度"了。而后来人们所谓的"西印度"，则是为了区别美洲"新大陆"与真正的、亚洲的印度。①

且说哥伦布的第一次航行是在今巴哈马群岛的一个他叫作"圣萨尔瓦多"②的地方登陆的，而不是计划中的日本。在后来的三次航行中，哥伦布到达过大安的列斯群岛、小安的列斯群岛、加勒比海岸(即今委内瑞拉东北部)，以及中美洲，并宣布它们统统为西班牙帝国的领地。而追随他的西班牙冒险家更是如狼似虎地开始占地为王，肆意烧杀抢掠。

1492年航海成功后，哥伦布便效法先人③，在《航海日记》(*Diario de navegación de Cristóbal Colón*)和致卡斯蒂利亚女王的信札、奏呈中盛赞这片土地，说它到处都气候宜人，物产丰饶，令人叹为观止。"尤其是西班牙岛（即今多米尼加共和国，后因发现了真正的大陆，遂将今墨西哥一带命名为新西班牙——引者注)，简直如同仙境。这里深水环绕，河流交错，令人称奇。内陆高山入云，连绵不绝……它们是那么俊美，那样多姿［……］简直难以言表。万千植物和参

① 1499年，另一位意大利探险家阿美利科·维斯普西（西班牙语作Vespuci, Américo，意大利语作Vespucci, Amerigo）沿着哥伦布的足迹到达美洲，经过考察，他发现那是一个全新的世界。从此，人们逐渐开始以"新大陆"或美洲命名这块"新大陆"，但同时沿用"西印度"。而美洲（America）正是阿美利科的阴性变格，盖因其他大陆皆以拉丁文阴性命名。稍后，航海家麦哲伦（西班牙语作Magallanes, Fernando de；葡萄牙语作Magalhães, Fernão de）于1519年至1522年完成了环球航行，证实了阿美利科·维斯普西的发现。

② 圣萨尔瓦多（San Salvaor）在西班牙语中意为神圣救世主。

③ 譬如马可·波罗。

天大树都四季常青，如沐西班牙五月春风。它们郁郁葱葱，硕果满枝［……］夜莺在丛林里歌唱，小鸟叽叽喳喳［……］绝对令人流连忘返。”[①]

他见到的第一个岛屿，即心安理得地以西班牙命名。现在看来真是无耻之尤。那完全是殖民者的嘴脸！当然，这并不是要否定他彼时彼刻发现美洲的历史功绩。

历史就是那么诡谲和复杂。如何历史地看问题、站在什么人的立场上看问题，结论殊是不同；何况，诚如克罗齐所说，“一切历史都是当代史”。

且说他兴高采烈地慨叹，那里的树木非同寻常，竟然一棵树上能长出几种枝叶，“有的多达五六种。别以为那是嫁接的结果”。那当然不是嫁接的结果，而是美洲热带丛林各种寄生植物相互交叉的缘故。他还说，“这里的鱼儿不同凡响，堪称奇迹。有的比世上最最漂亮的公鸡还要鲜艳，蓝色的，黄色的，红色的，简直是五彩缤纷；有的色彩斑驳，可谓千奇百怪、难以名状”。至于印第安人[②]，他描绘说：“印度人古道热肠，毫不吝啬。”他甚至向西班牙“天主教双王”保证说，“全世界没有比他们更好的人了”。为了吸引世人的视听，哥伦布甚至似是而非地夸大事实、哗众取宠，把美洲描写成遍地留金的“黄金国”，说“河流中黄金俯拾皆是，随手就能捞起一把。发现这一情景的人个个欣喜若狂。他们纷纷跑来报告，说得神乎其神，以至于连我也感到震惊，简直不敢相信，更不敢向陛下您如实禀报［……］”。[③]总之，哥伦布俨然把美洲描绘成了绝美的人间仙境。1493年，哥伦布的日记和信札出版后不久，即被译成拉丁文及几乎所有罗曼司语。于是，全欧洲的人以史无前例的速度将其传诵开了。人们在哥伦布的文字中重温了柏拉图的亚特兰蒂斯、马可·波罗（Marco Polo）的东方神话和骑士小说

① Menéndez Pidal ed.: “Cómo hablaba Colón”, *Revista cubana*, No.14, 1940, pp.5–9.
② 这是根据英语“Indian”音译的，西班牙语为“Indio”，其本义仍为“印度人”。当然，西班牙语中另有一个指代印度人的名词（形容词）“Indo”，以示区别。下同。
③ Menéndez Pidal ed.: *Op. cit.*, pp.5–18.

的种种玄想，甚至验证了《圣经》中先知先觉们关于福地的预言。从国王到平民，即使最不轻信的人也无法抵御哥伦布带来的这一历史性发现（故史称“航海大发现”）。西班牙人更是欣喜若狂。哥伦布每次航行回来，所到之处都是万人空巷，官员迎迓，犹恐不及。哥伦布的《航海日记》和《信札、奏呈》（*Cartas y mensajes*）更是人人竞相传阅。它们再一次唤醒了人们的想象力和冒险精神，“新大陆”成了时人的第一话题，并使无数英雄好汉、流氓无赖神摇意夺，梦魂颠倒。

哥伦布航海成功的消息轰动了整个欧洲。嗣后，他又连续于1493年、1498年和1502年经大西洋远航美洲。他的“航海大发现”引得西班牙、葡萄牙和其他西方殖民者争先恐后，蜂拥而至。用约翰逊博士（Dr. Johnson，Samuel）的话说，哥伦布“唤醒了欧洲人的好奇心”。[①]而好奇的原动力首先是黄金白银，其次还是黄金白银，当然也包括可以折合成黄金白银的诸多其他财富。

再说多明我会（又称道明会）教士巴尔托洛梅·德·拉斯·卡萨斯（Las Casas, Bartolomé de），他曾随哥伦布远赴美洲。那是在1493年，哥伦布第二次远航美洲——他心目中的印度。由于巴尔托洛梅·德·拉斯·卡萨斯的父亲安东尼奥·德·拉斯·卡萨斯（Las Casas, Antonio de）参与了哥伦布1492年的首次探险，第二次便带上了十九岁的儿子。然而，后者作为多明我会教士，肩负着替罗马教廷和西班牙“天主教双王”教化“印第安人”的神圣使命。于是，问题出现了。巴尔托洛梅·德·拉斯·卡萨斯（以下简称拉斯·卡萨斯）记于1542年的《西印度毁灭述略》一书，所揭示的是一种世界末日般的景象。譬如，他这样记述西班牙殖民者在西班牙岛（今多米尼加共和国）的暴虐与杀戮：“以上帝的名义并受本人良心所驱，我要说，印第安人除为和蔼可亲的优秀传教士建造了修道院以外，委实没有提供任何口实，使西班牙人干下如此惨绝人寰的种种暴行。他们烧、杀、抢、掠，无恶不作，最后把幸存者变成奴隶……男人多被杀光，一般只剩妇女和儿童。基督徒对他们进行了分配。”或者妇女被赶到农场

① Henríquez Ureña: *Las corrientes literarias de la América Hispánica*, México: Fondo de Cultura Económica, 1954, p.10.

种地，男人被抓进矿山炼金。“暴徒们把产妇的乳汁挤干，以饿死他们的婴儿”；或者在委内瑞拉沿海将印第安人推进五六米深的海里，逼他们从早到晚“在水中游来游去，不给一点歇息时间，当小网里的珠蚌满了，他们才能钻出水面，借举起小网之际喘口气。这时，海上总有一个西班牙刽子手坐在独木舟或小船上监视。如果印第安人露出水面时间稍长，定遭拳打脚踢，或揪着他们的头发按下水去，强迫他们接着干……晚上，为防止他们逃跑，西班牙人把他们推翻在地，再套上枷锁”。很多印第安人“潜入海底，再也没能上来，鲨鱼或马拉赫鱼，这两种凶残的水中畜生把他们活吞了。贪婪嗜血的西班牙人把印第安人置于灵肉均灭的灾难之中，因为他们临死尚未皈依天主教，也没在教士面前受过洗礼”。[1]

拉斯·卡萨斯还详细描绘了西班牙人如何利用阿兹台卡人的善良，将国王小蒙特祖玛诱入牢笼囚禁起来。虽然阿兹台卡人奋力反抗，并击退了侵略者，但终究不敌科尔特斯率领的西班牙殖民者，最后惨败并遭屠城。如此，从新西班牙（今墨西哥及原属墨西哥的今美国西南部）到今阿根廷的拉普拉塔河，西班牙人所到之处便是印第安人的灾难和末日。他多次说到印第安人如何单纯善良，在西班牙人的骏马、刀剑、火器和狡诈面前如何不堪一击。他甚至断言，西班牙人带去的杀戮和瘟疫在短短几十年间消灭了一千五百多万印第安人或者更多。至于印第安文化的命运，则可想而知。

拉斯·卡萨斯的立场固然迥异于哥伦布和其他西班牙殖民者，而且他反对时人套用一千八百多年前的亚里士多德（Aristotle）理论[2]，却并不反对西班牙占领美洲，因为在他看来，只有这样才能使驯良的

---

① 拉斯·卡萨斯：《西印度毁灭述略》，孙家堃译，北京：商务印书馆，2010年，第26—67页。

② 亚里士多德在其著作《政治学》（*Politics*）中曾明确指出，国家虽然在产生时间上晚于家庭，但在性质上却优先于家庭，并且也优先于个人；因为全体优先于部分，就像手服从于身体。当身体毁灭的时候，一只手就不再是一只手了。同时，他认为奴隶制是必要的和正当的，奴隶生来低于其主人；有些人生来就注定只有服从，而另一些人生来就是统治者。他进而认为，一个天生就不属于自己而属于别人的人，生来就是奴隶；奴隶不应该是希腊人，而应该是其他精神低劣的下等种族。见亚里士多德《政治学》（吴寿彭译，商务印书馆1966年版）。

印第安人变成基督徒。

至于被征服者，即印第安人，则完全是另一种态度。关于这一点，本著将在殖民地文学中予以说明。而目前我们所说的古代美洲文学大多是在独立战争以后，尤其是20世纪重见天日的。

随着美洲的被殖民化，西班牙语文学随即开枝散叶。但是，由于西班牙（还有重新回归西班牙的葡萄牙）及殖民当局严禁小说进入美洲，诗歌几乎成了唯一的文学体裁。的确，为了施行愚民政策，西班牙曾明令禁止小说进入其美洲殖民地。西班牙（和葡萄牙）都曾于16世纪初颁布法令，严格禁止小说，尤其是方兴未艾的骑士小说传入其美洲殖民地。其中，西班牙当局于1531年4月4日颁布的有关法律条文最为严苛。在这些条文中，西班牙皇家法院和宗教法庭（又称宗教裁判所）明令禁止任何小说及消遣性故事，如《阿马迪斯》（*Amadís de Gaula*）等作品传入西印度，以免对印第安人造成不良影响。为了令行禁止，西班牙皇家法院又于1543年再次颁布法令，严格禁止小说进入美洲殖民地，以免印第安人错把《圣经》及其他正经读物同小说混为一谈。诸如此类，不一而足。当然，剧作家和一般意义上的散文家并未绝迹，只不过论成就难以与诗人比肩。

于是，在三百多年的殖民统治中，西班牙文化在西属美洲一统天下。巴洛克主义在缤纷繁复、血统混杂的美洲世界找到了新的土壤，孕育了以“第十缪斯”胡安娜·伊内斯修女为代表的“新西班牙文学星团”。19世纪初，美国独立运动、法国大革命波及西属美洲，殖民地作家以敏锐的触角掀开了启蒙主义的帷幕，独立革命的号角南北交响。奥尔梅多（Olmedo, José Joaquín de）、贝略（Bello, Andrés）、费尔南德斯·德·利萨尔迪（Fernández de Lizardi, José Joaquín）等人纷纷为殖民统治敲响了丧钟。至于此后发生的巨变，则容分章评述。

第二编

第一章　古代美洲文明述评

引言

良渚文化申遗成功改变了欧陆关于文明的界定方式，从而以农耕文明、城池建设和国家雏形三要素与文字、城池和国家雏形对举，使中华民族有了确凿无疑的五千多年文明史；同理，美洲古代文明亦可追溯至四千余年前。

说到古代美洲文明，人们首先想到的大抵不外乎玛雅、阿兹台卡和印卡文化。但事实上，在它们之前或同时，古代美洲有过诸多文明或文化。这里不妨列数一二。

第一节　以今墨西哥[①] 为中心

古代美洲文明起源很早。按目前流行的推算方式（国家雏形、城池和农耕文化三大要素），古代美洲文明可以追溯到四五千年前。迄今为止，考古学界发现了数十种大同小异的文化遗迹，尤以今墨西哥境内的奥尔梅卡文化为最早。

① 今墨西哥得名于阿兹台卡人的指涉——墨西卡（Mexica）。

一、古代文明概况

在美洲，奥尔梅卡（Olmeca）[①]文化是迄今发现的最古老的美洲文化，其历史可以追溯到公元前两千多年。其繁盛时期为公元前1200年到公元前400年左右，此后不知缘何衰落，直到1884年著名的奥尔梅卡巨人头像被发现并在考古学界引起轰动。目前已知的巨石头像有十多尊，它们大多散落于古代奥尔梅卡文化发祥地——今墨西哥中南部至墨西哥湾沿海地区。[②]这些头像由整块玄武岩雕成，匠心独具。巨石头像重达数十吨，高3米多，鼻扁平，唇厚大，酷似非洲人种。它们一个个戴着饰有花纹的头盔；头盔遮住两耳，神情凝重，故酷似武士。随着巨石头像的发现，奥尔梅卡文化遗迹也被逐渐发掘，其中有玄武岩金字塔群、大型宫殿和神庙遗迹及尚未破译的文字体系和玉器、陶器、火山熔岩器具、燧石刀剑和曜石饰物等。从建筑的角度看，墨西哥境内的许多文化（包括玛雅文化和阿兹台卡文化）似乎都受到了奥尔梅卡文化的影响。譬如用花岗岩或火山岩石块建筑的大型金字塔、神庙和宫殿。同时，他们崇拜美洲虎、羽蛇和凤鸟，有大型球场。[③]除了美洲虎或美洲豹崇拜[④]，羽蛇这一奥尔梅卡文化的主要图腾同时也是玛雅人的主神库库尔坎（Kukulcán或Cuculcán）和阿兹台卡人的主神盖察尔科阿特尔（Quetzalcóatl）的外化形象。此外，奥尔梅卡人已经有了象形文字，与玛雅文字有相似之处，但似乎数量有限，至少截止目前情况如斯。[⑤]因此，其语言体系

① 又称奥尔梅克文化（根据英语“Olmec”音译），而西班牙人则按土著语言表音为“Olmeca”。其他如阿兹台卡和印卡等的译法，均以拉丁表音为准。

② Krickeberg, Walter: *Las antiguas culturas mexicanas*, México: Fondo de Cultura Económica, 1961, pp.378–394.

③ 奥尔梅卡人的橡胶球赛颇似目前的篮球赛，但可四肢并用，亦可用头顶触，球队双方按规则将球洞穿石孔，每局多进球者为赢方。

④ 让人联想起我国古代商周时期的虎豹图腾及西王母、穷奇、罗罗（彝族）等。见《山海经》。

⑤ 有人根据《汉书·东夷传》关于倭国四千里以东，船行一年可至的描写，认为奥尔梅卡人可能是商周交替时纣王麾下的大军。这显然只是传说，至于考古学界在奥尔梅卡遗迹发现的三百余个象形文字，更是与甲骨文或金文相去甚远。所谓人同此心，心同此理，在特定生产力发展水平和社会环境中，相似的文化现象比比皆是。

和文字含义还是未解之谜。奥尔梅卡人居住的地区既有高原，也有沼泽，但大抵气候炎热，雨水充沛，河流众多，植被丰腴，并且有成片的天然橡胶树林和耕地遗迹。迄今为止，考古学界发现了三大奥尔梅卡文化中心，它们是圣洛伦佐（San Lorenzo）、拉文塔（La Venta）和特雷斯萨波特斯（Tres Zapotes）。这三个地区分别代表奥尔梅卡文化鼎盛时期的三个阶段：根据碳14测算，其相关年代分别为约公元前1200年至前900年间、公元前900年至前400年间和公元前500年至前100年间。从时间维度看，这三个地区或可证明奥尔梅卡人曾经历了大规模的迁徙。至于缘何迁徙，则至今没有答案。也许是因为自然灾害或战争。[①]然而，奥尔梅卡文化早已由游牧转向了农耕。从出土的文物看，奥尔梅卡人擅长种植玉米、豆类和马铃薯等农作物，同时饲养火鸡等家禽。其中玉米也是玛雅人和阿兹台卡人的主要食物，玛雅人甚至自称“玉米人”。此外，从一些建筑、石刻不难看出，奥尔梅卡人进入了阶级社会。除了巨石头像所戴的头盔，奥尔梅卡的建筑石刻上既有服饰讲究的“上等人”，也有半裸露状态的劳工苦力。而建设金字塔、神庙、宫殿的显然是普通劳动人民。既然以首领或君主、祭司或巫师为核心的统治阶级在那些不产石材的地方创造了令人肃然起敬的辉煌建筑，劳动人民付出了多少心血乃至生命便可想而知。

需要说明的是，迄今为止人们尚未发现任何与奥尔梅卡文学有关的器物。对于少量已发现的象形文字，学术界也尚未达成共识。

几乎和奥尔梅卡文化一样古老的托尔台卡（Tolteca）文化发祥于今墨西哥中部。作为托尔台卡文化的中心，图拉（Tula）有过灿烂的时期，其中尤以神庙上的“机器人”石柱闻名于世。这些石柱酷似机器人，高达十米，故而引发了坊间有关外星人的诸多猜测。其实，从前述奥尔梅卡巨石头像看，托尔台卡的这些“机器人”石柱也许只能算是前者的“微缩版”；尽管从时间角度看，托尔台克文化几与奥尔梅卡文化同时产生，也莫名其妙地消亡。然而，不同

---

① 事实证明，西班牙殖民者到达美洲时，危地马拉境内的两个玛雅部族间战事正酣，这客观上帮了殖民者的忙。

于奥尔梅卡文化，托尔台卡文化除了其在图拉留下的那些沉默的遗迹，流传至今的还有阿兹台卡人为之记录或编织的传说。在阿兹台卡传说中，托尔台卡人和奇奇梅卡人（Chichimecas）分别来自月亮和星辰。尤其是前者，他们不仅是“第五纪人类”，[①]而且是所有艺术的创始人。因此，在阿兹台卡语纳瓦特尔中，托尔台卡是艺术的同义词。阿兹台卡人认为托尔台卡人居住在托兰（Tollan）[②]。那是一个类似于古希腊奥林波斯山或亚特兰蒂斯的美轮美奂的城市，简直就是亚欧神话中的天堂——阿兹台卡管它叫哈乌哈（“Jauja”）[③]。那里，玉米长得像树，而且挂满了棒子；青菜像棕榈一样粗壮；棉花五颜六色，仿佛彩球；鸟儿都有七彩的羽毛；御令官的嗓音似雷声般响亮；等等。托兰的首领叫盖察尔科阿特尔，[④]他其貌不扬，甚至十分丑陋：长须逆鳞，令人恐惧。但他非常富有，而且权倾天下。他将自己藏匿在用黄金和宝石打造的宫殿深处，一切指令由御令官昭告天下。他用盖察尔[⑤]羽毛装饰自己，也用它和宝石犒赏托尔台卡人。总之，他们来自月亮，是世界上一切财富和美的创造者。有诗为证：

那里，湛蓝的水无边无际；
那里，雪白的树扶摇直上；
洁白的芦苇翩翩起舞，
还有白色的柳枝飘逸。
地上满布雪样的沙滩，[⑥]
棉花彩球似的随风摇曳，
水面漂动七彩的睡莲花，

---

① 在阿兹台卡传说中，我们是第五纪人类，之前已经有过四纪。
② 又称图拉。
③ 在纳瓦特尔语中，天堂表音为“Jauja”。
④ 盖察尔（quetzal）为羽毛，科阿特尔（cóatl）为蛇，合二为一即羽蛇。
⑤ 美洲绿咬鹃，以色彩斑斓著称。
⑥ 尤卡坦半岛的沙滩确实是白色花岗岩细沙。

更有球场上穿梭的身影。[1]

迄今为止，除却阿兹台卡人传颂的这些神话故事，托尔台卡人自己并未留下片言只语，自然也就谈不上有什么文学遗产。当然，图拉等蔚为壮观的文化遗迹尚未全面发掘，有朝一日也许我们可以看到更多的托尔台卡文化遗产。

与上述文化不同，位于今墨西哥城西北数十千米的特奥蒂华坎（Teotihuacán）是一座“神都”。在纳瓦特尔语中，“Teotihuacán”（拉丁表音，下同）即神都。它有闻名于世的古城遗址：宏伟的太阳金字塔和壮观的月亮金字塔，以及与之关联的“先人大道”（“Miccaotli”，亦称“亡者大道”）和祭司陈列礼器的恢宏建筑。这显然是特奥蒂华坎人用来朝拜太阳神和月亮神，以及羽蛇、死神和祖先的祭祀场所，同时可能也是托尔台卡人的宗教和文化中心。从废墟和残存文物可以想见特诺奇蒂特兰昔日的辉煌。巍峨壮观的太阳金字塔和月亮金字塔是这座古城中最宏伟的建筑。其中，太阳金字塔和月亮金字塔塔顶曾各有一座金碧辉煌的神庙，庙内曾分别供奉着太阳神和月亮神塑像。时至今日，金字塔顶部的石柱残垣和榫卯结构清晰可见。从连接两座金字塔的建筑遗迹和环绕月亮金字塔的殿堂也仍可窥见当时的光辉。在出土的大量文物中，有不少羽蛇石雕和太阳历（也有人认为是金星历）浮雕，陶罐、壁画、礼器、金饰和燧石工具更是不计其数。如今，虽然金字塔上的神庙早已荡然无存，但可容纳上万人的宽阔广场和金字塔主体依然高高耸立在特奥蒂华坎平原。其中，太阳金字塔内部有秘密甬道，这不由得让人联想到埃及金字塔中的法老墓穴。但是，据考古学界长期分析考察，这条甬道很可能是后人出于探秘或偷盗的目的挖掘的。此外，除帕伦克（Palenque）一座金字塔内发现有墓穴和黄金、宝石等陪葬品外，迄今发现的其余美洲金字塔皆为神庙遗址。在面积超过埃及最大金字塔的特奥蒂华坎太阳金字塔表面嵌有大量羽蛇石雕；金字塔用巨大的花岗岩和火山岩石块砌

① Krickeberg, Walter: *Op. cit.*, p.202.

雨神恰克

成，内部则是预先垒起的土山。而月亮金字塔周围筑有供国王或大祭司（由于政教合一，国王一般同时也是祭司）栖息或闭关的密室。与上述奥尔梅卡文化不同的是，特奥蒂华坎文化具有更为鲜明的农业文明色彩。这表现在农神或雨神恰克（“Chac”）神庙在“神都”的显赫位置。恰克同样也是玛雅雨神，只不过后来阿兹台卡人又给“恰克”增加了“莫尔”这个后缀，从而雨神成了“恰克莫尔”（“Chac Mool”）。除了羽蛇盖察尔科阿特尔，雨神恰克无疑是特奥蒂华坎最为重要的存在，而且它还是充分拟人化的。[①] 后来，阿兹台卡人对特奥蒂华坎的记忆是模糊的。他们通常将特奥蒂华坎人描绘或想象成巨人（“Quiname”），认为只有巨人可以完成太阳金字塔这等宏伟的建筑，[②] 其在乔卢拉（Cholula）[③] 的大金字塔甚至超过太阳金字塔的高度。而托尔台卡人的巨型石雕及其周围的大量恐龙、猛犸化石和史前巨兽遗骸又无不印证了阿兹台卡人假想。事实上，囿于文明的衰落[④] 和殖民者的毁灭性打击，目前我们还很难对有关问题给出明确无误的结论。譬如，对于特奥蒂华坎是否

① 它被表象为一个身体向上屈躺，手捧钵盂的人形石雕。玛雅人曾用它安放被活祭战俘的心脏，以祈雨神垂怜，降下甘雨。至于托尔台卡人是否在特奥蒂华坎施行活祭，则不得而知。

② 太阳金字塔基座为四方形，底部宽222米，长225米；基座高65米，顶部神庙被毁。整座建筑坐东朝西，亦可谓坐北朝南。经过长达数十年的考古发掘，从巴特雷斯（Batres, Leopoldo）到阿尔米亚斯（Armillas, Pedro），墨西哥内外无数学者参与其中，才大致廓清了特奥蒂华坎方圆7.5平方千米的“神都”遗迹。

③ 墨西哥地名，位于今墨西哥城以南，殖民者照例毁坏了那里的金字塔，并在其遗址上兴建了教堂。

④ 特奥蒂华坎文化发轫于公元前两百年前后，公元6世纪人口可能达到了二十万左右。有考古学家认为特奥蒂华坎毁于一场大火。

属于托尔台卡文化仍缺乏有力的证据。目前可以考证的是，哥伦布发现美洲时，特奥蒂华坎一带居住着特帕内卡人（Tepanecas），这些人又与玛特拉琴卡人（Matlazincas）有亲缘关系。及至16世纪，他们都用纳瓦特尔方言波波罗卡语（popoloca）和曲琼语（chuchón）。直至今日，仍有一些居住于托卢卡（Toluca）[①]、瓦哈卡（Oaxaca）和恰帕斯（Chiapas）[②]山区的土著居民使用这两种方言。此外，从所发掘的原住民颅骨看，今墨西哥委拉克鲁斯（Velacruz）一带，尤其是塔鑫地区的原住民托托纳卡人（Totonacas），在西班牙人入侵之前也同特奥蒂华坎人有亲缘关系。他们都用特殊的方式使颅骨变得浑圆。这种圆形颅骨明显不同于玛雅人狭长的形塑方式，也不同于阿兹台卡人的自然颅骨。这既是宗教习俗，也是审美方式使然。

同样，由于没有留下任何文字，依靠碳14和神庙内部的壁画，特奥蒂华坎的基本历史才有了大致轮廓，但其生活形态则基本停留在阿兹台卡人的传说当中。

萨波台卡（Zapoteca）文化与上述文化不同，它大体保持了相对纯粹的原始基因。截至目前，萨波台卡人始终没有离开过瓦哈卡地区，故而被称为“土著中的土著”[③]。他们有自己的象形文字（尽管目前的萨波台卡人已经无法辨认，盖因其口语与文字的对应关系已完全被遗忘）。由此可见，西班牙殖民者杀光了掌握权力和通晓文字的上流社会的各色人等，导致了文化的断裂和历史的忘却。在漫长的殖民地时期，萨波台卡人几乎回到了刀耕火种的原始状态。而萨波台卡人引以为傲的政治、宗教和文化中心蒙特阿尔班（Monte Albán）被夷为平地。后者又称“山巅之城”，[④]古代萨波台卡人将

① 墨西哥地名，位于今墨西哥城以南，现为墨西哥州首府。
② 墨西哥地名，位于今墨西哥南部，与危地马拉接壤，是墨西哥土著居民最多的一个州。
③ Krickeberg, Walter: *Op. cit.*, p.301.
④ 令人迁思清教牧师约翰·温斯罗普（Winthrop，John）1630年在马萨诸塞湾的著名布道，他援引《圣经·马太福音》（*Bible-Matthew*）第五章第十四节，并将“新大陆”比作上帝赐予的福地，鼓励清教徒在那里兴建“山巅之城”（The City upon a Hill）。

蒙特阿尔班遗址

位于今墨西哥瓦哈卡境内的一座两千米海拔的山头削去顶部，并在削平的山巅上建造了雄伟的萨波台卡“神庙”。据德国人类学家瓦特·克里克伯格（Krickeberg，Walter）统计，截至20世纪50年代，仍有十余万人使用萨波台卡语。[①]同时，据他考证，人种上萨波台卡人与阿兹台卡人同源，应该是托尔台卡人的一个分支。因此，他们选择的居住地——瓦哈卡谷地也是一个一千五百多米海拔的“高原山谷”。[②]这里基于亚热带气候，植被丰富，土地肥沃，盛产天然口香糖（chicle）。后者是一种树胶，是从人心果树上采集的。人心果可食，味甘美，而萨波特（zapote）正是萨波台卡人对这种植物的称谓（萨波台卡亦源于兹）。萨波台卡人也是种植玉米、土豆、芸豆、龙舌兰和棉花等其他农作物的能手，其中龙舌兰酒（tequila）醇厚香甜，是萨波台卡人的一大贡献。此外，萨波台卡人擅长刺绣，他们的五颜六色的风衣和斗篷曾令西班牙人大为惊讶，因为他们曾经在安达卢斯的穆斯林贵族身上看见过类似的服装。尤其是紫色染料，在美洲其他原住民身上甚是罕见。萨波台卡男人有剃发习惯，而妇女则留着两根辫子。萨波台卡男人既是种植和狩猎能手，也是战场上的武士。他们用长达六七米的长矛向敌人发起冲击，可谓所向披靡。对此，西班牙殖民者贝尔纳尔·迪亚斯（Díaz del Castillo, Bernal）在其《征服新西班牙信史》中给予了高度评价。[③]除此而外，有关萨波台卡历史文化的叙事仅有17世纪西班牙传教士弗朗西斯科·德·布尔戈阿

① Krickeberg, Walter: *Op. cit.*, p.301.
② 阿兹台卡人居住的山谷（今墨西哥城）平均海拔达到了两千三百多米。
③ 参见贝尔纳尔·迪亚斯·德尔·卡斯蒂略：《征服新西班牙信史》，林光译，北京：商务印书馆，1997年。

(Burgoa, Francisco de) 的只言片语。根据后者的记述，我们知道了萨波台卡首都特奥察波特兰（Teotzapotlán）的最后几位君主和陪都特旺特佩克（Tehuantepec）“副王总督”的故事。话说西班牙人入侵之前，阿兹台卡人横扫墨西哥，其领土直抵瓦哈卡北部。但是，萨波台卡人的骁勇善战使阿兹台卡人望而却步。双方甚至以联姻缔结和平协议。阿兹台卡人将科约丽卡尔沁（Coyolicaltzin）嫁给了萨波特卡王之子、“副王总督”科西豪皮赫（Cocijopij），而科西豪皮赫则投桃报李，答应萨波台卡陪都特旺特佩克每年向特诺奇蒂特兰缴贡。萨波台卡人并不像阿兹台卡人那样政教合一和高度集权。在特奥察波特兰，大祭司独立施行宗教权力，而且以高高在上的蒙特阿尔班为基地。各城池也分别由“总督”和首领掌管，首都只从他们那里抽取一定的税额和贡品。此外，德国人类学家瓦特·克里克伯格在支离破碎的历史残简和传说中耙梳出如下可能性：萨波台卡人可能来自特奥蒂华坎，或者与特奥蒂华坎文化有亲缘关系，理由是：一、他们的祖先乌伊哈道（Uija-tao）在米特拉（Mitla或Mictlan）建国时，同特奥蒂华坎保持了密切的联系。这由其建筑风格体现出来——由三座宫殿（同时也是神庙）组成的巨大楼群个个柱廊环绕，曲径通幽，无论是规模还是鬼斧神工般的机巧，皆令今人叹为观止。故而它们也是迄今为止保存最为完好的古代美洲宫殿建筑。二、乌伊哈道时期的萨波台卡还是个宗教化小国，君主与祭司合二为一。乌伊哈道本人即长期幽居于宫殿深处，而且用面具或面纱遮挡面孔，仿佛阿兹台卡人传说中的托尔台卡君主盖察尔科阿特尔。因此，我姑且称其宫殿（也是神庙）为“道院”。至于特奥蒂华坎同托尔台卡的关系，前面已经说过。三、萨波台卡人和邻近的米斯台卡（Mixteca）人一样，均信奉雨神和羽蛇，而且是太阳/月亮、天空/大地二元并立、相辅相成的二元论者。[1]1931年，随着考古学家阿方索·卡索率领的团队对宗教中心蒙特阿尔

---

① Krickeberg, Walter: *Op. cit.*, p.304.

班的发掘，萨波台卡文化与托尔台卡-特奥蒂华坎文化的传承关系被更加清晰地厘清和呈现：有关神庙的主体建筑大量采用了廊柱设计、天井、或明或暗的通道，以及十三进位制的日历、陶器和礼器等等。但是，由于对其文字认知的阙如，萨波台卡文学至今仍属“乌有”。

托托纳卡（Totonaca）文化发轫于今墨西哥中部，后迁至今墨西哥城东北方向，即今哈拉帕（Jalapa）一带；其鼎盛时期早于阿兹台卡文化，但稍晚于托尔台卡文化。说到托托纳卡文化，就必须提及一则故事：当西班牙殖民者在埃尔南·科尔特斯率领下浩浩荡荡开进阿兹台卡首都特诺奇蒂特兰后，受到了蒙特祖玛王的盛情款待。有传说称阿兹台卡人误将长须飘逸、黄毛绿睛的西班牙人当成了羽蛇盖察尔科阿特尔。然而，这只是传说而已。事实恐怕要残酷得多。首先，早在科尔特斯进入特诺奇蒂特兰之前，西班牙殖民者已经对周边原住民进行了烧杀抢掠，而且势如破竹，攻城略地如风卷残云。其中不少印第安部落或城邦还是阿兹台卡人的臣属，对此不可能没有耳闻。况且，殖民者不仅有快马好刀，而且其火器威力巨大。这些不可能不对阿兹台卡人造成威慑。当然，西班牙人恩将仇报，乘主人不备，将蒙特祖玛绑架囚禁，并胁迫阿兹台卡人投降。这激起了战斗民族的愤慨，他们不顾已为人质的君主及其懦弱的指令，奋起反抗，杀得西班牙人人仰马翻，仓皇逃遁。那便是西班牙殖民者的“悲惨之夜”，也是他们入侵美洲以来遭遇的最大失败。科尔特斯带着所剩无几的部下连夜逃出特诺奇蒂特兰，来到今委拉克鲁斯一带。当时，委拉克鲁斯还是一座滨海小城，而科尔特斯的队伍大多是从那里登陆的。因此，那里的印第安原住民早已死的死，逃的逃，已然人去城空。科尔特斯及其麾下几乎是在饥寒交迫的狼狈、绝望情境中遇见“贵人”的。后者是五个来自北方的托托纳卡人。所谓“敌人的敌人就是自己的朋友”，这些托托纳卡人寻找西班牙人的目的，便是要帮助后者共同消灭与托托纳卡人有血海深仇的阿兹台卡人。他们给西班牙人带来了食品和衣物，还帮他们带来了一位“容貌出众”“才智过人”的阿兹台卡姑娘——马琳切（Malinche）。[1] 马琳切很快成了科尔特斯的情妇，而且很快学会了简单的西班牙语。这段故事在阿兹台卡传说中被不断演绎，以至于成了殖民时期既浪漫又哀艳的纳瓦特尔传奇。且说托托纳卡人曾经在哈拉帕附近的森坡阿拉（Cempoala）建都，有传承于托尔台卡文化的神奇建筑群和精湛的艺术创造。其中最为重要的是，森坡阿拉人口众多（约有数万之多），而且武士云集。他们像玛雅人一样，从小将颅骨夹得瘦长，下嘴唇垂挂着金银或铜制饰物，这更拉长了他们的脸，使得他们和邻近的阿兹台卡人及圆头圆脑的华斯台卡人（Huastecas）形成了强烈的对比。此外，托托纳卡人有一种信仰也和玛雅人颇为接近：每当有孩子降生，托托纳卡人就会在住所四周寻找最近的动物，而这一动物便是孩子的附灵或属相纳瓦（表音为Nagual），与玛雅基切人的附灵或属相（Nahual）如出一辙，其拉丁表音几乎完全一样。此外，玛雅人在尤卡坦半岛遗留的“螺型天文台”之类的圆形建筑，在托托纳卡城池遗迹中也十分常见，却罕见于其他古代美洲文化。

以上是对一些与玛雅和阿兹台卡有关的古代美洲文化的扫描，它们固然较为重要，却远非全部，即使加上后面即将提及的南美洲查文文化和印卡文化，也不及整个美洲古代文明的冰山一角。单就如今在墨西哥境内登记造册的土著民族，种类就多达五十多个。

① 本名无从查考。西班牙人称其为玛丽娜（Marina），或马琳奇。据莫利考证，她是个女奴，但从西方审美角度看长得很漂亮。Morley, Sylvanus G.: *La civilización maya*, México: Talleres de Litorarte, 1961, p.202. 贝尔纳尔·迪亚斯在《征服新西班牙信史》中是这样描写的：马琳切原是派纳拉酋长的女儿。父亲过世后，母亲改嫁，又同马琳切的继父生下了一个小弟弟。为了确保小弟弟长大后继承家产，继父将马琳切卖给了另一个印第安部落，并谎称女孩不幸夭亡。这个印第安部落又转手将她卖到了塔巴斯科，而后由塔巴斯科人将其献给了科尔特斯。她聪明伶俐，很快掌握了简单的西班牙语，从而追随科尔特斯，成了她的通译，并生下了他的孩子。《征服新西班牙信史》，江禾、林光译，北京：商务印书馆，2018年，第81—83页。“马琳切”原本只是阿兹台卡人对来宾的尊称，后被西班牙人用来指代玛丽娜。

二、玛雅文明

玛雅文化的发祥地在今墨西哥南部至洪都拉斯北部和萨尔瓦多、伯利兹的广袤土地上。极盛时期，玛雅是一个拥有三十多万平方千米①、一千四百万人口②的庞大帝国；据美国考古学家西尔韦纳斯·格里斯沃尔德·莫利（Morley, Sylvanus G.）考证，其领土自墨西哥中部一直延伸到哥斯达黎加。这些“玉米人”，这些羽蛇③的子民在那里创造了令人叹为观止的天文、历法、数学、农业、城市、庙宇和语言文学等。遗憾的是早在西班牙殖民者入侵之前，其文化已然盛极而衰。个中因由至今还是不解之谜。但是，从楼兰古国的衰亡，我们多少可以想见玛雅文明衰落的某些原因。也正是由于它的衰落，玛雅文明为我们留下了千古之谜，而如今有关玛雅人及其文明的种种传说，大抵是后人基于“无知”做出的猜想。

哥伦布发现美洲后，玛雅人的生存状况更是雪上加霜：从种族到文化皆遭到了殖民者的蹂躏，以至于被毁灭殆尽。但“玉米人”并未灭绝。莫利依据1940年由墨西哥、危地马拉、洪都拉斯和英属伯利兹的联合调查数据，将玛雅古典时期划分为三大方言区：一是从尤卡坦半岛东北部向北至今墨西哥委拉克鲁斯和圣路易斯波多西；二是从尤卡坦半岛西南部（包括今墨西哥恰帕斯州）向南至危地马拉北部山区；三是从危地马拉中南部至洪都拉斯、萨尔瓦多、哥斯达黎加和伯利兹一带。尔后又由此分化出更为庞杂的方言谱系。据1910年统计，玛雅方言就多达二十七种，主要分布在今墨西哥和危地马拉，总人口为一百九十多万。④其中第一和第二大区为核心区域，见证了玛雅古典文明从发轫、发展到盛极而衰的过程。莫利教授认为，导致玛雅主体文明衰落的主要原因是过度开发。⑤这与中华文明黄河流域从上游

---

① Morley, Sylvanus G.: *Op. cit.*, p.15.
② Ibid., p.28.
③ 称之为龙亦未尝不可。
④ Morley, Sylvanus G.: *Op. cit.*, pp.28-31.
⑤ Idem.

逐渐走向下游颇为相似。幸运的是我们的文明没有中断。而玛雅文明的衰落是“世界末日”式的，仿佛一个民族的大多数人一夜之间从地球上蒸发了；由此导致的大量揣测（包括外星人入侵或移民外星之类，甚至水晶头骨或五大预言[①]等等[②]），将一切演化为重重谜团。而事实上，截至目前，所有考证的科学的结论是玛雅文明在其鼎盛时期尚处于奴隶社会，尽管在某些领域取得了傲人的成就，譬如天文和数学达到了相当高的水平。本著之所以如此界定，是因为当时有形无形的生产力发展水平（譬如掌握了一些金属冶炼技术，却尚未产生铁器，发明了圆，却未曾使用车轮等等）及其社会形态提供了大量佐证。至于迄今为止坊间围绕玛雅文化与海底世界、地下世界，甚至外星人等的猜测，大都是现代人出于自身对人类文明的过去、现在和未来的种种认知、猜想或犹疑而生发的，其中不少揣测严重缺乏科学依据。

权威学者莫利教授综合20世纪中叶的所有考古发现后得出结论：玛雅文明可以追溯到公元前三千年，经历了采集、渔猎和农耕文明的全过程。公元前3000年至公元300年左右为前古典时期，公元300年至900年左右为中古典时期，公元900年至15世纪末、16世纪初为后古典时期。其中中古典时期为鼎盛时期。[③] 此外，莫利教授根据威尔斯（Wells，H.G.）[④] 和吉本（Gibbon, Edward）[⑤] 等西方史学权威观点认为：所谓文明，主要由文字、城市（建筑群）、历法等重

---

① 五大预言为：一、关于玛雅文明的消亡；二、关于汽车飞机的出现；三、关于大魔头的出生和死亡；四、关于毁灭性战争的爆发；五、关于2012年12月21日的“世界末日”。这些颇似诺查丹马斯（Nostradamus）预言，后者因为是寓言诗，其阐释的余地很大；而玛雅预言大多出自被西班牙殖民后的玛雅幸存者之口，其可信度存疑。至于有关“世界末日”的预言，实则符合玛雅纪年周期律，即西历2012年为玛雅历法第五纪的开始。

② 这些猜测即使不是臆造或牵强附会和无稽之谈，至少也是不科学或缺乏科学证据的。

③ Morley, Sylvanus G.: *Op. cit.*, p.53.

④ Wells, H.G.: *The Outline of History*；参见威尔斯：《世界史纲》，吴文藻、谢冰心、费孝通译，桂林：广西师范大学出版社，2001年。此外，威尔斯还是著名的文学家。

⑤ Gibbon, Edward: *Decline and Fall of the Roman Empire*；参见吉本：《罗马帝国衰亡史》，黄宜思、黄雨石译，北京：商务印书馆，1996年。

要元素构成。而玛雅文明早在公元前一千多年就已拥有辉煌的城市建筑（最多时达一百多座城池）和独特的历法。在今墨西哥南部，尤其是尤卡坦半岛发掘的城池遗迹和大量镌刻在石碑上、书写于壁画中的象形文字见证了玛雅文明不同凡响的创造力。然而，由于尤卡坦地区的废弃及用于书写的软木纸很难保存，迄今为止的考古发现将最早的玛雅象形文字定格在公元300年前后，这是由位于今危地马拉的玛雅古迹蒂卡尔（Tikal）、乌沙克屯（Uxactún）和佩藤（Patén）的文物证实的，其中有一块21.5公分长、7.6公分宽的玉雕镌刻着象形文字和明确的日期："8.14.3.1.12"[①]。玛雅数学用二十进位法，而玛雅历法"8.14.3.1.12"这组数字所对应的正是公元320年。当然，这并不说明玛雅人在这之前没有文字，只不过目前尚未发现年代更为久远的象形文字。德国人类学家保尔·韦斯海姆（Westheim, Paul）在其复制的有关玛雅雨神和羽蛇的图文中显示了四十余个象形文字，而这些图文可能早于公元3世纪。[②]此外，从有关石碑、壁画和建筑已经发现了数千个象形文字，但它们至今无法完全被破译。

从目前的考古发掘看，玛雅地区的农作物种植是从佩藤向东北方向扩展的。[③]除了古代美洲文明共同的玉米、土豆、芸豆等农作物，还有南瓜、辣椒、番石榴、鳄梨、橘子、苹果、人心果、芒果、香蕉、木瓜、番荔枝、黑刺李、番薯、番茄、木薯、凉薯、花生等，以及众多蔬菜，甚至棉花、剑麻、烟草、大麻、可可、棕榈、橡胶等。肉食主要有火鸡、驯鹿、猪狗和通过狩猎获得的野味。其中，关于玉米的最早由来，学界曾经有过旷日持久的争论。其中一派认为玉米最早是由玛雅人开始种植的，而后传播至几乎整个美洲；另一派则坚持印卡或查文地区发源说。[④]有关争论至今没有结果，但重要的是，古代美洲的大多数部族的确都以玉米为主食，而且玉米品种繁多，就像豆类和辣椒一样。有些瓜果可能是自然生长的，而玉米和芸豆、土豆、

---

① 玛雅数字转化为阿拉伯数字后。

② Westheim, Paul: *Ideas fundamentales del arte prehispánica de México*, México: Biblioteca Era, 1972, pp.16–18.

③ Morley, Sylvanus G.: *Op. cit.*, pp.60–61.

④ Ibid., pp.161–166.

番薯、番茄、南瓜、辣椒、胡椒等肯定是经过长期培植和规模种植的。

从古代玛雅的祭祀方式看（大量的俘虏沦为奴隶并在每年的重大祭祀活动中被活祭①），其主要政治形态比较接近于古罗马时期的奴隶社会，但是其城邦制形式又颇似古希腊文明。由于缺乏明显的证据，考古学界至今没有在玛雅历史中发现古埃及的法老或古罗马的恺撒那样的统治者，但几乎同时存在的城池说明玛雅的文化中心曾并存于三十多万平方千米的土地上，这明显不同于古埃及和古罗马帝国的集权统治，而更像古希腊城邦。同时，玛雅祭司（表音“Ah Kinoob”）显然具有很高的社会地位和政治影响力，后者有大量雄伟的金字塔和神庙为证。这也为玛雅文明政教合一说提供了依据。从16世纪西班牙人占领美洲以后反观玛雅文明，祭司和君主一样，都采取世袭制。在祭司没有后嗣的情况下，也可以从其他祭司或君主后嗣中遴选继承者。②

大多数玛雅人从事农业和畜牧业，少数则为制作陶器和工具的手工业者。在西班牙人入侵美洲之前，美洲没有牛马之类的大型牲畜。当然南美洲除外，印卡帝国驯养的羊驼和骆马有的形体高大，数量也相当可观。人们需要向君主（表音“Halach Uinic”）和地方首领（表音“Bataboob”）缴纳赋税或粮食和手工业产品。货币在不同地区有所差别，但大抵是玉币、贝币和红珊瑚币。

奴隶（表音“Ppentacoob”）是主要由战俘构成的社会最底层。君主、祭司和地方首领对他们拥有生杀大权。奴隶也是世袭的。除了战俘及其子女，还有几种使一般人沦为奴隶的可能性：一、部分罪犯；二、人口市场中被买卖的男女人等；三、部分出身卑微的孤儿。③奴隶除了面临被活祭④的可怕命运，还要从事最为繁重的体力劳动，譬如作为苦力搬运建造金字塔的巨石。古代美洲最著名的奴隶要数科尔

① 在尤卡坦天坑（“天眼地洞”）中发现的大量骸骨被认为是玛雅活祭的证据。

② Morley, Sylvanus G.: *Op. cit.*, pp.195-198.

③ Ibid., pp.201-201.

④ 关于玛雅宗教典礼上是否存在活人祭，莫利教授提出了相反的观点。他认为玛雅古典时期留下的所有文物表明，这是一个极其和平、仁慈的民族，即或在奇琴伊察地区有过活人祭，那也是在新古典时期，即公元10世纪以后，而且很可能是受了好战的阿兹台卡人的影响。Ibid., p.239.

特斯的情妇马琳切。这个阿兹台卡姑娘并非出生于奴隶家庭，但因幼时丧父，母亲改嫁后又生下了一个男婴。为不使财产旁落，母亲和继父将马琳切卖到了西卡朗科（Xicalanco）。西卡朗科人又转手将她卖到了塔瓦斯科（Tabasco）。在此过程中，她学会了玛雅琼塔尔方言。最后她辗转落到了科尔特斯手中。在后者征服阿兹台卡帝国的过程中，马琳切屡建奇功。很快，她还为科尔克斯生下了混血儿马丁·科尔特斯（Cortés, Martín）。随后她又跟随科尔特斯征战尤卡坦半岛和危地马拉、洪都拉斯。正像我们古人所说的“兔死狗烹”，在攻克玛雅基切部族后，科尔特斯无情地将马琳切嫁给了一个叫胡安·德·哈拉米约（Jaramillo，Juan de）的下属。作为新西班牙的副王总督，科尔特斯在墨西哥山谷以外不到一百千米的“南部春城”库埃尔纳瓦卡（Cuernavaca）建造了豪华的宫殿，并安享荣华富贵到寿终正寝。作为殖民者，科尔特斯闻达于西班牙庙堂；而作为叛徒，马琳切落下了千古骂名。

随着城池、文字和农业的发展，玛雅人于公元前300多年开始有了大型的宗教祭祀和典礼。遗留至今的大量金字塔和神庙证明，玛雅人的宗教信仰在前古典时期已经形成，嗣后又不断进化。这种进化不仅体现在典礼的繁复程度，也是技术进步的重要推动力。后者主要基于神庙中历法的出现和作为辅助手段的星象学——初级天文台的建设和天文学的发展。这其中自然少不了数学的功劳。众所周知，在玛雅人的数学体系中，零的认知和应用至少比欧洲早出八百年，但明显晚于古印度人。但是玛雅人推算出了每年365.242 0天的太阳历（现代天文历为365.242 2天）和584天的金星历（现代天文历为583.92天），这确实有些匪夷所思。这一方面是由玛雅人的科学水平和宗教信仰决定的；另一方面也是农耕社会的需要，尽管玛雅人于后者的科技投入是有限的。玛雅人信奉雨神，这是由他们的自然条件决定的。无论是对于相对干旱的尤卡坦半岛，还是危地马拉和洪都拉斯的热带雨林，雨水的缺乏或过量都是造成自然灾害的主要原因。此外，雨水也是农业文明不可或缺的。其次是羽蛇，这应该是从原始巫文化演化而来的图腾崇拜。前面说过，它何尝不是我们的龙呢？长羽毛的、会飞的大蛇，那不是龙又是什么？也许正因如此，才愈发有了美洲文明源自中国的传说。当然，明人所谓的“孛露”（西班牙语秘鲁“Perú”的音译）完全可以两说：如果我们的古人早就发现了美洲大陆，可16世纪之前并不存在秘鲁，而是印卡帝国；至于16世纪中叶以降，随着海上丝绸之路的开通（譬如从西属菲律宾到新西班牙——墨西哥），美洲的白银开始进入中国，那么知道“孛露”也就不足为奇了。[①]

说到宗教信仰，玛雅人对时间的重视程度令人叹为观止。时间问题在玛雅文明中堪称首当其冲的宗教问题，同时自然也是哲学问题。[②] 他们对时间的恐惧和崇敬，犹如我们的先人之对于“老天”。此外，玛雅宗教像我们的道教一样，创造了一个完整的天神和地煞谱系。从主神到诸神，就像我们的玉皇大帝和众多天神；或者古希腊人的宙斯（Zeus）及其创造者和从属者；古埃及人的努神（Nu）及其创造的太阳，空气之神舒特（Sut）创造的天空之神努特（Nut）和大地之神盖伯（Geb）；希伯来人的耶和华（YHWH）和创世记；等等。关于玛雅创世记，本著前面已经说过。需要强调的是，在尤卡坦半岛发掘的有关文物显示，排在玛雅神谱第一位的居然是死神（Ah Puch），然后依次是雨神（Chac）、星神（Xamán Ek）、天空神（Itzamná）、玉米神（或农神Yum Kax）、太阳神（Itzamna）、月亮神（Ixchel）、羽蛇（或风神Kukulcán）等等。但是，在分别以收藏地命名的三大玛雅和阿兹台卡纪事《德累斯顿纪事》、《科尔特斯纪事》（又称《马德里纪事》）和《巴黎纪事》中，玛雅神谱的秩序存在明显区别。在《契伦·巴伦之书》中，雨神恰克是主神，但它同时也是“三位一体”之神（Bolantikú）和“九大下界”之神（Oxlabuntikú）。[③] 此外，在《巴黎纪事》中，主神首先是掌管时间的，共有十三位，各

① “孛露”最早见于利玛窦绘制的《坤舆万国全图》，即西属殖民地秘鲁。明神宗万历十二年（1584），利玛窦到达广州，自制《万国图志》。万历二十九年（1601），利玛窦到京师献图，深受明神宗喜爱。万历三十年（1602），太仆寺少卿李之藻绘制成图，曰《坤舆万国全图》。万历三十六年（1608），明神宗下诏摹绘12份，传于现世。

② Morley, Sylvanus G.: *Op. cit.*, p.238.

③ 在玛雅神话中，天有十三重，地有九层。Ibid., p.244.

掌管二十年。这可能与玛雅历法及其二十进位制纪年有关。根据玛雅历法的预言传说，我们已经处在第五太阳纪，而第四个“太阳纪”于2012年终结。此前所谓的“2012世界末日说”，即来源于此。但事实上，玛雅的历法是一套建立在复杂20进位体系上的周期算法，譬如西历的千禧，与所谓的世界末日既有关系，又没有关系。所谓有关，是指玛雅人相信他们生活在第四纪，而前三纪已经结束并且毁灭。所谓无关，是指玛雅历法是个系统工程，每四百年是一个轮回。此外，玛雅历法每年为十八个月，每月二十天，再加上五天祭日，一年共365天。①玛雅人每月有月神，共十八位；每天还有日神，共二十位。至此，玛雅神谱已然异常复杂。加上种类繁多的附灵或属相，②玛雅人的泛神论思想不言而喻。当然，这并未区分前古典时期、古典时期和后古典时期。阿兹台卡的神谱要简单得多，可见宗教思想的发展也是随着社会发展而不断“进化”的，尽管他们关于第五纪世界的说法与玛雅人颇为相似。这可能恰恰是因为受到了玛雅文明的影响，尽管在阿兹台卡人看来，公元15世纪就已是第五纪了。

玛雅人信奉二元论。在他们看来，善与恶不仅是人类永恒的两极，同样也是神界和冥界的两极。此外，明与暗、日与月、天与地，以及生与死和死亡之后的死亡或再生（因为灵魂不灭）等等，在玛雅文化中既相生相克，又相辅相成。③

人类的文字大抵可分为三个阶段：第一阶段为图像，它们表现于古代石碑、玉器或壁画上的简单图形；第二阶段为象形文字，同样见诸石碑、壁画、青铜器或其他材料，但已较第一阶段抽象得多，而且往往是越来越抽象，其中中文一直延续至今；第三阶段为表音文字，

① 玛雅历法的精确程度远超同时代欧洲的格里高利历。现代天文观测一年是365.242 2天，而玛雅人已测出一年是365.242 0天。玛雅人还精确地推算出了月亮、金星和其他行星运行的周期以及日食的时间，但他们大抵将这些科技成果用在了宗教仪式上。

② 危地马拉作家阿斯图里亚斯在《玉米人》（*El hombre de maíz*）中大量描写了玛雅人的附灵及其现代窑变。

③ Morley, Sylvanus G.: *Op. cit.*, pp.243-249.

它们与所指已经没有任何关系，这是目前除中文以外的几乎所有文字的基本形态。而玛雅文字属于第二阶段，但其抽象程度也便成了破译玛雅文字的主要障碍。玛雅文不同于古埃及文和两河流域的楔形文字。后两者多少已经开始向表音文字演化，而玛雅文却是像中文一样相对纯粹的象形文字；尽管如上所述，其过程也具有从简单至繁复、从形象至抽象的演变过程。正因如此，国内外关于玛雅人源自中国的揣测和传说不一而足。但这些（不必举例多说）显然也是没有确凿根据的，盖因位于玛雅文明发祥地南北或先后的美洲文化没有一种拥有象形文字，包括本著稍后将要评述的阿兹台卡文化和印卡文化。虽然西班牙人入侵美洲时，玛雅文明已经衰微，但玛雅文字还在今危地马拉一带的上流社会流传。16世纪的西班牙传教士迭戈·德·兰达（Landa, Diego de）在《尤卡坦纪事》（*Relación de las cosas de Yucatán*, 1566?）中曾经写到过一位叫作娜奇科科姆（Nachi Cocom）的聪明伶俐的玛雅公主，她能流利地诵读玛雅象形文字。但同时他又充满偏见地认为这些象形文字必定是魔鬼的产物、邪恶的符咒。[①]正因为殖民者的这种心理，以及更为重要的殖民需要，导致残存的玛雅文献被毁于一旦。玛雅文字的主要功用是记录宗教仪式和天文历法，同时还记录神话和历史等等。但是，迄今为止没有任何迹象表明玛雅人曾经像古埃及人或苏美尔人那样用文字记录过某个祖先、君主、先知或英雄的事迹及其家谱。也许这还是文明的衰落和消亡之故，没有留下足够多的文献资料。

玛雅人熟练掌握了金、银、铜、锡的冶炼技术，在帕伦克金字塔墓葬（那也是迄今发现的唯一玛雅金字塔墓葬）[②]中发掘出的纯金面具和一些器皿证明玛雅人还具备了一定合金技术，陶器更是随处可见，但他们并未进入青铜时代，遑论铁器时代。

① Landa, Diego de: *Relación de las cosas de Yucatán*, Vol. I, Mérida: CONACULTA & INAH, 2006, pp.79-131.

② 虽然在萨波台卡文化中心蒙特阿尔班的建筑群中也发现了地下墓葬，但美洲的金字塔主要用作神庙是毋庸置疑的。

综上所述，玛雅文明既不像西班牙殖民者所说的那么一无是处，但也不是现代坊间传颂的那么神乎其神。用历史唯物主义方法看，虽然个别领域较为超前，但玛雅文明的生产力发展状况和社会形态大抵处于奴隶制极盛时期，各城邦有相对的独立性；在它们尚未发展至封建社会时便不幸夭折、衰亡了。

三、阿兹台卡文明

阿兹台卡文化是阿兹台卡人创造的美洲古代三大文明之一，主要分布在墨西哥中部。它形成于14世纪，于15世纪达到鼎盛，16世纪初为西班牙人所毁灭。有关传说表明，阿兹台卡人的祖先是今墨西哥北部的一个游牧部落，他们遵循太阳神惠兹洛波奇特利（Huitzilopochtli）的指示一路向南，于公元13世纪来到阿纳瓦克（Anáhuac）谷地（即今墨西哥城所在地区）。当时，他们在湖中的一处滩涂上看到了神示的一只老鹰叼着一条蛇雄踞在仙人掌上。这就是太阳神赐予他们的福地。他们决定在这里安营扎寨。但是，阿纳瓦克山谷早已名花有主。除了前面说到的玛雅文明、特奥蒂华坎文化和托尔台卡文化，今墨西哥城及其周边已有不少托尔台卡–特奥蒂华坎人的后裔建立了王国，他们同时继承了不少玛雅文明成果。

14世纪初，[①]阿兹台卡人逐渐战胜了周围的弱小王国，开始在今墨西哥城中心兴建特诺奇蒂特兰城。它是一座巨大的半人工岛，四面环水，靠石堤或引桥与陆地沟通。石堤宽阔，中间有横渠，渠上设吊桥，既便于防守，又利于船只通行。阿兹台卡人吸收了玛雅文明、托尔台卡–特奥蒂华坎文化，并不断壮大，在政治、经济、文化、科技等方面取得了长足的进步，尽管总体上没有超越玛雅文明鼎盛时期的社会生产力和科技水平。据西班牙殖民者贝尔纳尔·迪亚斯和萨阿贡等西班牙传教士的记载，16世纪初，特诺奇

① 据加里巴伊等人考证，特诺奇蒂特兰的建都时间为公元1325年。Garibay, Angel María: *Op. cit.*, p.29.

蒂特兰的人口达到了十五万左右，而整个阿兹台卡帝国的人口有数百万，领土面积近百万平方千米。作为帝国的中心，特诺奇蒂特兰是一座雄伟的都城。雨神特拉洛克神庙和战神惠兹洛波奇特利神庙坐落在都城中央，周围还有宫殿和重要公共设施，后皆被西班牙殖民者夷为平地。殖民地建筑在其基石上拔地而起，神庙的不少石材也被用于修筑大教堂和总督府。20世纪，墨西哥政府在修建地铁等地下设施时无意间发现了神庙遗址，发掘出被埋没达数百年之久的大量阿兹台卡文物，其中有精美的陶器、玉器和石雕。

与玛雅城邦一样，阿兹台卡帝国高度政教合一。这在其文学中有着鲜明的体现。

第二节　以今秘鲁为中心

和玛雅或阿兹台卡文化作为中北美洲早期文明的继承一样，发轫于今秘鲁境内的印卡文化受到了南美查文文化和莫奇卡文化的浸润。迄今为止，考古学界业已发现和发掘的查文文化遗址多为宗教祭祀中心。其中的神庙大多依山而建，顺坡向上，石构廊庑曲折，主殿配殿相映成趣。有关神像则多为美洲虎，个个犬齿外露，须发粗粝，形态十分诡谲。神庙内藏有大量马镫壶、敞口碗等陶器和黄金饰物，如项链、耳坠、镯子等。该文化被认为是南美安第斯山区各古代文明的源头，其地位几近奥尔梅卡文化。

一、前印卡文明

考古发现，当时查文地区曾盛产土豆、薯类、豆类和玉米等，同时有初级冶金作坊。周围村落不仅适宜耕种，而且有驯养美洲驼、骆马和羊驼的畜牧业。美洲驼和骆马除了提供肉食，还是重要的役畜，人们用它们来驮运货物，从而为当地带来了各地的水果、辣椒、可可和鱼类。随着贸易的往来，查文人不仅得到了许多异国他乡的产品，也使查文走向繁荣和鼎盛时期。

据碳14检测，公元前9世纪左右，查文人开始在查文-德万塔尔修建庙宇，这就是目前发现的安第斯山区最重要的金字塔神庙。人们从四面八方聚集到神庙来膜拜面目狰狞的美洲虎神。后者对南美洲，尤其是安第斯山脉的其他文化产生了深远的影响。

迄今发现的年代最为久远的神庙（俗称老庙）可以追溯到公元前800年。它包括三个十余米高的相互联结的“U”字形结构地基，中间是一个凹陷的圆形广场。神庙下面有四通八达的迷宫般的甬道和无数房间。甬道中，一些用作廊柱的石雕和一些孑然矗立的雕像相映成趣。房间内有无数形状各异、色彩斑斓的陶器。从这些陶器可以看出，查文应是当时极为重要的宗教中心，信徒从遥远的海边或南北数百里外聚拢至此，带来了海螺形彩陶和鸡鸭形彩陶。其中一些彩陶工艺精致、图形美妙，反映了查文文化的审美取向。同时，考古学家还从神庙中发掘出了大量盾、矛武器，可见当时经常爆发战争。而有关杀戮的雕像和美洲虎神本身的凶狠面目也印证了信仰背后的诉求。这与后来莫奇卡（Mochica）人和印卡（Inca）人信奉太阳的习俗大相径庭，尽管莫奇卡文化和印卡文化被认为是查文文化的继承者。

莫奇卡文化兴盛于公元前2世纪至公元7世纪，其中心位于今秘鲁北部沿海地区。虽然至今无法确认它的兴盛与查文文化衰亡之间的关联，但可以确定的是，莫奇卡人尚武好战，而且有了较查文人更为发达的农业和手工业技术。此外，他们用泥砖取代了石砌，建造了巨大的金字塔和太阳神庙和月亮神庙。这一方面固然改变了查文文化的宗教信仰，废黜了美洲虎神，有效地发展了农业；但另一方面又比前者更加尚武，缔造了类似于阿兹台卡帝国的军事化社会。

在农业方面，莫奇卡人用砖石建造沟渠，使灌溉技术得到了长足的发展。他们种植玉米、豆类、马铃薯、可可、辣椒和鳄梨等农作物。大规模灌溉网络的修建，是莫奇卡文化的重要成就之一。其中，有的运河或水渠长达百余千米，以灌溉大面积农田。

同时，他们的制陶和纺织技艺也较查文文化有了长足的进步，不仅造型更加优美，色彩也更为丰富。织品和陶器图案以写实风格为主，有关宗教祭祀、农牧渔业等日常生活题材成为重要的表现主题。尤其是用人像制作的各种陶器，形态十分逼真。许多器皿被制成精巧的塑像，有蛙、鱼、鹿、猴、鸟类、水果、蔬菜、小船、房屋等。彩绘的内容也十分丰富，有国王、乐师、商人、猎人、驿卒、织女、武士、俘虏、奴隶等。

莫奇卡社会政教合一，国王同时也是大祭司。这在印卡帝国时期得到了继承。

比较神奇的蒂瓦纳库文化发祥于今的的喀喀湖以南十余千米的高原地带，海拔三千八百多米。它兴盛于公元前1世纪至公元4世纪左右，就像我国的三星堆文化，其产生和消亡因由至今还是个谜。同样，其方形围城、“太阳门”等标志性建筑及图文等也都是未解之谜，实难判断它们同印卡文化的亲缘关系，故此从略。同样神奇的还有今秘鲁西南部纳斯卡地区的巨型线条——包括各种几何学图形、人形、鱼类、鸟类、蜘蛛、花卉、树木、猴子、蜥蜴等等，遍布荒漠。这些图形面积巨大，只有从飞机上俯瞰才能看清其轮廓，距今已默默地存在了约两千年。

二、印卡文明

印卡文明是南美洲古代文化的集大成者。一如我国古代的天子，印卡是印卡帝国最高统治者的尊号，意为太阳或太阳神之子。

印卡文明发轫于查文文化和莫奇卡文化衰落之际，故而极有可能是查文文化和莫奇卡文化的继承者，于15世纪达到鼎盛。极盛时期的疆界以今秘鲁和玻利维亚为中心，北抵哥伦比亚和厄瓜多尔，南达智利中部和阿根廷北部，首都在今秘鲁南部的库斯科。16世纪初，印卡帝国因内乱而衰落。1532年，印卡帝国被弗朗西斯科·皮萨罗

(Pizarro, Francisco)[1] 率领的西班牙殖民者征服。

在数百年，乃至近千年的历史进程中，印卡人在建筑、历法、美术、手工艺、农牧业及宗教等方面创造了独特的文明，通用语言为克丘亚语（拉丁表音quechua），并有少量绳结文字。据传，印卡族原为居住在秘鲁南部高原的一个部落。10世纪初，部落头领老曼科·卡帕克（Manco Cápac）[2] 率族迁徙到库斯科，并逐渐发展壮大，直至占领整个库斯科河谷。

15世纪，图帕克（Tupac）[3] 建立了中央集权，印卡帝国的疆界不断拓展，南北延绵八千余里，面积九十余万平方千米。著名的“印卡大道”南北贯通，其规模堪比“罗马大道”。“印卡大道”分上下两条，各长近万里，一条蜿蜒在海岸线上，另一条则修建在安第斯半山腰。两条大道都属于逢山开路、遇水架桥的驼行道，沿途还设有许多驿站，以及连接城池和村落的无数支线。在当时的条件下，修建这两条大道实属不易，故后人称之为“双万里长道”。

印卡人擅长冶金，而且熟练掌握了金、银、铜、锡、铅等金属的冶炼技术。他们用青铜制造的刀斧和镰锄，刃口经复杂的淬炼技术加工后十分坚韧、锋利。金、银、铜、锡、铅锻制和打造的器皿和首饰也非常精巧。库斯科太阳神庙中巨大的金制人面太阳盘光芒四射，堪称印卡装饰艺术的杰作。但是，他们一直没有发明车轮和铁器，尽管安第斯山脉蕴藏着极其丰富的铁矿石。

除了冶金，印卡人的制陶和纺织工艺也达到了很高的水准。常见的陶器有双耳小口尖底瓶、敞口直筒杯、单柄浅碟、单柄小口壶、叠层盆等，不仅造型雅致，图案和色彩也颇为讲究。从现有证据看，印卡人的纺织技术堪称一流。印卡女孩从小学习纺线织布，洗染羊驼

---

① 皮萨罗（1471—1541），西班牙殖民者。

② 老曼科·卡帕克是10世纪印卡部族首领，考古界和史学界对其生平的考证和推论至今没有达成共识，因此造成公元6世纪至公元12世纪长达6个多世纪的差异。本著遵从学者胡安·德·维拉斯科（Velasco，Juan de）《美洲基多王国史》（*Historia del Reino de Quito en la América Meridional*, Charleston: Nabu Press, 2011）。

③ 即公元1472年继位的图帕克·印卡·尤潘基（Tupac Inca Yupanqui）。

毛。上流社会衣着光鲜，毛毯似的斗篷常常夹嵌金丝银丝或鲜艳羽毛，图案丰富多彩。

马丘·比丘

库斯科印卡宫殿和太阳神庙气势恢宏，但除马丘·比丘外，几乎所有印卡神庙和宫殿均遭西班牙殖民者摧毁。而马丘·比丘由于坐落在距离库斯科七十余千米外海拔两千三百多米的山脊上，并为热带丛林所包围，才未被西班牙殖民者发现。在克丘亚语中，马丘·比丘意为“老山”，后人则称之为“失落的印卡都市”。作为印卡帝国的重要堡垒（或陪都），马丘·比丘约建于公元15世纪，只有一条羊肠驼道可以抵达，其险峻和壮丽程度堪比我国华山古刹。古城坐北朝南、背靠山峰，山后是八百米纵深的悬崖峭壁。城内宫殿和神庙紧邻山峰，有金字塔、太阳庙、“三窗殿”和住宅等建筑群。古城可同时容纳近千人居住。正南面有百亩梯田，田埂用石块垒砌而成，再往下便是森林和那条唯一的羊肠驼道。1911年，马丘·比丘被重新发现；虽然所有木质屋顶早已腐朽无存，但它依然是印卡帝国唯一保存“完好”的古代建筑。规则光滑、用榫卯结构连接的石砌建筑刀削一般整齐。石块与石块的间隙几乎衔接得天衣无缝。1983年马丘·比丘被联合国教科文组织确定为为数不多的世界文化与自然双重遗产之一。

印卡人重视农业和商贸。他们拓宽、加固了莫奇卡人的“双万里长道”，路旁还修建了一些大小不同的水库，开凿了流量不等的渠道。成千上万条道路蛛网般延伸，却条条通向库斯科。印卡人的主要农作物是玉米、藜麦、马铃薯、芸豆、辣椒和可可等。他们在坡地上修筑了无数梯田和复杂的灌溉系统，最长的水渠达百余千米。

印卡帝国幅员辽阔，人口众多；16世纪西班牙人入侵之前，其人口多达上千万。这使得食物供给成为一个大问题。因为地处安第斯山脉，多数印卡人居住在高山、峡谷，所以不得不开垦土地、建造梯田。他们根据气候和季节差异种植不同作物，譬如在山上种植耐寒作物，如土豆和藜麦；在山腰种植豆子和玉米；在山脚和沿海地区种植水果和辣椒等。丰收时节，农民将粮食集中到帝国指定的地点，再在相关官吏的指挥下将它们运进城池，并从城池运走盐、糖等其他所需物品。印卡帝王每年亲自参与播种。粮食的富足让印卡人有条件发展服装业、酿酒业和糕点制作业。由此产生的匠人与金银铜锡匠形成了一个庞大的手工业阶层。

与中、北美洲不同，印卡人驯养了大量美洲驼、骆马和长毛羊驼。美洲驼和骆马高大如马驹，用作驮运货物；羊驼则为印卡人提供了优质蛋白和羊驼毛。羊驼毛被制成织品。为了提高产量，大批印卡人成为放牧能手，尤以男性青少年为甚。后者在放牧的同时还要练习猎杀或驱赶野兽。一旦爆发战争，这些青少年就会被送往前线，成为帝国的武士。一般家庭的女孩则从小学习纺织和烹饪。贵族的女孩被送往宫廷接受教育；经过遴选，优胜者可以成为宫女，甚至被册封为妃。但是，她们无法成为王后，因为王后通常是帝王的姐妹，以便确保王储血统纯正。

鉴于农业生产的需要，印卡人发明了自己的历法，也称太阳历：一年分十二个月，每月三十日；每年外加五日；每隔四年再补加一日。每年的首日大抵与我国农历冬至接近。一如我国古代的日晷，库斯科中央广场上也竖有石柱一根，用以测定白昼时间。

印卡人奉太阳神韦拉科恰（Viracocha）为主神，并兴建了多座太阳神庙。此外，较为重要的还有月亮神（Quilla）等。黄金作为太阳神的象征，主要用来装点太阳神庙、印卡宫殿和皇室成员，却并不具有货币性质。而宗教渗透在印卡文明的每个角落，包括其子嗣传承。每一次新王继位，就得和一名叫作科雅（Coya）的姐姐或妹妹举行大婚典礼。而他们的长子将是下一任印卡帝王。印卡（帝王）可以有很多的妻妾，但是能够继承王位的那个孩子只能是他和他的姐妹（通常也是王后）生下的孩子，以保持血统的纯正。和埃及法老一样，印卡驾崩后，其尸体被制成木乃伊，并保存在宫殿内，他的仆人们将继续服侍左右。这样代代相传，宫殿和陵寝不得不层层叠加。这显然是对莫奇卡文化的继承。

在印卡帝国，一夫多妻制被允许并受人敬重，因为那是贵族的特权，只有得到印卡（帝王）宠爱的男人才能够拥有多个妻妾。同样，作为奖赏，那些作战勇敢、贡献卓著的人被赐以小妾；但男人所娶的第一个妻子作为正室（“妻子中的首领”），可保持这种地位直到去世。正室是官方承认的唯一妻子，永远不能被忽略和抛弃，其他妻妾必须听从她的指令。如果正室去世了，男人方可更换妻子，但是不能从其他已有的妾室中遴选。

出于灵魂不灭或类似于冥界的信仰，印卡贵族（尤其是帝王）去世后都会有陪葬。这些陪葬物品，除了名贵的器皿、衣物和武器等，还有食物，甚至活人。迄今为止，考古人员在印卡帝王和贵族陵寝中发掘出多具尸体，他们显然是墓室主人的陪葬品。同样出于信仰，印卡人每年都会在重大宗教仪式中牺牲十岁至十四岁的少女。可以断定，她们都是处子。从她们的身形姿态，则可以断定她们是被活埋的。活埋前可能已经用药物和玉米酒麻醉。目前发现的少女尸体大抵在神庙祭台附近。唯有一具被藏入天然冰窟，故而至今保存完好。

1530年，图帕克的两个孙子——瓦斯卡（Huáscar）和阿塔瓦尔帕（Atahualpa）因争夺王位发动战争。阿塔瓦尔帕击败其兄，取得大位，但战乱使印卡帝国国力锐减。1532年，西班牙殖民者趁机入侵印卡帝国。除了火与剑，他们还带来了天花。翌年，阿塔瓦尔帕被西班牙人诱杀，印卡帝国宣告灭亡。

和玛雅及阿兹台卡文化一样，印卡文化遗迹中尚未发现铁器和车轮。此外，印卡帝国的社会体制也大抵与阿兹台卡帝国相似。也就是说，印卡帝国尚处于奴隶社会。

结语

这里特别增加一个小结是为了纠谬祛魅。由于美洲文明，尤其是玛雅文明的衰落，坊间各种稀奇古怪的猜想不胫而走，各种荒诞不经的观点无翼而飞。但是，从生产力和生产关系的角度看，以玛雅、阿兹台卡和印卡文化为代表的古代美洲文明的确尚未进入封建社会。以政教合一和祭司阶层为核心的统治阶级垄断了生产资料。而科学的发展，譬如玛雅数学、天文学等，大抵仅用于祭祀、历法等，并未有效促进生产力的快速发展。特别是在技术层面，古代美洲普遍没有发明铁器和车轮等标志性生产工具。技术严重滞后。恰与之相反的也许是我国古代文明，其对技术、对“器”的追求远远超越了相对纯粹的科学研究。这也是“李约瑟之问”的由来。

此外，古代美洲的农耕社会也基本处在类城邦制形态，并未出现真正意义上的分封制和小农经济。如果说玛雅文明同古希腊近似，那么阿兹台卡和印卡文化则大抵与罗马帝国早期相仿。

恩格斯在《家庭、私有制和国家的起源》一文中就曾明确指出，“希腊人，像皮拉斯基人以及其他起源于同一部落的民族一样，在史前时代，就已经按照美洲人的那种有机的序列——氏族、胞族、部落、部落联盟组织起来了”。[①]“人们公认，罗马氏族的制度和希腊氏族的制度是相同的；如果说，希腊氏族是我们在美洲红种人中间发现其原始形态的那种社会单位的进一步发展，那么，这对于罗马氏族也完全适用。”[②]恩格斯的观点至今并未过时，他对美洲古代文明的界定也是大多数历史学家和人类学家的基本共识。虽然玛雅人、阿兹台卡人和印卡人的社会制度不尽相同，他们的生产力水平却大抵相近。这也是美国历史学家普雷斯科特的基本观点。[③]

当然，以上不是为了替西班牙殖民者开脱罪责。相反，必须强调：后者灭绝人性的种族屠杀是人类历史上空前的灾难，也打断了美洲“任何进一步的独立发展”[④]的可能性。

---

① 恩格斯：《家庭、私有制和国家的起源》，《马克思恩格斯文集》，北京：人民出版社，2009年，第114页。

② 同上，第137页。

③ Prescott, William H.: *History of the Conquest of Mexico* and *History of the Conquest of Peru* with *Ancient Mexican and Peruvian Civilization*, New York: Cooper Square Press, 2000.

④ 恩格斯：《家庭、私有制和国家的起源》，《马克思恩格斯文集》，第36页。

第二编

第二章　殖民地文学的两个向度

引言

前面说过，西班牙殖民者（当然还有几乎同时期的葡萄牙殖民者和后来的英法殖民者）对美洲古代文明的洗劫和毁灭是毋庸置疑的。殖民者留下的大量信史和一代代印欧混血儿的记述便是明证。同时，一些传教士和原住民的控诉也反证了这一切。

随着殖民体系的确立，西班牙语美洲的历史掀开了新的一页。一方面，大量西班牙和欧洲移民的涌入为殖民地带来了生机；另一方面，根深蒂固的种族矛盾和文化偏见不断引发新的危机，并为后来的独立战争埋下了种子。

文学方面，除了巴洛克风格在殖民地找到了继续存在的土壤，以土生白人为主体、表现殖民地生活的"新大陆"文学迅速发展。无论从风格还是内容看，我们或可将三百年西班牙语美洲殖民地文学归为两大类。一类是西班牙文学在美洲殖民地的延伸，另一类是殖民地本土化文学的萌发。当然，二者时常你中有我、我中有你，难以截然区分。其中特别值得注意的是小说这个体裁在西班牙语美洲的命运。用我们古人的话说，叫作"野火烧不尽，春风吹又生"。而鲁迅关于我国小说命运的说法也恰好印证了这一点："是以君子弗为也，然亦弗灭也。"[①]

①《鲁迅全集》第9卷，北京：人民文学出版社，2005年，第7页。

这自然是循着孔夫子[①]或古来道统之谓而谓，却让我们想到了西班牙人在经营美洲殖民地时期所遵循的法则：既不准西班牙小说流入美洲，也不许殖民地民众创作小说这类有违天主教道统的“异端邪说”。

第一节　殖民地诗坛的延异

16世纪初至19世纪初西班牙的殖民地，上起今美国西南部，下迄现阿根廷，绵延数万里。在这不算短暂的三个世纪当中，相当辽阔的西班牙语美洲殖民地并未产生第二个“黄金世纪”，倒是极具偶然性地出现了惊艳世道的胡安娜·伊内斯修女，以及不少效法西班牙文学的诗人。他们大体上继承了西班牙文学“黄金世纪”的遗风，并多少沿承或借鉴了同时期宗主国文学，故而有意无意地成了后者的涟漪。因此，延是主，异为次。这样的判断固有武断之嫌，却是本章所给出的基本思路。譬如有关殖民地小说的评述，乃是基于近一个世纪以来涌现的抄本和断章散编式研究。后者赋予笔者足够的理由对其有所评估，况乎历来较受关注的“正统”写作，尤其是巴洛克诗歌？当然，随着学术的精进和抄本的发掘，一定会有新的、更契合实际的评判出现。所谓学海无涯，本人只愿成为其中的一舟一楫，虽苦犹甘，是为前人尚能追，来者犹可待：期待后人的评骘与超越吧！如舟似楫，夫复何求？

且说虽然本卷已经分别介绍了一些作家作品，但未曾对其进行综合评估。此外，有关章节所评述的也只是少数标志性人物，而本节理当对那些经常被文学史家忽略的作家作品有所观照。

一、两个来源

在西班牙语美洲文坛的高峰胡安娜·伊内斯出现之前，西班牙巴洛克文学已臻圆熟。后者显然是西班牙语美洲巴洛克文学的主要

①《论语·子张》谓：“子夏曰：‘虽小道，必有可观者焉，致远恐泥，是以君子不为也。’”

来源。同时，在胡安娜·伊内斯之前，美洲已然不是一片文学的沙漠。16世纪和17世纪初涌现的殖民地诗人，无论良莠，多少也为胡安娜·伊内斯提供了可资参考的标尺。第一个来源毋庸置疑，本无须赘述，但考虑到胡安娜·伊内斯的特殊性，又不得不有所交代。至于第二个来源或来由，则必须细细道来。

首先，女诗人自古有之，但她们往往身份特殊。譬如古希腊公元前6世纪的萨福（Sappho），素有女荷马和"第十缪斯"之称，但许多作品在中世纪化为乌有。她一生写过不少诗篇，主要有情诗、婚歌和铭辞。一般认为她出生于莱斯波斯岛（Lesbos）的一个贵族家庭。据称乃父酷爱文学，受他的熏陶和鼓励，萨福从小迷上了诗歌。她是第一位描述个人隐私如恋爱、失恋，甚至同性恋的女诗人。也正因如此(或政治原因)，她青年时期曾被逐出故乡。被允许返回后，萨福曾开设女子学堂。

关于萨福历来是毁誉参半。说她伤风败俗者有之，说她是缪斯附体者亦不乏其人。据说柏拉图就曾对她赞赏有加。[①]据考证，萨福成年后出嫁并生有一女，但好景不长，没过多久她便选择了离开丈夫、返回故乡，并在那里创建女子学校，教她们文艺，尤其是诗歌。不少贵族少女慕名而至，得到了萨福的关爱和教导。由于同性恋在当时并非大逆不道，关于她和女学生之间的绯闻也便开始流布。她们的创作得到了一些社会名流的认可。一种说法是萨福因遭到一名同性恋人的拒绝而跳崖自尽，英年早逝，另一种说法则谓她安享荣耀直至寿终正寝。事实是，文艺复兴运动以降，她的名字开始在一些文学圈子中复苏，以至于她的故乡Lesbos（英语作"Lesbian"）和她的名字（英语作"Sapphic"）成了女同性恋的代名词。

虽然迄今为止西班牙"黄金世纪"文学中尚未发现明显的同性恋描写，但一些介于阳性"上帝"与大写"良人"之间的隐晦表述却十分常见，譬如在路易斯·德·莱昂修士（Fray Luis de León）和圣胡安·德·拉·克鲁斯等人的作品中，性别被有意淡化了。也许是受其

① 田晓菲：《"萨福"：一个欧美文学传统的生成》，北京：生活·读书·新知三联书店，2003年，第22—23页。

启发，学者多明戈・米拉尔-哈卡（Domingo Miral-Jaca, Ies）在《"黄金世纪"的爱情》（*El Amor en el Siglo de Oro*）中特别强调了有关诗人对女性的重视和褒奖。褒奖无须多言，而重视却具有双重含义：女性在爱情中扮演的重要角色，以及她们可能给男人带来的灾难性后果——拒绝或背叛。她认为这些都是对中世纪的背反和对古希腊传统的回归。[①]尽管历史不能重复，但历史的某些基因的确可以被遗传，甚至激活。于是，阿佛洛狄特和维纳斯、阿耳忒弥斯和狄安娜等形象得到了复活，并在西班牙"黄金世纪"诗人的笔下不断出现。奇怪的是，诗人们大抵只描写女性的金发、额头、眼睛、鼻子、嘴巴、牙齿和羚羊般的秀颈（后者明显受惠于阿拉伯诗人），却几乎没有人写到她们的胴体。说到羚羊般的秀颈，我不由得想起阿拉伯人的贡献。阿拉伯人占领伊比利亚半岛长达近八个世纪，留下了无数感人的诗章，其中不少出自女性手笔。这些女诗人大多直抒胸臆，她们似乎并不忌讳袒露自己的恋情，因此多少对保守的基督教世界产生了影响。在宗笑飞女士的《阿拉伯安达卢斯文学与西班牙文学之初》一书中，我们可以看到十数位有名有姓的女诗人，她们的作品充满了世俗情怀。譬如格拉纳达女诗人哈芙莎的情诗：

我对你是那么钟情，
竟至嫉妒旁人眼睛，
我甚至嫉妒你本人，
以及你的时间空间。
若能将你收入眼帘，
直至世界末日来临，
我仍觉得不够过瘾，
因为这样并非永恒。[②]

---

① www.lectura-abierta.com/resena-de-amor-y-sexo-en-el-siglo-de-oro.
② 宗笑飞：《阿拉伯安达卢斯文学与西班牙文学之初》，北京：当代中国出版社，2017年，第88页。

当然，对西班牙语美洲作家而言，最直接的影响肯定首先是西班牙“黄金世纪”诗人，譬如前面不断提到的贡戈拉或克维多，以及宗教诗人圣胡安·德·拉·克鲁斯等。后者在其《灵夜》（*Noche obscura del alma*，也译作《心灵的黑夜》）中这样清风般浅声低吟：

一个漆黑的夜晚，
心急如焚，燃烧着爱的火焰，
这是多么幸运啊，
没有任何人发现。
夜深人静，我悄悄离开家门，
黑暗中满怀希望，
顺着密道，寂静在四处蔓延，
这是多么幸运啊，
我特意乔装改扮，
夜深人静，在那幸福的夜晚。
我悄悄离开家门，
悄无声息，隐秘得无人发现。
不用眼睛和光线，
也无须向导引牵，
大步流星，只凭心中的火焰。
［……］[①]

而克维多的十四行诗是这样描写爱情的：

当陪伴我的白昼消逝，
黑暗将笼罩我的双眼，
同时使灵魂获得解放，
开始激情澎湃的游荡；

① San Juan de la Cruz: *Obras*, Madrid: Editorial Monte Carmelo, 2019, pp.6–7.

然而它终究只是徘徊
在那燃烧的情感记忆；
我冰冷水面变得炽热，
丧失了对法纪的尊重：
大写的灵魂摆脱神圣，
血脉偾张使烈焰熊熊，
深入骨髓的辉煌火种，
必烧毁身体而非情种；
即使躯壳成灰又如何？
那灰烬也是爱的灰烬。[①]

在多明戈·米拉尔-哈卡看来，这是西班牙“黄金世纪”文学中最富有担当精神的一首情诗，[②]无畏无悔，颇似穆斯林女诗人哈芙莎的终极情歌。海誓山盟，以此为甚。

其次，在西班牙语美洲，有两位匿名女诗人值得关注。她们的出现当是殖民地文学的重要事件。她们便是17世纪初殖民地文坛双女星座克拉林妲（Clarinda）和阿玛丽利斯（Amarilis）。胡安娜·伊内斯不可能不知道她们的存在。[③]

克拉林妲和阿玛丽利斯都是秘鲁诗人，而这两个名字显然不是她们的真名。她们之所以拥有如此才华，则可能是因为出身名门，并且受到了良好的文学熏陶。这种熏陶可能来自家庭，也可能来自特殊的文学沙龙。至于她们何以隐姓埋名，却多半是为了避免不必要的麻烦，譬如社会偏见。

目前我们所能看到的只有两部诗集，克拉林妲和阿玛丽利斯各一部。这两部诗集之所以流传至今，是因为她们都曾应当时秘鲁乃至西班牙社会名流之请，写下了多少有点应景的恭维之作。而这反

---

① wp.catedu.es/ochoben/el-amor-en-el-siglo-de-oro.

② Idem.

③ Sabat de Rivers, Georgina: *Sor Juana Inés de la Cruz y otros poetas barrocos de la Colonia*, Madrid: Biblioteca Virtual Universal, 2010, p.96.

过来说明了她们的名声曾经是何等响亮。譬如在梅希亚·费尔南希尔（Megía Fernangil, Diego）出版于1608年的《南极的帕尔纳索斯》（*Parnaso Antártico*）收录了克拉林妲的一首八百多行的长序：《兹为诗颂》（*Discurso en loor de la poesía*）。序言中，克拉林妲鲜明地彰示了她的女性身份，并且以此为荣。

什么是诗人的才情？
是谁用甜美的智慧
包容大海辽阔无垠？

唯有那非凡的诗艺，
它来自上天的恩赐，
用才情覆盖了大地。

[……]

如不能使才智开花，
若不能让艺术结果，
你便不配称作诗人。①

与此同时，克拉林妲强调自己的女性身份，并在诗行中彰显美丽性别。

幸运的是身为女人，
巧手可指和煦天空，
彰显女人至善至美。

我是众多女人之一，

① Sabat de Rivers, Georgina: *Op. cit.*, p.98.

因为之一心有不甘，
多少来自得洛斯岛[1]！

[……][2]

她甚至历数从萨福到特蕾莎等一干才女，以证明女人并不输给男人。

同样受阿波罗眷顾
其中三位生在秘鲁，
才华出众人所共知。[3]

为了证明女人的美德，她甚至直接搬出圣母玛利亚，谓后者的伟大和智慧无人可及。

与此同时，阿玛丽利斯创作了《致贝拉尔多》（*Amarilis a Belardo*），后者除了在秘鲁引起巨大反响，还传至西班牙，被西班牙文坛泰斗洛佩·德·维加收入《菲洛梅娜》（*La Filomena*, 1621）。菲洛梅娜原是一个基督教传奇。话说希腊一个小城邦领主夫妇向神祈求子女多年而不得，一位基督教医生劝告他们改信基督。一年后，他们终于有了一个女儿，起名菲洛梅娜（意为光明使者）。当时罗马皇帝正计划对希腊发动战争。城邦领主带着女儿向皇帝祈求和平，罗马皇帝却看上了他的女儿。而她却说早已将自己献给了主。皇帝勃然大怒，将她投入监狱。她在狱中忍受了三十七天磨难后，玛利亚显圣了。玛利亚告诉她，再有三天一切都将结束。三天后，皇帝问菲洛梅娜有没有改变心意，结果再次遭到拒绝。皇帝把一个巨大的铁锚系在她脖子上，将她扔到河里。但系锚的绳索断了。皇帝暴怒，下令乱箭把她射死，却箭箭

① 希腊神话指阿波罗和阿尔忒弥斯的诞生地。
② Sabat de Rivers, Georgina: *Op. cit.*, p.99.
③ Idem.

射歪。最后，皇帝命令将她斩首。她受难许多年后，罗马教廷为她封圣。从此她承担了类似送子观音那样的角色，为信奉者所称颂。

与克拉林妲不同，阿玛丽利斯似乎是一位虔诚的天主教徒。她虽然隐姓埋名，却似乎依然笃信宗教，并且充满了出世情怀。一如西班牙诗圣贡戈拉晚年，她认为人生无非是短暂的过程，唯有信仰永远不变。然而，贡戈拉年轻时却曾桀骜不驯，而且颇具今朝有酒今朝醉的洒脱。

你有另一神圣根由，
另一辉煌未来可求。
只要愿意便能想象：
你的归宿应是天堂，
人生仅为一次旅行！
[……][1]

她固然对西班牙文坛泰斗洛佩·德·维加敬重有加，却并不认为自己低人一等。她甚至有意彰示自己的女性身份，说自己足够富有、高贵、美丽和善良，而且满怀纯洁的爱。她这样回复洛佩：

关于自己我已说过，
或可满足你的好奇。[2]

而阿玛丽利斯也是洛佩对情人玛尔塔的称谓，尽管当时他已正式成为神父。为了厘清圣爱与俗爱的关系，阿玛丽利斯曾明确表示，她不懂俗爱和肉欲，只知道一心向主。因此，她在给洛佩的信中亲切地称他的阿玛丽利斯为塞利娅（意为天堂女子，同时含有暧昧的同性恋指涉）。她不无戏谑地请洛佩切莫妒忌。由此可见两人关系非同寻常。

① Sabat de Rivers, Georgina: *Op. cit.*, p.101.
② Ibid., p.102.

那是一种类似于神交的默契。“洋溢着欢乐和安慰，/无须世俗遮羞织锦，/唯有天然对话心交”。[①]

西班牙语文学家梅嫩德斯·伊·佩拉约（Menéndez y Pelayo, Marcelino）认为，单就洛佩和阿玛丽利斯的信札而言，后者无论是思想还是才气均明显略胜一筹。[②]而胡安娜曾赋诗赞美阿玛丽利斯，称其为“天庭的阿玛丽利斯”。[③]

二、一种猜想

2017年，学者特耶兹-蓬（Téllez-Pon, Sergio）以《燃烧的爱情》（*Un amar ardiente: Poemas a la Virreina*）[④]为题结集发表了胡安娜·伊内斯修女的五十首艳情诗，引起轩然大波。这些诗篇大都是女诗人献给副王总督夫人帕雷德斯（Condesa Paredes）[⑤]的，过去像一把普通的珍珠散落在诗人的各色文集、全集当中，并没有引起特别的关注。盖因即景赋诗、恭维或敷衍达官贵人，乃西班牙“黄金世纪”文坛遗风。除了献给副王总督夫人，胡安娜也曾献诗副王总督和其他尊长。但是，胡安娜是同性恋吗？她曾暗恋总督夫人吗？问题一经提出，也便难以回避。

上编说到胡安娜那首脍炙人口的抒情诗《泪流慰痴情》，没有人会认为这不是失恋者的哭诉：

亲爱的，今晚当我与你说话
正如你的面孔和行动所表明
用语言已经无法说服你

---

① Sabat de Rivers, Georgina: *Op. cit.*, p.102.
② Ibid., p.104.
③ Sor Juana Inés: *Op. cit.*, p.119.
④ Téllez-Pon, Sergio: *Un amar ardiente: Poemas a la Virreina*, Madrid: Editorial Flores Raras, 2017.
⑤ 本名玛丽亚·路易莎·康萨加·曼里盖·德·拉腊（Gonzaga Manrique de Lara, María Luisa）。

但愿你能看透我的心胸。

爱神啊，增强我的毅力，
战胜那似乎不可战胜的情绪；
因为在痛苦倾泻出的泪水里
破碎的心啊，渗着血滴。

够了，亲爱的，不要再严酷无情，
别让狂暴的激情折磨你，
别让无端的疑惧打扰你的安宁——

那全是虚假的迹象、愚蠢的阴影：
在点点珠泪中，你已经看到
并接触到我破碎的心灵。

与此同时，她在《初梦》中将男权世界描绘得阴暗如夜、俗不可耐，并且又如此这般地反诘男人：

男人们多么愚蠢
无端地责怪女人，
全然不见自己
正是责怪的起因。

[……]

然而，作为生长在17世纪的女性，逃避男人的唯一方式是遁入空门、当个修女。否则，她就必须结婚生子。由此看来，她甚至没有萨福的时运。也许正是出于某种灵犀，阿拉托雷（Alatorre, Antonio）教授早在2001年就曾指出，胡安娜和玛丽亚·路易莎（帕雷德斯公爵夫人）的关系不同寻常。这种不同寻常在于二人的高度默契和惺惺相惜。[1]

在献给公爵夫人的数十首诗中，胡安娜不断称呼前者为神圣的丽希或菲丽丝。丽希和菲丽丝自然是路易莎的昵称，而神圣就不是一般的恭维了：

如此我，神圣的丽希，
多日来潜心理经事主；
唯有他，以及他的人，
才能享受你亲切抚摸。

[……][2]

或者：

唯有笔触如此大胆，
菲丽丝，我请求它，
呵护这伟大的不幸，
激情已远胜于恐惧。

明知不对也要去做，
痴心赋予不竭动力，
兹事固然危险重重，
难道不值奋力争取？

请允许我再次尝试，
用笔触去重新冒险，

① 阿拉托雷本人也是一个同性恋者，他虽然与女学者玛尔吉特·弗兰克结过婚，但很快就离异了。Alatorre: “María Luisa y Sor Juana”, *Periódico de Poesía*, 2（otoño 2001）, pp. 8–37.

② Sor Juana Inés: *Op. cit.*, p.25.

这并非第一次犯错，
不会成为历史经典。

[……]

如果手笔足够疯狂，
倘使思想足够大胆，
形式就会光辉灿烂，
展现出美丽的原子。

[……]

在如此跳动的同心
欲望正战斗般抗争，
恰是世界末日混沌，
恰是身体萌发感情。

唯有这纯粹的心灵，
焚烧着宗教的火焰，
这是最纯洁的牺牲，
献给了真爱和沉默。

这就是对你的崇拜，
这就是芬芳的庙宇；
那请求意味着罪孽，
那渴望充满着害怕。

须为希望添加燃料，
为自己的一切辩解，
以便获得更多恩赐，

引来更多猜疑妒忌。

[……]

作为女人，正当年，
不能是爱你的障碍；
你明知道，俩灵魂
无关乎距离和性别。

再说自然规律使然，
尊重其然的是美丽：
美美与共的大恩赐，
如此这般和谐并置。

[……][1]

在这支长达近两百行的谣曲中，胡安娜充分表达了她内心的渴望与挣扎，不仅具有宗教般的虔诚，而且显示了非凡的勇气。尤其是在本章所引的后两节，她几乎完全裸露了自己的内心。当然，说到丽希，我们便不能不联想起西班牙“黄金世纪”诗人克维多的十四行诗。后者曾用这样的诗行讴歌女神的隐秘爱情：

丽希，如果我的眼帘
可以成为嘴唇，亲吻
将似闪电，仿佛苍鹰
向太阳眨眼用目亲吻。

畅饮你流水般的美丽，

① 黑体系引者所加。Sor Juana Inés: *Op. cit.*, pp.26–27.

似水晶，饥渴的水晶，
像光线，燃烧的天光，
那死亡般生命的食量。

看不见摸不着的事物，
无须身体，唯有激情
享受我的能量和感情。

在寂静中爆发和燃烧，
弥合距离的彼此结合，
大庭广众的秘密爱情。[①]

既然可以用眼睛代替嘴唇，那么想象的空间自然更加辽阔。同样，在另一首献给公爵夫人的诗篇中，胡安娜面对前者的肖像居然这样吟诵：

哦，丽希，你的美丽
固然复制于坚硬画框，
但你的美丽岂止于此，
美丽早溢出坚硬画框！

丽希，当然应该入画，
让画家将你美丽复制。
倘使没有了这幅肖像，
别人怎识得这等美丽？

[……]

哦，丽希，你的美丽

① Sabat de Rivers, Georgina: *Op. cit.*, p.124.

固然复制于坚硬画框，
但你的美丽岂止于此，
她们早溢出坚硬画框！

此在，时光无情流逝
未使你失去灿烂容颜，
画作也依然保留一二
你这自然天成的美丽。[①]

副王总督夫人固然不只有玛丽亚·路易莎一个，但胡安娜的感情似乎跨越了时空。她心目中的丽希只有一个。即使她在赞美其他总督夫人时，这一个丽希始终定格在玛丽亚·路易莎身上。然而，此前她曾经这样诋毁肖像：

你看到这骗人的色彩，
仿佛将艺术推向极致，
虚妄的色彩灿烂缤纷，
悄然对感官造成欺骗；

竭尽阿谀逢迎之能事，
它让人无视岁月蹉跎，
并且有效地战胜时间，
最终避免衰老和遗忘，

然而，这是自欺欺人，
这是弱花儿面对强风，
这是无谓地抗拒命运：

① Sor Juana Inés: *Op. cit.*, pp.106–107.

这是纯粹的无稽之谈，
这是毫无意义的挣扎，
这是尸体、是尘埃、是影子、是了无。

本章前面提到萨福并非有意，但也不是毫无价值。在某种程度上，胡安娜遁入空门一定有她的原因。说她笃信宗教，她却每每违反教规，潜心于科学实验；说她不够虔诚，她又分明心无旁骛，直至献出年轻的生命。孰是孰非，孰此孰彼，也许只有她自己知道。后人无论怎样推演，终究难以企及她早逝的灵魂。我曾多次拜访她过去所在的圣哲罗姆修道院（Monasterio de San Jerónimo），感慨之余，不能不唏嘘叹惋：寒窗犹在，伊魂可曾安息？

第二节　殖民地小说的发掘

前面说过，小说在西班牙美洲殖民地的“阙如”主要归咎于西班牙和殖民地当局的禁毁。但是，小说犹如野火春风，它具有极其顽强的生命力，难以完全阙如；一如“百日维新”和五四运动之前的中国，小说抑或大量存在，却怎么也入不得统治阶级和一般文史学家的法眼。及至时移世易，梁启超发表雄文《小说与群治之关系》、林纾大量移译西方小说、王国维推出《〈红楼梦〉评论》等等，小说这个“古来无史”并历来被称为“稗官野史”，甚至“倡优之术”的“玩意儿”方才登上大雅之堂。

但是，在西班牙语美洲，由于殖民文化的惯性，小说一直要到独立运动后才获得正名，而殖民地时期的大量作品则一直到近期才得见天日。因此，殖民地时期的西班牙语美洲或拉丁美洲被称为一部“没有小说家的小说”，盖因“现实比想象更荒诞”。[1]也正因如此，在过去的西班牙语文学史料中，我们很少得见殖民地小说。而这个“乌

① Sánchez, Luis Alberto: *Los libros del conquistador*, México: Fondo de Cultura Económica, 1953, p.37; *Proceso y contenido en la novela hispanoamericana,* Madrid: Editorial Gredos, 1953, p. 87.

有之乡”却原来还是个文学富矿，亟待发掘整理。换言之，自从被欧洲人发现的那一刻起，美洲便不再是一部小说家阙如的小说，而是一部真真正正的今犹未竟的小说。

鉴于前面稍有点乱和评骘，这里不妨以时间为序，对西班牙语美洲殖民地时期的小说再进行一次扫描。需要说明的是，随着大量手抄本的相继发现，西班牙语美洲殖民地小说刚刚露出它的冰山一角，系统的梳理和深入的研究尚需时间和条件。

一、16—17世纪

用批评家张-罗德里格斯的话说，西班牙语美洲殖民地小说很难用传统方式加以界定。①这还是刚刚开始。如今，它们犹如一群无父无母的野孩子，四散遍野，不仅很难用欧陆传统界定，更遑论分门别类。它们每每你中有我，我中有你，不拘牵于规则，也无所谓发表（盖因它们大抵是不准备发表的）。前不久，笔者有幸在墨西哥学院检索到业已发现的16、17世纪西班牙语美洲殖民地小说，姑且罗列一二，以飨读者：

1. 1519：《克拉里巴尔特》（*Claribalte*），作者：费尔南德斯·德·奥维埃多（Fernández de Oviedo, Gozalo）；

2. 1542：《海难》（*Naufragios*），作者：努涅斯·卡贝萨·德·巴卡（Núñez Cabeza de Vaca, Alvar）；

3. 1586：《巴尔托罗梅·洛伦索朝圣记》（*Peregrinación de Bartolomé Lorenzo*），作者：阿科斯塔（Acosta, José de）；

4. 1599：《西印度朝圣者》（*El peregrino indiano*），作者：萨维德拉（Saavedra, Antonio de）；

5. 1602：《南极杂记》（*Miscelánea austral*），作者：达瓦罗斯·伊·菲盖罗阿（Dávalos y Figueroa, Diego）；

---

① Chang-Rodríguez ed.: *Prosa hispanoamericana virreinal*, Barcelona: Editorial Hispam, 1978, pp.1-7.

6. 1603？：《小奥万迪娜》（*La ovandina*），作者：奥万多（Ovando, Pedro María de）；

7. 1605：《印卡之花》（*La Florida del Inca*），作者：印卡·加尔西拉索·德拉·维加（Inca Garcilaso de la Vega）；

8. 1608：《厄里费勒丛林的黄金世纪》（*Siglo de Oro en las selvas de Erifile*），作者：巴尔布埃纳（Balbuena, Bernardo de）；

9. 1620：《圣母的金翅雀》（*Los sirgueros de la Virgen*），作者：勃拉蒙（Barmón, Francisco）；

10. 1621：《孤儿的故事》（*Historia del huérfano*），作者：莱昂·伊·卡德纳斯（León y Cárdenas, Martín de）；

11. 1625：《修女传奇》，原名《修女阿尔菲雷斯的故事》（*Historia de la monja Alférez*），作者：卡塔利娜·德·埃劳索（Erauso, Catalina de）；

12. 1626：《走火入魔》（或曰《魔鬼对话》，*La endiablada*），作者：莫格罗维霍·德·拉·塞尔达（Mogrovejo de la Cerda, Juan）；

13. 1636：《绵羊》（*El carnero*），作者：罗德里格斯·弗雷伊莱（Rodríguez Freyle, Juan）；

14. 1640：《圣诞夜的牧人》（*El pastor de Nochebuena*），作者：帕拉福克斯·伊·门多萨（Palafox y Mendoza, Juan）；

15. 1650：《神奇沙漠》（*El desierto prodigioso y el prodigio de desierto*），作者：索利斯·伊·瓦伦苏埃拉（Solís y Valenzuela, Pedro de）；

16. 1661：《巴比伦的朝圣者》（*El peregrino de Babilonia*），作者：特哈达·伊·古斯曼（Tejada y Guzmán, Luis）；

17. 1663：《幸福的囚徒》（*Cautiverio feliz*），作者：努涅斯·德·皮内达·伊·巴斯古尼安（Núñez de Pineda y Bascuñán, Francisco）；

18. 1680：《我的一生》（*Mi vida*），作者：卡斯蒂略嬷嬷（la Madre Castillo）；

19. 1690：《鲜花烂漫的记忆》（*Recordación Florida*），作者：富

恩特斯·伊·古斯曼（Fuentes y Guzmán, Francisco Antonio）；

20. 1690：《阿尔丰索·拉米雷斯的厄运》（*Infortunios de Alfonso Ramírez*），作者：西衮萨·伊·贡戈拉（Sigüenza y Góngora, Carlos de）；

21. 1693：《帝国重建与叛逆灵魂对话》（*Restauración de la imperial y conversión de almas infieles*），作者：巴雷内切阿·伊·阿比斯（Barrenechea y Abis, Juan de）；

等等。

这还不包括那些夹杂在史书或编年中独立成章的篇什、小品、插曲。

16、17世纪见证了西班牙的盛极而衰，同时也是西班牙语美洲殖民地从建立到稳固的第一个百年。与第二个百年不同的是，这第一个百年殖民地经济呈现出欣欣向荣的景象，尽管它大抵建立在印第安人的血泪和尸体之上。在此期间，土生白人逐渐成为殖民地社会的重要橄榄肚，他们一方面受到来自西班牙宫廷及其所遣大员的掣肘，另一方面又千方百计地压迫和剥削印第安人。同时，随着西班牙的衰落，殖民地土生白人又有了同英、法、荷等其他欧洲强国及其商人"眉来眼去"的机会。这些不仅是殖民地上半期西班牙语美洲小说得以产生的社会历史土壤，同样也是这些小说何以如此缄默、如此杂乱、如此不按规矩出牌的重要原因。

此外，土生白人需要自己的话语和表达思想、展示生活的介质。而小说无疑是最佳的选择。盖因诗歌这种阳春白雪的体裁基本控制在上流社会手中，甚至是副王总督府宣达风雅的重要手段。戏剧更不待言，它受剧场等现实条件的限制。况且16、17世纪，小说即或在欧洲也还是个新生事物，不仅尚未定型，而且不受上流社会的待见。除了前面说到的禁忌，尤其值得注意的是，虽然骑士小说曾在西班牙风靡一时，但"特兰托教务会议"对其进行了强有力的清算，从而遏制了那些骑士小说以及"宣讲、涉及、叙述或教授淫荡或淫秽之物的书籍”在西班牙及其美洲殖民地的流布。[1]

然而，“新大陆”从一开始便是小说的沃土。骑士道固然没能在这里流布，但骑士小说的某些元素却伴随冒险家的足迹和殖民者的暴行率先为西班牙语美洲小说提供了新的向度。用文学史家恩里盖斯·乌雷尼亚（Henríquez Ureña, Pedro）的话说，一开始，美洲就是真实与魔幻的混合物。[2]关于这一点，本著在上述有关哥伦布信札和早期西班牙殖民者著述的章节中已有涉及，此处不赘，却不妨援引一段加西亚·马尔克斯诺贝尔文学奖受奖词中的话作为佐证：

> 随麦哲伦进行首次环球航行的佛罗伦萨航海家安东尼奥·皮加费塔，途经南美时记录的所见所闻恰似一部奇情异想的历险记。说他见过一种猪，肚脐长在脊背上；一种无爪鸟，雌鸟伏在雄鸟背上孵蛋，以及形似鹈鹕无舌鸟，长着勺形喙。说他见过骡头、骡耳、驼身、鹿足，像马一样嘶鸣的怪物，还说曾给巴塔哥尼亚遇到的第一个土著照镜子，结果那身材伟岸的家伙竟被镜子里的自己吓得失去了理智。
>
> 在这本有趣的小册子里，显然已能窥见现代小说的雏形，但它还远非当年最不可思议的。西印度群岛的史学家们留下了更为惊人的大量史料。黄金国本是虚构的产物，却令人垂涎，并时常出现在地图上，其地理位置由于绘图员的臆想而千差万别。为了寻找永葆青春泉，传奇人物阿尔瓦尔·努涅斯·卡维萨·德·巴卡耗时八年勘查墨西哥北部，

① “特兰托教务会议”因在意大利北部特兰托召开而得名，是16世纪上半叶天主教第十九次教务会议。会议时断时续，历时十八年之久，主张反对宗教改革运动，维护天主教的地位。耶稣会会士在会上发挥了重要作用。会议陆续通过的重要决议有：宣布所有新教徒为异端；天主教会的教条和仪式全部正确，必须严格遵守；重申罗马教皇的绝对权威；创办神学院，加强教士培养；开列“禁书目录”，其中包括大量骑士小说。Castro, Américo: *El pensamiento de Cervantes*, Barcelona: Editorial Noguer, 1980, pp.23-28.

② Henríquez Ureña: *Las corrientes literarias en la América Hispánica,* México: Fondo de Cultura Económica, 1949; Reimpreso en *Historia y crítica de la literatura latinoamericana*, Barcelona: Editorial Crítica, 1988, p.111.

远征队员受执念驱使，走火入魔，以至于同类相食，结果六百人去，仅五人生还。还有其他许许多多的不解之谜，如一万一千头各驮一百磅黄金的羊驼，从库斯科出发去救赎印加王阿塔瓦尔帕，可一头也没到达目的地。至于后来殖民地时期……还是阴魂不散。19世纪，有个德国代表团探究在巴拿马地峡建造跨洋铁路的可能性，曾下结论说：此地缺铁，要建就得直接用金子建。①

由此可见，“新大陆”是从神话开始的，尽管这神话更像“人话”，盖因“起关键作用”的已非神类，而是贪婪的人类。故此，有学者认为“新大陆”的小说从一开始便被赋予了不同凡响的丰饶色彩。譬如《修女传奇》，原名《修女阿尔菲雷斯的故事》，是女作家卡塔利娜·德·埃劳索创作于17世纪初的一部自传体长篇小说，讲述了修女阿尔菲雷斯的传奇故事。前面说过，作品虽然早在1625年就曾部分出版于马德里，却迅速陷入沉寂，及至1820年才重新被人发掘整理，并以注疏本的形式在巴黎出版，而其在西班牙语美洲引发关注也是最近的事。《修女传奇》可谓一部奇书。它的主要贡献在于揭露“旧大陆”和“新大陆”的男男女女如何是一丘之貉：男人好色，女人亦然；男人贪财，女人更甚。其中的伪善和欺骗可谓比比皆是。由于是“自传体小说”，它也便格外逼真。

又譬如《绵羊》，它关于殖民地的描写完全具有现代小说的特征。一是它攫取了大量印第安传奇，包括其缤纷的风俗。这部分内容具有原始口传文学的显著特征，行当所行，止当所止，毫不拘牵于任何范式或窠臼。② 二是大量令人称奇的殖民地风俗。它们完全不同于人们在其他大陆的所见所闻，自然也不按其他大陆小说的陈规出牌。尤其值得关注的是，《绵羊》表面上看来是一部关于新格拉纳达的史书，

① García Márquez: “La soledad de América Latina”, discurso de aceptación del Premio Nobel, 8 de diciembre de 1982.

② Garavito, Fernando: “Prólogo al carnero”, *El carnero*, Bogotá: Villegas Editores, 1988, p.25.

却于人们在不经意之处夹杂了作者或作者们的私活：对殖民地社会丑态的揭示。每当此时，作者或作者们会提醒读者："请读者少安勿躁。"从我国正史与野史（演义）关系看，《绵羊》既是正史，也是演义，而且两者有分有合，分分合合，毫无羁绊。

同样，在卡兰恰（Calancha, Antonio de la）和托雷斯（Torres, Bernardo de）的《奥古斯丁会隐修士的秘鲁省纪实》（*Crónica de la provincia peruana de los Ermitaños de S. Agustín*）中，正史中夹杂了一篇脍炙人口的野史《血缘逆袭》（*A contrafuerza de la sangre*）。这是一篇相当诡异的小说，主人公是一位叫作迭戈的修士。他因故扭曲了人性，是个无恶不作的魔鬼。他被修道院扫地出门，到利马附近的一个乡村教堂去投靠他的神父兄弟，还遇见了出落得亭亭玉立的胞妹，结果爱上了她。年少的妹妹经不住他的花言巧语和兄弟俩的阴谋诡计，成了他们的囊中之物。然而，随着她肚子里的孩子一天天长大，他们不仅没有逃之夭夭，而且将丑事栽赃给了利马的一位绅士。为了替妹妹讨回公道，他们居然在一个风黑月高的夜晚，在一起事先张扬的决斗中杀死了那位绅士。最后，为了永远堵住妹妹的嘴，他们又联手杀死了她。绅士家属的诉讼和妹妹的死使他们不得不逃离秘鲁，前往巴拿马。最后，一个暴卒，另一个染上了瘟疫。弥留之际，后者良心发现，留下了自己的忏悔，写成这个故事。

这个故事实在是耸人听闻。也许正因如此，它在当代西班牙语美洲文坛引发了震荡。有人认为它是一篇不可多得的杰作；但也有人觉得恰好相反，认为它有哗众取宠之嫌。[①]孰是孰非，难有定论，但可以肯定的是，它的确为西班牙语美洲小说开启了一个罕见的维度，其辛辣程度远远超过了《十日谈》。

再说《神奇沙漠》，其抄本自20世纪60年代被发现后，先后于1977年、1984年和1985年分三卷出版。它的二十二章，又称二十二栋（篇），几乎集合了所有体裁：诗歌、散文、戏剧和小说。因此，这是一部相当奇谲的作品，它的"重出江湖"引起了学术界的高度

① Chang-Rodríguez: *Violencia y subversión en la prosa colonial hispanoamericana, siglos XVII y XVIII*, Madrid: Porrúa Turanzas, 1982, pp.90–93.

关注。早在20世纪80年代，就有不少学者对其进行过文学、史学和宗教学等不同维度的探讨，尽管方兴未艾的“文学爆炸”遮蔽了这些声音。其中，学者克里斯蒂娜将《神奇沙漠》同《堂吉诃德》相提并论，认为在这部作品中作者-叙述者-人物的转换达到了令人瞠目的地步。[①]

再就是西衮萨·伊·贡戈拉的《阿尔丰索·拉米雷斯的厄运》。关于这部小说，本著前面已有评析，需要补充的是它究竟是一部流浪汉小说还是反流浪汉小说。这是学术界讨论的一个新问题。诚如前面所说，小说的基本内容是流浪汉阿尔丰索·拉米雷斯的故事，正因如此，一般文学史家均认为它是一部典型的流浪汉小说。[②]然而，近年来，随着研究的不断深入，有学者对它的流浪汉小说特征提出了质疑。后者的核心观点在于，作者索利斯违背了流浪汉小说的基本规则——第一人称叙事。也就是说，关键时刻索利斯改变了路径，用他自己的“我”取代了人物的“我”：

> 我想把这些折磨我多年的信息交给好奇的读者［……］这里没有通常书籍的臆想和华丽辞藻、警句格言，有的只是请求读者同情的可怜记忆［……］。

问题是，流浪汉小说本身也是新生事物，并没有什么严格的规则。索利斯从人物的“我”转化为自己的“我”无非是使作品从自传变成了传记。即使从“口传”到书写，在17世纪也只不过是小小一步，并不像一些批评家所谓的“这是从口传神话到荷马”的一大步。[③]

归根结底，小说对于西班牙语美洲文坛始终是一个“原罪”般的

---

① Cristina, María Teresa: “La literatura de la Conquista y Colonia” , *Manual de Historia de Colombia*, 3 ed., Bogotá: Procultura, 1984, p. 555.

② Johnson, J.G.: “Picaresque element in Carlos Sigüenza y Góngora's *Los infortunios de Alonso Ramírez*” , *Hispania* 64, 1981, pp. 60–67.

③ Lagmanovich, David: “Para una caracterización de *Infortunios de Alonso Ramírez*”, *Historia y crítica de la literatura hispanoamericana: Época Colonial*, ed. Cedomil Goic, Barcelona: Editorial Crítica, original from: the University of Michigan, Digitized Jan 19, 2010.

禁忌，这确实导致了它的厄运。而这种厄运或命途多舛又终使其不断湮没在历史的尘埃之中。

二、18世纪

与16、17世纪一样，18世纪并没有使西班牙语美洲的小说摆脱“原罪”。人们依然对它讳莫如深。但是，另一方面，启蒙思想开始传入美洲。这在20世纪西班牙语美洲小说中多有展示，如古巴作家卡彭铁尔（Carpentier, Alejo）关于18世纪的一些作品：《人间王国》（*El reino de este mundo*, 1949）、《光明世纪》（*El Siglo de las Luces*, 1962）等等，以及阿雷纳斯（Arenas, Reynaldo）、罗德里格斯·胡利亚（Rodríguez Juliá, Edgardo）等人的作品，也都对启蒙世纪有过不少昭示。

也许正是受了启蒙思想和欧洲新古典主义的影响，18世纪西班牙语美洲小说产量明显减少，至少迄今为止当作如是观。虽然启蒙思想导致了海地革命，但端庄、雅致、明显的新古典主义明显不是小说的向度，尤其不是西班牙语美洲殖民地小说的向度。如是，少量业已发现的作品也明显缺乏之前的自由洒脱。其中，前面提到的《流浪盲人的小癞子》（1773），顾名思义，是一部典型的流浪汉小说，而且明显借鉴了《小癞子》等西班牙流浪汉小说的风格。小说由“小癞子”讲述他作为旅行者——西班牙御用稽查员的领路人，从布宜诺斯艾利斯到利马的经历。作品固然具有强烈的历史感和社会学般的数据做支撑，但从叙事艺术的角度看却较前述16、17世纪小说逊色不少。相反，几乎同时创作的《梦之梦》（1788）却走向了另一个极端：玄想。作品别出心裁，假借克维多之名描述西班牙及其美洲殖民地，几可谓是一部令人称奇、充满幻想色彩的“穿越”小说。

此外，同时期卡尔萨达的自传体小说《希尔·布拉斯·德·桑蒂亚纳的族谱》（1792）几乎不折不扣地延续了法国作家勒萨日（Lesage, Alain Rene）的《吉尔·布拉斯》（*Histoire de Gil Blas de Santillane*）。而新西班牙（墨西哥）神父波拉尼奥的《死亡的奇幻生涯》[①]则部分延续了17世纪小说《走火入魔》的路径，即将西班牙语美洲殖民地隐喻为地狱，个中人等皆是逝者的鬼魂。作品一定程度上为后来的墨西哥文学奠定了一个重要维度：无论是鲁尔福（Rulfo, Juan）的《佩德罗·巴拉莫》（*Pedro Páramo*）还是电影《寻梦环游记》（*Coco*），大抵都是围绕亡灵展开的。当然，写亡灵而宣达的依然是人事，一如蒲松龄的《聊斋志异》。《死亡的奇幻生涯》凡四十章，外加一个前奏、一个尾声和一份遗嘱。[②]小说第一章为"祖国和死亡的父母"，写亡灵来到世上。他们在经历了"人生遭际"之后，因所犯罪孽受到最后的审判，直至衰老和死亡（或再次死亡）。作者假借人物（亡灵）之口，奉劝读者弃恶从善，即放弃贪生的欲念，追求向死的善终。

最后是奥拉维德创作于18世纪末和世纪之交（1797—1803）的《胜利布道或不惑哲人》《隐姓埋名者或野心的后果》《保利娜或无私的爱》《马塞罗或宫廷之险》《萨比娜或不假伪装的大人物》《卢西娅或高尚的村姑》《劳拉或塞维利亚的太阳》等等。他的这些作品大抵具有教化的目的，从而对游手好闲、野心勃勃、嫉妒猜忌、心术不正等不良品性进行针砭，同时彰显质朴或崇高背后的高贵品质，如谨慎、诚实、忠心、勤劳等传统美德。

结语

总之，从目前业已露出的冰山一角，当可看出西班牙语美洲殖民地小说十分庞杂。这就是说，小说这一体裁不仅没有在西班牙宗主国及西班牙殖民当局的高压下销声匿迹，恰恰相反，它们野火春风般地滋生、蔓延。与此同时，也正是因为政治高压和有关禁令，西班牙语美洲殖民地小说始终没有形成像样的独特流派。它们孤儿般地流散于坊间，成为西班牙语美洲殖民地时期一股时隐时现的暖风。这是可以想见的。

① 原标题十分冗长，为《皇帝恶行和人类本性的报复者、墓地的皇后与死亡的奇幻生涯》（*La portentosa vida de la Muerte, emperatriz de los sepulcros, vengadora de los agravios del Altísimo, y muy señora de la humana naturaleza*）。

② Bolaños, Joaquín Hermenegildo: *La portentosa vida de la Muerte*, México D.F.: El Colegio de México, 1992.

附录

人名索引

书名索引

主要参考书目

一、外文：

Acosta, José de: *Historia natural y moral de las Indias*, México: Editorial Fondo de Cultura Económica,1979;

Acosta Enríquez, J. M.: *Sueño de sueños*, México: Universidad Nacional Autónoma de México, 1945;

Acosta Saignes, Miguel ed.: *Historia general de las cosas de la Nueva España*, escrita por Fray Bernardino de Sahagún, 3 Vols., México: Editorial Atenea, 1946;

Actas del XIV Congreso de la Asociación Internacional de Hispanistas, Vol.IV, New York: City University of New York, 2001;

Adams, Richard E.W. y Murdo J. Macleod eds.: *The Cambridge History of the Native Peoples of the Americas*, Vol.II: *Mesoamerica* (*part 1*), Cambridge: Cambridge University Press, 2000;

Adorno, Rolena: "Nuevas perspectivas en los estudios literarios coloniales hispanoamericanos", *Revista de Crítica Literaria Latinoamericana*, Año XIV, No.28, 1988;

Alatorre, Antonio: "María Luisa y Sor Juana", *Periódico de Poesía*, No.2, 2001;

Alberro, Solange: *El águila y la cruz. Orígenes religiosos de la conciencia criolla*, México: El Colegio de México/FONDO DE CULTURA ECONÓMICA, 1999;

Albores. G., Eduardo J.: *Chiapas prehispánico*, Tuxtla Gutiérrez: Instituto de Ciencias y Artes de Chiapas, 1960;

Alcina Franch, José: *Las culturas precolombinas de América*, Madrid: Alianza Editorial, 2000;

Alganza Roldán, Minerva: "Huellas de la antigüedad en la Hernandia, de Francisco Ruiz de León", *Nueva Revista de Filología Hispánica*, Vol. LIX, No. 2, 2011;

Alonso, Dámaso: *Obras completas V: Góngora y gongorismo*, Madrid: Bibliotecas Universitarias, 1978;

Alvarado Tezozómoc, Hernando: *Crónica Mexicana*, México: Editorial Leyenda, 1944;

Anales Toltecas, trad. de Mr. Aubin y compilados por Fernando F. Ramírez. México: Vargas Rea, 1949;

Angulo, Jorge A.: "Observaciones sobre su pensamiento cosmogónico y la organización sociopolítica", en John E. Clark (coord.), *Los olmecas en Mesoamérica*, México-Madrid: El Equilibrista/Turner,1994;

Araya, Alejandra y Jaime Valenzuela Márquez, eds.: *América Colonial. Denominaciones, clasificaciones e identidades*, Santiago de Chile: Universidad de Chile & RIL editores, 2010;

Arias-Larreta, Abraham: *Literatura colonial. Historia de la literatura indoamericana*, Buenos Aires: Editorial Indoamérica, 1970;

Armas Asín, Fernando, ed.: *Angeli Novi. Prácticas evangelizadoras, representaciones artísticas y construcciones del catolicismo en América (siglos XVII–XX)*, Lima: PUCP, 2004;

Assadourian, Carlos Sempat: *El sistema de la economía colonial. Mercado interno, regiones y espacio económico*, Lima: Instituto de Estudios Peruanos, 1982;

Balbuena, Bernardo de: *Grandeza Mexicana*, Madrid: Editorial Biblioteca Nueva, 2012;

Barlow, Robert H. y Mcafee, Byron, "La Guerra entre Tlatelolco y Tenochtitlán, según el Códice Cczcatzin", *Tlatelolco a través de los*

tiempos, *AMH/M*, 1946;
Barrera, Trinidad: *Asedios a la literatura colonial*, México: Universidad Nacional Autónoma de México, 2008;
Basadre, Jorge: *Literatura Inca*, Paris: Biblioteca de Cultura Peruana, 1938;
Bataillon, Marcel: *Estudios sobre Bartolomé de las Casas*, Barcelona: Editorial Península, 1976;
Becco, Horacio Jorge ed.: *Poesía colonial hispanoamericana*, Caracas: Biblioteca Ayacucho, 1990;
Benton, Lauren: *Law and Geography in European Empires, 1400–1900*, Cambridge: Cambridge University Press, 2010;
Berlín, Heinrich ed.: *Anales de Tlatelolco. Unos anales históricos de la nación mexicana y Códice de Tlatelolco*, México: Editorial Robredo, 1948;

Bethell, Leslie ed.: *Historia de América Latina,* Vol.I, *América Latina colonial: la América precolombina y la conquista*, Barcelona: Editorial Crítica, 1990;
Bolaños, Joaquín Hermenegildo: *La portentosa vida de la Muerte*, México: El Colegio de México, 1992;
Boone, Elizabeth y Walter Mignolo eds.: *Writing without words. Alternative Literacies in Mesoamerica and the Andes*, Durham: Duke University Press, 1994;
Brading, D. A.: *Miners and Merchants in Bourbon Mexico, 1763–1810*, Cambridge: Cambridge University Press, 1971;
Mexican Phoenix. Our Lady of Guadalupe. Image and Tradition Across Five Centuries, Cambridge: Cambridge University Press, 2002;
Orbe indiano. De la monarquía católica a la república criolla, 1492–1867, México: Fondo de Cultura Económica, 2003;
Bravo Ugarte, José: *Historia de México*, México: Editorial Jus, 1970;
Bristol, Joan Cameron: *Christians, Blasphemers, and Witches: Afro-Mexican Ritual Practice in the Seventeenth Century*, México:

University of Mexico Press, 2007;

Burkhardt, Louise: *The Slippery Earth. Nahua-Christian Moral Dialogue in Sixteenth-Century Mexico*, Arizona: University of Arizona Press, 1989;

Burns, Kathryn: *Colonial Habits: Convents and the Spiritual Economy of Cusco, Peru*, Durham: Duke University Press, 1999;

Bustos Táuler, Álvaro: "Francisco de Terrazas, poeta toscano, latino y castellano", *Cuaderno de Filología Hispánica*, No.21, 2013;

Cobo, Barnabé: *History of the Inca Empire*, Austin: University of Texas Press, 1983;

Inca Religion and Customs, Austin: University of Texas Press, 1990;

Canfield, Martha: *Literatura hispanoamericana. Historia y antología.* Vol.I, *Literatura prehispánica y colonial*, Milano: Editorial Hoepli, 2009;

Cañizares-Esguerra, Jorge: "New World, New Stars: Patriotic Astrology and the Invention of Indian and Creole Bodies in Colonial Spanish America, 1600–1650", *American Historical Review* 104, 1999;

Carilla, Emilio: "Las obras de Domínguez Camargo", *Thesaurus*, No.2, 1966;

Carrasco, D.: *Mesoamerica's classic heritage: From Teotihuacan to the aztecs*, Boulder: University Press of Colorado, 2002;

Carrasco Pizana, Pedro: *Los otomíes, cultura e historia prehispánica*, México: UNAM, 1950;

Carrera, M.: *Imagining identity in New Spain: race, lineage, and the colonial body in portraiture and casta paintings*, Austin: University of Texas Press, 2005;

Caso, Alfonso: *La religión de los aztecas*, México: Imprenta Mundial, 1936;

El pueblo del Sol, México: Fondo de Cultura Económica,1953;

Castro, Américo: *El pensamiento de Cervantes*, Barcelona: Editorial Noguer, 1980;

Castro, F.: *Los tarascos y el imperio español, 1600–1740*, México: UNAM,

2004;

Castro-Gómez, Santiago: *La hybris del punto cero: ciencia, raza e ilustración en la Nueva Granada (1750–1816)*, Bogotá: Editorial Pontificia Universidad Javeriana, 2005;

Cervantes de Salazar: *México en 1554. Tres diálogos latinos*, trad. de León-Portilla, México: UNAM, 2017;

Chang-Rodríguez, Raquel ed.: *Prosa hispanoamericana virreinal*, Barcelona: Editorial Borrás, 1978;

Chevalier, F.: *La formación de los latifundios en México. Haciendas y sociedad en los siglos XVI, XVII y XVIII*, México: Fondo de Cultura Económica, 1999;

Chilam Balam, Barcelona: Linkgua Ediciones, 2008;

Clark, John E. coord.: *Los olmecas en Mesoamérica*, México-Madrid: Editorial Equilibrista/Turner,1994;

Clendinnen, Inga: *Ambivalent Conquests. Maya and Spaniard in Yucatan*, 1517–1570, Cambridge: Cambridge University Press, 1995;

Cline, Howard F. ed.: *Apuntes históricos de las tribus chinantecas mazatecas y popolucas, escritos por Mariano Espinosa*, México: INAH, 1961;

Codex Florentine, 12 Vols., pub. by Dibble and Anderson, Santa Fe, 1950–1959;

Codex Matritense, 7 Vols., pub. by Paso y Troncoso, Madrid, 1906–1907;

Codex Mendoza, trans. by James Cooper, London, 1838;

Codex Parisense, pub. by E. T. Hamy, Paris, 1899;

Coe, Michael D., Dean Snow y Elizabeth Benson: *La América antigua: civilizaciones precolombinas*, Barcelona: Folio, 1989;

Cole, Jeffrey A.: *The Potosi mita, 1573–1700: compulsory Indian labor in the Andes*, Stanford: Stanford University Press, 1985;

Colón, Cristóbal: *Los libros del Almirante*, Burgos: Instituto Castellano y Leonés de la Lengua, 2006;

Cope, R. Douglas: *The Limits of Racial Domination: Plebeian Society in*

Colonial Mexico City 1660–1720, Wisconsin: University of Wisconsin Press, 1994;

Cortés, Hernán: *Cartas de relación*, México: Biblioteca de Autores Españoles, 1852;

Cosamalón, Jesús: *Indios detrás de la muralla. Matrimonios indígenas y convivencia inter-racial en Santa Ana, Lima, 1795–1820*, Lima: Pontificia Universidad Católica del Perú, 1999;

Cristina, María Teresa: "La literatura de la Conquista y Colonia", *Manual de Historia de Colombia*, 3ª Edición, Bogotá: Procultura, 1984;

Crosby, Alfred: *Ecological Imperialism: The Biological Expansion of Europe, 900–1900*, New York: Cambridge University Press, 1986;

Cuevas, Mariano ed.: *Historia antigua de México y de su conquista*, escrita por Javier Clavigero, 4 Vols., México: Editorial Porrúa, 1945;

Chavero, Alfredo ed.: *Obras históricas*, de Fernando de Alva IxMxóchitl, publicadas v anotadas por Chavero, 2 Vols., México: Editorial Nacional, 1952;

Cushner, Nicholas: *Soldiers of God. The Jesuits in Colonial America, 1565–1767*, Buffalo: Language Communications, 2002;

Dahlgren de Jordán, Barbro: *La mixteca, su cultura e historia prehispánica*, México: Editorial Porrúa, 1954;

Deans-Smith, Susan and Ilona Katzew: "Introduction: The Alchemy of Race in Mexican America" and María Elena Martínez: "The Language, Genealogy, and Classification of 'Race' in Colonial Mexico", both in Katzew and Deans-Smith eds.: *Race and Classification: The Case of Mexican America*, Stanford: Stanford University Press, 2009;

De la Fuente, Beatriz: "¿Puede un estilo definir una cultura?", M. T. Uriarte y R. González Lauck (coord.) : *Olmeca, balances y perspectivas. Memorias de la primera mesa redonda*, México: UNAM-IIE, 2008;

Dell, Melissa: "Los efectos persistentes de la mita minera en el Perú",

Apuntes. Revista de Ciencias Sociales, 68, 2011;
Díaz del Castillo, Bernal: *Historia verdadera de la conquista de la Nueva España*, LXXXIV, CXXXVII, etc., México: Editorianl Porrúa, 1986;
Dibble, Charles A. ed.: *Códice Xólotl*, México: UNAM, 1951;
Dieciocho, Hispanic Enlightenment, Virginia: University of Virginia, 2015–2019;
Dioses y hombres de Huarochirí, trad. de José María Arguedas, Lima: Instituto de Estudios Peruanos, 1974;
Durán, Fray Diego: *Historia de las Indias de Nueva España y las Islas de Tierra Firme*, 2 Vols., México: Atlas, 1868–1880;
Durán Luzio, Juan: *Bartolomé de las Casas ante la Conquista de América. Las voces del historiador*, Costa Rica: Editorial Heredia, 1992;
Earle, Rebecca: *The Return of the Native. Indians and Myth-Making in Spanish America, 1810–1930*, Durham: Duke University Press, 2007;

Elliott, John Huxtable: *El Viejo Mundo y el Nuevo*, Madrid: Alianza Editorial, 2000;
Empires of the Atlantic World. Britain and Spain in America, 1492–1830, New Haven and London: Yale University Press, 2006;
Ercilla y Zuñiga, Alonso de: *La Araucana*, Santiago: Pehuén Editores, 2001;
Escalante Gonzalbo, Pablo: *Los Códices*, México: CONACULTA, 1998;
El arte prehispánico, CONACULTA coord., 2000;
El México Antiguo. De Tehuantepec a Baja California, México: CIDE/FONDO DE CULTURA ECONÓMICA, 2009;
Esteve Barba, Francisco: *Historiografía Indiana*, Madrid: Eitorial Gredos, 1992;
Farfán Ayerbe, J.: *El drama quechua Apu Ollantay*, Lima: Publicaciones Runa-Simi, 1952;
Fernández, Justino: *Arte mexicano, de sus orígenes a nuestros días*, México: Editorial Porrúa, 1958;
Fernández de Oviedo y Valdés, Gonzalo: *Historia general y natural de las Indias, islas y tierra firme del Mar Océano*, México: Centro de

Estudios de Historia de México, 1979;

Fiedel, Stuart J.: *Prehistoria de América*, Barcelona: Editorial Crítica, 1996;

Foncerrada de Molina, M.: *Cacaxtla. La iconografía de los olmeca-xicalanca*, México: UNAM-IIE, 1993;

Franco, Jean: *Historia de la literatura hispanoamericana*, Barcelona: Editorial Ariel, 1982;

An Introduction to Spanish-American Literature, New York: Cambridge University Press,1994;

Fuentes, Carlos: *Tiempo mexicano*, México: Editorial Joaquín Mortiz, 1971;

La nueva novela hispanoamericana, México: Editorial Joaquín Mortiz, 1974;

Galicia Chimalpopoca, F. ed.: *Historia chichimeca*, México: Vargas Rea, 1950;

Gamio, Manuel etc.: *La población del Valle de Teotihuacán*, México: Talleres Gráficos de la Nación, 1922;

Gaos, J.: *Historia de nuestra idea del mundo*, México: Fondo de Cultura Económica, 1979;

Garavito, Fernando: "Prólogo al carnero", *El carnero*, Bogotá: Villegas Editores, 1988;

García Icazbalceta, Joaquín ed.: *Relaciones de Texcoco y de la Nueva España*, México: Chávez Hayhoe, 1941;

Historia de los indios de Nueva España, escrita por Toribio de Benavente (Moto-Unía), México: Chávez Hayhoe, 1942;

Historia eclesiástica indiana, escrita por Gerónimo de Mendieta, 4 Vols., México: Chávez Hayhoe, 1945;

García Márquez, Gabriel: "La soledad de América Latina", discurso de aceptación del Premio Nobel, 8 de diciembre de 1982;

Garibay K., Ángel María ed.: *Historia general de. las cosas de Nueva España*, escrita por Fray Bernardina de Sahagún, 4 Vols., México:

Editorial Porrúa, 1956;

La poesía náhuatl, 3 Vols., México: Instituto de Investigaciones históricas, 1965;

Historia de la literatura náhuatl, 3 Vols., México: Editorial Porrúa, 1971;

Garibay K., Ángel María; León-Portilla, Miguel eds.: *Historia antigua y de la conquista de México*, escrita por Manuel Orozco y Berra, México: Editorial Porrúa, 1960;

Garrett, David: *Shadows of Empire: The Indian nobility of Cusco, 1750–1825*, Cambridge and New York: Cambridge University Press, 2005;

Gay, José Antonio: *Historia de Oaxaca*, 2 Vols., México: V. Venero, 1950;

Gendrop, Paul: *Arte prehispánico en Mesoamérica*, México: Trillas, 1982;

Gerhard, D.: *La vieja Europa: factores de continuidad en la historia europea, 1000–1800*, Madrid: Alianza Editorial, 1991;

Gerhard, P.: *Geografía histórica de la Nueva España, 1519–1821*, México: IIH y UNAM, 2000;

Gibson, Charles. *The Aztecs under Spanish Rule. A History of the Indians of the Valley of Mexico, 1519–1810*, Stanford: Stanford University Press, 1964;

Gil, Juan: *Mitos y utopías del descubrimiento*, Madrid: Alianza Editorial, 1989;

Godoy Ramírez, A.: *Malacachtepec Momoxco*, México: Vargas Rea, 1954;

Gomes, Miguel: *Los géneros literarios en Hispanoamérica: teoría e historia*, Pamplona: EUNSA, 2000;

Góngora, Luis de: *Poesías*, México: Editorial Porrúa, 1986;

González-Ortega, Nelson Arturo: *Relatos mágicos en cuestión: la cuestión de la palabra indígena, la escritura imperial y las narrativas totalizadoras y disidentes de Hispanoamérica*, Madrid: Iberoamericana, 2006;

Greenblatt, Stephen: *Marvelous Possessions: The Wonder of the New World*, Chicago: University of Chicago Press, 1991;

Greer, Allan and Jodi Bilinkoff, eds.: *Colonial Saints: Discovering the*

Holy in the Americas, 1500–1800, London: Routledge, 2002;
Gruzinski, Serge: *La colonización de lo imaginario*, México: Fondo de Cultura Económica, 1991;
Images at War. Mexico from Columbus to Blade Runner (1492–2019), Durham, Duke University Press, 2001;
Gruzinski, S.: *La colonización de lo imaginario. Sociedades indígenas y occidentalización en el México español, Siglos XVI–XVIII*, México: Fondo de Cultura Económica, 2007;
Guillén, Marco: "José Mariano Acosta Enríquez, epígono novohispano de Francisco de Quevedo", *La Perinola*, 13, UNAM, 2009;
Halperin Donghi, Tulio: *Revolución y guerra: formación de una elite dirigente en la Argentina criolla*, Buenos Aires: Siglo XXI Editores Argentina, 2002;
Henríquez Ureña, Pedro: *Historia de la cultura de la América hispánica*, México: FONDO DE CULTURA ECONÓMICA, 1947;
Las corrientes literarias en América la América hispánica, México: FONDO DE CULTURA ECONÓMICA, 1954;
Historia y crítica de la literatura latinoamericana, Barcelona: Editorial Crítica, 1988;
Horcasitas, Fernando: *El teatro náhautl*, México: Instituto de Investigaciones históricas, 1974;
Hudson, Nicholas: "From 'Nation' to 'Race': The Origin of Racial Classification in Eighteenth-Century Thought", *Eighteenth Century Studies*, 29: 3, 1996;
Jiménez Moreno, Wigberto: "El enigma de los olmecas", *Cu. Am.*, I: 5, Sept.-Oct. 1942;
Jiménez Rueda, Julio: *Historia de la cultura en México. El mundo prehispánico*, México: Editorial Cultura, 1957;
Jitrik, Noé: *Los dos ejes de la cruz: la escritura de apropiación en el diario, el memorial, las cartas y el testamento del enviado real Cristóbal Colón*, ICUAP, Centro de Ciencias del Lenguaje, Puebla:

Editorial Universidad Autónoma de Puebla, 1983;

Johnson, J.G.: "Picaresque element in Carlos Sigüenza y Góngora's *Los infortunios de Alonso Ramírez*", *Hispania* 64, 1981;

Kagan, Richard: *Los cronistas y la corona. La política de la historia en España en las Edades Media y Moderna*, Madrid: Marcial Pons, 2010;

Kirchhoff, Paul; Berlín, Heinrich; Renüón, Silvia eds.: *Historia tolteca-chichimeca. Anales de Quauhtinchan*. México: Robredo, 1917; *Mesoamérica*, México: ENAH.,1960;

Kolb, Glen L.: *Juan del Valle y Caviedes: a study of the life, times and poetry of a Spanish colonial satirist*, New London: Connecticut College, 1959;

Krickeberg, Walter: *Las antiguas culturas mexicanas*, México: Fondo de Cultura Económica, 1961;

Kubler, George: *Arte y arquitectura en la América precolonial: los pueblos mexicanos, mayas y andinos*, Madrid: Editorial Cátedra, 1986;

La Garza, Mercedes de ed.: *Literatura maya*, Caracas: Biblioteca Ayacucho, 1980;

Lagmanovich, David: "Para una caracterización de *Infortunios de Alonso Ramírez*", *Historia y crítica de la literatura hispanoamericana: Época Colonial*, ed. Cedomil Goic, Barcelona: Editorial Crítica, original from: the University of Michigan. Digitized Jan 19, 2010;

Landa, Diego de: *Relación de las cosas de Yucatán*, Vol. I, Mérida: CONACULTA & INAH, 2006;

Landívar, Rafael: *Rusticatio Mexicana*, ed. Faustino Chamorro, Guatemala: Universidad Rafael Landívar, 2001;

Lavrin, Asuncion: *Sexuality and Marriage in Colonial Latin America*, London: University of Nebraska Press, 1992;

Las Casas, Bartolomé de: *Apologética historia sumaria cuanto a las cualidades, disposición, descripción, cielo y suelo destas tierras, y condiciones naturales, policías, repúblicas, manera de vivir e costumbres de las gentes destas Indias Occidentales y Meridionales cuyo imperio soberano pertenece a los reyes de Castilla*, México: UNAM-IIH, 1967;

León, Adrián ed.: *Crónica mexicáyotl*, escrita por Fernando Alvarado Tezozómoc, México: UNAM, 1949;

Leonard, Irving A.: *La época barroca en el México colonial*, México: Fondo de Cultura Económica,1974;

León-Portilla, Miguel: *Los antiguos mexicanos a través de sus crónicas y cantares*, México: Editorial FONDO DE CULTURA ECONÓMICA,1961;

El teatro náhuatl, México: UNAM, 1974;

Visión de los vencidos: Relaciones indígenas de la Conquista y El reverso de la Conquista, México: UNAM, 1959;

Literaturas de Anáhuac y del Incario, México: Universidad Autónoma de México,1982;

Pre-Columbian Literatures of Mexico, Oklahoma: University of Oklahoma Press, 1986;

Leonard, Irving: *La época barroca en el México colonial*, México: Fondo de Cultura Económica, 1996;

Lima, Alex Paul: *Juan Bautista Aguirre (1725–1786) y los orígenes de la nación ecuatoriana*, New York: City University of New York, 2015;

Livi Bacci, Massimo: *Los estragos de la Conquista. Quebranto y declive de los indios de América*, Barcelona: Editorial Critica, 2006;

Llano Zapata, José Eusebio: *Memorias histórico, físicas, crítico, apologéticas de la América Meridional*, ed. de Ricardo Ramírez, Antonio Garrido, Luis Millones Figueroa, Víctor Peralta y Charles Walker, Lima: IFEA, PUCP & UNMSM, 2005;

Lockhart, James.: *Los nahuas después de la conquista. Historia social y cultural de la población indígena del México central, siglos XVI–XVIII*, México: Fondo de Cultura Económica, 1999;

López Austin, Alfredo: *El conejo en la cara de la luna. Ensayos sobre mitología de la tradición mesoamericana*, México: Consejo Nacional para la Cultura y las Artes, 1994;

López Austin, Alfredo y Leonardo López Luján: *El pasado indígena*, México: FONDO DE CULTURA ECONÓMICA/El Colegio de México, 2001;

López Baena, Sonia: "La memoria indígena en *Cautiverio feliz y razón individual de las guerras dilatadas del reino de Chile* de Francisco Nuñez de Pineda y Bascuñán", *Alpha*, No.1, Universidad Complutense de Madrid, 2016;

Löwith, Karl: *Historia del mundo y salvación. Los presupuestos teológicos de la filosofía de la historia*, Buenos Aires: Katz editores, 2007;

Lucena Salmoral, Manuel Coord.: *Historia de Iberoamérica*, Vol.I, *Prehistoria e Historia Antigua*, Madrid: Cátedra-Sociedad Estatal Quinto Centenario, 3ª Edición, 2008;

Madrigal, Luis Iñigo coord.: *Historia de la literatura hispanoamericana. 1, Época colonial*, Madrid: Cátedra, 1998;

Mangan, Jane E. Trading Roles: *Gender, Ethnicity, and the Urban Economy in Colonial Potosí*, Durham: Duke University Press, 2005;

Mann, Charles C.: *1491. New Revelations of the Americas Before Columbus*, New York: Knopf, 2005;

María y Campos, Armando de: *Representaciones teatrales en la Nueva España, siglos XVI–XVIII*, México: Costa Amic, 1959;

Marquina, Ignacio: *Arquitectura prehispánica*, México: INAH, 1990;

Martínez, María Elena: *Genealogical Fictions. Limpieza de sangre, Religion, and Gender in Mexico*, Stanford: Stanford University Press, 2011;

Martínez Luna, Esther: "Fray Manuel Martínez de Navarrete y la Arcadia de México", *Actas del XIV Congreso de la Asociación Internacional de Hispanistas*, Vol.IV, New York: City University of New York, 2001;

Martínez Marín, Carlos: "El registro de la Historia", en J. R. Romero (coord.) : *Historiografía novohispana de tradición indígena*, México:

UNAM-IIH, 2011;
Mártir de Anglería, Pedro: *Décadas del Nuevo Mundo*, México: Porrúa, 1964;
Maziel, Baltasar: *Colección Doctor Juan María Gutiérrez*, Buenos Aires: Biblioteca del Congreso de la Nación, 1979;
McEwan, G. F.: *The Incas: New Perspectives*, Santa Barbara: ABC-CLIO, 2006;
Meade, Joaquín: *La Huasteca. Época Antigua*, México: Editorial Cossío, 1942;
Melgarejo Vivanco, José Luis: *Breve historia de Veracruz*, Xalapa: Universidad Veracruzana, 1960;
Memorial de Sololá (Reproducción facsimilar del texto conservado por el Museo Universitario de la Universidad de Pennsylvania), Muñoz, Jorge Luján ed., Guatemala: Universidad del Valle de Guatemala, 1999;
Mendiola, Alfonso: *Retórica, comunicación y realidad. La construcción retórica de las batallas en las crónicas de la conquista*, México: Universidad Iberoamericana, 2003;
Menéndez Pidal, Ramón ed.: "Cómo hablaba Colón", *Revista cubana*, No.14, 1940;
Mengin, Ernst: *Historia tolteca-chichimeca*, Copenhagen: Einar Munksgaard, 1942;
Miño Grijalva, Manuel: *La protoindustria colonial hispanoamericana*, México: Fondo de Cultura Económica, 1993;
Molina Morales, Guillermo: "La poesía epigramática de Manuel del Socorro Rodríguez", *Dieciocho, Hispanic Enlightenment*, 40.1, 2017;
Mogrovejo de la Cerda, Juan: *La endiablada*, ed. de Raquel Chang-Rodríguez, Lima: Pontificia Universidad Católica del Perú, 1991;
Monterde, Francisco: "Prólogo" a *Las obras completas de Sor Juana Inés de la Cruz*, México: Editorial Porrúa,1985;
Teatro indígena prehispáica. Rabinal Achí, México: UNAM, 1955;

Moraña, Mabel: "Máscara autobiográfica y conciencia criolla en *Infortunios de Alonso Ramírez*", *Dispositio*, XV, 40, 1990;

Morley, Sylvanus G.: *La civilización maya*, México: Talleres de Litorarte, 1961; *La civilización maya*, México: Fondo de Cultura Económica, 1994;

Núñez de Pineda y Bascuñán, Francisco: *Suma y epílogo de lo más esencial que contiene el libro intitulado Cautiverio feliz, y guerras dilatadas del Reino de Chile*, Santiago: Sociedad Chilena de Historia y Geografía y Ediciones Universidad Católica de Chile, 1984;

O'Gorman, Edmundo ed.: *Historia natural y moral de las Indias*, escrita por José de Acosta, México: Fondo de Cultura Económica, 1940;

La invención de América: investigación acerca de la estructura histórica del nuevo mundo y del sentido de su devenir, México: Fondo de Cultura Económica, 1977;

O'Hara, Matthew: *A Flock Divided. Race, Religion, and Politics in Mexico, 1749–1857*, Durham: Duke University Press, 2010;

Oña, Pedro de: *Arauco domado*, Santiago de Chile: Imprenta Universitaria, 1917;

Orozco y Berra, Manuel: *Historia antigua y de la Conquista de México*, México: Atlas, 1880;

Ortega. Francisco ed.: *Historia antigua de México*, escrita por Mariano Fernández de Echeverría y Veytia, 2 Vols., México: Leyenda, 1944;

Oudijk, Michel R. y Matthew Restall: *Conquista de buenas palabras y guerra: una visión indígena de la conquista*, México: UNAM, 2013;

Oviedo, José Miguel: *Historia de la literatura hispanoamericana. 1, De los orígenes a la Emancipación*, Madrid: Alianza Editorial, 2003;

Pastor Bodmer, Beatriz: *Discurso narrativo de la conquista de América*, La Habana: Casas de las Américas, 1983;

Paz, Octavio: *Sor Juana Inés de la Cruz o Las trampas de la Fe*, México: Fondo de Cultura Económica, 1982;

Pérez Sánchez, Alfonso E.: *Pintura barroca en España (1600–1750)*,

Madrid: Editorial Cátedra, 2010;
Phelan, John Leddy: *The Millennial Kingdom of the Franciscans in the New World*, Berkeley: University of California Press, 1970;
Pizarro, Ana, ed.: *La literatura latinoamericana como proceso*, Buenos Aires: Centro Editor de América Latina, 1985;
Hacia una historia de la literatura latinoamericana, México: El Colegio de México,1987;
Poesía náhuatl, 3 Vols., Ángel María Garibay ed., México: Universidad Autónoma de México, 1968;
Popol Vuh, Albertina Saravia ed., México: Editorial Porrúa, 1981;
Prescott, William H.: *History of the Conquest of Mexico* and *History of the Conquest of Peru* with *Ancient Mexican and Peruvian Civilization*, New York: Cooper Square Press, 2000;
Pupo-Walker, Enrique: *La vocación literaria del pensamiento histórico en América*, Madrid: Gredos, 1982;

Queraltó Moreno, Ramón-Jesús: *El pensamiento filosófico-político de Bartolomé de las Casas*, Sevilla: Escuela de Estudios Hispano-Americanos, 1976;
Quijada, Mónica y Jesús Bustamante, eds.: *Élites intelectuales y modelos colectivos. Mundo ibérico (siglos XVI–XIX)* , Madrid: CSIC, 2002;
Rabinal Achí, Patricia Henríquez Puentes ed., *Atenea*, No.502, Universidad de Concepción, 2010;
Rama, Ángel: *Transculturación narrativa en América Latina*, México: Siglo XXI, 1982;
The Lettered City, Durham: Duke University Press, 1996;
Ramírez, José Fernando ed.: *Historia de las indias de Nueva España e Islas de Tierra Firme*, escrita por Fray Diego de Darán, 3 Vols., México: Editorial Nacional, 1951;
Ramos, Gabriela y Henrique Urbano, eds.: *Catolicismo y Extirpación de Idolatrías. Siglos XVI–XVIII*, CERA: Bartolomé de las Casas, 1993;
Ramos, Óscar Gerardo: "*El Carnero*. Libro de tendencia cuentística",

Boletín Cultural y Bibliográfico, Bogotá, Vol. IX, Num. 11, 1966;

Recinos, Adrián ed.: *Popol Vuh. Las antiguas historias del Quiché*, México: Fondo de Cultura Económica, 1947;

Rendón, Silvia ed.: "4ª relación de Domingo de Muñoz Chimalpáin Quauhtlehuanitzin", *INAHIA*, número 31 de la colección, 1947–1948;

Robert M. Carmack ed.: *Nuevas perspectivas sobre el* Popol Vuh, Guatemala: Piedra Santa, 1983;

Reséndez, Andrés: *A Land So Strange: The Epic Journey of Cabeza de Vaca*, New York: Basic Books, 2007;

Ricard, Robert: *La conquista espiritual de México. Ensayo sobre el apostolado y los métodos misioneros de las órdenes mendicantes en la Nueva España de 1523–1524 a 1572*, México: Fondo de Cultura Económica, 1986;

Robert, Frank: *Los americanos*, Madrid: La Fábrica, 2008;

Robins, Nicholas. Mercury, Mining, and Empire: *The Human and Ecological Cost of Colonial Silver Mining in the Andes*, Bloomington: Indiana University Press, 2010;

Rodríguez Freyle, Juan: *Conquista y descubrimiento del Nuevo Reino de Granada*, Medellín: Editorial Bedout, 1968;

Rojas Rabiela, Teresa y John V. Murra: *Las sociedades originarias. Historia General de América Latina*, Vol.I, Paris: UNESCO/Trotta, 1999;

Romero, José Luis y Luis Alberto: "Españoles y criollos", *Buenos Aires: historia de cuatro siglos*, Ed. José Luis Romero y Luis Alberto Romero, ampliada y actualizada, Buenos Aires: Altamira, 2000;

Roniger, Luis and Tamar Herzog, eds.: *The Collective and Public in Latin America. Cultural Identities and Political Order*, Portland: Sussex Academic Press, 2001;

Ross, Kathleen: *The Baroque Narrative of Carlos de Sigüenza y Góngora. A New World Paradise*, Cambridge: Cambridge University Press, 1993;

Rosell, Lauro E., Escalona Ramos, Alberto: *Historia de Tlaxcala*, escrita por Diego Muñoz Camargo y anotada por Alfredo Chavero, México: Editorial Laguna, 1948;

Rubial, Antonio: *El convento agustino y la sociedad novohispana, 1533–1630*, México: Instituto de Investigaciones Históricas-UNAM, 1989;

Ruiz de Alarcón, Juan: *El semejante a sí mismo*, Vol. 1, *La verdad sospechosa*, Vol. 2, *La culpa busca la pena y el agravio la venganza*,Vol. 3, *Obras completas de Juan Ruiz de Alarcón*, Ed. Agustín Millares Carlo, México: Fondo de Cultura Económica, 1957;

Sabat de Rivers, Georgina: *Sor Juana Inés de la Cruz y otros poetas barrocos de la Colonia*, Madrid: Biblioteca Virtual Universal, 2010;

Salomon, Frank y Stuart B. Schwartz eds.: *The Cambridge History of the Native Peoples of the Americas*, Vol. 3: *South America (part 1)*, Cambridge: Cambridge University Press, 1999;

Sánchez Castro, Alejandro: *Historia antigua de los mixes. según sus tradiciones, que recopiló D. Juan Nepomuceno Cruz*, México: SEP, 1952;

Sánchez, Luis Alberto: *Los libros del conquistador*, México: Fondo de Cultura Económica, 1953;

Proceso y contenido en la novela hispanoamericana, Madrid: Editorial Gredos, 1953;

San Juan de la Cruz: *Obras*, Madrid: Editorial Monte Carmelo, 2019;

Seed, Patricia: *Ceremonies of Possession*, New York: Cambridge University Press, 1995;

To Love, Honor, and Obey in Colonial Mexico: Conflicts over Marriage Choice, 1574–1821, Stanford: Stanford University Press, 1992;

Serna, Mercedes ed.: *Poesía colonial hispanoamericana (siglos XVI y XVII)*, Madrid: Cátedra, 2004;

Sigüenza y Góngora, Carlos de: *Dulce, canoro cisne mexicano: la poesía completa de Carlos de Sigüenza y Góngora*, Barcelona: Editorial Paso de Barca, 2012;

Infortunios de Alonso Ramírez, ed. de Estelle Irizarry, San Juan de Puerto Rico: Editorial Cultura, 1990;

Socolow, Susan: *The Women of Colonial Latin America*, Cambridge: Cambridge University Press, 2000;

Solís y Valenzuela, Pedro de: *El desierto prodigioso y prodigio del desierto*, I. Edición de Rubén Páez Patino, Introducción, estudio y notas de Jorge Páramo Pomareda, Manuel Briceño Jáuregui, Rubén Páez Patino, Bogotá: Instituto Caro y Cuervo, 1977, 1984, 1985;

Sor Juana Inés de la Cruz: *Obras completas*, México, Editorial Porrúa, 1985;

Stern, Steve J.: *Peru's Indian Peoples and the Challenge of Spanish Conquest: Huamanga to 1640*, Wisconsin: University of Wisconsin Press, 1993;

Tedlock, D.: *2000 Years of Mayan Literature*, London: University of California Press, 2011;

Taylor, William B. Drinking: *Homicide, and Rebellion in Colonial Mexican Villages*, Stanford: Stanford University Press, 1979;

Téllez-Pon, Sergio: *Un amar ardiente: Poemas a la Virreina*, Madrid: Editorial Flores Raras, 2017;

The Annals of the Cakchiquels, Philadelphia: Brinton's Library of Aboriginal American Literature, Vol. VI, 1885;

Thompson, J. Eric S.: *Grandeza y decadencia de los mayas*, México: Fondo de Cultura Económica, 1959;

Todorov, Tzvetan: *La conquista de América: el problema del otro*, Buenos Aires : Siglo Veintiuno Editores Argentina, 2008;

Torquemada, Juan de: *Los veintiún libros rituales y monarchía indiana*, 3 Vols., México: Chávez Havhoe, 1943–1944;

Toscano, Salvador: *Arte precolombino de México y de América Central*, México: Instituto de Investigaciones Estéticas, 1952;

Trigger, Bruce G. y Wilcomb E. Washburn Eds.: *The Cambridge History of the Native Peoples of the Americas*, Vol.1: *North America (part 1)*, Cambridge: Cambridge University Press, 1996;

Twinam, Ann: Public Lives: *Private Secrets: Gender, Honor, Sexuality, and Illegitimacy in Colonial Spanish America*, Redwood City: Stanford University Press, 1999;

Uribe Rueda, Álvaro: "Sor Juana Inés de la Cruz o la culminación del siglo barroco en las Indias", *Thesaurus*, No.1, 1989;

Vaillant, George C.: *La civilización Azteca*, México: Fondo de Cultura Económica, 1960;

Van Young, Eric: *Economía, política y cultura en la historia de México. Ensayos historiográficos, metodológicos y teóricos de tres décadas*, El Colegio de la Frontera del Norte, El Colegio de San Luis, El Colegio de Michoacán, 2010;

Velasco, Juan de: *Historia del Reino de Quito en la América Meridional*, Charleston: Nabu Press, 2011;

Velázquez, Primo Feliciano ed.: *Códice chimalpopoca (Anales de Cuauhtitlán y leyenda de los soles)*, México: UNAM, 1945;

Vitier, Medardo: *Del ensayo americano*, México: Fondo de Cultura Económica, 1945;

Wallerstein, Immanuel: *The Capitalist World-Economy*, Cambridge University Press, Editions de la Maison des Sciences de L'Homme, 1997;

Warren, Benedict: *La conquista de Michoacán, 1521–1530*, Morelia: Fimax Publicistas, 1989;

Westheim, Paul: *Ideas fundamentales del arte prehispánico*, México: Fondo de Cultura Económica, 1957;

Ideas fundamentales del arte prehispánica de México, México: Biblioteca Era, 1972;

Yannakakis, Yanna: *The Art of Being In Between. Native Intermediaries, Indian Identity, and Local Rule in Colonial Oaxaca*, Durham: Duke University Press, 2008;

Zum Felde, Alberto: *Índice crítico de la literatura hispanoamericana. Los ensayistas*, México: Guaranía, 1954;
La narrativa en Hispanoamérica, Madrid: Editorial Aguilar, 1964;

二、中文：

［英］爱德华·吉本:《罗马帝国衰亡史》，黄宜思、黄雨石译，北京：商务印书馆，1996年；
鲁迅:《鲁迅全集》，北京：人民文学出版社，2005年；
［英］莱斯利·贝瑟尔主编:《剑桥拉丁美洲史》第一卷，中国社会科学院拉丁美洲研究所译，北京：经济管理出版社，1995年；
［德］卡尔·马克思、弗里德里希·恩格斯:《马克思恩格斯文集》，中央编译局译，北京：人民出版社，2009年；
［美］金·麦夸里:《印加帝国的末日》，冯璇译，北京：社科文献出版社，2017年；
［墨］米格尔·雷昂-波尔蒂利亚:《战败者见闻录》，孙家堃、黎妮译，北京：商务印书馆，2017年；
普雷斯科特:《秘鲁征服史》，周叶谦等译，北京：商务印书馆，2017年；
［英］韦尔斯:《世界史纲》，吴文藻、谢冰心、费孝通译，桂林：广西师范大学出版社，2001年；
［美］威廉·麦克高希:《世界文明史》，董建中、王大庆译，北京：新华出版社，2003年；
［古希腊］亚里士多德:《政治学》，吴寿彭译，北京：商务印书馆，1966年；
章学诚:《文史通义校注·卷四·释通》，北京：中华书局，1985年；
赵德明、赵振江、孙成敖:《拉丁美洲文学史》，北京：北京大学出版社，1989年；
赵振江编:《拉丁美洲历代名家诗选》，赵振江等译，昆明：云南人民出版社，1988年。